**NOUVELLES PLUMES**

la **MAISON D'ÉDITION** dédiée
à la **PUBLICATION**
des **PREMIERS ROMANS**\* !

Vous avez écrit un **ROMAN**...
et VOUS RÊVEZ DE LE FAIRE PUBLIER ?

N'hésitez pas... déposez votre manuscrit
sur **nouvellesplumes.com**

\* Quel que soit le genre (aventure, thriller, historique, polar, fantasy, divers, etc.).

# L'amour entre deux rives

Marine Ienzer

# L'amour entre deux rives

Éditions de Noyelles,
avec l'autorisation des Éditions Nouvelles Plumes

31, rue du Val de Marne, Paris

Le Code de la propriété intellectuelle n'autorisant, aux termes des paragraphes 2 et 3 de l'article L. 122-5, d'une part, que les « copies ou reproductions strictement réservées à l'usage privé du copiste et non destinées à une utilisation collective » et, d'autre part, sous réserve du nom de l'auteur et de la source, que les « analyses et les courtes citations justifiées par le caractère critique, polémique, pédagogique, scientifique ou d'information », toute représentation ou reproduction intégrale ou partielle, faite sans le consentement de l'auteur ou de ses ayants droit ou ayants cause, est illicite (article L. 122-4). Cette représentation ou reproduction, par quelque procédé que ce soit, constituerait donc une contrefaçon sanctionnée par les articles L. 335-2 et suivants du Code de la propriété intellectuelle.

© Éditions Nouvelles Plumes, 2018.

ISBN : 978-2-298-16766-5

*Pour mon grand-père Claude...
bien qu'il nous ait quittés il y a trop longtemps,
il est toujours là, présent dans mes pensées
et dans mon cœur. Il reste une source d'inspiration
pour moi. Et pour toutes les personnes qui ont
souffert de la perte d'un proche. En espérant que
ce roman leur apporte un peu de réconfort.*

# Prologue

*2 janvier 1967, journal* Ouest-France

### **TRAGIQUE DÉBUT D'ANNÉE SUR LES ROUTES DE BRETAGNE**

Dans la nuit du 31 décembre 1966 au 1ᵉʳ janvier 1967, alors que la France entière célébrait la Saint-Sylvestre et le passage à la nouvelle année, un terrible accident est survenu sur la petite route départementale reliant la ville de Bénodet à Quimper.

Il était environ 2 heures du matin lorsqu'un chauffard conduisant une Peugeot 203 a heurté une jeune femme, tombée en panne sur le bord de la route. Cette dernière est décédée après l'arrivée des secours qui n'ont rien pu faire pour la sauver. Elle a succombé à ses multiples fractures dues au choc violent avec le véhicule. Le conducteur, quant à lui, a été placé en garde à vue. Il semblerait que le jeune homme, âgé de 32 ans, était ivre au moment de l'accident.

De nombreuses fleurs ont été déposées sur les lieux du drame par la famille et les amis de la victime. Cette dernière s'était mariée six mois plus tôt et attendait un heureux événement pour le printemps.

Article écrit par Victor Medusa.

# 1

## Amy

*Le début d'un long voyage*

*Fin octobre 2016*

Je me demande si j'ai pris la bonne décision… ça semblait l'être, il y a encore trois jours lorsque j'imaginais ma vie dans une jolie maison au bord de la mer. Ç'a toujours été mon rêve, après tout ! Mais à présent, seule dans ma voiture, faisant route vers l'inconnu, je suis en proie au doute. Suis-je folle de partir dans un lieu inconnu, entourée d'inconnus ?

Je suis terrorisée par ce qui m'attend, mais en même temps excitée par l'aventure qui commence, cette nouvelle vie (en tout cas pour quelques mois), un nouveau souffle.

J'ai presque 30 ans et lorsque je fais le bilan de ma vie, je n'ai rien accompli d'extraordinaire. Je n'ai réalisé aucun des rêves que j'avais et ma vie sentimentale est un véritable fiasco. Quant à ma vie professionnelle, c'est un gros point d'interrogation. Je travaille dans le commerce et malgré ma faible expérience, je suis déjà lassée par mon métier. J'aurais aimé faire autre chose, quelque chose qui me donne l'impression d'être utile.

Certains se contentent de se lever chaque jour, de suivre leur routine quotidienne, de s'épuiser pour un boulot qu'ils n'accomplissent que par devoir. Puis, le soir arrive, ils passent une nuit à reprendre les forces suffisantes pour affronter le lendemain, et lorsque le jour se lève, le rituel recommence. C'est une rengaine qui n'en finit jamais, seulement ponctuée de petits moments de bonheur partagés en famille ou entre amis.

Ma grand-mère disait souvent que lorsqu'une personne se sent oppressée par le monde qui l'entoure, le seul moyen pour elle de se sentir de nouveau libre et vivante, c'est de partir quelque temps pour faire le vide dans sa tête et y voir plus clair. Les lieux inconnus nous donnent le goût de la découverte et nous montrent à quel point le monde est vaste et ne se limite pas à la contrainte du quotidien. Lorsqu'elle nous a quittés l'année dernière, j'ai réalisé à quel point elle avait raison. On a tous un but dans la vie. Certains le trouvent rapidement, d'autres passent des années à le chercher, d'autres encore ne le trouvent jamais. Je ne veux pas faire partie de ces derniers. On dit que la vie prend tout son sens lorsqu'on lui a trouvé un but. C'est logique, finalement. Comme dans chaque chose qu'on veut réaliser… On ne peut se donner les moyens d'y parvenir que lorsque l'on connaît les objectifs à atteindre. On entend cela partout : à l'école, au travail, mais on oublie que cette devise s'applique essentiellement à la vie elle-même.

Après son décès, nos nombreuses conversations me sont revenues en mémoire et je me suis mise à avoir peur. Peur d'avoir des regrets. Ceux de m'être contentée d'une vie confortable alors même que je rêvais de plus que ça. Je me suis mise à songer à l'inconnu, aux nouvelles découvertes et aux nouveautés. J'avais l'impression constante que malgré son départ, ma grand-mère était toujours là, près de moi, à m'encourager à franchir le pas, mais quelque chose m'en empêchait. Jusqu'à ce que je reçoive cette annonce par e-mail par le plus grand des hasards. Bien que je n'aie jamais vraiment cru au hasard… L'émetteur était une adresse inconnue, le courriel avait certainement atterri dans ma boîte de réception suite à une erreur de destinataire.

*« Magnifique demeure ancienne située en bord de mer, dans la ville de Bénodet, à louer gracieusement en échange de quelques travaux de rafraîchissement. Les propriétaires s'engagent à payer un salaire conséquent. Appeler le 0896 025 602 pour plus de renseignements. »*

Bénodet. Ce nom ne m'était pas inconnu. Mon aïeule m'en avait parlé à diverses reprises. Parmi tous les lieux qu'elle avait vus, cette ville était l'un de ses favoris. Elle disait souvent qu'elle aimait s'asseoir sur les bancs du port pour regarder les bateaux prendre la mer en essayant d'imaginer leur destination. Elle aimait aussi se promener le long de la corniche pour respirer l'air pur venu du large. Je voyais ses yeux remplis de beaux souvenirs à chaque fois qu'elle en parlait.

— Il y a anguille sous roche, avait dit ma mère en lisant l'annonce que je lui montrais. Logée gracieusement ? Avec un bon salaire en plus ? Ce n'est pas normal, ça cache une arnaque…

— Quand bien même, ajouta mon père, même si l'annonce était sérieuse, vu la proposition alléchante, ils ont sans doute déjà trouvé quelqu'un pour le poste.

— En réalité, non. Ils cherchent encore. J'ai appelé ce matin.

Mes parents, qui s'affairaient tous les deux à la cuisine, stoppèrent net leurs activités pour me regarder d'un air surpris.

— Tu n'envisages pas sérieusement d'aller là-bas ? demanda ma mère plus inquiète que surprise.

— Et pourquoi pas ? Ça ne serait que pour quelques mois et je crois que ça me ferait du bien de partir quelque temps, de découvrir des choses nouvelles.

— Mais tu ne connais rien au bricolage, s'amusa mon père.

— Ce ne sont que des travaux de rafraîchissement. Rien de plus que de la peinture et un peu de ponçage, je devrais m'en sortir. Et j'ai bon goût en matière de décoration.

— Et ton travail ?

— L'entreprise ferme un mois à la fin de l'année et j'ai des semaines de vacances à rattraper, je cumulerai les deux.

— Tu as pensé à Logan ? Il t'adore, tu vas tellement lui manquer !

Chantage affectif, il ne manquait plus que ça ! Bien sûr que j'y avais pensé. Le fils de ma sœur était même la seule raison qui m'avait fait hésiter. J'étais très proche de mon petit neveu et j'adorais passer mon temps libre à jouer et à discuter avec lui. Il était plus à l'aise en présence des adultes que des enfants de son âge et était devenu mon confident, en quelque sorte. À 6 ans, il était très en avance pour son âge. C'était un enfant particulier, souvent isolé mais tellement brillant ! Il avait rencontré des soucis de santé étant bébé : une malformation cardiaque l'empêchait de vivre normalement et il avait dû subir une greffe. Des complications étaient apparues lors de l'opération. Dorénavant, ses problèmes étaient derrière lui, heureusement. Ce petit bonhomme me manquerait, c'était certain, mais je ne partais pas pour toujours, seulement pour quelques mois. Et durant cette période, je reviendrais peut-être de temps en temps. Et puis, grâce à Internet et aux nouvelles technologies, nous pourrions nous parler dès que nous en aurions envie.

— Je ne pars que pour quelques mois. Je n'aurai pas le temps de lui manquer.

— Bien, ajouta ma mère d'un air contrarié. J'ai l'impression que tout est déjà prévu.

J'acquiesçai d'un signe de tête en avalant la dernière gorgée de mon thé.

— En vérité, le propriétaire m'attend lundi pour me faire visiter les lieux.

Tous les deux me regardèrent avec des yeux ronds. Ils n'avaient pas l'habitude que je prenne des décisions si importantes sur un coup de tête et sans leur en parler au préalable, et encore moins que je parte au bout du pays pendant plusieurs mois sans connaître personne.

Et voilà comment je me suis retrouvée, trois jours plus tard, en route pour la Bretagne, terre de légendes et de traditions…

\*

Il faisait déjà presque nuit lorsque je me garai devant la maison. Je sortis de la voiture en humant à pleins poumons l'air iodé venu tout droit de l'océan. Océan qui devait être tout proche à l'écoute du bruit des vagues qui venait me caresser les oreilles. L'habitation était située dans un charmant quartier assez huppé, entourée de maisons récentes, modernes. En tout cas comparées à la demeure dans laquelle je m'apprêtais à poser mes valises. Demeure… c'était le mot approprié pour cette grande maison en bois. La peinture blanche de la façade était écaillée par endroits, probablement à cause des années et de l'air salé de la région, ce qui lui donnait un aspect assez lugubre. Malgré cela, je la trouvais magnifique. Un escalier donnait accès à un grand porche. Une galerie surplombée de colonnes faisait le tour de la maison. Un rocking-chair et une table basse y étaient installés. J'y vis le lieu idéal pour se détendre pendant les longues soirées d'été.

Je levai les yeux pour observer l'ensemble de la bâtisse. Elle était si haute ! Elle possédait un étage et sans doute des combles aménagés. Elle me faisait davantage penser à un manoir qu'à une simple maison. L'atmosphère qui s'en dégageait était sans doute pesante et froide pour la plupart des gens mais moi, elle m'intriguait. Qu'allais-je découvrir entre ces murs ? Cette maison était là sans doute bien avant toutes les autres. Elle semblait chargée d'histoire. Pour une raison qui m'était inconnue, au moment où je posai les yeux sur elle, je sus que j'avais eu raison de venir ici.

Je montai les quelques marches et me retrouvai devant une belle porte d'entrée blanche ornée de moulures et me décidai enfin à sonner. Un homme ouvrit la porte au même instant. Il était grand, mince, vêtu d'un costume deux-pièces. Il devait avoir une soixantaine d'années, ses joues étaient creuses, ses cheveux gris parfaitement laqués ne bougeaient pas d'un pouce. Sur son visage, pas l'ombre d'un sourire, il ne dégageait absolument aucune sympathie. Au contraire, il semblait presque nerveux et agacé d'être là. Qui était-il ? Le majordome ?

— Vous êtes mademoiselle Barthélémy, je suppose ?
— En effet, répondis-je en lui tendant la main.

Il l'étudia quelques instants avant de daigner la serrer.

— Je suis M. Maréchal, le propriétaire. Entrez, je vous prie, dit-il en s'éloignant de la porte pour me laisser le passage libre.

Je m'exécutai. Mon regard parcourut le hall d'entrée, une grande pièce rustique dont les boiseries nécessitaient un bon ponçage. Des portraits de famille peints habillaient les murs de la pièce. J'eus l'impression de faire un saut dans le temps et de me retrouver sur le plancher d'une maison du XIX$^e$ siècle. Le parquet était recouvert d'épais tapis qui, à eux seuls, devaient coûter une petite fortune mais qui, il fallait l'admettre, étaient passés de mode. Cette maison avait un immense potentiel. Elle était spacieuse et bien exposée. Les nombreuses fenêtres laissaient entrer la lumière et, à première vue, les pièces semblaient bien réparties. J'en aurais la certitude en faisant le tour des lieux.

Face à moi, un escalier menait à l'étage. Un homme se tenait là, debout, appuyé contre la rampe avec nonchalance, les bras croisés sur la poitrine. Il affichait un regard à la fois amusé et détaché. Il avait une trentaine d'années, un physique parfait, telle une gravure de mode pouvant postuler pour la publicité d'un parfum pour homme. Ses cheveux châtain clair étaient coiffés en bataille, ce qui lui donnait une allure de mauvais garçon. Ses yeux bleu foncé étaient remplis de malice et d'assurance… beaucoup trop d'assurance. Il affichait cet air sûr de lui et hautain qui, d'ores et déjà, me donnait l'envie de le gifler. Que je pouvais avoir en horreur ces personnes au physique sans défaut qui ont l'impression que le monde leur appartient. Je me contentai de lui adresser un signe de tête pour le saluer, simplement par politesse. Il en parut surpris. Il se redressa et regarda derrière lui comme s'il doutait que je me sois adressée à lui. Il me regarda alors d'un air intrigué :

— Intéressant, dit-il en reprenant sa position initiale.

— Bien, reprit M. Maréchal, je vous laisse le loisir de découvrir la maison par vous-même, je dois rentrer.

— Quoi ? m'étonnai-je. Vous ne vivez pas ici ?

Pour la première fois, un sourire se dessina sur ses lèvres.

— Non, je vis à l'extérieur de la ville.

Il sortit une carte de visite de la poche intérieure de sa veste.

— Je vous laisse le choix de la décoration et de l'aménagement de la maison, ainsi que des couleurs et des matériaux. Mon seul souhait, c'est de lui offrir un rafraîchissement pour qu'elle puisse être vendue au plus vite.

— Ça ne sera pas si facile, intervint M. Parfait en semblant jubiler.

Mon hôte ignora sa remarque avant de continuer :

— Achetez tout ce dont vous avez besoin, votre budget est libre... dans la limite du raisonnable. Appelez-moi, dit-il en désignant la carte, je vous enverrai un chèque. Oh, et je vous ferai parvenir une proposition de salaire au plus vite.

Il avait déjà presque quitté les lieux.

— Attendez, lui demandai-je avant qu'il disparaisse. Il y a une question que je me pose...

— Hun hun ? grogna le propriétaire subitement très nerveux.

— Ah, s'exclama l'intrus désagréable en se frottant les mains. C'est mon moment préféré !

Je lui lançai un regard courroucé. Cet individu prétentieux commençait à me taper sur les nerfs. Comment M. Maréchal, lui, arrivait-il à garder son calme ?

— Je me demandais... comment se fait-il que vous n'ayez trouvé personne avant moi pour le poste ? je veux dire, votre proposition est très généreuse. C'est surprenant que personne ne se soit manifesté.

Le maître des lieux se sentit soudainement très mal à l'aise. Il fuyait mon regard et se raclait la gorge en cherchant le meilleur moyen de m'annoncer la nouvelle :

— Il y a bien eu d'autres candidats...

— De nombreux autres candidats, rectifia le trentenaire hautain.

Mais mon hôte continua de l'ignorer avant de poursuivre :

— Mais ils ne sont jamais restés très longtemps...

— C'est peu de le dire, poursuivit l'intrus en riant.

— Oh... et pour quelles raisons ? demandai-je intriguée.

— Eh bien, ils avaient d'autres projets ailleurs... répondit le propriétaire en restant très vague.

— Tu parles, s'agaça l'autre. Ils ont fui, voilà tout.

— Ils ont fui ? répétai-je étonnée. Et pourquoi ?

Surpris par ma question, M. Maréchal poursuivit en balbutiant :

— Non, ils n'ont pas vraiment fui...

— Mensonges, intervint le jeune homme.

— ... Ils étaient simplement... dérangés par certains événements.

Je le regardai pour l'inciter à en dire davantage mais il n'en fit rien.

— Quel genre d'événements ?

— Oh, la routine, répondit l'intrus à sa place. Des objets qui se déplacent, le parquet qui craque, les portes qui claquent. C'est ce que je préfère, les portes qui claquent, termina-t-il en souriant.

— Quoi, la maison serait hantée ? demandai-je à mes interlocuteurs.

— Bingo ! s'exclama l'autre alors que le propriétaire se décomposait sur place.

— Disons qu'il y a eu quelques manifestations d'une présence... d'un fantôme...

— Surprise ! jubila l'intéressé en se désignant. Le seul et l'unique !

— La ferme ! ordonnai-je à cet être insupportable et dérangeant.

— Pardon ? me demanda M. Maréchal à la fois surpris et outré par ma remarque.

— Oh, non, excusez-moi, je ne m'adressais pas à vous !

— Ah oui ? Et à qui d'autre ? dit-il en désignant la pièce vide.

Je me retournai vers l'escalier. L'homme avait disparu. J'étais sans doute en train de devenir dingue. Il était là quelques secondes plus tôt. Alors je compris que le propriétaire ne le voyait pas et ne l'entendait pas non plus. Malgré l'air décontenancé que je devais afficher, je tentai de masquer ma confusion et mon embarras :

— Je voulais parler de la porte… Fermez la porte, l'hiver arrive, il fait froid dehors…

En voyant qu'il ne semblait pas convaincu, je poursuivis, mal à l'aise.

— Je suis frileuse !

Décidément, cette rencontre était un vrai cauchemar…

— Pardonnez-moi d'insister mais vous essayez de me dire que cette maison est hantée ?

— Eh bien, tout dépend. Vous croyez aux fantômes ?

Je réfléchis quelques instants :

— J'ai toujours pensé que les âmes en peine pouvaient errer parmi les vivants, mais je n'en ai jamais rencontré.

— Maintenant si, s'amusa l'esprit des lieux en surgissant derrière le propriétaire.

Je sursautai sous le regard d'incompréhension de mon hôte.

— Écoutez, continua ce dernier, je comprendrais que vous désiriez revenir sur mon offre, je vous dédommagerai pour le déplacement, dit-il en sortant son chéquier d'un air résigné.

— Eh bien, ce fut plus rapide que ce que je pensais, railla le fantôme dans l'unique but de le provoquer.

Mon Dieu, son air hautain et victorieux était tellement insupportable que par je ne sais quelle pulsion, je finis par m'exclamer :

— Non, ce n'est pas nécessaire ! Je n'ai pas fait tout ce chemin pour rien… je vais rester. Et cette maison me plaît, ajoutai-je à l'intention du fantôme.

Son visage parfait se décomposa alors que celui de M. Maréchal semblait se détendre pour la première fois.

— Vous en êtes sûre ?

— Oui, en êtes-vous vraiment sûre ? insista l'esprit, dépité.

— Absolument, dis-je, davantage à l'intention du revenant que de mon hôte.

— Bien, acquiesça ce dernier, plus détendu. Alors je vous laisse vous installer. Il ne me reste qu'à vous souhaiter une bonne soirée et… bon courage !

Étrangement, je n'entendis plus les sarcasmes de la voix dérangeante de l'intrus. Je jetai un œil à ce dernier qui affichait à présent une mine déconfite et renfrognée. Il était à la fois frustré et sûrement un peu décontenancé.

M. Maréchal sortit sur le porche et disparut dans l'obscurité de l'allée.

Tout à coup, tout fut très calme. Seul un mobile de coquillages suspendu sous la galerie carillonna au rythme de la légère brise qui se levait. Je repensais à ce qui venait de se passer...

Toute cette histoire était complètement surréaliste : l'accueil glacial du propriétaire, la suffisance de ce fantôme... un fantôme... étais-je vraiment en train de penser cela ? parler d'un fantôme comme d'une personne du quotidien ? Peut-être étais-je en train de devenir folle. Je ne pouvais pas prétendre qu'ils n'existaient pas, j'avais toujours cru en leur existence, mais se retrouver face à l'un d'eux, c'était une autre histoire. Je me pinçai le bras en fermant les yeux pour être certaine que je n'étais pas en train de tout imaginer, mais lorsque je les ouvris, j'étais toujours sous le porche de cette belle maison à entendre la mélodie des coquillages qui s'entrechoquaient. Je me retournai pour rentrer. Le revenant se trouvait là, appuyé au chambranle de la porte, les bras croisés sur la poitrine et me regardait avec curiosité.

— Bien, dis-je en m'avançant lentement vers lui. Si nous commencions par les présentations ?

## 2

## Will

*L'intruse*

C'était la meilleure ! Cette femme débarquait de nulle part en venant troubler ma tranquillité et j'aurais dû me montrer cordial, sympathique et faire les présentations ? Mais pour qui se prenait-elle au juste ?

J'avais bien remarqué l'air avec lequel elle m'avait regardé lorsqu'elle avait dit à ce froussard de propriétaire qu'elle allait finalement rester… Une étincelle de provocation dans le regard. Je ne m'étais pas senti aussi agacé depuis… je ne me souviens plus depuis quand.

Si elle pensait que notre cohabitation se passerait tranquillement, elle se mettait le doigt dans l'œil. Je n'avais pas l'intention de la laisser troubler mon quotidien très longtemps. Elle finirait par craquer, comme tous les autres avant elle. Mes nombreuses interventions dérangeantes et envahissantes finiraient bien par lui faire débarrasser le plancher en moins de temps qu'il n'en faut pour le dire.

— Vous n'avez pas l'intention de me dire votre nom, n'est-ce pas ? demanda-t-elle avec une pointe de sarcasme dans la voix.

Ses yeux noisette pétillaient de surprise, d'audace et de curiosité à la fois. Je n'avais pas l'habitude de cela. D'ordinaire, il me suffisait de faire grincer une porte pour voir les intrus déguerpir plus vite que leur ombre mais, d'ordinaire, tout était différent car, d'ordinaire, j'étais invisible aux yeux des mortels…

C'était la première fois depuis ma mort que je croisais un regard. L'espace d'un court instant, j'eus le sentiment d'être à nouveau vivant et j'y trouvai un plaisir certain. Je ne devais pas me laisser distraire par la sensation que procure l'humanité. Je devais me rappeler ma condition et ne pas perdre de vue mon objectif.

La jeune femme, a priori une trentaine d'années, peut-être moins, me tendit la main dans l'espoir que je la salue. C'était une blague ? Je l'observai un instant, dubitatif, avant de lui signaler :

— Je suis un fantôme… même si l'envie me prenait de vous serrer la main, je ne ferais que passer au travers…

— Oh oui, bien sûr. Pardon, je débute en matière de fantômes. Je pensais qu'ils étaient invisibles et pourtant, je vous vois…

— Hun hun, acquiesçai-je, mais ça… c'est inhabituel !

— Comment ça ? demanda-t-elle en fronçant les sourcils. Vous voulez dire que personne ne vous voit ?

— À part vous, visiblement…

— C'est normal ? demanda-t-elle en haussant un sourcil.

— De voir les morts ? A priori, non.

Elle sembla agacée par ma réponse, ou était-ce par mon air hautain ? je ne sus le dire.

— Oui, eh bien, après tout, il vaut peut-être mieux que vous soyez invisible pour les autres. Ils seraient terriblement déçus de découvrir qu'en réalité, vous n'avez absolument rien d'effrayant…

J'allais répondre mais je ne sus que dire. Elle avait raison et cela m'énervait au plus haut point. Ce qui me rendait effrayant, c'était le fait qu'on ne me voie pas. Se retrouver face à moi, je veux dire physiquement, n'avait rien de terrifiant. J'avais toujours eu un aspect plutôt attirant. De mon vivant, les gens me trouvaient charmant et le regard enjôleur. Ce dernier n'ayant visiblement aucun effet sur cette demoiselle. Je ne la connaissais que depuis quelques minutes et pourtant, je sentais que les prochains jours ne seraient pas de tout repos. Elle me donnerait du fil à retordre, j'en étais certain. Cela finirait sans doute par me lasser mais, pour l'instant, je devais admettre que cette joute verbale était un vrai régal. Ou était-ce simplement dû au fait que je communiquais pour la première fois depuis ma mort, il y a si longtemps…

— Bien, dit-elle en comprenant que je ne ferais aucun effort pour être sympathique, mettons les choses au clair avant que je perde patience…

Elle affichait un air supérieur presque semblable au mien, c'en était presque troublant…

— Je n'ai pas l'intention de m'en aller d'ici pour le bon plaisir d'un mort qui se plaît à pourrir la vie des vivants.

Aïe, quelle agressivité ! pensai-je. Elle continua :

— Vous êtes déterminé ? Sachez que je le suis tout autant. Nous avons donc deux solutions : soit nous gaspillons notre temps à nous empoisonner l'existence, car sachez que sous mes airs de jeune femme bien sous tous rapports...

— Modeste, qui plus est ! commentai-je.

— Taisez-vous, laissez-moi finir !

Je levai les deux mains, l'air vaincu, et continuai à l'écouter argumenter tranquillement.

— Sous mes airs sympathiques donc, je peux me montrer très rancunière. Le temps que vous gaspillerez à tenter de me faire partir sera celui que je perdrai aussi, à faire tout ce qui est en mon pouvoir pour vous chasser moi aussi ! Vous avez déjà entendu parler d'exorcisme ou de bénédiction ? Des noms dont les esprits ne sont pas vraiment fans, il me semble...

Je déglutis, son discours me donnait presque la chair de poule. Elle ne lésinait pas sur les menaces. Eh bien, les prochaines semaines ne seraient pas une partie de plaisir...

— ... Ou bien, poursuivit-elle, nous cohabitons tranquillement sans faire de vagues, en s'ignorant simplement et en menant chacun notre vie... si je puis employer ce terme vous concernant ! Cette option me semble la meilleure, c'est à vous de voir... Oh ! Je m'appelle Amy. Au moins, je peux avoir la prétention de me montrer plus aimable que vous. Maintenant, si vous voulez bien m'excuser, j'ai parcouru une longue route, je suis fatiguée. Je vais donc décharger ma voiture et aller me coucher. Bonsoir.

Elle tourna les talons et disparut dans l'allée. Je restai figé sur place. Jamais de ma vie on ne m'avait parlé de cette façon. Aucune réponse ne me vint à l'esprit. J'étais sidéré. Mais où était donc passé mon sens de la repartie ?

Vexé de m'être fait moucher par un morceau de femme, je pris congé et regagnai ma chambre rongé par la colère, la frustration et probablement touché dans ma fierté… Et mon ego.

# 3

## Amy

### *Charmant voisinage*

Je pestais de rage en déchargeant ma valise du coffre. S'il croyait m'intimider sous prétexte qu'il était mort, il se trompait. Je réalisai tout à coup à quel point c'était insensé de dire cela.

Quel petit arrogant ! Il pensait sans doute que le palmarès des personnes qu'il avait effrayées faisait de lui un genre de légende, une personne importante. Mais la vérité, c'est qu'il n'était personne. Un esprit errant qui terrorisait les vivants dans l'unique but de faire parler de lui et de se sentir exister. En y repensant, j'avais presque de la peine pour lui.

— S'il pense que je vais me laisser faire… pensai-je à haute voix. Tout cela est complètement dingue… Mais qu'est-ce que je fais ici ?

— Tout va bien ? fit une voix derrière moi.

Je sursautai en me cognant la tête dans le coffre de ma voiture, et me tournai vers mon interlocuteur. Un homme d'environ 35 ans, très charmant, au regard et au sourire chaleureux. Il était brun avec des yeux vert foncé, me semblait-il. Dans la nuit, il était difficile d'en avoir le cœur net. Il était grand et avait une silhouette élancée.

— Oh ! Oui merci, ça va, répondis-je en me frottant la tête.

Eh bien, j'allais commencer mon séjour avec une jolie bosse.

— Vous êtes sûre ? demanda-t-il en s'approchant davantage.

Il ne semblait pas réellement inquiet mais plutôt amusé.

— Je suis désolé, je n'avais pas l'intention de vous effrayer. À qui étiez-vous en train de parler ?

— À personne.

— C'est drôle, j'aurais juré vous entendre râler après quelqu'un…

Je riais nerveusement en essayant de me justifier :

— Oh ça… Non, je suis un peu fatiguée, voilà tout. La lassitude d'une longue route…

Il sourit de toutes ses dents face à mon malaise. Puis il s'approcha en me tendant la main.

— Je m'appelle Zac, je suis votre voisin, dit-il en désignant la maison derrière lui d'un signe de la main.

Je lui tendis la mienne à mon tour avec un grand soulagement. Qu'il était rafraîchissant de rencontrer quelqu'un de sympathique ! Une qualité visiblement rare dans les parages.

— Je suis Amy.

— Enchanté, dit-il. Vous vous installez ? demanda-t-il en désignant la maison d'un signe de la tête.

— Temporairement oui, je ne suis là que pour quelques mois, le temps d'essayer de donner un nouveau souffle à cette jolie maison.

Il regarda la demeure d'un œil intrigué.

— Eh bien, je pense qu'elle en a grand besoin ! Et d'où venez-vous ? Vous dites que la route a été longue…

— Oui, en effet, je viens de Bourgogne.

Il se mit à rire :

— Je vois. Et serait-il indiscret de vous demander ce qui vous a amenée dans cette petite ville ?

— L'envie de voir du pays, j'imagine, dis-je en fermant le coffre de ma voiture.

Il se pencha pour saisir ma valise.

— Laissez-moi vous aider…

— Non ! dis-je un peu trop précipitamment. Je veux dire… ça ira, merci beaucoup, continuai-je en reprenant mon bagage.

Il était hors de question que ce charmant jeune homme entre dans cette maison hantée par un fantôme à l'ego démesuré et aussi aimable qu'une porte de prison. Il le ferait sans doute fuir en un rien de temps. Or, Zac semblait vraiment sympathique et je n'avais pas envie de le faire fuir. Et puis, j'étais tellement fatiguée et sous le choc de cette soirée… j'avais encore du mal à croire à tout cela. Un esprit errant dans la maison que je devais occuper pour les mois à venir… mon envie d'évasion prit tout à coup une allure complètement surréaliste. Je devais me reposer et prendre du recul vis-à-vis de toute cette histoire.

— Bien, acquiesça Zac qui semblait complètement dérouté.

Il ne devait pas avoir l'habitude qu'on lui refuse quoi que ce soit. Mais pourquoi tous les hommes étaient-ils aussi sûrs d'eux ?

— Ne le prenez pas mal, j'apprécie votre aide, lui dis-je avec un sourire qui se voulait amical. C'est simplement que je me sens vraiment épuisée, je vais juste monter mes affaires et tomber de fatigue…

— Je comprends, répondit le jeune homme en glissant ses mains dans les poches de son jean.

Il avait retrouvé son sourire et je me sentis soulagée qu'il ne me tienne pas rigueur de ma maladresse.

— Il ne me reste qu'à vous souhaiter une bonne soirée, poursuivit-il. N'hésitez pas si vous avez besoin de quoi que ce soit… je suis la porte juste à côté.

— C'est gentil, répondis-je aimablement.

Il tourna les talons et s'éloigna en me faisant un signe amical de la main. Je me retournai en soupirant face à la maison. Je me demandais bien ce qui m'attendait pour les jours à venir… ou même, les minutes à venir. Je pris une profonde inspiration avant d'entrer. Je devais rassembler mon courage pour affronter une nouvelle fois cette présence envahissante et… égocentrique.

J'entrai prudemment dans la maison. Après tout, si son but était de m'effrayer, je devais me tenir sur mes gardes, sur le qui-vive, prête à sursauter à tout moment. Mais tout semblait calme, presque normal. Peut-être mes menaces avaient-elles fait leur effet et s'était-il résigné à me laisser en paix, au moins pour ce soir.

Je fermai la porte et me retrouvai dans le hall d'entrée. Alors je me sentis seule. Loin de chez moi, loin de ma famille, loin de mes habitudes, de mes repères et surtout loin de ce que j'imaginais.

Cette maison était grande, il devait y avoir beaucoup à découvrir. La visite prendrait du temps. Je décidai de remettre cela au lendemain. Je jetai un œil découragé à l'escalier que je devais gravir en traînant ma valise qui pesait une tonne et commençai mon ascension. J'atteignis l'étage accompagnée d'une grosse bouffée de chaleur, due à l'effort. Il était fidèle au reste de la maison, sombre et austère.

Il était constitué d'un palier aux murs recouverts d'un vieux papier peint foncé et défraîchi jusqu'à mi-hauteur, le reste étant fait de boiseries en chêne, lasurées dans une teinte presque noire jusqu'au plafond. Le sol était revêtu d'un long tapis qui s'étendait sur presque toute la surface du plancher laissant, sur les côtés, entrevoir le parquet en chêne. La première chose à laquelle je pensai en regardant autour de moi fut que la priorité pour rendre cette maison plus accueillante était de l'éclaircir. Il fallait du blanc sur ces murs, ou des teintes claires. Et surtout, il fallait, par-dessus tout, se débarrasser de tous ces tapis. J'ouvris chaque porte à la recherche d'une chambre pour m'effondrer.

La première débouchait sur une pièce vide. La seconde, au contraire, donnait accès à une salle remplie de meubles entreposés et recouverts de draps. Des cartons jonchaient le sol. Je compris que cet endroit, qui devait sans doute être une chambre à l'origine, servait de débarras. Je poussai la troisième porte et entrai dans une vaste salle de bains comprenant une grande baignoire à pieds qui semblait venir d'une autre époque mais était en parfait état. Il y avait également une vaste douche à l'italienne et deux grandes vasques en marbre clair installées devant un grand miroir. Contrairement au reste de la maison, cette pièce était claire et lumineuse, décorée dans un style océan. Il n'y avait pas de travaux à envisager ici. Je sortis et me retrouvai face à une chambre dont la porte était ouverte. À l'intérieur, je vis le fantôme faire les cent pas en ruminant. Quand il remarqua ma présence, il s'avança vers l'entrée de la pièce :

— Cette chambre est occupée ! dit-il avant de me claquer la porte au nez.

J'étais outrée, mais tentai de me contenir. Son comportement m'exaspérait mais je devais ne pas entrer dans son jeu et me montrer plus intelligente que lui.

— Je vous souhaite moi aussi de passer une bonne nuit ! criai-je à travers la porte avant de continuer ma recherche, lasse.

La dernière pièce fut enfin la bonne. J'entrai dans une grande chambre, elle aussi très sombre, décorée dans des teintes rouge foncé et or. Pas du tout mon style mais relativement chic, il fallait l'admettre. Un lit à baldaquin était installé au centre de la pièce. Il était recouvert d'une épaisse couverture tissée de motifs rouges et ornée sur les bords de franges d'or. De grandes portes-fenêtres s'ouvraient sur un balcon donnant sur la rue. De là, on voyait la maison de Zac et l'allée où était garée ma voiture. Devant la fenêtre était installé un sofa style empire. Quelques meubles en bois foncé habillaient également la pièce : une grande armoire, une commode où étaient disposés des objets décoratifs d'une grande valeur et une coiffeuse surplombée d'un miroir ovale.

La décoration de cette maison semblait tout droit sortie d'une autre époque. C'était déroutant. Il y avait beaucoup de travail pour la rendre plus accueillante mais, pour l'instant, je préférais ne pas y penser. Dans un dernier effort, je lançai ma valise sur le lit avant de m'allonger à côté en soupirant. Je dus m'endormir très vite car c'est la dernière chose dont je me souviens pour ce premier jour dans ma nouvelle maison.

# 4

## Will

## *Un réveil difficile*

La nuit avait été longue, très longue. Je m'étais torturé l'esprit à me poser mille questions. Que faisait-elle ici ? Pourquoi me voyait-elle ? Pourquoi était-elle aussi… irritante ? Et surtout, comment arrivait-elle à dormir si paisiblement alors que moi, j'étais si énervé ?

Assis dans le sofa près de la porte-fenêtre du balcon, je l'observais respirer paisiblement et j'en fus presque jaloux. Cinquante ans que je n'avais pas dormi ! Ses boucles brunes lui retombaient sur le visage et se dispersaient sur la couverture autour d'elle. Son visage aux traits délicats et à la peau claire dégageait calme et sérénité. J'avais bien songé à la réveiller à ma manière, mais elle s'était montrée très claire la veille au soir quant à ses menaces. Je devrais donc réfléchir à une façon plus subtile de lui empoisonner l'existence et l'inciter à partir. Me montrer envahissant était pour l'instant ma seule option. Il faut dire qu'un esprit errant ne dispose pas non plus des moyens requis pour importuner avec facilité une jeune personne qui se montrait particulièrement déterminée à me gâcher l'existence elle aussi. Je devrais me montrer aimable, ce qui l'agacerait davantage car elle ne pourrait pas me reprocher ma grossièreté. J'avais élaboré un plan, mais je n'étais pas certain de sa réussite au vu du caractère impétueux et fougueux de la demoiselle. Les femmes de cette génération avaient-elles toutes autant de tempérament ? Je priais que non, sans quoi je me demandais bien où allait le monde. Quel manque de savoir-vivre et de civilité ! Ce comportement n'était vraiment pas approprié pour une jeune femme.

Elle remua légèrement. Le réveil devait être imminent. C'était drôle, j'attendais ce moment avec appréhension. Elle s'était montrée particulièrement désagréable la veille en étant très fatiguée alors je me demandais à quoi elle ressemblerait, une fois reposée, après une bonne nuit de sommeil. Je me levai et m'avançai vers le lit avant de m'appuyer avec nonchalance sur le pilier en bois du lit à baldaquin. Elle bougea une nouvelle fois avant d'ouvrir lentement les yeux. Son regard encore embué parcourut la pièce. D'abord la porte-fenêtre, le sofa… Elle s'étirait avant de se retourner quand :

— Bonjour, dis-je avec mon plus beau sourire comme son regard se posait sur moi.

Elle étouffa un cri et se redressa en sursaut sur son séant :

— Oh mon Dieu ! s'exclama-t-elle en passant les deux mains sur son visage comme pour sortir d'un mauvais rêve.

— Non, ce n'est que moi, mais la comparaison me flatte beaucoup.

Je ne me départais pas de mon sourire qui, j'en suis certain, lui tapait sur les nerfs. J'adorais ça.

— Qu'est-ce que vous faites ici ? Vous êtes dans ma chambre !

— Techniquement, il s'agit de MA chambre, puisqu'elle se trouve dans MA maison. Quant à ce que je fais ici… Eh bien, j'attendais que Madame se réveille enfin pour lui faire visiter les lieux… J'essaie de me montrer aimable, voyez-vous ?

— C'est un cauchemar, soupira-t-elle en passant les mains dans ses cheveux.

— Je prends cela comme un compliment. Ne vous inquiétez pas, je comprends votre humeur massacrante, il est vrai qu'un tel réveil n'est pas des plus agréables. Dire que ça sera comme cela TOUS les matins…

— Vous ne vous arrêtez jamais de parler ?

— Mes conversations se sont faites rares ces dernières années, voyez-vous. En général, je n'obtiens pas de réponse de mes interlocuteurs. Vous avez donc la chance d'être celle avec qui je peux converser. N'est-ce pas un honneur ?

Elle me fusilla du regard sans répondre. Je jubilais.

— Je comprendrais que cela vous dérange fortement et que vous décidiez de quitter les lieux. Promis, je ne vous en tiendrai pas rigueur.

Elle m'observa un long moment et un sourire se dessina doucement sur ses lèvres. Je perdis tout à coup le mien. Ce n'était pas du tout la réaction à laquelle je m'attendais.

— Je ne vous ferai pas ce plaisir, finit-elle par répondre.

— J'ai bien peur que non, répondis-je avec ironie.
— Écoutez, euh…

Elle me regardait d'un air interrogateur, attendant que je lui donne mon nom. Elle attendrait longtemps.

— Vous n'avez donc toujours pas l'intention de me dire comment vous vous appelez.

— En effet. Il ne faut pas aller trop vite en besogne, nous ne nous connaissons que depuis hier soir, après tout !

— Eh bien, poursuivit-elle en se levant et en ouvrant sa valise, en attendant que vous ayez terminé de jouer à la jeune demoiselle effarouchée, je vous appellerai… Edgar !

— Je vous demande pardon ? demandai-je, ahuri.

— Vous refusez de me dire votre nom, je vais donc vous en donner un. Il est quand même plus courtois et civilisé de s'adresser à quelqu'un en le nommant, non ?

Elle affichait à présent un sourire satisfait, hautain, supérieur… Ses provocations m'excédaient au plus haut point. Elle était forte, très forte. Pour la première fois de ma vie, je trouvais un adversaire à ma taille dans le jeu des mots. Elle dut remarquer mon air contrarié, puisqu'elle sourit davantage, satisfaite d'elle-même.

— Vous ne me donnerez pas de prénom, dis-je en secouant la tête.

— Oh mais si. Edgar ne vous convient pas ? Que pensez-vous de…

Elle se tapota le menton en levant les yeux au ciel pour faire mine de réfléchir.

— Archibald ?

Je tiquai à l'écoute de ce prénom sorti tout droit des années... 1800 ? Mais de quelle époque pensait-elle que je venais ?

— Léopold ? Auguste ? Hilgard ?

Entendre tous ces noms plus ridicules les uns que les autres finissait par m'agacer. Je compris qu'elle ne lâcherait pas le morceau :

— Will ! finis-je par dire avec rancœur. William, pour vous... Will, c'est pour les intimes.

— Très bien, Will ! Eh bien voilà, nous progressons ! Quelle joie !

— Je viens de dire que...

— Que quoi ? m'interrompit-elle en sachant pertinemment où je voulais en venir.

Il ne servait à rien que je lui demande de m'appeler William, elle utiliserait de toute façon mon diminutif dans l'unique but de me tourmenter.

Je me rappelai ma résolution de me montrer aimable. Ça n'allait pas être facile en compagnie d'une personne qui faisait ressortir le pire de moi-même mais cela l'agacerait davantage que mes réponses à ses provocations. Je décidai donc de ne pas entrer dans son jeu.

— Rien du tout, laissez tomber, dis-je en retrouvant mon sourire forcé.

Je pris conscience d'à quel point il était difficile de refouler sa vraie nature, de faire semblant et de jouer un rôle. Les prochains jours n'allaient pas être plaisants...

— Bien, je vais donc commencer ma visite, dit-elle. Merci de votre aimable proposition mais je pense reconnaître les pièces de la maison seule. Un guide ne sera pas nécessaire...

— Comptez là-dessus, dis-je presque pour moi-même en croisant les mains dans mon dos et en affichant mon éternel sourire radieux.

Bon sang, je commençais à avoir mal aux joues. Je n'avais pas souvenir d'avoir autant souri, surtout pour de faux. Décidément, l'amabilité était bien douloureuse, mieux valait être froid et mesquin.

Elle sortit un gilet de sa valise, l'enfila et sortit de la chambre. Bien entendu, je la suivis…

# 5

## Amy

### *Des échanges mouvementés*

Je devais être honnête, j'avais rarement connu un aussi mauvais réveil. La veille au soir, j'étais si épuisée que je m'étais endormie en moins de temps qu'il ne faut pour le dire. Durant la nuit, j'avais complètement fait abstraction d'un fantôme hantant la maison. Le réveil fut donc brutal… Bien qu'il faille l'admettre, le physique de Will n'était pas la chose la plus désagréable à voir au réveil. Dommage que son caractère aussi intempérant ait entaché son charme et l'ait rendu absolument… odieux. De plus, un mal de tête lancinant me martelait le crâne. Probablement le résultat de ma bosse…

Et puis j'avais froid. Cette maison était glaciale. J'enfilai un gilet avant de commencer ma visite là où je l'avais laissée la veille. Je repassai dans le couloir que j'avais arpenté à bout de souffle et descendis l'escalier pour rejoindre le hall. En plein jour, la maison semblait moins sinistre mais sa décoration antique la rendait sombre malgré tout. Derrière moi, le revenant me suivait comme mon ombre.

Sans aucun doute une autre provocation de sa part que je décidai d'ignorer. Je tournai à droite en bas de l'escalier et me retrouvai dans un salon éclairé par de larges fenêtres en alcôve. À l'entrée de la salle, un grand sofa et deux fauteuils étaient installés autour d'une table basse antique, posée sur un tapis (encore un!). Une vaste cheminée trônait au fond de la pièce. Un écran plat était accroché à la cloison, face au divan. Ce détail marquait un vrai contraste avec le reste du mobilier de la maison. Je fus presque surprise de le trouver là. Derrière le canapé, une large fenêtre à trois pans formait une alcôve dans le mur et donnait sur l'allée devant la maison. J'en profitai pour jeter un œil dehors. Le temps était morne et triste. Le ciel gris était voilé d'un épais brouillard qui ajoutait un air fantomatique à l'atmosphère de la maison… Quelle ironie! Cela m'arracha un sourire. Quand je me retournai pour poursuivre mon excursion, Will me regardait d'un air intrigué, un sourcil relevé. Il devait se demander ce qui me faisait rire et me prenait sans nul doute pour une folle. Quoi qu'il en soit, son opinion m'importait peu. Je me raclai la gorge avant de reprendre un air froid et mal aimable. Il n'avait rien dit depuis plus de cinq minutes et je trouvais ça pour le moins étrange. Que préparait-il? C'était presque inquiétant.

— Vous avez l'intention de continuer à me suivre sans dire un mot?

— Il faudrait savoir: il y a dix minutes, vous vous plaigniez que je parlais trop!

— En effet, j'ai dit cela… peut-être pourriez-vous trouver un juste milieu… ou bien simplement disparaître ! Je n'ai pas besoin d'un guide, je vous l'ai déjà dit… vous pouvez disposer. Vous avez sans doute d'autres choses plus intéressantes à faire…

— Oui, certainement. La vie d'un fantôme est si mouvementée ! répondit-il avec ironie. Mais je préfère rester ici, je me réjouis de votre compagnie !

Cette remarque sonnait tellement faux ! Il s'approcha lentement de moi en me fixant. Ses yeux bleus soutenaient les miens avec une intensité qui, l'espace d'un millième de seconde, me déstabilisa. Il agissait comme un séducteur face à sa proie. Alors, je compris son petit manège… je devais vraiment lui donner du fil à retordre si la séduction était la seule solution pour me faire tomber dans son piège. J'eus un sourire narquois avant de lui dire :

— Vos charmes faisaient peut-être leur effet à votre époque, et en ont certainement fait tomber plus d'une dans vos filets, mais sachez que sur moi, ils n'ont aucun effet. Cessez cette comédie, je ne suis pas née de la dernière pluie.

Il se redressa en réajustant sa veste noire. J'aurais juré l'entendre grogner de mécontentement en maugréant quelques mots, certainement désagréables, à mon intention.

— Vous savez, vous devriez abandonner l'idée… rien de ce que vous ferez ne me fera quitter les lieux. Je suis d'un naturel très patient. Si vous voulez jouer à ce petit jeu, vous vous fatiguerez avant moi.

— Aucune chance, j'ai des décennies de pratique ! répondit-il, sûr de lui.

— Bien, c'est ce que nous verrons... dis-je avant de continuer mon inspection de la pièce. Cette maison est vraiment trop sombre, triste, morne... il faut lui rendre de la clarté.

— Vous n'allez pas réellement tout changer ? interrogea-t-il, l'air sincèrement inquiet.

— C'est précisément ce que j'ai l'intention de faire, si.

— Hors de question, je ne vous laisserai pas faire.

— Et puis quoi ? Qu'allez-vous faire ?

Il allait répondre mais rien ne sortit de sa bouche. Il réfléchit un instant mais rien ne lui vint. Je répondis alors à sa place :

— Renverser mes pots de peinture ? Vous passeriez au travers... Vous l'avez dit vous-même !

À présent, il me fusillait du regard. Il n'aimait pas beaucoup que j'aie réponse à tout.

— Toutes les femmes de cette génération sont-elles aussi désagréables que vous ?

— Je prends cela pour un compliment, répondis-je en souriant. Cela dépend. De quelle époque venez-vous ?

— Vous n'avez pas à le savoir...

— Non, c'est vrai, c'est une simple curiosité. Ce n'est pas grave si vous refusez de me le dire, je vais tenter de deviner... 1900 ?

— Diable ! s'exclama-t-il en fronçant les sourcils, j'ai l'air si vieux ?

— Vous avez raison... à cette époque, les hommes étaient des gentlemen... rien à voir avec vous... 1950 ?

— Vous n'en saurez rien !

— 1960 alors ?

Un silence éloquent s'installa, j'avais ma réponse. Un éclair passa dans son regard à l'évocation de cette dernière décennie…

— Vous viviez donc dans les années 1960 ici… Étonnant, cette décoration fait bien plus ancienne.

Je fis un rapide calcul dans ma tête.

— Attendez, vous voulez dire que cela fait plus de cinquante ans que vous errez dans cette maison ?

— Je n'ai pas vraiment envie de parler de cela et encore moins avec vous, dit-il en sortant du salon pour se diriger vers l'arrière de la maison.

Je le suivis, je voulais en savoir plus.

— Mon Dieu ! Passer cinquante ans enfermé ici, ça a dû être l'enfer !

— Je ne suis vraiment pas certain de vouloir parler de cela avec une femme qui utilise les mots « oh mon Dieu » et « c'est l'enfer » dans la même phrase, me répondit-il en se tournant vers moi.

— Je comprends. Je ne chercherai pas à en savoir davantage, promis.

— Bien, dit-il en soupirant de soulagement, pensant être débarrassé de mes questions.

Il avança de nouveau jusqu'à une porte au fond du couloir qui longeait l'escalier :

— Après tout, nous aurons tout le temps d'en discuter…

— Vous ne comprenez pas… dit-il en s'énervant. Je n'ai pas l'intention de discuter avec vous, encore moins de faire ami-ami. Tout ce que je veux, c'est retrouver ma liberté, ma tranquillité… je veux que vous partiez d'ici et que vous me laissiez tranquille.

C'en était trop. Sa méchanceté et sa mesquinerie allaient trop loin. Mais pour qui se prenait-il exactement ? Je haussai le ton à mon tour :

— Vous voulez que je vous dise ? vous n'êtes qu'un homme insipide, égoïste et cruel. J'ignore la raison qui vous retient enfermé ici depuis tant d'années mais vous avez vraiment dû faire quelque chose d'affreux pour être prisonnier de ces quatre murs aussi longtemps ! Peut-être est-ce la punition méritée pour la personne que vous êtes, après tout !

Je vis son visage se métamorphoser complètement. La rage qui emplissait ses yeux quelques secondes plus tôt laissa place à une profonde tristesse. Il sembla avoir perdu tout sens de la repartie. Son expression me glaça le sang. Je l'avais touché en plein cœur et je le regrettais amèrement. Jamais de ma vie je n'aurais voulu provoquer chez quelqu'un autant de peine que j'en voyais dans ses yeux à ce moment-là. Pas même chez un être aussi pédant, arrogant et imbuvable que lui. Je me sentis soudainement vraiment très mal. Je ne sus quoi dire et je n'eus pas le temps de toute façon car il disparut à travers la porte devant laquelle il s'était arrêté. Je fis un pas pour entrer dans la pièce mais arrêtai soudain mon geste. Il valait peut-être mieux ne pas aggraver les choses et laisser passer un peu de temps avant de tenter toute nouvelle confrontation. J'étais bouleversée. Comment avais-je pu débiter autant de méchancetés en seulement cinq petites secondes ? Cinq secondes, le temps suffisant pour briser quelqu'un... Quelle imbécile je faisais ! Comment allais-je pouvoir m'excuser après cela ? Je décidai de répondre à cette question plus tard et de reprendre ma visite pour calmer mes nerfs. Bien sûr, je fus intriguée de savoir ce qui se trouvait derrière cette porte mais je le saurais bien assez vite. Aussi décidai-je de laisser Will se calmer avant de me diriger de nouveau vers l'escalier pour voir ce qui se trouvait de l'autre côté de la maison.

J'entrai dans une grande cuisine aménagée et équipée, refaite récemment. Ses éléments blancs étaient d'un style classique. Contrairement au reste de la maison, l'endroit était lumineux et aéré. Un îlot central était installé au centre de la pièce. Des tabourets avaient été disposés tout autour. Je remarquai le frigidaire et l'ouvris pour voir si je trouverais quelque chose à grignoter. Je n'avais pas mangé depuis la veille à midi et mon estomac commençait à crier famine. Rien, il était vide. Je devrais aller faire des courses dans la journée. Je fouillai les placards, ils étaient vides également. Je poursuivis ma visite : face à moi, une ouverture en arcade donnait accès à une salle à manger où une grande table avait été dressée au centre avec une douzaine de chaises. Ces deux pièces ne nécessiteraient pas beaucoup de travaux. J'ouvris une porte qui me ramena dans le couloir près de l'escalier, juste à côté de la pièce où Will s'était évaporé.

Je frappai à la porte où le fantôme avait disparu quelques minutes plus tôt mais je n'obtins aucune réponse. J'insistais quand une voix derrière moi me fit sursauter :

— Cela ne sert à rien de vous acharner...

Je me retournai. Le revenant se trouvait là, appuyé contre le mur de l'escalier, les bras croisés sur la poitrine comme à son habitude, sinon que son expression était fermée, pas même un petit air narquois ou moqueur à l'horizon. J'avais vraiment dû le blesser.

— Will, dis-je un peu mal à l'aise. Je... je suis désolée. Je pense avoir été cruelle tout à l'heure. Ce que j'ai dit... ce n'était pas juste...

Il continua à me regarder sans rien dire en attendant que je poursuive. Je me retrouvais dans une position très inconfortable.

— Je ne sais rien de votre histoire, je ne peux vous juger... Ce n'était pas correct...

J'étais en train de me confondre en excuses mais cela ne provoquait chez lui aucune réaction. Je n'allais pas non plus le supplier. Qu'attendait-il de moi ?

— Je suis en train de m'excuser, vous pourriez au moins avoir une réaction.

Un sourire étira ses lèvres :

— En vérité, c'est assez amusant de vous voir vous enfoncer toute seule.

J'eus un soupir d'exaspération :

— Vous trouvez ça drôle ?

— Assez, oui...

Il semblait avoir retrouvé son arrogance habituelle. Étrangement, j'en fus presque soulagée, même si je réalisais avec regret qu'il s'était joué de moi, une fois encore. J'aurais dû m'en douter.

— En réalité, vous vous moquez pas mal de ce que j'ai pu vous dire, vous jouez simplement à me torturer l'esprit...

— Pas du tout, j'ai été profondément blessé, dit-il en posant sa main droite sur son cœur dans un geste théâtral.

Dire que l'espace d'une seconde, je l'avais cru capable de ressentir une quelconque émotion. Je m'en voulais de m'être laissé avoir aussi facilement. Il ne m'y reprendrait pas. Je décidai de l'ignorer et me dirigeai vers la seule pièce que je n'avais pas encore visitée. Mais au moment où j'allais poser la main sur la poignée de la porte, Will apparut juste devant moi :

— Vous ne pouvez pas entrer dans cette pièce, elle est privée !

— Oh, vraiment ? lui demandai-je avec un sourire.

Il acquiesça. Je le regardai droit dans les yeux avant de lui dire :

— Regardez bien.

Puis, j'entrai dans la pièce en passant à travers le spectre. J'éprouvai alors une sensation vraiment étrange qui me coupa le souffle. Un courant d'air chaud me traversa de part en part en me faisant frissonner. C'était comme si des centaines de petites décharges électriques me piquaient toutes en même temps, me laissant une sensation étonnante d'engourdissement. Je n'aurais su dire si je trouvais cela agréable ou non ; tout ce que je savais, c'est que c'était vraiment troublant, loin de toute sensation connue. Je fus vraiment surprise et restai sans voix. Quand je me retournai vers Will, il semblait aussi surpris que moi.

— Vous avez senti ça, vous aussi ?

— En effet, dit-il en réajustant sa veste.

À la vue de ses sourcils froncés, il semblait aussi perturbé que moi par ce qui venait de se passer.

— C'était… bizarre, non ?

— En effet, répéta-t-il.

— Ça ne vous est jamais arrivé auparavant ?

— Non mais qu'est-ce que vous croyez ? Que je me fais traverser par les vivants tous les jours ?

— À vrai dire, je n'en sais rien, c'est vous le fantôme. Vous devez déjà avoir rencontré ce genre de situation...

— Non, jamais.

— Je ne pensais pas... je croyais qu'on ne sentait rien, qu'on ne faisait que passer à travers le vide...

— Le vide, hein ? vous me comparez au vide, maintenant ?

— Vous m'avez très bien comprise ! Arrêtez de faire comme si vous étiez vexé, on sait tous les deux que rien n'atteint votre cœur de pierre.

Il marmonna quelque chose que je n'entendis pas et auquel je n'accordai de toute façon que peu d'importance ; je prêtais attention pour la première fois à la pièce où j'étais entrée. Un bureau, pas très vaste, dont le mur face à la porte était occupé par une bibliothèque en bois foncé remplie de livres de toutes sortes. Le sol en parquet était recouvert d'un tapis... encore ! Je n'en pouvais plus de tous ces tapis. C'était décidé, ils allaient disparaître en premier.

La pièce en elle-même n'avait rien d'exceptionnel, c'était un simple bureau et je me demandais d'ailleurs ce qu'elle pouvait contenir de si secret pour que Will ne veuille pas que je rentre. Mais en regardant vers la fenêtre, je compris d'où venait tout son charme. Une baie vitrée s'ouvrait sur la galerie qui faisait le tour de la maison. Quelques marches donnaient directement accès à la plage. Je m'étais doutée la veille au soir, en entendant le bruit des vagues, que la maison était proche de la mer, mais pas à ce point. Elle avait été construite au milieu des dunes. J'ouvris la porte-fenêtre pour mieux contempler la vue et un grand bol d'air frais envahit la pièce et me procura une sensation de bien-être. Je respirais à plein poumons. C'était magnifique. J'avais toujours adoré la mer, l'océan et, par-dessus tout, la sensation éprouvée en marchant pieds nus sur le sable fin. Malgré le froid, je retirai mes chaussures, les déposai sur la galerie et me dirigeai vers le rivage. J'étais impatiente de sentir l'eau fraîche venue du large me caresser les pieds. Will ne disait rien, il m'observait et devait sans doute trouver cela ridicule, cela m'était égal. C'est pour cette raison précise que j'étais venue jusqu'ici. Pour éprouver de nouveau cette sensation de liberté en regardant l'horizon, comme s'il était une réponse à toutes mes interrogations, la source de tant de possibilités. Face à l'immensité, nos problèmes semblaient tellement minuscules ! J'aimais ce sentiment, cette impression d'être submergée par quelque chose de tellement plus grand que moi… ici, maintenant, j'avais la sensation de revivre. Si je n'étais pas encore réveillée, l'eau glacée de l'Atlantique ne tarda pas à me chatouiller les orteils. C'était enivrant. Je regardai en direction du large. Le temps était gris et le ciel couvert brouillait la ligne d'horizon mais rien n'arrivait à gâcher mon plaisir. Je me baladai ainsi quelque temps. J'en profitais pour essayer de me vider la tête après tout ce qui était arrivé ces dernières vingt-quatre heures. Je n'arrivais toujours pas à croire ce qui se passait. Voilà que je pouvais voir un esprit errant que personne d'autre ne voyait et converser avec. Je m'étais sincèrement demandé si je n'étais pas folle. Je n'avais pas d'antécédents et je me sentais parfaitement bien, en dehors de ce mal de tête persistant. Je devais me rendre à l'évidence. Tout cela était bien en train de se passer, Will était réel… bien réel. Je songeai à nos échanges que je qualifierais… d'assez conflictuels. Comment étais-je censée me comporter avec lui alors qu'il passait son temps à me provoquer ? Si nos conversations restaient aussi tendues, les prochaines semaines risquaient de ne pas être très agréables. Je devais trouver une solution pour que nos discussions soient plus cordiales ou, en tout cas, moins agressives. Ça ne serait sûrement pas facile et ça ne dépendait pas uniquement de moi, mais je devais essayer. Quand je décidai de faire demi-tour, j'observai la maison. C'est vrai qu'elle était belle. Lors de sa construction, elle avait dû être la seule à régner sur cette plage. Dorénavant, elles étaient nombreuses à orner le front de mer, les unes à côté des autres. Certaines, bien plus récentes, étaient vraiment très jolies mais celle-ci sortait du lot, par son charme mais aussi par sa taille. Je ne réalisais pas que j'en serais la locataire (ou en tout cas, la colocataire) pour les mois à venir. Jamais je n'aurais imaginé habiter un jour une maison de ce genre, encore moins avec une telle localisation. C'était un peu un rêve qui devenait réalité même si, j'en étais consciente, la situation n'était que temporaire…

# 6

## Will

## *L'invitation*

Encore secoué par l'étrange sensation que j'avais ressentie lorsque Amy m'avait «traversé», je la regardais s'éloigner sur la plage. C'était vraiment étrange... Depuis ma mort, malgré les vivants que j'avais pu rencontrer, passer au travers ne m'était jamais arrivé. J'avais imaginé que je ne ressentirais rien, n'étant qu'une âme vaporeuse et sans consistance. D'ailleurs, je ne m'étais jamais réellement posé la question. Mais, en réalité, c'était une sensation vraiment particulière, indescriptible, une sorte de courant d'air chaud qui vous traverse tout en vous laissant étourdi, un peu comme lorsqu'on reçoit une petite décharge électrique. Je n'avais pas aimé. Cette expérience n'était pas à renouveler, j'en pris note.

Je regardai la jeune femme ouvrir la baie vitrée et sortir sur la galerie. Elle était en admiration devant la vue. Elle retira ses chaussures avant de s'approcher du rivage. Avec le froid qu'il faisait, je me demandai si elle n'était pas folle. Cette femme, en plus de m'exaspérer, m'intriguait fortement. Je n'avais jamais rencontré quelqu'un comme elle auparavant. Quelqu'un qui soit aussi têtue et déterminée, qui ait autant de repartie et de caractère. Ces dernières vingt-quatre heures avaient été plus mouvementées que les cinquante dernières années réunies. Après des décennies à errer seul, j'avais oublié ce que c'était de parler à quelqu'un, de pouvoir véritablement communiquer. Je craignais qu'elle ne vienne déranger ma tranquillité, c'est vrai, mais je devais admettre, à contrecœur, que sa présence mettait un peu de vie dans cette maison. Cela ne voulait pas dire pour autant que j'accepterais avec joie qu'elle s'installe ici pour tout révolutionner. Après tout, je m'étais juré de tout essayer pour la faire fuir. J'avais très vite compris que cela serait mission impossible, elle semblait aussi butée que moi. Cette jeune personne faisait ressortir le pire de moi-même et j'avais beau me montrer odieux, elle ne semblait pas s'en formaliser pour autant, elle était déterminée à rester. Qu'étais-je censé faire ? Continuer à me montrer désagréable ? Je le serais certainement de toute façon, c'était dans ma nature, j'aurais quelques difficultés à le renier…

En vérité, je ne savais pas comment agir face à elle. Comment un fantôme était-il censé se comporter avec les vivants ? En général, il était de coutume de les terrifier mais avec elle, ça ne marchait pas. J'étais donc complètement démuni et désarmé. Lors de ma vie d'avant, lorsque j'étais vivant, je n'avais jamais eu de problème pour communiquer avec les femmes mais cette fois, c'était différent.

Je m'assis sur les marches de la galerie en la regardant faire quelques pas dans l'eau. Je n'avais pas vu un visage aussi heureux depuis bien longtemps et j'éprouvais une pointe de jalousie. Il y eut un temps où j'avais été heureux moi aussi. Si lointain que je ne m'en souvenais même pas. Elle me rappelait moi lorsque j'avais emménagé dans cette maison ; la même admiration pour le grand large et le même plaisir à marcher sur le rivage, les pieds dans le sable. Peut-être n'étions-nous pas si différents, finalement…

Elle poursuivit sa promenade quelques minutes avant de faire demi-tour pour rejoindre la maison. Elle s'arrêta juste devant moi avant de me dire :

— Will, j'ai bien réfléchi et…

— Et vous avez conclu qu'il était préférable pour vous de repartir… répondis-je en me levant. Ne vous inquiétez pas, je comprends. Ça fait beaucoup à encaisser… la colocation avec un fantôme et tout ça… Ne prenez pas cela pour un échec, beaucoup de gens auraient fait machine arrière eux aussi…

— Ce n'est pas ce que j'allais dire, répondit-elle agacée. Si vous arrêtiez un peu de me couper la parole, nous pourrions peut-être avoir ce qui se rapproche d'une conversation.

Je levai les deux mains en l'air en signe de résignation :

— Autant pour moi, je vous écoute !

— Je pense que l'on devrait se tutoyer…

J'avais dû mal entendre.

— Pardon ?

— J'ai dit : je pense que l'on devrait se tutoyer.

— Oui, merci, j'avais entendu ! Et pourquoi devrions-nous faire ça ?

— Eh bien, comme vous l'avez compris, je ne quitterai pas cette maison…

— Oui, j'avais compris, je le crains, pensai-je à voix haute.

— Laissez-moi finir ! Par conséquent, nous allons, les prochains mois, cohabiter et devoir nous supporter. Nous allons forcément passer beaucoup de temps ensemble. Le moment est peut-être venu d'arrêter d'agir comme des enfants et de se comporter en adultes. Les choses seraient plus faciles si nous les envisagions de façon plus… cordiale.

— Plus cordiale, hein ? Qu'entendez-vous par plus cordiale ?

— Plus de méchancetés ou de bassesses… et n'essayez plus de me manipuler comme vous l'avez fait tout à l'heure. J'ai vraiment cru vous avoir blessé. Je le sais, cela va vous demander un effort surhumain mais vous devriez pouvoir y arriver.

— Et pourquoi devrais-je être le seul à faire des efforts ?

— Oh mais vous ne serez pas le seul, je m'engage à en faire moi aussi… Alors, qu'en dites-vous ?

Je réfléchis un moment qui dut lui sembler une éternité car je la vis s'impatienter tout en remettant ses chaussures.

— Je n'en sais rien, j'ai besoin d'y réfléchir, je ne prends jamais de décisions à la légère.

— Vous plaisantez ? me demanda-t-elle d'un air irrité, une chaussure à la main. Vous avez réellement besoin d'un délai de réflexion pour savoir si vous décidez ou non d'être aimable ?

— En effet…

— Je rêve, marmonna-t-elle en se frottant le pied pour en ôter le sable avant de remettre sa bottine. Je n'ai jamais rien entendu d'aussi stupide.

Je l'observais avec amusement. L'agacement sur son visage au teint clair lui donnait beaucoup de charme… Les sourcils froncés, les lèvres pincées, elle bougonna pour elle-même, comme une enfant vexée après s'être fait sermonner. Je trouvais ça charmant. Mais ce n'était pas le moment de s'arrêter sur des détails. Une voix me tira de mes pensées.

— Amy ?

La jeune femme se redressa avant de se tourner vers un jeune homme brun aux yeux verts et aux allures de sportif, vêtu d'un jean et d'un pull col en V moulant laissant deviner ses muscles… quelle arrogance ! Ce type était le cliché parfait de Mister France, c'en était presque ridicule.

— Zac ! s'exclama Amy, visiblement très heureuse de se retrouver face à un tel apollon.

J'étais certain que les prochaines minutes allaient beaucoup m'amuser.

L'individu s'approcha de la jeune femme en lui demandant comment elle allait.

— Ça va, merci, dit-elle tout sourire.

Toute trace d'agacement avait soudainement disparu de son visage… étrange !

— Vous êtes sûre ? C'est la seconde fois que je vous vois, et une fois encore, je vous surprends en train de parler seule.

Elle eut un petit rire nerveux, presque niais, qui me fit éclater de rire. Elle me fusilla du regard. Un regard furtif mais lourd de sens. J'en compris immédiatement le message :

*Restez tranquille. Si vous faites quoi que ce soit pour me ridiculiser ou me mettre encore plus mal à l'aise, je vous ferai vivre un enfer !*

Je me délectais du spectacle.

— Oui, lui répondit-t-elle, gênée, je me parle souvent à moi-même, c'est une mauvaise habitude.

Le sportif sourit de toutes ses dents. Dents parfaitement alignées et certainement blanchies artificiellement par les dernières techniques à la mode. Se rendait-il compte au moins que sa perfection était risible ?

— Et la tête ? Vous devez avoir une vilaine bosse… demanda-t-il.

Instinctivement, Amy porta la main à l'arrière de son crâne pour toucher la bosse en question.

— J'ai l'impression qu'un orchestre joue un concerto dans ma boîte crânienne, mais je pense que je survivrai, répondit-elle en riant. Il faut dire que j'ai eu un réveil… difficile, ajouta-t-elle en insistant sur le dernier mot, à mon intention.

— Vous devriez peut-être consulter un médecin, vous pourriez avoir une commotion, dit-il, sincèrement soucieux.

Il s'avança plus près d'elle pour lui masser l'arrière du crâne.

Elle en fut surprise mais sûrement pas autant que moi. Qui faisait ça ? En dehors d'un médecin ou d'un fiancé ? Cet homme ne manquait pas de toupet. Cela ne sembla pourtant pas déplaire à la demoiselle.

— Effectivement, il y a une belle bosse. Il faudra surveiller cela…

— Je le ferai, lui répondit-elle avec un sourire chaleureux.

Toutes ces niaiseries me donnaient presque la nausée. Était-ce ce genre d'homme qu'on appelait « gentleman » de nos jours ? Personnellement, je le trouvais grossier, grotesque et ridicule.

— Et sinon, comment se passe l'installation ? demanda-t-il en désignant la maison d'un signe de tête.

— Plutôt bien. Je n'ai pas encore pris le temps de déballer toutes mes affaires, j'en faisais le tour lorsque j'ai remarqué cette vue. Je n'ai pas pu résister à l'envie d'aller faire quelques pas dans l'eau fraîche.

— Je comprends, répondit l'abominable dragueur en fourrant ses mains dans ses poches, c'est un endroit vraiment magnifique. Beaucoup de travaux sont à prévoir ?

— Quelques pièces ont été refaites récemment. La maison est en bon état général, il me faudra juste faire un petit rafraîchissement des boiseries et peintures…

— Les boiseries sont d'origine et les peintures sont presque neuves ! intervins-je, outré. Il faudra me passer sur le corps pour prévoir une quelconque modification.

— C'est déjà fait ! me rappela-t-elle avec sarcasme, oubliant l'espace de quelques secondes qu'elle était la seule à pouvoir me voir et m'entendre.

Celle-là, je l'avais cherchée. Je lui avais tendu la perche et le regrettai amèrement à la vue du petit sourire satisfait qui étirait ses lèvres. Rien que de repenser à la sensation d'étrangeté que j'avais ressentie à ce moment-là, un frisson me parcourut.

Elle regarda Zac qui l'observait avec curiosité :

— Je voulais dire, c'est déjà fait dans certaines pièces... les boiseries et les peintures ! D'ailleurs, connaîtriez-vous quelqu'un, ou bien une entreprise, qui vide les maisons ?

— Vous ne toucherez pas à un meuble de cette maison ! maugréai-je.

Il n'y eut aucune réaction de sa part, elle avait finalement décidé de m'ignorer. Elle poursuivit :

— Je vais avoir besoin de faire un peu de place avant d'entreprendre les travaux. Des tapis ornent tous les sols, je dois m'en débarrasser, ainsi que de quelques meubles et des objets qui semblent avoir une certaine valeur. Peut-être pourraient-ils être vendus lors d'une vente aux enchères ou autre.

— Il y a une entreprise de vide-maison en centre-ville... lui dit le voisin.

— Vous auriez leurs coordonnées pour que je les contacte ?

— Je peux vous y emmener si vous le souhaitez...

— Oh, c'est très gentil, mais j'ai des courses à faire en même temps, le frigo est vide...

— Ça ne me gêne pas de vous y conduire. Je peux vous déposer en ville pour faire vos courses, je dois passer au travail déposer un dossier en attendant. Ensuite, je vous emmènerai voir l'antiquaire et vous ferai visiter la ville.

Je vis qu'Amy semblait un peu gênée mais elle accepta finalement l'invitation de Zac... Avec un grand sourire qui ressemblait lui aussi à une invitation !

— C'est gentil, merci.

— Quand voulez-vous y aller ?

— Je voudrais d'abord ranger mes quelques affaires et prendre une douche. Disons, en début d'après-midi, vers 14 heures ?

— Très bien, à 14 heures, confirma l'arrogant spécimen en commençant à s'éloigner. Oh, et Amy, nous devrions peut-être nous tutoyer... nous sommes voisins après tout !

Elle eut un petit ricanement et marmonna à mon intention, si bas que Zac ne pouvait l'entendre :

— En voilà un qui n'a pas besoin de délai de réflexion pour se montrer charmant...

J'ignore pourquoi, mais sa remarque m'agaça. Ce n'est pas parce que le beau Zac avait un comportement irréprochable (trop parfait pour être honnête, d'ailleurs) que tout le monde devait en faire autant.

— Je suis d'accord, lui répondit-elle en le saluant d'un signe de la main.

Puis, le gredin disparut derrière la maison voisine.

Je me rendis compte à quel point c'était drôle d'observer une scène de séduction entre un homme et une femme. Les sourires gênés, les rires niais, les phrases toutes faites, la naïveté... comme on pouvait avoir l'air bête en présence du sexe opposé ! Pourquoi les gens ne restaient-ils pas simplement eux-mêmes plutôt que montrer un aspect fallacieux de leur personnalité ? Amy par exemple... Son comportement puéril envers cet homme n'avait rien à voir avec le mauvais caractère et la détermination à m'énerver dont elle faisait preuve en ma présence...

Je m'appuyai contre la colonne de la galerie, les bras croisés sur la poitrine en attendant qu'elle redescende de son petit nuage. Quand elle reprit enfin ses esprits, je lui signifiai d'un air moqueur :
— Je crois que vous avez un rencard...

# 7

## Amy

### *Le don d'agacer*

— Un rencard ? répétai-je outrée.

Il se trompait complètement.

— Oui, vous savez, ces fameux rendez-vous lorsqu'un homme et une femme sortent ensemble en toute intimité avec une intention évidente quant au dénouement de la soirée... Ou de la journée dans votre cas.

Je pouffai de rire.

— Vous vous trompez royalement. C'est mon voisin. Je veux dire NOTRE voisin. Il essaie simplement d'être gentil et d'entretenir des relations cordiales, justement... vous savez, ce genre de choses dont vous ignorez tout !

— Rectification ! dit-il en levant l'index en l'air. Il essaie d'avoir une relation tout court...

J'en avais assez entendu. Que pouvait-il bien en savoir, lui qui errait seul entre ses murs depuis tant d'années. En cinquante ans, les codes de séduction avaient dû bien changer, il aurait sans doute besoin d'une petite mise à jour sur le sujet.

— J'ignore comment cela se passait dans les années 1960 mais sachez que de nos jours, ce n'est pas parce qu'un homme et une femme discutent qu'ils vont forcément coucher ensemble. Zac sait que je ne suis ici que pour quelques mois.

— Certains signes ne trompent pas…

— Oh, et quel genre de signes, Monsieur l'expert ?

— Vous rencontrez beaucoup d'hommes qui vous massent le crâne quand vous vous cognez la tête ?

Sur ce point, il avait raison, j'étais à court d'arguments. J'avais été très surprise aussi de voir mon charmant voisin agir de cette façon.

Comme je ne disais rien, il se chargea bien sûr de continuer :

— Et les signes ne viennent pas seulement de lui…

— Quoi, vous insinuez que je le draguais ?

— Oh là là non ! répondit-il en éclatant de rire. Dans ce domaine, vos compétences sont visiblement pitoyables.

Je le regardai irritée, vexée, avec la seule et unique envie de le gifler. Mon Dieu, si seulement je l'avais pu, je l'aurais fait depuis bien longtemps, mais je ne voulais pas brasser de l'air une nouvelle fois et me sentir de nouveau comme anesthésiée. Plus jamais je ne tenterais un contact avec un esprit. C'était trop étrange.

Il poursuivit :

— Vous minaudiez…

— Je minaudais ? Moi ?

J'étais choquée par de tels propos.

— Hun hun, acquiesça-t-il d'un air moqueur.

— C'est ridicule, répondis-je pour me défendre.

— En effet, ça l'était, confirma-t-il en riant.

Il s'était visiblement bien amusé pendant que j'agissais comme une mijaurée devant l'homme le plus charmant que j'avais rencontré depuis mon arrivée. Bon, je devais admettre que je n'en avais pas non plus rencontré beaucoup… En repensant à cet échange, avec le recul, je me dis qu'il n'avait peut-être pas tort. Mais l'admettre ne ferait que le faire jubiler davantage. Je passai outre et tentai d'écourter la conversation.

— Quoi qu'il en soit, peu importe, je ne vois pas en quoi cela vous regarde. Je vais aller faire quelques courses avec mon VOISIN, dis-je en insistant sur ce dernier mot. Voisin qui essaie juste de se montrer aimable et c'est tout. Rien ne va se passer. Vous avez tort, vous verrez.

— Très bien, dit-il en semblant se résigner. Mais…

Je soupirai de lassitude. C'était trop beau pour être vrai, il n'arrêterait jamais de me tourmenter.

— Quoi encore ?

— Je vous parie qu'il vous invitera à boire un verre dans l'après-midi et que vous rentrerez ce soir avec une nouvelle date de rendez-vous !

Je m'esclaffai.

— Aucun problème. Vous verrez donc ce soir à quel point vous vous êtes trompé.

— Je me réjouis d'avance, répondit-il, sûr de lui.

Oh, il pouvait bien rire, il verrait bientôt que j'avais raison et il n'aurait plus de raison de me taquiner sur le sujet. Vivement qu'on en finisse, qu'il me laisse tranquille et qu'on ne reparle plus de cette horrible humiliation.

— Bien. Maintenant, si vous permettez, je vais prendre une douche.

— Mais je vous en prie, dit-il en faisant un signe poli de la tête, comme pour me saluer.

Trop théâtral pour être honnête.

Je les laissai donc tous les deux, lui et son sourire carnassier dont il ne se séparait jamais, pour aller me rafraîchir. Je montai l'escalier en ruminant toujours. Mais comment faisait-il ? il était la seule personne au monde capable de m'agacer autant lorsqu'il était face à moi. Mais le pire, c'est que même lorsqu'il n'était pas là, ses remarques piquantes – voire tranchantes – continuaient de tourner en boucle dans ma tête et de m'irriter au plus haut point.

Je retournai dans ma chambre prendre mes affaires de rechange et du linge de toilette dans ma valise avant de me diriger vers la salle de bains. En voyant la pièce en plein jour, je me rendis compte qu'une fenêtre s'ouvrait sur la plage, vue agréable pour se réveiller le matin. Je jetai un œil dehors. Malgré le froid, quelques personnes se baladaient sur le rivage pendant que d'autres faisaient leur jogging, ce qui me fit penser que je devrais profiter de ce lieu magnifique pour m'y remettre. Au large, le brouillard s'était levé et on pouvait apercevoir des voiliers mettre le cap vers des destinations qu'eux seuls connaissaient. Cela devait être tellement grisant de prendre le large et de se retrouver en plein océan sans avoir de règles à suivre, d'obligations à remplir ou de contraintes quotidiennes à subir. Avoir l'horizon et le large pour seuls compagnons et la liberté à portée de main.

Je rêvassais à la vie de ces marins, ces hommes hors norme mais tellement enviés, en entrant sous l'eau chaude de ma douche. J'y restai un long moment. Cela me procura une sensation de bien-être et de détente que je n'avais pas ressentie depuis la veille avant que j'arrive dans cette maison et que je rencontre Will. Will... non, je ne devais pas penser à lui et m'agacer de nouveau, alors que je venais à peine de parvenir à me relaxer.

Je ne sais pas combien de temps je restai là à laisser le jet chaud de la douche me masser la peau mais cela devait faire un moment, car l'eau finit par devenir tiède. Je décidai alors de sortir en m'enroulant dans la serviette que j'avais laissée pendre à la vitre de la cabine.

— Je me demandais si vous alliez en sortir un jour ! dit Will quand j'ouvris la porte.

Je poussai un cri de surprise. De peur, je faillis laisser tomber ma serviette. Par je ne sais quel miracle, je réussis à la retenir avant de me retrouver complètement nue sous le regard taquin du fantôme.

— Sortez, hurlai-je de colère.

Appuyé contre la vasque, il s'amusait une fois de plus de la situation.

— J'ai bien réfléchi, poursuivit-il en se regardant les ongles et en ignorant brillamment mon ordre. Je pense que vous avez raison...

— Will, sortez ! répétai-je en couvrant le maximum de peau que je pouvais avec ce minimum de serviette.

— Vous n'êtes pas la première femme que je vois nue, vous savez.

— Je ne veux pas le savoir, ça m'est bien égal, sortez de cette salle de bains !

Il se redressa en riant avant d'ajouter :

— Bien, j'attendrai dehors.

Puis, il disparut à travers la porte. Je nageais en plein cauchemar. Exaspérant, il l'était, agaçant aussi, irritant, provocant, crispant, importun, hérissant et maintenant je découvrais une autre de ses nombreuses qualités : complètement sans gêne ! J'avais deux mots à lui dire à ce sujet.

Je crois ne jamais m'être habillée aussi vite, après quoi je sortis de la salle de bains en furie avant d'entrer dans la chambre de l'impertinent revenant. Je le trouvai assis sur son lit, un livre à la main.

— Vous pourriez frapper avant d'entrer ! dit-il avec sarcasme.

— Cela vous va bien de dire ça ! Vous êtes vraiment… vraiment…

Je cherchais le mot adapté mais je ne trouvais pas de qualificatif suffisamment fort pour le désigner.

— Vraiment quoi ?

— Sans gêne ! Vous êtes vraiment sans gêne. Et irrespectueux !

— Je suis presque certain que ce n'est pas le terme que vous recherchiez…

— Non, en effet mais contrairement à vous, j'essaie de rester correcte !

— Ah, nous en venons au vif du sujet !

— De quoi parlez-vous ?

— Eh bien, c'est ce que j'avais commencé à vous expliquer avant que vous me mettiez à la porte de façon si grossière !

Mon Dieu, donnez-moi la force ! S'il n'était pas déjà mort, je l'aurais tué de mes propres mains.

Je posai mes poings sur mes hanches en attendant la suite.

— J'allais simplement vous dire que j'acceptais le tutoiement… après vous avoir vue à la sortie de la douche, je ne peux plus décemment prétendre qu'on ne se connaît pas assez.

J'étais trop exaspérée pour répondre quoi que ce soit et le tutoiement était le dernier de mes soucis pour le moment. Je tournais les talons, prête à sortir de la chambre, quand il ajouta :

— Si ça peut te rassurer, tu n'as aucun complexe à avoir. Je n'ai pas tout vu mais le début du spectacle était prometteur.

Il riait, comme à son habitude. Il prenait vraiment tout à la rigolade.

— La ferme ! répondis-je avant de sortir de la chambre en claquant la porte.

J'entendis malgré tout sa voix crier à travers le mur :

— C'était un compliment… et tu as mis ton pull à l'envers !

Je regardai le col de mon chandail et constatai que l'étiquette était effectivement à l'avant.

Alors, pour une raison qui m'est encore complètement inconnue, obscure, étrange et inexpliquée, je me mis à sourire à mon tour.

# 8

## Amy

### *Premier rendez-vous*

Je retrouvai peu à peu mon calme en terminant de me préparer. Je ne forçai pas sur le maquillage, je ne voulais sûrement pas donner raison à Will concernant mon comportement envers Zac. Un peu de fond de teint et de mascara suffiraient.

Je pris mon sac à main dans la chambre avant de redescendre à la cuisine pour préparer une liste des provisions.

— Toujours énervée ? demanda Will en entrant dans la pièce.

Je répondis d'un air détaché, avec mon plus grand sourire, forcé mais obligé :

— Pas du tout, je suis très calme.

— Je constate que tu as remis ton pull à l'endroit… dit-il en désignant le vêtement.

Il cherchait à m'énerver de nouveau. Cette fois, ça ne fonctionnerait pas. J'ignorai sa remarque et, sans lui accorder un regard, je continuai à lister ce dont j'aurais besoin pendant les prochains jours, pour ne rien oublier pendant mes courses. Il y eut un silence au cours duquel je lui lançai un rapide coup d'œil. Il semblait réfléchir à une nouvelle façon de me tourmenter. Que cela devait l'énerver que je ne marche plus dans son jeu !

J'entendis qu'on frappait à la porte. Pile au bon moment.

— Je crois que ton rencard est arrivé !
— En effet, répondis-je calmement.

Pour une fois, je ne le contredis pas et il sembla étonné. Son sourire s'effaça peu à peu. Les sourcils froncés, je voyais bien qu'il cherchait une façon, n'importe laquelle, de me faire enrager.

Je mis la liste dans mon sac avant de prendre mes affaires et de me diriger vers le hall en passant devant lui.

— Je risque de rentrer tard, dis-je en enfilant mon manteau. Je sais bien que ça ne sera pas le cas mais, au cas où… inutile de t'inquiéter, je serai en bonne compagnie. Passe une agréable journée.

Il ne trouva rien à répondre et, de toute façon, je ne lui en laissai pas le temps : j'étais déjà sortie de la maison.

Zac attendait sous le porche, d'un air décontracté, les mains dans les poches. Son visage s'éclaira d'un grand sourire quand il me vit apparaître. C'était agréable. Ce qu'avait dit Will me revint en mémoire mais je repoussai ces pensées. Je ne voulais pas penser à lui, mais simplement passer un bon moment en bonne compagnie.

— Est-ce que ça va ? me demanda mon charmant voisin alors que je m'approchais. Tu as l'air contrariée.

— Non, pas du tout, me défendis-je en chassant le fantôme de ma tête. Tout va bien. Je suis ravie de sortir un peu de cette maison pour voir la ville.

— Tu es ici depuis hier soir ! s'exclama-t-il en riant. Tu es déjà lassée ?

— Non, bien sûr que non. Je voulais juste dire que j'étais impatiente de voir la ville. Ma grand-mère venait souvent ici. Elle m'en a beaucoup parlé, alors j'ai hâte de me faire ma propre idée !

Il m'incita à le suivre d'un signe de tête en direction d'un pick-up énorme et visiblement tout neuf, dont les roues étaient plus hautes que mes hanches. Le genre de véhicule tape-à-l'œil, idéal pour se faire remarquer. Tout ce que je détestais. Je grimpai tant bien que mal dans ce monstre métallique.

— C'est une ville très attractive à la pleine saison mais, en ce moment, elle est assez déserte.

— Ça fait longtemps que tu vis ici ? demandai-je alors qu'il démarrait.

— Je suis arrivé il y a quelques mois, pendant l'été.

— Et qu'est-ce qui t'a amené ici ?

— La famille. Mon grand-père vieillit, j'ai donc tenu à me rapprocher de lui pour l'aider au quotidien.

— C'est très gentil de ta part. Il doit apprécier d'avoir son petit-fils près de lui.

— Oui, je crois, dit-il avec un sourire chaleureux.

— Et pour le travail ? Ça n'a pas été trop dur de changer d'endroit ?

— Oh non. Je travaille dans la communication, l'événementiel. J'ai mon entreprise. J'ai dû déplacer mon activité mais les affaires marchent plutôt bien. Et toi alors ? Qu'est-ce qui t'amène ici ?

J'aurais dû me douter qu'elle finirait par arriver : LA question. Je réfléchis un instant à la réponse que j'allais lui donner, puisque je n'étais plus sûre de rien moi-même.

— J'avais besoin de voir du pays, je crois. L'impression de routine et mon boulot ont eu raison de moi. J'avais envie de voir autre chose. De respirer un nouvel air pour quelque temps.

— Tu fais quoi dans la vie ?

— Je suis commerciale.

— Ton boulot ne te plaît plus ?

— Non, pas vraiment, je ne crois pas être faite pour ça.

Je ne souhaitais pas rentrer dans les détails. J'étais venue ici pour penser à autre chose qu'à mon quotidien ennuyeux, je n'avais donc pas l'intention d'en parler trop longtemps. Nous roulions depuis cinq minutes environ en ne traversant que des lotissements ponctués de petits ronds-points de temps à autre. Bénodet était une petite ville charmante, surtout résidentielle. À cette époque de l'année, la plupart des maisons étaient fermées, probablement des résidences secondaires. Nous arrivâmes alors sur le parking d'un petit magasin où il se gara.

— As-tu besoin d'aide pour tes courses ?

— Non, ça va aller. Tu peux passer à ton bureau comme tu l'avais prévu, on se retrouvera après.

— O.K. J'en ai pour un petit quart d'heure. Je t'attendrai ici.

— Très bien, lui répondis-je amicalement avant de le remercier.

J'ouvris la porte du véhicule qui pesait une tonne. Bon sang, cette voiture était blindée ou quoi ? Il m'aurait presque fallu une échelle pour descendre de là. Je me laissai glisser du siège en attendant de toucher terre et claquai la porte, après quoi je fis un signe à Zac avant de m'éloigner.

Je passai une vingtaine de minutes dans le magasin à choisir ce dont j'aurais besoin pour les jours à venir. Des fruits, des légumes, quelques aliments frais pour remplir ce grand frigo vide. Je sortis de l'hypermarché, les bras chargés de sacs. Heureusement, Zac était déjà arrivé. Il rapprocha sa voiture et chargea mes sacs à l'arrière du pick-up. Alors, nous reprîmes la route en direction du centre-ville. Nous passâmes devant des lieux clés de la bourgade, qu'il me présenta au fur et à mesure que nous les dépassions : l'office du tourisme, une église de forme particulière, puis nous descendîmes une avenue qui nous offrit une vue magnifique sur l'océan. Nous arrivâmes alors sur le front de mer. Une promenade surplombait une grande plage de sable fin. De l'autre côté de la rue, des commerces. Essentiellement des boutiques de souvenirs fermées pendant la basse saison, mais aussi quelques bars, des hôtels, des résidences de vacances, des centres de balnéothérapie… Zac avait raison. Ici, la vie semblait s'arrêter en hiver. Tout était très calme et nous croisions très peu de gens. Cela ne m'empêchait pas d'admirer la vue et d'apprécier les lieux. Je m'imaginais ces rues et cette promenade pleines de vie pendant l'été. La ville devait alors avoir un visage complètement différent. Le jeune homme gara la voiture sur la promenade et nous descendîmes sur la plage faire quelques pas.

— C'est un endroit vraiment magnifique, dis-je, émerveillée. C'est exactement comme je l'imaginais.

— Vraiment ? demanda-t-il étonné. Ce n'est pourtant pas très vivant à cette époque de l'année !

— C'est vrai mais justement... j'apprécie ce calme.

Je me tournai face à la mer. À gauche, l'océan s'ouvrait sur de multiples destinations. À droite, la rivière de l'Odet se jetait dans une embouchure qui emmenait les navires jusqu'à Quimper. Face à nous, sur l'autre rive, le petit village de Sainte-Marine nous offrait ses charmes à découvrir.

Tout était comme ma grand-mère l'avait décrit. Rien qu'en observant ces paysages, ses paroles me revinrent en mémoire. L'espace d'un instant, je crus presque qu'elle était à côté de moi en train de me conter combien elle aimait cet endroit.

Un vent froid venu du large vint me glacer les os et me fit frissonner. Zac sembla le remarquer puisque l'instant d'après, il proposa de m'offrir un café pour me réchauffer.

Alors, il y eut tout à coup comme une alarme qui se déclencha dans mon cerveau :

*Will t'avait prévenue.*

Non, pas maintenant ! Cinq petites minutes que je n'avais pas pensé à cet odieux personnage et il suffisait que mon charmant voisin me propose un café pour que l'existence du fantôme me revienne en mémoire comme un boomerang en plein visage.

Je me dis d'abord que c'était une mauvaise idée. L'étape suivante était l'invitation à dîner. En tout cas, selon les dires de Will et je ne voulais pas lui donner raison. Pourtant, je me dis rapidement que ce dernier était mort depuis cinquante ans, qu'il ne savait pas ce qu'il disait, ni de quoi il parlait. Les codes de séduction avaient dû bien changer en cinq décennies. Une simple invitation à boire un café n'engageait à rien. Je n'allais quand même pas vivre ma vie en fonction des paroles d'un mort. J'acceptai donc volontiers de partager ce moment avec mon agréable voisin. En regagnant la promenade, nous nous arrêtâmes devant un plan de la ville sur lequel Zac m'aida à situer la maison par rapport à l'endroit où nous nous trouvions. À vol d'oiseau, elle n'était pas très loin. Environ un kilomètre plus à l'est sur la côte, près de la lagune. Sur le plan, je remarquai un lieu balisé par une rose des vents : la pointe de Saint-Gilles. Je connaissais ce nom. C'est à cet endroit que ma grand-mère adorait se rendre. Un lieu surplombant la mer, où elle pouvait laisser ses soucis et ses angoisses prendre le large pour enfin respirer et se détendre. Je n'en parlai pas à Zac. Il me proposerait sans doute de m'y conduire. Or, je voulais découvrir cet endroit seule. Je mémorisai bien sa localisation sur la carte avec la nette intention d'y aller plus tard. Nous traversâmes la rue et entrâmes dans un café du front de mer.

Nous y restâmes un petit moment à discuter de tout et de rien. Mon voisin me demanda quelles études j'avais faites et ce que j'avais l'intention de faire si je quittais le commerce. Une question qui m'embarrassa fortement puisque je n'en avais strictement aucune idée et, en toute honnêteté, je n'avais pas vraiment envie d'y réfléchir maintenant. Cette conversation m'angoissait car elle me rappelait tout ce que j'étais venue oublier l'espace de quelques mois. Finalement, je réussis à changer de sujet en le questionnant sur sa vie à lui. Il parla principalement de son travail, de quelques anecdotes concernant ses clients. Au début, je m'amusai des situations comiques qu'il me décrivait mais, au bout de quelques minutes, mon esprit se mit à s'égarer. J'entendais ce qu'il me disait sans réellement l'écouter. Je pensais à la maison, aux travaux que j'y envisageais, à la façon dont je devrais convaincre Will.

Zac était tellement emballé par ses histoires qu'il ne sembla pas remarquer mon manque d'attention. Je fus sortie de mes songes par la sonnerie d'un téléphone. Il me fallut quelques secondes pour réaliser que c'était le mien. Je m'excusai auprès de mon interlocuteur avant de prendre l'appel.

C'était M. Maréchal. Le propriétaire m'appelait pour me faire une proposition de salaire qui me laissa sans voix. Trois mille euros par mois, avec un bonus à la fin des travaux si ces derniers lui donnaient satisfaction. Je ne pus, bien entendu, pas refuser son offre et j'en fus presque gênée. Il devait vraiment tenir à se débarrasser de l'habitation... et de Will par la même occasion. Il me demanda alors si tout se passait bien à la maison. Je savais qu'il faisait allusion à l'esprit qui occupait les lieux mais je ne pouvais pas en parler devant Zac ; j'esquivai la question en répondant que tout allait pour le mieux. J'en profitai pour demander au propriétaire ce qu'il comptait faire de tout le mobilier et de la décoration qui se trouvaient actuellement dans la bâtisse. Je lui signalai que j'avais l'intention de faire appel à une entreprise pour organiser un vide-maison. Il me donna son accord avant de me dire qu'il ne souhaitait rien garder et que les objets de valeur pourraient faire l'objet de ventes aux enchères permettant de réinvestir l'argent dans le nouveau mobilier. J'acquiesçai, après quoi il me salua avant de raccrocher.

J'avais le sourire aux lèvres en remettant mon téléphone dans mon sac. Depuis que j'avais commencé à travailler, je n'avais jamais touché un aussi bon salaire. Je m'en réjouissais d'avance.

Le coup de téléphone ayant interrompu le cours de notre conversation, Zac me proposa de m'accompagner chez le brocanteur en vue du vide-maison que je souhaitais organiser. Il m'offrit le café mais je laissai un pourboire au serveur.

Nous regagnâmes le véhicule puis reprîmes la route en longeant la corniche jusqu'au port de plaisance. Là, une jolie vue s'offrit à nous. Le pont de Cornouaille reliait les deux rives de l'Odet. On pouvait observer les allées et venues incessantes des voiliers et autres petits bateaux. Les gréements des navires amarrés aux pontons tintaient, faisant résonner une douce mélodie à mes oreilles. J'avais toujours adoré ce son. Zac gara la voiture sur le parking. Ici se trouvaient quelques boutiques, principalement d'accastillage et de matériel utile aux marins mais, à quelques pas, se trouvait une vieille boutique d'antiquités.

— Au fait, il faut que je te dise…, me dit Zac avant d'entrer dans le magasin. Attends un peu avant de leur dire quelle maison tu souhaites vider…

Il sembla soudain mal à l'aise. Perplexe, je le regardai les sourcils froncés dans l'attente d'une explication.

— C'est que… certaines rumeurs circulent sur la maison que tu occupes, vois-tu…

Tout devint plus clair. Visiblement, les rumeurs d'une maison hantée s'étaient répandues au-delà du propriétaire de cette dernière.

— Tu parles des rumeurs de fantôme ? demandai-je franchement pour éviter de tourner autour du pot.

Il sembla surpris que je sois informée.

— Oh… M. Maréchal te l'a dit ?

J'acquiesçai avant de me diriger vers la boutique mais il me retint par le bras. Visiblement, il voulait en savoir davantage sur le prétendu esprit hantant les lieux.

— Est-ce que c'est vrai ? me demanda-t-il, intéressé.

Je le regardai fixement un instant, essayant de traduire l'émotion étrange que je lisais dans ses yeux. Était-ce de la curiosité, de la peur ? Je n'aurais su le dire.

— Tu crois sérieusement à ces histoires de fantômes ? demandai-je en riant.

— Pas toi ?

— J'y croirai le jour où j'en verrai un de mes propres yeux…

Étrangement, il semblait presque déçu par ma réponse.

— Il ne s'est rien produit d'étrange depuis que tu es arrivée ? insista-t-il.

Son sérieux me donnait presque la chair de poule.

Je pensai : *Tu veux dire en dehors du fait qu'un esprit, qui se croit malin en plus d'être drôle, aime surprendre les femmes à la sortie de leur douche ?*

— Non, rien, répondis-je avec assurance. Pourquoi me demandes-tu cela ? Tu crois vraiment à tout ça ? Les esprits errants qui hanteraient les vivants…

Il sembla réfléchir quelques secondes avant de répondre en haussant les épaules :

— Je n'en sais rien, à vrai dire. On raconte tellement de choses à ce sujet. Certaines paraissent tellement surréalistes !

*Si tu savais !*

— Et nombreux sont ceux à être entrés dans cette maison qui ont dit avoir ressenti d'étranges vibrations... poursuivit-il.

*Sans aucun doute l'ego surdimensionné de Will. J'avais ressenti ce genre de choses moi aussi... presque étouffée par sa fierté !*

Je le regardai fixement avant d'ajouter :

— Ce ne sont que des rumeurs, Zac... Des légendes comme celles-là prennent rapidement forme, surtout dans une région celtique comme la Bretagne, propice aux traditions et rites ancestraux. Il ne se passe rien de tout ça dans cette maison... rien d'anormal, en tout cas. J'ai ressenti de multiples sensations moi aussi quand j'y suis entrée pour la première fois... Uniquement dues à la décoration datant du début du XIX$^e$ siècle. J'ai eu l'impression de faire un saut dans le temps ! dis-je en riant.

Il ne répondit rien, hochant simplement la tête, me signifiant qu'il se contenterait de cette réponse... pour l'instant.

J'ignorais pourquoi j'avais menti. Ce n'était pas dans ma nature. En temps normal, j'étais une piètre menteuse. C'est sûrement la raison pour laquelle je fus surprise d'avoir joué la comédie avec autant de facilité... Je n'en étais pas fière, pourtant je ne le regrettais pas, même si je ne comprenais pas vraiment la raison de mon propre comportement.

Que se serait-il passé si j'avais dit à Zac que je partageais la maison avec un esprit qui errait là depuis cinquante ans ? Peut-être rien. Ou peut-être m'aurait-il pris pour une folle. Peu importe, ce n'était pas la raison qui m'avait poussée à mentir. En réalité, je ne connaissais pas la vraie raison.

Nous entrâmes finalement dans la boutique où nous fûmes accueillis par deux hommes d'une cinquantaine d'années. À première vue, ils étaient frères, leur ressemblance ne laissait aucun doute.

Je les saluai d'un sourire amical avant de me diriger vers le comptoir. Ils me demandèrent alors ce qu'ils pouvaient faire pour m'aider. Je leur expliquai que j'étais locataire d'une maison pour quelques mois. Que j'avais des travaux à y faire mais que je devais avant tout la vider avant d'entreprendre une quelconque rénovation. Ils m'interrogèrent sur le contenu à vider. Je leur parlai des meubles anciens, des nombreux tapis dont je ne voulais plus voir la couleur, des objets de décoration qui semblaient avoir une grande valeur. Les deux hommes avaient les yeux qui pétillaient lorsque je fis mention de toutes ces choses de valeur. C'est sûr, pour eux, c'était une affaire en or. Je leur parlai de mon désir de vendre les objets lors d'enchères qui me permettraient de réinvestir l'argent. L'un d'eux me demanda de patienter quelques instants pendant qu'il consultait son agenda. Pendant ce temps, je laissai mon regard parcourir la boutique : des objets anciens, sans doute d'une grande valeur, ornaient les étagères. Ils étaient de tout temps, de toute époque. S'ils avaient pu parler, ils en auraient eu des choses à raconter !

De magnifiques maquettes de bateaux étaient posées sur des coffres ou des tables basses. D'autres étaient simplement disposées sur des étagères en bois : goélette, trois-mâts, voiliers de course, thonier… il y avait l'embarras du choix. J'en imaginais déjà certains trôner fièrement sur les meubles de la maison ou le manteau de la cheminée, lorsque j'y apporterais la touche finale.

L'un des deux commerçants interrompit mes songes lorsqu'il me proposa :

— Êtes-vous disponible demain ?

Je fus prise de court mais j'acquiesçai.

— Un créneau s'est libéré, nous pouvons venir dans la journée pour vider les lieux, si cela vous convient.

Je ne m'attendais pas à une date aussi précoce mais, au moins, je pourrais commencer les travaux au plus vite. Je craignais cependant que Will ne me mette des bâtons dans les roues et qu'il ne s'amuse (comme il savait si bien le faire) à terroriser les pauvres antiquaires, le temps de leur travail dans la maison. Je devrais lui toucher deux mots à ce sujet.

L'homme m'informa qu'il lui faudrait un peu de temps pour estimer la valeur des biens et organiser une vente aux enchères, mais qu'il se chargerait de tout. J'acceptai sa proposition puis il me demanda l'adresse de la maison et là, je les vis, lui et son frère, se décomposer sur place. Ils devinrent blancs comme deux cachets d'aspirine.

— Il s'agit bien de la maison en bois sur le front de mer, non loin de la lagune ? demanda l'un d'eux.

J'acquiesçai d'un signe de tête et le vis déglutir péniblement. C'en était presque risible. Il échangea un regard avec son frère qui était dans le même état que lui. Je me tournai vers Zac, resté silencieux jusqu'à présent. Il se contenta de hausser les épaules comme pour me signifier : « Je t'avais prévenue ! »

Je finis par avoir de la peine pour les deux hommes et tentai de les rassurer :

— Soyez tranquilles, je suis au courant des rumeurs au sujet de la maison. Je vous assure que vous n'avez rien à craindre, il n'y a pas de fantôme…

Ma remarque ne parut pas les rassurer pour autant mais, après un silence pesant qui sembla durer une éternité, ils finirent par confirmer leur venue. J'en connaissais deux qui dormiraient très mal cette nuit !

Deuxième fois que je mentais en l'espace de dix minutes. Me voilà dans de beaux draps ! Je devenais experte dans le domaine et je n'aimais pas ça du tout ! Il me faudrait maintenant convaincre Will de se tenir tranquille alors que je savais pertinemment qu'il prenait plaisir à terroriser les vivants. Et puis, s'il pouvait trouver là l'occasion de me provoquer, bien sûr qu'il le ferait. C'est certain, je redoutais la journée du lendemain. Il ne laisserait sans doute pas ces deux hommes emporter toutes ses affaires sans réagir…

Chaque chose en son temps. J'essayais de ne pas y penser pour l'instant. Nous saluâmes les deux hommes après avoir convenu d'une heure de rendez-vous, et quittâmes le magasin.

Une fois arrivés à la maison, Zac m'aida à porter les sacs de courses jusque sous le porche. Il proposa de m'aider à les ranger mais je refusai. Je ne voulais pas qu'il entre dans la maison. Il s'apercevrait bien trop vite que j'avais menti.

Je le remerciai pour l'agréable après-midi passé en sa compagnie.

— C'était avec plaisir, répondit-il sincèrement. D'ailleurs, je me demandais...

Je craignais le pire. Pourvu qu'il ne me demande pas...

— ... accepterais-tu de dîner avec moi vendredi soir ?

Je pestais intérieurement. Will avait raison : le verre, puis l'invitation à dîner... cela m'agaçait. Aurait-il toujours le dernier mot ?

Je me retrouvais dans une situation délicate. J'appréciais Zac mais je ne souhaitais pas commencer une quelconque relation alors que je ne serais ici que pour quelques mois. Avais-je eu un comportement qui lui avait fait penser que, peut-être, j'envisageais les choses autrement ? Je ne pense pas, j'y avais veillé toute la journée. Je m'étais simplement comportée en voisine sympathique. J'hésitai. Refuser le blesserait sans doute mais accepter lui ferait espérer quelque chose que je n'avais pas l'intention de lui donner. J'aperçus Will qui observait la scène depuis l'alcôve du salon. Un petit sourire étirait ses lèvres et je finis par accepter, sans savoir vraiment pourquoi. Je regrettai d'ailleurs aussitôt en voyant le visage ravi et soulagé de Zac, mais il était trop tard pour me rétracter. Je me demandais parfois ce qui me poussait à agir comme cela. De façon impulsive et irréfléchie. La plupart du temps, je finissais par regretter mes décisions, j'aurais dû en tirer des leçons avec le temps, mais non...

Il précisa qu'il viendrait me chercher à 19 heures ce soir-là et me souhaita une bonne soirée avant de s'éloigner vers sa maison.

J'ignorais dans quoi je venais de m'engager, mais j'avais un pressentiment étrange, de mauvais augure. L'avenir me le dirait. Je farfouillai dans mon sac à la recherche de mes clés, déterminée à affronter les attaques d'un fantôme surentraîné.

# 9

## Will

*Une très longue soirée*

Après notre petite « dispute », lorsqu'Amy était redescendue dans la cuisine, elle semblait étrangement calme et résolue. Elle ne réagissait pas à mes boutades et cela me contraria fortement. Cette femme était plus intelligente que ce que je croyais si elle avait décidé de ne pas réagir à mes provocations dans le seul but de me tourmenter. Cela fonctionnait à merveille. Je devais admettre que, cette fois, j'avais trouvé un adversaire à ma taille. Difficile de lutter contre sa repartie et son caractère buté. Quelle plaie ! Elle pouvait se montrer particulièrement désagréable. Elle qui niait avoir agi avec Zac comme une groupie face à son idole avait, semble-t-il, changé son fusil d'épaule lorsqu'il avait sonné pour l'emmener se balader en ville. Elle n'avait pas rétorqué lorsque j'avais parlé de « rencard ». Elle avait peut-être fini par admettre que c'en était bien un. Quoi qu'il en soit, elle parut enchantée en franchissant la porte.

Quant à moi, je me retrouvais désarmé face à son humeur changeante. Je ne savais comment agir avec elle. Avant de quitter la maison, elle m'avait prévenu qu'elle rentrerait tard. Pourquoi me dire cela ? Elle pouvait bien faire ce qu'elle voulait, ça m'était égal.

En tout cas, elle avait raison, les heures passaient et aucune nouvelle de ma nouvelle colocataire. Elle devait certainement passer un moment inoubliable en compagnie de l'irrésistible Zac, souriant niaisement devant son visage angélique et rougissant sous le regard enjôleur de l'individu. Je me demandais bien ce qui pouvait faire craquer les femmes chez un type de ce genre. Le reflet de la perfection sans doute. Pourtant, la perfection n'existait pas, c'était bien connu. D'ailleurs, il était monnaie courante de dire que, de nos jours, les hommes au physique d'apollon en avaient beaucoup dans les muscles mais peu dans la cervelle. Ce dernier n'y faisait sans doute pas exception. Je ne le connaissais pas beaucoup, c'est vrai, mais on dit qu'il faut toujours se fier à sa première impression et celle que j'avais eue en le voyant pour la première fois ne laissait présager rien de bon...

Je passai l'après-midi à tourner et à virer dans la maison, en reprenant mes bonnes vieilles habitudes. Bizarrement, je trouvais l'endroit calme et bizarrement, cela me dérangeait. Je saisis plusieurs livres dans la bibliothèque du bureau mais aucun ne me fit vraiment envie. Je les avais tous déjà lus au moins cinq fois, je n'avais rien de nouveau à y découvrir. Alors, mon attention se dirigea sur un livre traitant des apparitions fantomatiques. Un des précédents locataires l'avait acheté en remarquant les manifestations étranges qui se produisaient dans la maison. Il avait déguerpi si vite que le livre était resté ici. Je l'avais déjà feuilleté auparavant, mais je n'avais rien appris que je ne connaissais déjà sur mon état. Cette fois, je le considérai avec un intérêt nouveau. Peut-être que ce manuel apporterait des réponses à mes questions. Comment Amy pouvait-elle me voir, alors que personne d'autre n'en était capable ? Il n'y avait qu'une seule autre personne qui, au cours de ces cinq dernières décennies, avait pu entrer en contact avec moi mais, là encore, cette personne ne pouvait que m'entendre, pas me voir. Qu'est-ce qu'Amy avait de différent ? Je tombai sur un chapitre consacré aux médiums. Il y était simplement mentionné que certaines personnes possédaient un don pour communiquer avec les esprits. Le livre n'entrait pas davantage dans les détails. J'aurais aimé obtenir plus d'informations. La situation m'intriguait. Il devait y avoir une explication.

Il était presque 20 heures lorsque j'entendis tout à coup un véhicule s'arrêter dans la rue. Je reposai le livre et me rendis au salon pour regarder par la fenêtre. Il faisait nuit à présent mais je reconnus la voiture de Zac qui venait de se garer. Pouvait-on vraiment parler de voiture ? À la voir, je la comparai davantage à un tank ! Le garçon se comportait en véritable gentleman, venant ouvrir la porte du véhicule à la demoiselle et portant ses sacs de courses jusqu'au porche. Quelle hypocrisie ! Toutes les techniques étaient bonnes pour séduire la jeune femme ! C'était pitoyable, vraiment ! Je les vis discuter un petit moment, trop bas pour que je puisse entendre quoi que ce soit. Certainement de choses agréables puisque le charmant voisin sourit de toutes ses dents, l'air vraiment ravi. Il s'éloigna avec le sourire charmeur du parfait séducteur, après quoi j'entendis la clé tourner dans la serrure.

Amy ouvrit la porte en la poussant du pied, ses bras étant remplis de sacs. Je lui serais volontiers venu en aide si j'avais pu. Dommage que mes capacités ne me le permettent pas… !

— Tu n'invites pas Roméo à boire un verre ? lui demandai-je, curieux.

— Sûrement pas, dit-elle en posant péniblement les sacs sur l'îlot central de la cuisine.

— Ça s'est si mal passé que ça ?

— Pas du tout. Au contraire, tout s'est parfaitement bien passé. Mais je ne voudrais pas qu'il parte en courant en découvrant avec quel odieux personnage je vis.

— Cela ferait de lui un couard… dis-je en m'appuyant contre le mur.

Elle me lança un regard courroucé avant d'aller chercher les derniers sacs sur le perron. Elle ne répondit pas à ma remarque, alors je continuai :

— Alors ? Qu'avez-vous fait durant ce TRÈS long après-midi ?

— Tu surveillais l'heure ? me demanda-t-elle amusée. Tu t'inquiétais ?

Je retins un ricanement :

— Pas du tout, quelle drôle d'idée !

Moi ? Inquiet ? Inquiet pour quoi ? Elle me connaissait bien mal !

— Alors pourquoi est-ce que ça t'intéresse ?

Bonne question à laquelle je n'étais pas certain d'avoir une réponse.

— Je suis curieux, c'est tout...

Elle commença à vider ses provisions sur la table. Provisions que j'observais d'un œil déconcerté. Mis à part quelques fruits et légumes, il n'y avait que des boîtes de conserve ou des préparations à réchauffer.

— Nous nous sommes baladés sur le front de mer, dit-elle en espérant sans doute que je me contenterais de sa réponse évasive.

— Et ? insistai-je.

Elle posa la boîte qu'elle avait dans la main, et dans un soupir finit par répondre :

— Il m'a invitée à boire un verre, tu es content ?

Je ricanai.

— Oh oh, on dirait bien que j'avais r...

— Stop, me coupa-t-elle d'un geste de la main. Ne dis rien !

Je levai les mains en l'air en signe de résignation mais dans l'attente de connaître la suite. Un silence s'installa au cours duquel elle reprit son rangement. Elle semblait gênée, mal à l'aise, je n'aurais su le dire avec précision. Ce qui était certain, c'est que mon questionnement l'agaçait. Raison de plus pour poursuivre.

— Pour quand est le dîner ? dis-je en m'asseyant sur un des tabourets disposés autour de l'îlot.

Elle cessa de s'agiter un instant et s'assit à son tour.

— Vendredi soir, répondit-elle avec une moue qui traduisait un sentiment que j'avais beaucoup de mal à identifier. Était-ce de la déception ? de la lassitude ? de l'appréhension ? Je ne savais. Je réalisai à ce moment que je savais rarement ce qu'elle pensait. D'habitude, je lisais dans les vivants comme dans un livre ouvert. Leurs yeux reflétaient des sentiments limpides. Amy était bien plus complexe. Son regard semait la confusion. C'était comme si elle avait ressenti dix émotions différentes en même temps. Elle restait un vrai mystère pour moi. C'était déroutant.

— Cache ta joie, tu sembles ravie… m'exclamai-je avec ironie. Il y a de l'ombre au paradis ?

Elle se releva et continua son rangement.

— Non… non, Zac est parfait.

Pourtant, à l'intonation de sa voix, je n'en étais pas convaincu. Un « mais » allait sans doute suivre…

— … Mais je ne suis ici que pour quelques mois, je n'ai pas l'intention de commencer une histoire.

— Comment ça ? Même avec l'irrésistible Zac ? Quelle femme serait assez folle pour refuser de sortir avec la perfection incarnée ?

— La perfection n'existe pas, Will.

Elle dit cela avec sérieux. Je trouvais son comportement curieux. Le voisin d'à côté était l'homme dont toutes les femmes pouvaient rêver. Pourtant, après une journée passée avec lui, j'eus l'impression qu'Amy ne semblait pas aussi admirative de l'apollon que ce que j'aurais imaginé. Peut-être était-elle suffisamment intelligente pour voir au-delà du physique et ce qu'elle avait découvert ne lui plaisait-il pas tant que ça. J'étais de plus en plus intrigué alors je posai la question qui me brûlait les lèvres :

— Pourquoi accepter de dîner avec lui, dans ce cas ?

Elle donna une place à chaque provision dans les placards de la cuisine. Je la regardais s'agiter sans rien dire. Au bout d'un moment qui sembla être une éternité, elle répondit si doucement que je faillis ne pas l'entendre :

— Je n'en sais rien.

Elle semblait tourmentée. En temps normal, j'aurais sauté sur l'occasion pour m'engouffrer dans la brèche et l'énerver davantage mais cette fois, j'ignore pourquoi, je ne souhaitais pas en remettre une couche. Je l'observais, elle semblait lasse et fatiguée. Elle ne serait pas d'humeur à se disputer avec moi de toute façon. Cette discussion semblant la contrarier, je changeai de sujet :

— D'où viens-tu exactement ?

— Oh oh, s'exclama-t-elle en ricanant.

Au moins, elle avait retrouvé le sourire... à mes dépens, visiblement !

— Quoi ? Qu'est-ce qu'il y a de si drôle ? demandai-je en haussant un sourcil.

Je ne voyais pas ce qui pouvait la faire rire dans ma question.

— Est-ce possible ? Will peut-il vraiment s'intéresser à quelqu'un d'autre qu'à lui-même ?

— Will n'aime pas beaucoup que l'on parle de lui à la troisième personne. Surtout lorsqu'il participe à la conversation en question.

— Message reçu, dit-elle en sortant d'un emballage en carton une barquette en plastique recouverte d'un opercule transparent. Elle perça le plastique à l'aide d'une fourchette avant de placer la boîte dans le four à micro-ondes.

Cette nourriture paraissait vraiment répugnante, comment pouvait-on ingurgiter de telles cochonneries ?

— Donc ? insistai-je. D'où est-ce que tu viens ?

— De Bourgogne. Pourquoi tu me demandes ça ?

— Pourquoi ? répétai-je avant de ricaner à mon tour. Parce que je me demande dans quelle région les plats tout préparés peuvent être une spécialité !

— Tu t'intéresses à ce que je mange, maintenant ?

— Pas du tout. Je suis juste curieux. Je me demande ce qui peut bien pousser quelqu'un à s'empoisonner de son plein gré.

Le micro-ondes sonna. Elle récupéra son plat tout chaud et commença à piocher dedans. À première vue, c'était du poisson. Je n'en étais pas certain tant l'odeur était nauséabonde.

— La faim, finit-elle par me répondre la bouche pleine. Je mourais de faim.

Elle avala ce qu'elle avait dans la bouche avant de continuer :

— Tu comptes me faire un sermon sur l'hygiène alimentaire, les cinq fruits et légumes par jour et tout le tralala ?

— Ça serait peine perdue, je crois.

Je me levai de mon tabouret pour aller observer les quelques végétaux qu'elle avait achetés et entreposés dans un saladier. Ce n'était pas très réjouissant : quelques pommes, bananes, poireaux, navets… Navrant !

— Qu'est-ce qu'il y a ? demanda-t-elle en observant mon air perplexe.

— Tu as beaucoup à apprendre…

Elle pouffa de rire :

— Tu veux me faire croire que tu ferais mieux que moi ?

— Sans aucun doute.

— Tu cuisines ? je veux dire… tu cuisinais ?
— Je me débrouillais. Plutôt bien, d'ailleurs !

Je souris instinctivement en repensant à mes longues heures passées en cuisine. De mon vivant, j'adorais ça. Je ne pensais à rien d'autre lorsque j'étais aux fourneaux.

Elle m'observa curieusement.

— Ça t'étonne ? demandai-je, fier de moi.

Elle s'approcha de moi, les mains sur les hanches, un sourire dessiné sur les lèvres. Je m'attendais au pire.

— Qu'il y ait finalement une qualité dissimulée sous tous ces défauts ? Oui, cela m'étonne fortement !

— Je prends cela comme un compliment.

— Prends-le comme tu veux, dit-elle en terminant son plat.

Elle joua avec sa fourchette, le regard dans le vide, avant d'ajouter :

— Il y a une petite chose dont il faut que je te parle. J'ai une sorte de service à te demander. Je sais d'avance que ça ne sera pas gagné mais, si tu veux bien m'écouter jusqu'au bout…

Je commençai à m'inquiéter. Qu'allait-elle me demander ? Vu la crispation sur son visage, cela semblait lui tenir à cœur mais j'eus beau réfléchir, quel genre de service un vivant pouvait-il demander à un mort ? J'eus tout à coup ma petite idée…

— Les antiquaires viennent vider la maison demain…

Je me crispai. Elle le remarqua.

— Tu me demandes de ne pas faire de vagues ?

— C'est à peu près ça… Tu sais que des rumeurs courent sur la maison ? Elles circulent dans toute la ville, peut-être même au-delà !

— Gloire à moi ! fis-je d'un geste théâtral d'auto-congratulation.

— Tu ne prends vraiment rien au sérieux !

— Si, au contraire, je suis très sérieux.

— Tu as conscience que trop attirer l'attention sur toi finira par causer ta perte ?

Je ne savais pas vraiment ce qu'elle entendait par là et je ne m'en préoccupai pas réellement. J'étais plutôt satisfait que de telles rumeurs parcourent les environs.

— J'ai soutenu aux antiquaires qu'il n'y avait aucun fantôme !

— Oh, ce n'est pas joli ça, Amy ! On se met à mentir, maintenant ?

— Et je n'en suis pas très fière, crois-moi. Mais penses-tu vraiment qu'ils se seraient déplacés si j'avais avoué ton existence ?

Je devais admettre que sur ce dernier point, elle n'avait pas tort. Je tiquai et elle poursuivit :

— Tout ce que je te demande, c'est de ne pas les faire fuir avant qu'ils aient vidé la maison. Je sais que tu n'es pas d'accord avec le fait qu'ils emportent toutes tes affaires mais…

— En réalité, je me fiche pas mal de ce qui se trouve ici, la coupai-je.

Elle semblait surprise par ma réponse.

— Mais ce matin, tu disais que…

— Je cherchais simplement à t'embêter. J'erre ici depuis presque cinquante ans. Pendant tout ce temps, il y a eu des dizaines et des dizaines de locataires différents. Tous ont apporté leurs meubles et leur décoration. Ce qui reste, c'est ce qu'ils ont laissé en partant dans la précipitation. Plus rien de ce qui est ici n'est à moi, je me fiche pas mal que ça disparaisse.

Son étonnement me fit sourire. Elle ne s'imaginait visiblement pas que ce serait si facile. Et ça ne le serait pas, je ne laisserais pas partir les froussards sans les effrayer un minimum…

Mes pensées devaient se lire sur mon visage car Amy me regarda d'un air résigné :

— Tu n'en feras qu'à ta tête, comme d'habitude ! Assez parlé, je vais me coucher, je suis épuisée.

Puis, elle quitta la pièce en éteignant la lumière.

## 10

### Amy

*Le guetteur*

Je passai une première partie de nuit agitée. Malgré le froid qui régnait dans cette maison, je transpirais en tournant et virant dans mon lit. Je faisais des cauchemars dont je ne me souviendrais pas, mais qui me dérangeaient assez pour me laisser une impression désagréable au réveil.

Je me tournais une nouvelle fois, à la recherche d'une position plus confortable, quand je vis une silhouette qui se tenait debout devant la fenêtre de ma chambre. Je sursautai en me redressant sur mon séant :

— Will, soufflai-je à la fois rassurée et exaspérée. Qu'est-ce que tu fais ici ?

Je regardai l'heure affichée au réveil avant de continuer :

— Il est 2 heures du matin ! Même la nuit, c'est trop demander d'avoir un peu d'intimité ?

Je me rallongeai en ramenant les couvertures aussi haut que je pouvais, le froid s'infiltrant entre les draps pour me glacer le sang.

— Je préfère cette vue à celle de ma chambre.

— Alors il fallait choisir cette chambre, répondis-je, les yeux fermés, en essayant de retrouver le sommeil.

— Mais le lit est meilleur de l'autre côté ! répondit-il.

— Ce n'est pas comme si tu avais besoin de sommeil…

— J'aime être confortablement installé quand je potasse…

Je me redressai une nouvelle fois pour l'observer. Malgré l'obscurité qui régnait dans la pièce, je voyais qu'il avait le regard braqué sur la rue. Un air sérieux que je ne lui connaissais pas assombrissait son visage.

— Qu'est-ce qu'il y a ? demandai-je, presque inquiète tout à coup.

— Je crois que ton Roméo prend son rôle très au sérieux…

— De quoi tu parles ?

— Cela fait plus d'un quart d'heure qu'il est sous ton balcon à surveiller le moindre signe de vie…

— Tu divagues, répondis-je en me rallongeant.

— Ce type est vraiment bizarre, il a quelque chose de louche, je me méfierais à ta place…

Je souris malgré moi. Il détestait vraiment Zac. Pour quelle raison ? Je n'en savais rien mais il le détestait. La jalousie peut-être. Notre voisin lui rappelait peut-être sa propre jeunesse.

— Ce n'est pas moi qu'il surveille, finis-je par lui répondre, c'est la maison…

Le fantôme détacha son regard de l'extérieur pour la première fois depuis son réveil et se rapprocha de moi.

— Pourquoi s'intéresserait-il à la maison ?

Je calai ma tête sur l'oreiller avant de lui répondre :

— Il connaît les rumeurs à son sujet et le prétendu esprit qui l'occupe. Il m'en a parlé cet après-midi… Cette histoire semble l'intriguer. Il est curieux, c'est tout. Pas de quoi en faire tout un plat.

— Parce que tu trouves ça normal, toi, que le voisin sorte en pleine nuit pour surveiller la maison ?

Je ne l'avais jamais vu si préoccupé mais en tout cas, il avait abandonné son éternel sourire supérieur pour laisser place à un tout autre sentiment : la curiosité, l'inquiétude, l'anxiété, la préoccupation, je n'aurais su dire exactement.

— Le paranormal fascine… dis-je pour le convaincre.

— C'est surprenant, ce que tu dis là… répondit-il. À aucun moment je ne t'ai sentie fascinée par moi depuis que tu es arrivée ?

Je n'avais pas besoin de voir son sourire, caché dans l'obscurité de la pièce, pour le deviner. À sa voix et à sa taquinerie, je sentais qu'il retrouvait peu à peu son humeur habituelle.

— Non, en effet, répondis-je en me pelotonnant davantage sous mes draps. Irritée, agacée, oui. Mais fascinée, sûrement pas…

Il y eut un silence, je me demandai ce qu'il comptait faire ou dire mais comme il ne disait rien, je finis par lui demander s'il comptait rester ici toute la nuit.

— Bien sûr, me répondit-il en reprenant sa place devant la fenêtre. Je vais continuer à surveiller le voisin en train de t'épier…

— Fais ce que tu veux… mais laisse-moi dormir, s'il te plaît, fis-je en sombrant peu à peu dans le sommeil, emportée par la fatigue.

Il me sembla entendre une voix douce, presque un murmure, me souhaiter bonne nuit. Mais je n'en étais pas certaine, je dormais déjà profondément.

## 11

## Amy

### *Des visiteurs angoissés*

Je fus réveillée par une voix lointaine qui résonnait dans ma tête. Une voix familière qui m'appelait pour m'inciter à émerger. Elle se fit de plus en plus distincte jusqu'à ce que je la reconnaisse sans avoir besoin d'ouvrir les yeux :

— Tic tac, tic tac, fit le fantôme en ricanant. Il est l'heure de se réveiller !

Je me retournai dans le lit en remontant le drap au-dessus de ma tête pour signifier au revenant que ce n'était pas le moment. J'étais bien au chaud sous ma couette et je n'avais pas l'intention de m'en défaire :

— Pas maintenant Will, laisse-moi dormir !

Alors, je l'entendis me répondre avec amusement :

— Bien, comme tu voudras. J'accueillerai seul nos invités !

Alors subitement, je me rappelai les antiquaires qui devaient venir vider la maison en fin de matinée. Je repoussai les draps avec énergie en m'asseyant sur le lit.

— Quelle heure est-il ? demandai-je, paniquée.

Le revenant était appuyé contre le baldaquin, les bras croisés sur le torse, un grand sourire aux lèvres et me répondit en désignant le radio-réveil.

— Il est presque 10 heures. À quelle heure nos invités sont-ils attendus ?

Il avait l'air impatient, ce qui, bien sûr, m'inquiétait davantage.

— 11 heures. Ça va, il reste du temps, dis-je en me détendant légèrement.

Je regardai Will qui me fixait avec un sourire espiègle sans rien dire. L'espace d'un instant, je fus un peu déroutée.

— Qu'est-ce qu'il y a ? lui demandai-je, méfiante.

— Oh rien, je me disais juste que j'aimais beaucoup ta coupe au réveil ! répondit-il avant de se mettre à rire.

D'instinct, je passai mes mains dans mes cheveux. Un paquet de nœuds s'y était installé pendant la nuit et ils partaient dans tous les sens. C'est certain, je ne devais pas ressembler à grand-chose au saut du lit. Je les lissai avec mes doigts pour tenter de leur redonner un peu de forme.

Le fantôme ricanait. Il avait un don ! À mon réveil, il m'énervait déjà ! Il était le seul à réussir cet exploit. Il n'avait pas menti lorsqu'il m'avait promis des réveils mouvementés…

Je sortis enfin du lit et choisis des vêtements dans ma valise.

— Je vais prendre une douche, signifiai-je à Will avant de quitter la pièce. Seule… précisai-je en le fusillant d'un regard éloquent.

— Dommage, répondit-il en feignant un air déçu.

— Je suis sérieuse, insistai-je en me tournant vers lui. Si je te vois encore une fois faire irruption dans la salle de bains pendant que je l'occupe, je te jure que je fais venir un prêtre pour bénir la maison et renvoyer ton âme là où elle devrait être.

— Bien ! Nous avons tenu un peu plus de vingt-quatre heures sans menace. Ça ne pouvait pas durer, de toute évidence…

— Et presque douze heures sans sarcasme… complétai-je. Là aussi, c'était trop beau pour durer !

Ma repartie l'amusa. Il me signifia tout de même que je pouvais me doucher tranquillement, qu'il ne viendrait pas m'embêter. Cela ne m'empêcha pas pour autant de scruter la salle de bains de toutes parts avant de me débarrasser de mes vêtements de nuit. Pouvait-on vraiment avoir confiance en la parole d'un mort ?

Je me lavai et me rhabillai rapidement puis descendis à la cuisine prendre un petit déjeuner tardif avant l'arrivée des brocanteurs.

— Ne me dis pas que tu surveilles encore Zac, dis-je à Will en le voyant planté devant la fenêtre, le regard fixé sur la maison voisine.

Il se retourna et vint s'assoir en face de moi devant l'îlot, l'air contrarié :

— Tu sais qu'il est resté plus d'une vingtaine de minutes sous ton balcon à guetter le moindre signe de vie ? Ensuite, il est rentré chez lui mais a passé la nuit éveillé. Je le sais, car la lumière est restée allumée. De temps à autre, il jetait un œil par la fenêtre pour surveiller que rien ne se passait. Ce type est vraiment bizarre, il cache quelque chose, c'est certain !

Je l'écoutais raisonner avec amusement en attendant que l'eau de mon thé chauffe. Un fantôme qui trouvait étrange d'être observé par un vivant... quelle ironie !

Il remarqua mon air insouciant.

— Ça n'a pas l'air de beaucoup t'inquiéter... remarqua-t-il, contrarié.

— Non, en effet.

— Et pourquoi ?

L'eau se mit à frémir dans la bouilloire. Je me levai pour aller la chercher et vint me rasseoir face à mon interlocuteur.

— Comme je te le disais cette nuit lorsque tu m'as déjà posé la question, Zac est curieux de savoir ce qui se passe ici. Ce n'est pas moi qu'il surveille, c'est la maison...

— Quand bien même, il n'en reste pas moins qu'il est bizarre. À ta place, je me méfierais de lui.

— Heureusement que tu n'es pas à ma place, alors... rétorquai-je en prenant ma première gorgée de thé.

Je jetai un œil par-dessus ma tasse et vis qu'il marmonnait quelque chose d'incompréhensible. Cela me fit sourire.

Alors, on entendit un camion se garer dans l'allée. Je regardai par la fenêtre et découvris les deux brocanteurs accompagnés d'autres mains pour les aider. En tout, ils devaient être quatre ou cinq. Je riais en mon for intérieur. Ils avaient fait appel à de la main-d'œuvre pour vider rapidement la maison et quitter au plus vite les lieux. Will dut penser la même chose que moi puisqu'en observant dehors par la même fenêtre, il finit par dire avec ironie :

— Cinq hommes pour une maison ? Cela risque d'être juste. Nous allons y passer la journée !

Je le regardai en souriant. Sur ce point, nous étions d'accord, les deux antiquaires étaient de vrais froussards.

— Ne fais rien de stupide, lui dis-je plus sérieusement avant de poser ma tasse sur l'îlot de la cuisine et de me diriger vers la porte d'entrée pour les accueillir.

Il me suivit.

— Bonjour messieurs, dis-je gaiement en ouvrant la porte. Eh bien, dites-moi, vous avez de la main-d'œuvre !

— En effet, me répondit l'un des deux frères. Nous avons une autre maison à vider cet après-midi, nous pensions que ça irait plus vite à cinq !

— Ouais, marmonna Will dans mon dos. Cherche des excuses. Tu es complètement flippé !

Sa remarque me fit rire et l'homme en face de moi me regarda avec curiosité.

— Entrez ! finis-je par dire en ouvrant plus grand la porte.

Les hommes entrèrent un à un dans la maison en observant attentivement les alentours à la recherche de tout signe suspect indiquant la présence d'un fantôme.

Alors, avant même que j'aie eu le temps de l'en empêcher, Will claqua la porte. Tous les hommes sursautèrent en me lançant des regards remplis d'effroi.

— Oups, il y a des courants d'air. J'ai sans doute oublié de fermer l'une des fenêtres de l'étage.

Ils se détendirent légèrement mais ne paraissaient pas pour autant convaincus par mes excuses.

— Nous allons commencer par le haut, poursuivis-je en désignant l'escalier.

Ils commencèrent à se diriger vers l'étage pendant que je lançais un regard courroucé au fantôme qui, lui, semblait s'amuser de la situation.

— Fais des efforts, s'il te plaît, finis-je par insister.

Je suivis les hommes dans l'escalier, le revenant toujours sur mes talons.

Je fis le tour de la maison avec les brocanteurs pour leur préciser ce dont je souhaitais me débarrasser ou non. Je leur indiquai que je voulais voir disparaître tous les tapis qui ornaient les sols, les peintures et les toiles accrochées aux murs, ainsi que tous les objets décoratifs et le mobilier, à l'exception des quelques meubles que je jugeais en assez bon état pour être repeints et réinstallés dans la nouvelle décoration. Je leur demandai de ne toucher ni à la salle de bains, ni à la cuisine, ni à la salle à manger. Le mobilier de ces pièces était neuf et correspondait au style que je voulais apporter à la maison avec les travaux. Lors de la visite de l'étage, l'un d'eux entreprit d'ouvrir la porte de la chambre de Will en me demandant ce qui s'y trouvait. Je me précipitai vers lui pour refermer la porte en lui expliquant qu'il s'agissait de la chambre d'un ami et que je ne souhaitais pas y toucher sans son consentement. Le fantôme avait beau être insupportable, il avait droit à un minimum d'intimité lui aussi, et entrer dans la seule pièce de la maison qu'il s'était réellement appropriée aurait été un manque de respect. Mon regard croisa celui du principal intéressé et je lus quelque chose de nouveau dans ses yeux. De la reconnaissance, de la sympathie ? Je ne savais pas vraiment, mais jamais ses yeux bleus n'avaient sondé les miens avec autant d'intensité. L'espace d'un instant, cela me déstabilisa complètement et je me mis à bafouiller lorsque l'un des hommes m'incita à continuer la visite. Ils n'avaient visiblement pas l'intention de s'attarder. Will nous suivit une fois encore, silencieusement.

Une fois la visite terminée, l'un des brocanteurs donna les instructions à ses compagnons : deux d'entre eux s'occuperaient de l'étage pendant que les autres débarrasseraient le rez-de-chaussée. Je surveillais de près Will pour qu'il ne fasse pas de bêtises mais il se tenait tranquille. En dehors, bien sûr, de ses remarques incessantes, qu'il croyait drôles, sur les cinq ouvriers de la maison. Je montai à l'étage un instant pour vérifier que tout se passait bien. Les deux hommes déménageaient la pièce qui servait de débarras. Ils me demandèrent ce que j'avais l'intention de faire du carton posé près de l'armoire. Je jetai un œil au contenu de la boîte. À l'intérieur se trouvaient quelques vieilles photos de famille sur lesquelles j'identifiai Will avec facilité. Sur la plupart d'entre elles, il était en compagnie d'un couple plus âgé, sans doute ses parents, et d'une femme, plus jeune que lui. Sa sœur ou peut-être sa femme. J'essayai alors d'imaginer Will marié mais j'avais beaucoup de mal à y parvenir. Sur les clichés, il affichait un sourire radieux. Il semblait... heureux. Le Will que je connaissais avait l'habitude de sourire lui aussi, mais c'était différent. Il s'agissait d'un sourire fabriqué, sarcastique, un peu moqueur, pas d'un sourire franc et sincère comme sur ces photographies. Au milieu de ces souvenirs, je trouvai une coupure de journal que j'examinai de plus près :

*2 janvier 1967, journal* Ouest-France

## **TRAGIQUE DÉBUT D'ANNÉE SUR LES ROUTES DE BRETAGNE**

Dans la nuit du 31 décembre 1966 au 1er janvier 1967, alors que la France entière célébrait la Saint-Sylvestre et le passage à la nouvelle année, un terrible accident est survenu sur la petite route départementale reliant la ville de Bénodet à Quimper.

Il était environ 2 heures du matin lorsqu'un chauffard conduisant une Peugeot 203 a heurté une jeune femme, tombée en panne sur le bord de la route. Cette dernière est décédée après l'arrivée des secours qui n'ont rien pu faire pour la sauver. Elle a succombé à ses multiples fractures dues au choc violent avec le véhicule. Le chauffard, quant à lui, a été placé en garde à vue. Il semblerait que le jeune homme, âgé de 32 ans, était ivre au moment de l'accident.

De nombreuses fleurs ont été déposées sur les lieux du drame par la famille et les amis de la victime. Cette dernière s'était mariée six mois plus tôt et attendait un heureux événement pour le printemps.

Article écrit par Victor Medusa.

Cette coupure de journal m'intriguait. Elle devait forcément avoir un lien avec Will, sinon que ferait-elle au milieu de ses affaires ? Était-il l'un des protagonistes du terrible drame mentionné dans l'article ? Mille questions se mirent à fourmiller dans ma tête. J'avais envie d'en savoir plus. La voix de l'un des antiquaires me sortit de mes pensées. Il attendait toujours que je lui donne une réponse. Je reposai l'article au milieu des autres affaires et lui signifiai que ce carton resterait ici. Il poursuivit son travail en débarrassant la pièce d'autres objets que je l'autorisai à emporter. Je poussai la boîte avec mon pied pour la dissimuler derrière le double rideau de la fenêtre. J'ignorais pourquoi je faisais cela. Je n'avais peut-être pas envie que Will tombe dessus et que cela ravive de mauvais souvenirs. Ce dernier fit irruption dans la pièce juste à ce moment-là.

— Ah, te voilà, me dit-il, l'air enjoué. Cela fait une heure que je déploie des efforts surhumains pour être discret face à la fébrilité de ces cinq imbéciles. Ils transpirent la peur, c'est triste ! Je n'ai même aucun effort à fournir pour les effrayer, ils sont déjà terrorisés par la simple idée de mon existence !

Il se mit à rire, la situation l'amusait. Son comportement infantile me fit sourire. Après avoir lu l'article, j'étais persuadée que le comportement actuel du fantôme était la conséquence d'un terrible drame survenu dans sa vie. J'ignorais encore de quelle façon il était lié à tout cela mais je finirais par le découvrir tôt ou tard. En attendant, je voyais le revenant sous un angle nouveau. Je ne pensais pas que Will était d'une nature méchante.

Je repensai à l'homme sur les photos. Ce Will-là était toujours présent, dissimulé quelque part sous cette montagne de sarcasmes et d'ironie.

J'attendis que le dernier homme ait quitté la pièce avant de lui répondre, moi aussi amusée par la situation :

— Tu as déjà vu une maison se vider aussi vite ? Je suis impressionnée !

— Tu serais étonnée ! me répondit-il en s'appuyant comme à son habitude au chambranle de la porte.

Je quittai la pièce et il me suivit jusqu'en bas. Le camion était chargé, fermé et les hommes déjà à l'intérieur, prêts à partir. À l'exception des deux frères qui attendaient dans le hall.

— Tout est terminé, messieurs ? demandai-je en descendant l'escalier.

— Oui madame, nous devons y aller à présent, nous avons du travail.

— Je comprends. En tout cas, je vous remercie pour votre efficacité et votre... rapidité !

J'entendis Will glousser derrière moi puis se diriger vers le bureau qui était resté ouvert.

— Envoyez-moi votre facture, je la transmettrai au propriétaire. Et tenez-moi au courant pour la vente aux enchères...

Les deux hommes acquiescèrent et me tendirent la main pour me saluer. Alors, la porte du bureau se mit à claquer si fort que je sursautai moi-même.

Je vis le visage des deux hommes devenir blême et se décomposer.

— Encore ces satanés courants d'air ! dis-je avec le sourire.

Mais cette fois, ils ne crurent pas un mot de mes mensonges et, avant même que j'aie eu le temps de les saluer, le camion reculait dans l'allée et s'éloignait dans la rue sur les chapeaux de roues.

Après leur départ, je m'écroulai sur le canapé du salon avant d'appeler mon colocataire de fantôme. Ce dernier fit son apparition, souriant de toutes ses dents.

— Ça s'est plutôt bien passé, finalement ! dit-il en s'asseyant à l'autre bout du sofa.

— En dehors de deux toutes petites exceptions, on peut dire que, dans l'ensemble, ça s'est plutôt bien passé, c'est vrai ! acquiesçai-je. D'ailleurs, poursuivis-je avec curiosité, j'en suis très étonnée. Je ne pensais pas que tu te tiendrais tranquille…

— Qu'est-ce que tu crois ? Je suis plein de surprises !

— Oui, je vois ça.

Il m'intriguait réellement. Sa personnalité était bien plus complexe que ce que j'avais imaginé. Il dissimulait un secret. Un secret qui avait changé sa vie, mais lequel ? Une ombre passa sur son visage et il devint plus sérieux avant de me demander :

— Pourquoi leur avoir interdit d'entrer dans ma chambre ?

Je réfléchis un instant :

— Je n'en sais rien. J'imagine qu'à ta place, je n'aurais pas apprécié que des inconnus pénètrent dans ma chambre pour y débarrasser toutes mes affaires, sans rien pouvoir faire.

Il acquiesça d'un signe de tête.

— Merci, dit-il sincèrement.

Je relevai la tête et croisai une nouvelle fois son regard. Le même que plus tôt dans la journée. J'y lisais bien de la reconnaissance. Mais il semblait aussi surpris. Je m'engouffrai dans la brèche comme il savait si bien le faire :

— Qu'est-ce que tu crois ? Je peux surprendre, moi aussi.

Il sourit sincèrement en me fixant une nouvelle fois et un silence s'installa. Un silence étrange, presque pesant qui me mit mal à l'aise.

— Bien, dis-je en me levant. Quelle heure est-il ?

Je regardai ma montre qui indiquait presque 15 heures.

— Je vais aller jusqu'à Quimper récupérer quelques catalogues et nuanciers pour les travaux, continuai-je en prenant mon sac et mon manteau que j'avais laissés dans la cuisine.

— D'accord, acquiesça le fantôme qui me suivait. Si tu vas faire des courses, profites-en pour acheter quelques bonbons…

Je fronçai les sourcils, étonnée par sa demande.

— Des bonbons ? répétai-je en riant. Pour quelle raison ? Tu es amateur de friandises ?

Il me demanda si je savais quel jour nous étions. Je réfléchis un instant avant de répondre sans être vraiment certaine. Depuis mon arrivée ici, j'avais perdu la notion du temps :

— Le 31 octobre ?

Il hocha la tête en riant.

— Et que se passe-t-il le soir du 31 octobre ? me demanda-t-il en haussant un sourcil.

Je réfléchis un instant et soupirai de lassitude lorsque je compris où il voulait en venir :

— Halloween…

— Bingo, s'exclama-t-il en frappant dans ses mains.

Je m'attendais au pire et redoutais la suite de la conversation. Je le regardai d'un air entendu pour l'inciter à me faire part de ses plans.

— Qu'est-ce que tu mijotes, Will?

— Rien de spécial. Mais le soir d'Halloween, les enfants arpentent les rues pour récolter quelques friandises. Il faut simplement être prêts à les recevoir!

— Et tu prévois un accueil particulier?

— Pas du tout, se défendit-il un peu trop vite.

Il me fatiguait. J'avais parfois l'impression de discuter avec un enfant qu'il fallait sans cesse raisonner pour l'empêcher de faire des bêtises.

Je l'observai, résolue. Quoi que je dise, il n'en ferait qu'à sa tête de toute façon. Et je n'avais pas envie de me disputer maintenant. Je saisis mes clés et me dirigeai vers le hall.

— J'y vais. Je serai de retour dans quelques heures. Tâche de ne pas terroriser tous les enfants du quartier, si certains viennent toquer à la porte d'ici mon retour.

— Je ferai de mon mieux, me répondit-il avec sarcasme.

— J'en suis sûre. À plus tard.

Puis je quittai la maison et montai dans ma voiture.

Sur la route, entre Bénodet et Quimper, je repensai à l'article de journal trouvé dans le carton de souvenirs de Will. C'est sur cette route, celle que j'empruntais à ce moment même qu'avait eu lieu l'accident cinquante ans auparavant. Cette histoire m'intriguait beaucoup. Je cherchais le lien que Will pouvait avoir avec ce drame.

Connaissait-il la victime ? Peut-être était-ce sa femme, ce qui expliquerait la présence d'une jeune femme sur les photos de famille. Ou peut-être que je me trompais totalement. En fait, à trop y réfléchir, mon esprit s'embrouillait complètement. Je devais cesser d'y penser. Heureusement, j'arrivai bientôt à destination. Je passai la seconde partie de mon après-midi à parcourir les magasins de bricolage et de décoration à la recherche d'idées pour la maison. Les vendeurs me proposaient des nuances de peintures toutes plus belles les unes que les autres et qui correspondaient parfaitement avec ce que je recherchais. Il m'était impossible de me décider en si peu de temps et parmi tant de choix. Je demandai finalement s'il était possible d'emprunter des catalogues et des nuanciers pour que je puisse prendre le temps de les regarder. Je précisai que je n'étais pas seule à décider et que l'avis de mon «colocataire» comptait pour ma décision finale. Je quittai les boutiques les bras chargés d'une collection de références en peinture et idées déco. J'observai le coffre rempli de ma voiture en me disant que j'y étais peut-être allée un peu fort sur les échantillons. La sélection finale aurait sans doute été plus facile avec moins de choix au départ.

En rentrant à Bénodet, je passai devant le supermarché où Zac m'avait conduite la veille. Je m'y arrêtai pour acheter quelques paquets de friandises. Pas pour faire plaisir à Will. Sûrement pas. Non. Mais il n'avait pas tort. Il était de coutume, le soir d'Halloween, que les enfants viennent frapper aux portes en quête de confiseries. Je préférais avoir quelque chose à leur donner en cas de visite.

Il faisait nuit depuis un bon moment déjà lorsque je rentrai à la maison. Will m'observa avec amusement faire les allers et retours entre le coffre de la voiture et la table du salon où je déposai les catalogues. Il me demanda avec dérision si je pensais en avoir pris assez et sourit comme un enfant lorsqu'il me vit sortir des paquets de bonbons d'un sac.

— Je ne les ai pas pris parce que tu me l'as demandé, tentai-je de me justifier.

Je ne voulais surtout pas qu'il s'imagine qu'il n'avait qu'à me demander ce qu'il voulait pour que j'obéisse.

— Je n'ai rien dit…
— Pas besoin. Je vois ton petit sourire triomphant. Celui de quelqu'un qui obtient ce qu'il veut…
— Mais pas du tout, je…
— Will ?
— Oui.
— Tais-toi.

## 12

## Will

*Halloween*

Un amoncellement de magazines, revues de décoration, nuanciers et échantillons recouvrait la table basse du salon. Amy les feuilletait un à un depuis des heures, confortablement installée sur un des fauteuils, et accompagnée d'un bloc de papier adhésif avec lequel elle marquait les pages qui l'intéressaient. Elle semblait captivée par son occupation. Parfois, elle me demandait mon avis sur le coloris d'une peinture ou sur une idée de décoration pour l'une des pièces de la maison. En toute honnêteté, je n'avais pas vraiment d'avis sur la question et cela m'importait peu. Confortablement allongé dans le sofa, les pieds posés sur l'accoudoir, je regardais à la télévision de vieux films d'horreur rediffusés à l'occasion d'Halloween. Je pensais Amy accaparée par son activité mais de temps à autre, elle lançait des remarques sur le mauvais jeu des acteurs ou le peu de crédibilité du scénario, et je devais admettre, à contrecœur, qu'elle avait souvent raison.

Cette soirée était étrange. Nous étions là, tous les deux, à discuter d'un film comme de vieux amis… ou bien un vieux couple, sans nous disputer. Ça, c'était nouveau ! Deux jours plus tôt, je n'aurais pas cru cela possible. Pourtant, au fil du temps, j'apprenais à connaître la jeune femme et j'étais loin de l'image que je m'étais fait d'elle au départ. Son caractère buté qui, au commencement, m'avait exaspéré, pimentait finalement nos échanges. Et malgré sa repartie qui me donnait du fil à retordre, je découvrais une personnalité gentille et généreuse. Je pensais que sa présence perturberait mon quotidien et qu'elle tenterait par tous les moyens de me faire vivre un enfer, mais j'étais surpris qu'elle s'intéresse à mon opinion pour le nouvel aménagement de la maison.

Elle me demanda quelle couleur semblait la plus adaptée entre un gris charme et un gris hammam pour le salon. Je jetai un œil au nuancier avant de la regarder d'un air incrédule. J'avais beau essayer, je ne voyais aucune différence entre les deux couleurs.

— Tu pourrais faire un effort et me donner ton avis, me dit-elle en voyant mon hésitation. Je te rappelle que ces travaux te concernent davantage que moi. Moi, je ne suis là que pour quelques mois…

Sa remarque provoqua en moi une sensation étrange. Comme une piqûre de rappel. Elle n'était là que de façon temporaire, je ne devais pas trop m'habituer à sa présence qui, contre toute attente, n'était finalement pas si désagréable. Cette jeune femme était pleine de surprises. J'avais été particulièrement étonné lorsqu'elle avait demandé à l'antiquaire de ne pas entrer dans ma chambre, et très reconnaissant, je devais l'admettre. J'appréciais de conserver le minimum d'intimité que je possédais encore. J'avoue que j'avais eu d'autres projets pour cet après-midi passé avec les antiquaires. J'avais imaginé quelques mauvais tours à leur jouer, mais le comportement de ma colocataire m'avait incité à réfléchir. Elle faisait des efforts, je devais en faire aussi. Nous nous étions mis d'accord. J'avais donc décidé de me tenir tranquille. En tout cas, à peu près... la tentation de claquer les portes ayant été trop grande.

— Will ? m'interpella-t-elle en me voyant plongé dans mes pensées.

Je repris lentement contact avec la réalité comme si je me réveillais d'un long sommeil avant de l'interroger du regard.

— Tout va bien ? me demanda-t-elle, l'air soucieux.

— Oui, répondis-je en reprenant mon assurance habituelle. En dehors du fait que je ne vois absolument aucune différence entre ces deux couleurs, tout va bien...

Elle regarda son échantillon en fronçant les sourcils :

— Bien sûr qu'il y a une différence, enfin, celui-là est clairement plus foncé !

— Pour moi, ce n'est que du gris et... du gris.

Elle soupira et ses épaules s'affaissèrent, signifiant quelque chose du genre : « Nous ne sommes pas sortis de l'auberge. »

Puis quelqu'un sonna à la porte. Je me redressai, impatient. Amy posa ses brochures sur la table et me lança un regard d'avertissement avant de se diriger vers la porte d'entrée. Je l'entendis l'ouvrir et saluer quelques

bambins qui lui répondirent par la traditionnelle phrase :
« Un bonbon ou un sort ? »

Je regardai la couverture blanche pliée sur le coussin du sofa et une idée me vint à l'esprit. Alors qu'Amy allait chercher le saladier de confiseries dans la cuisine, je pris le plaid et me dissimulai dessous. Puis, je me rendis dans le hall pour accueillir à mon tour les enfants. Ils étaient une petite dizaine, âgés d'entre 6 et 13 ans environ. Des sorcières, des vampires, des pirates… les plus célèbres déguisements d'Halloween étaient rassemblés pour l'occasion. Leurs parents avaient sans doute dû passer un temps fou à les maquiller ce qui, de toute évidence, avait porté ses fruits : on aurait dit de vrais petits démons. Ils me regardèrent avec des yeux tout ronds d'admiration lorsque je m'approchai du porche. Presque aussi ronds que ceux d'Amy quand elle entendit la plus petite fille me dire :

— Waouh, trop bien le costume de fantôme !!!

La jeune femme me murmura quelques mots pour me demander ce que j'étais en train de faire. Je n'étais peut-être pas visible aux yeux des autres mais la couverture, si.

Amy leur tendit le saladier où ils piochèrent tous une généreuse poignée de friandises qu'ils déposèrent dans les sacs qu'ils portaient à l'épaule.

Elle les complimenta sur leurs costumes réussis et les bambins lui demandèrent pourquoi je restais là, immobile, sans rien dire.

Elle me regarda d'un air gêné avant de leur répondre avec le sourire :

— Il faut l'excuser, il est un peu timide. C'est un fantôme très très vieux…

— Hé ! Pas si vieux que ça, me défendis-je. Je suis figé dans ma jeunesse, je te rappelle.

Mais Amy fut la seule à m'entendre et je voyais bien que la situation commençait à l'amuser elle aussi.

— ... Il n'a pas vu d'enfants depuis très très longtemps, poursuivit-elle en s'approchant d'eux et en finissant par leur murmurer : en plus, je partage la maison avec lui et je dois vous dire... il n'est pas du tout commode...

Les enfants me regardaient l'air ahuri, en silence, quand l'un d'eux finit par remarquer :

— Pourquoi ne voit-on pas ses pieds ?

Tous se tournèrent vers Amy dans l'attente d'une réponse. Étrangement, la demoiselle sembla beaucoup moins rigoler tout à coup et parut, au contraire, très embarrassée. Je choisis ce moment pour me débarrasser de la couverture et la laisser tomber au sol.

Paralysés par l'étonnement et la surprise de constater qu'il n'y avait personne sous le drap, certains d'entre eux firent tomber leur sac de bonbons sur le plancher du porche. Ils avaient les yeux ronds de terreur.

J'observai la jeune femme. Elle se frottait le front en fermant les yeux, désespérée une fois de plus par mon comportement infantile. Moi, je trouvais ça drôle.

— Oups ! dis-je en rigolant.

Après un silence qui sembla durer une éternité, les enfants se mirent à crier avant de faire volte-face et de se mettre à courir dans l'allée aussi vite qu'ils le pouvaient.

Amy, résolue, ne chercha même pas à les rattraper ou à se justifier. Elle ferma simplement la porte, ramassa la couverture et m'observa d'un air furieux.

## 13

## Amy

### *Un sombre passé*

J'aurais dû m'en douter. Will avait fait des efforts tout l'après-midi en présence des brocanteurs, ça ne pouvait pas durer. Dès que l'occasion se présentait, son comportement infantile reprenait le dessus. Qu'il pouvait être agaçant ! Terroriser des enfants… non mais franchement !

— Avoue que c'était drôle, me dit-il avec son plus beau sourire, satisfait de sa sottise.

— Effrayer des enfants n'a rien de drôle, Will !

Il se rapprocha lentement de moi en me fixant, tel un serpent qui essaie d'hypnotiser sa proie.

— Tu sais, le ciel ne va pas te tomber sur la tête si tu reconnais avoir trouvé ça amusant, murmura-t-il en souriant légèrement.

J'évitais son regard tout en faisant de mon mieux pour dissimuler le sourire qui se dessinait sur mes lèvres.

— J'ai bien vu la façon dont tu leur parlais : « c'est un fantôme très vieux, timide, qui n'a pas vu d'enfants depuis très longtemps », tu me reproches de les terroriser mais tu en faisais autant !

— Non, rétorquai-je, c'est faux !

Il pouffa de rire :

— Mais si, tu aurais dû te voir, tu étais… perfide !

— Perfide, moi ? m'esclaffai-je. Jamais de la vie !

Il se mit une nouvelle fois à me fixer sans rien dire. Pourquoi faisait-il cela ? Cherchait-il à me déstabiliser ? Car curieusement, il y parvenait plutôt bien. Je ne comprenais pas son intention lorsqu'il agissait comme cela et ça me mit mal à l'aise, même si, quelque part au fond de moi, j'appréciais la façon dont il me regardait.

— Ça va, finis-je par répondre en riant. J'avoue, c'est vrai, j'ai trouvé ça drôle ! Voir leur tête se décomposer et les voir déguerpir aussi vite valait le coup d'œil !

Je souris en repensant à la scène. Puis je tentai tant bien que mal de reprendre mon sérieux en disant :

— Il n'en reste pas moins que ton comportement est puéril. Tes efforts n'ont pas duré bien longtemps ! Dès demain, de nouvelles rumeurs vont naître en ville.

— Qui croira des enfants dont l'imagination est en ébullition le soir d'Halloween ? se défendit-il.

Sur ce point, il n'avait pas tort.

On sonna une nouvelle fois à la porte. Il était presque 22 heures, je me demandai de quoi il pouvait bien s'agir à cette heure si tardive. En dehors d'autres enfants venant quémander quelques confiseries…

— Ce sont de nouvelles victimes, tu crois ? me demanda le fantôme avec amusement.

— Je doute qu'ils remettent les pieds ici de sitôt, répondis-je avant d'ouvrir la porte.

Je tombai alors nez à nez avec Zac, toutes dents dehors, la main appuyée contre le chambranle de la porte.

Instinctivement (pourquoi, je n'en sais rien), je me retournai vers le fantôme et constatai qu'il fixait le voisin d'un regard mauvais et que son sourire s'était littéralement envolé.

— Il ne manquait plus que lui, lâcha-t-il en soupirant.

J'ignorai sa remarque.

— Zac ? demandai-je avec étonnement. Qu'est-ce que tu fais ici ?

Il faut dire que je ne m'attendais pas à le voir à ma porte à cette heure-ci. Il ne devait pas s'attendre à cet accueil car il se redressa, l'air un peu mal à l'aise, en se raclant la gorge, et son sourire laissa place à une expression plus sérieuse.

— Je venais voir si tout allait bien, j'ai vu des gamins partir en criant dans l'allée !

— Oui, répondis-je avec assurance. Ce n'est rien, j'ai tenté un déguisement qui, visiblement, semblait plus vrai que nature ! Je les ai effrayés sans vraiment le vouloir.

Will vint se positionner à côté de moi en croisant les bras sur sa poitrine, sans quitter mon interlocuteur des yeux. Il paraissait s'amuser de notre échange et surtout, du fait que Zac ne se sentait soudain pas très à l'aise. Il se mit à applaudir en me félicitant de ma performance.

— Fais attention, Amy, murmura-t-il à mon oreille, tu deviens à l'aise avec le mensonge !

Son attitude me fit sourire. Zac me regarda avec curiosité en me demandant ce qu'il y avait de si drôle.

— Rien, je repense seulement à la tête des enfants, mentis-je.

Il ne parut qu'à moitié satisfait par ma réponse et plissa les yeux en m'observant comme s'il cherchait à déchiffrer la vérité. Je n'étais pas d'humeur à tergiverser pendant des heures et attendis qu'il se décide à partir. Il n'en fit rien ; un silence pesant s'installa pendant lequel Will se racla la gorge à son tour, signifiant clairement l'embarras de la situation.

— Il n'a pas l'air d'avoir l'intention de débarrasser le plancher ! dit-il en mettant les mains dans son dos. Veux-tu que j'entre en scène ? Ça ne prendrait qu'une seconde avant qu'il…

— Je suis désolée, Zac, dis-je en coupant la parole au fantôme, mais j'ai une tonne de catalogues à feuilleter pour le choix des peintures…

— Oh, bien sûr, dit-il subitement comme s'il se réveillait d'un long sommeil. Je vais te laisser…

Je le saluai, voulant écourter la conversation. Mais il me demanda si l'invitation tenait toujours pour le lendemain soir.

Pendant de courtes secondes, je me demandai de quoi il parlait, avant de me rappeler qu'il m'avait invitée à dîner. Je réfléchis un instant avant de répondre avec hésitation :

— Oui, bien sûr.

Je feignais un sourire qui se voulait sincère, mais je devais l'admettre : je n'étais pas certaine que ce dîner soit une bonne idée. Zac semblait être quelqu'un de gentil, sympathique, agréable… Il possédait des tas de qualités mais plus je passais du temps avec lui, plus je sentais une distance s'installer entre nous. Qui plus est, je ne souhaitais pas lui donner de faux espoirs. Quoi qu'il en soit, il était trop tard pour annuler. J'irais à ce dîner et verrais bien comment cela se déroulerait.

Il parut soulagé par ma réponse et s'éloigna en me souhaitant bonne nuit.

Je fermai la porte dans un soupir de lassitude.

— Quelque chose m'intrigue, tu permets que je te pose une question indiscrète ? me demanda Will.

— Parce que tu demandes l'autorisation, maintenant ? C'est nouveau ! répondis-je avec sarcasme.

Mais le fantôme garda son air sérieux avant de continuer :

— Pourquoi sortir dîner avec Zac alors que tu ne sembles pas du tout en avoir envie ?

Je réfléchis à une réponse en reprenant place dans mon fauteuil et pris quelques catalogues que je posai sur mes genoux. Will s'installa face à moi dans le sofa en attendant ma réponse.

— Et pourquoi cela t'intéresse-t-il autant de le savoir ?

— Je me demande simplement ce qui peut pousser quelqu'un à vouloir faire quelque chose dont il n'a pas envie...

— Ça n'a rien à voir avec ça ! J'ai envie d'y aller... Ça me fait du bien de sortir un peu, de côtoyer des gens nouveaux, de fréquenter des personnes...

— ... vivantes ? me coupa-t-il brusquement.

Je fus surprise par sa remarque et restai coite un court instant.

— Ce n'est pas ce que j'allais dire...

J'avais tout à coup un autre Will en face de moi. Combien de facettes de sa personnalité allais-je encore découvrir ? Son regard devint plus sombre et son expression plus triste. Son sourire avait disparu pour laisser place à une profonde mélancolie. Il paraissait… abattu, bien qu'il tente de le cacher sous un sourire qui n'en était pas un.

Ses réactions me laissaient parfois penser que tous ses sarcasmes, ses remarques incessantes et son sens de l'humour narcissique n'étaient qu'une mascarade pour cacher du mieux qu'il pouvait la souffrance qu'il éprouvait au fond de lui. Je l'observai avec intensité. Je voulais tellement en savoir plus à son sujet que je ne pus retenir ma curiosité plus longtemps :

— C'est à mon tour de te poser une question indiscrète.

Il releva la tête et je crus lire une pointe d'appréhension dans son regard.

— Comment c'est arrivé ? Je veux dire… comment es-tu… mort ?

Il s'assit au fond du canapé, le regard dans le vide, se demandant sans doute s'il allait répondre ou non.

— Je ne me souviens pas de ce qui s'est passé, ni comment c'est arrivé…

Il mentait. J'en étais persuadée. Pourtant je n'insistai pas. S'il ne répondait pas à ma question, c'est qu'il ne souhaitait pas m'en parler… en tout cas, pas pour le moment.

— Mais tu as des souvenirs de ta vie d'avant ?

— Bien sûr, répondit-il le regard ailleurs.

Je ne posai plus de question. Cela semblait le déranger et je ne voulais pas le mettre mal à l'aise ou lui rappeler de mauvais souvenirs. Il s'installa dans le sofa plus confortablement et reprit le cours du film diffusé à la télévision en restant silencieux.

Quant à moi, je repris également mon occupation et le reste de la soirée se passa calmement. Je voyais bien que mes questions l'avaient tourmenté mais il ne me faisait pas assez confiance pour me faire part d'un quelconque élément de sa vie. Pourquoi l'aurait-il fait, après tout ? Je n'étais qu'une personne de plus venue troubler sa tranquillité. Il n'attendait qu'une seule chose : que je débarrasse le plancher. Il n'avait bien sûr aucune intention de me livrer ses plus sombres secrets. Une part de moi fut vexée mais la plus grande le comprenait. Ce soir-là, je veillai jusqu'à 2 heures du matin pour marquer les pages des références de peinture qui me plaisaient le plus, et prendre des notes grâce aux idées de déco piochées dans les magazines spécialisés. Will ne bougea pas du canapé. Il regardait la télévision en silence et lorsque je tentai quelques commentaires sur le film, il se contenta d'acquiescer sans argumenter. Ce n'était pas son habitude. Je commençais à regretter de m'être intéressée de trop près à son passé mais, après tout, pourquoi aurait-il été le seul à pouvoir le faire et à pouvoir poser des questions ?

Une fois encore, ma nuit fut agitée et j'ouvris les yeux vers 4 heures du matin, en sueur et essoufflée. Will était assis au bord du lit et me regardait d'un air soucieux.

— C'est encore un cauchemar ? me demanda-t-il d'une voix calme et posée.

Il désigna d'un mouvement de tête un verre d'eau posé sur la table de nuit. Je le saisis et le vidai d'une simple gorgée. C'était exaltant et vivifiant.

— Je suis désolée, lui dis-je en me redressant, je n'aurais pas dû te poser des questions si indiscrètes tout à l'heure. Je ne voulais pas te rappeler de mauvais souvenirs.

— En réalité, ce ne sont que des bons souvenirs qu'il me reste de ma vie passée. Enfin, pour la plupart... C'est ce qui les rend si douloureux.

— Tu n'es pas obligé de m'en parler, Will. Je comprends...

— Un jour, peut-être que je le ferai.

Je fus touchée par sa réponse. Cela signifiait qu'il aurait peut-être un jour suffisamment confiance en moi pour m'en dire plus. Pour l'heure, je ne voulais plus le questionner.

Je me rallongeai en lui souhaitant bonne nuit. Il me répondit dans un murmure en me disant de faire de beaux rêves.

Je sentis les couvertures bouger lorsqu'il se leva pour aller s'asseoir dans le divan devant la fenêtre du balcon, et un courant d'air vint me caresser les joues après son passage. C'était la première fois que je sentais sa présence, au sens propre du terme. Un étrange frisson me parcourut, après quoi je me pelotonnai sous mes couvertures et m'endormis.

# 14

## Amy
*Un rendez-vous raté*

La journée du lendemain se déroula calmement. Je passai la matinée à feuilleter les échantillons rapportés des magasins et commençai à avoir une idée précise de l'allure que je souhaitais donner à cette belle maison. Il faut dire que depuis que tous les tapis et le mobilier ancien avaient été enlevés, il devenait plus facile de se projeter dans un aménagement futur. Presque toutes les pièces étaient vides à présent, à l'exception de quelques meubles que je souhaitais conserver et repeindre. J'imaginais une décoration dans le style marin offrant une atmosphère sereine et calme : des tons de gris, bleu océan ou blanc cassé aux murs et des objets décoratifs ici et là rappelant aux occupants les mille et une choses qu'offrait l'océan. Il ne me restait plus qu'à choisir la nuance pour chaque couleur choisie. Ce n'était pas la tâche la plus facile, une même couleur se composant parfois de plus de vingt teintes différentes dont certaines étaient si proches qu'on les pensait identiques.

Will se désintéressait complètement de mes projets. Depuis l'aube, il était d'une humeur massacrante. J'avais cru au départ que cela avait un lien avec mes questions de la veille, mais ses préoccupations semblaient ailleurs. Malgré mes nombreuses tentatives pour lui arracher quelques mots, il ne répondait qu'à peine, marmonnant dans sa barbe. Il semblait agité et agacé. Installée dans le fauteuil du salon, je l'observais du coin de l'œil, allant et venant, faisant les cent pas à travers la pièce, me donnant presque la nausée. Le voir s'agiter autour de moi finit par me rendre nerveuse. Je lançai mes revues sur la table basse, ce qui attira *enfin* son attention.

— Will, je t'en prie, arrête ça !

Il se figea un instant et me regarda sans comprendre :
— Arrêter quoi ?

— De tourner et virer comme tu le fais depuis plus d'une heure ! Je te jure que tu m'angoisses, ça me... stresse, je n'arrive pas à me concentrer ! Je peux savoir ce qui t'arrive ?

— Rien. Tout va bien.

— Non, tout ne va pas bien.

— Mais si...

— Mais non. Tu bougonnes. Si tu bougonnes, ça ne va pas. Je crois que je préfère encore tes sarcasmes... Mon Dieu, je n'aurais jamais pensé dire ça un jour !

Un sourire se dessina enfin sur ses lèvres. Il s'assit sur le canapé en face de moi en me dévisageant une fois de plus. De ce regard qui n'appartenait qu'à lui : profond et mystérieux.

— Quoi ? lui demandai-je en le voyant insister.

— Je le savais...

— Tu savais quoi ?

— Tu te plains depuis le début de mon manque de maturité et de mes nombreux sarcasmes qui font mon charme…

— J'aurais sans doute mieux fait de me taire, dis-je en marmonnant.

— … Mais en réalité, tu apprécies mon attitude rebelle et désinvolte !

J'éclatai de rire.

— Oh, mais ta plus grande qualité, et celle que j'apprécie le plus, reste ta modestie ! répondis-je avec ironie.

— Reconnais que tu adores ce duel verbal qui nous oppose sans cesse, toi et moi…

— Tu sais quoi ? dis-je en fermant mon magazine et en le regardant droit dans les yeux d'un air sérieux. Tu as raison… je prends tellement de plaisir à passer mes journées à argumenter avec un fantôme resté figé dans une crise d'adolescence tardive. Tu lis en moi, il n'y a pas de doute. Tu as deviné quelle était ma vraie passion, Will : me disputer avec toi !

J'attendais sa réaction en haussant un sourcil. Il me regardait avec une moue perplexe.

— En tout cas, dit-il en se levant du divan et en contournant mon fauteuil, il y a une chose que je dois reconnaître te concernant…

— Ah oui, laquelle ?

Il se pencha derrière moi et me murmura à l'oreille :

— Tu manies l'ironie et le mensonge à la perfection. C'est bon d'avoir enfin trouvé un adversaire à sa taille…

Je sentis son souffle s'infiltrer dans mon cou. Un souffle chaud. Étrange pour un mort… cela me fit frissonner... pour la deuxième fois en moins de douze heures. Que m'arrivait-il ? La nuit dernière, j'avais mis cela sur le compte du froid qui régnait dans le chambre mais maintenant, couverte de trois épaisseurs de pulls et de gilets, je n'avais aucune excuse. Malgré moi, sa remarque m'arracha un sourire.

— Je ne mens pas ! criai-je à son attention alors qu'il s'éloignait en direction du bureau.

Il réapparut dans l'encadrement de la porte le temps de me dire, les yeux pétillants de malice :

— Oh que si ! Et celle à qui tu mens le mieux, c'est toi-même...

Puis, il disparut à nouveau dans le bureau.

Je restai figée un instant. Sa dernière remarque tournait en boucle dans ma tête. Pourquoi pensait-il cela ? À quoi faisait-il allusion ? Après quelques minutes de réflexion, je ne trouvai pas de réponse à mes interrogations. Je repris mon activité mais n'arrivais pas à me concentrer dessus. Je tournais les pages sans vraiment voir ce qui s'y trouvait, distraite par mes pensées qui s'égaraient. Au bout d'un moment, je décidai de mettre les revues de côté. J'avais besoin de bouger et de m'éloigner un peu de tous ces magazines. Le temps dehors était gris ; un épais brouillard s'était installé depuis l'aube, et ne semblait pas décidé à se lever. Je n'avais pas envie de mettre le nez dehors. Je décidai alors de monter à l'étage à la recherche de draps pour recouvrir les quelques meubles laissés en place, afin de préparer la maison pour le futur chantier.

En montant l'escalier, j'aperçus Will, par l'entrebâillement de la porte du bureau. Il était debout devant la bibliothèque à feuilleter un livre. Il semblait aspiré par sa lecture.

J'entrai dans la chambre qui servait de débarras et ouvris l'armoire qui s'y trouvait. Par chance, elle était remplie de linge de maison dont des dizaines de draps. J'en pris quelques-uns mais, lorsque je fis demi-tour, mon attention fut attirée par le carton dissimulé derrière le double rideau de la fenêtre. Je jetai un œil à la porte de la chambre. Will était en bas, absorbé par sa lecture, il ne risquait pas d'entrer à l'improviste. En tout cas pas pour l'instant. Je posai le linge sur un autre carton et tirai la boîte vers moi pour l'ouvrir. J'y retrouvai les photographies que j'avais découvertes la veille et les observai avec la même émotion, empreinte de nostalgie et de curiosité. Mais ce qui m'intéressait réellement, c'était cette coupure de journal. Je la lus une nouvelle fois. Elle était datée du 2 janvier 1967. Je savais que Will était décédé dans les années 1960. C'est d'ailleurs la seule chose que je savais à son sujet. Il était donc possible que cela confirme ma théorie selon laquelle il était lié à cet accident survenu le soir de la Saint-Sylvestre. Je sentais ma curiosité se transformer en besoin réel de connaître la vérité. Mais comment savoir ? Je relus l'article encore et encore, à la recherche du moindre indice. Alors, mon regard s'arrêta sur l'auteur du papier : Victor Medusa.

Avec un peu de chance, peut-être que cet homme était encore en vie. Si c'était le cas, il serait le seul à pouvoir me donner plus de détails sur l'accident.

Victor Medusa… Je pris mon téléphone dans la poche arrière de mon jean et tapai ce nom sur Internet. Je trouverais peut-être quelques informations sur le journaliste. La recherche donna de nombreux résultats. Ce n'est qu'au bout de plusieurs pages de consultation que je tombai sur quelque chose d'intéressant. Il y était mentionné que Victor Medusa était un journaliste de renom ayant travaillé pour le journal *Ouest-France* dans les années 1960. Quelques-uns de ses articles illustraient le site. Ils traitaient le plus souvent de faits divers, il y avait aussi quelques chroniques sportives et culturelles. Je parcourus les pages du site mais ne trouvai rien pouvant satisfaire ma curiosité. Ce journaliste était le seul à pouvoir m'aider. Si tant est qu'il soit encore en vie… Je devais approfondir mes investigations. Je me référai alors au site internet du journal, en espérant pouvoir trouver un numéro de téléphone ou une adresse e-mail me permettant de le contacter. Par chance, je trouvai ce que je cherchais. Je fis une capture d'écran, j'appellerais plus tard. J'étais là depuis de longues minutes maintenant, je ne voulais pas que Will me trouve ici à fouiller dans ses affaires. Je doutais qu'il apprécie. Je rangeai les photos et la coupure de journal dans la boîte puis remis cette dernière à sa place.

Quand je redescendis, le fantôme n'avait pas bougé. Il lisait toujours son livre avec beaucoup d'attention.

J'entreprenais de me préparer à manger lorsqu'il débarqua dans la cuisine et s'assit en face de moi pour superviser mes préparations. J'avais abandonné l'idée des plats tout prêts à réchauffer au micro-ondes. Cela m'épargnerait au moins l'un de ses éternels sermons. Je redoutais qu'il reste dans mon dos et passe son temps à me dire quoi faire, lui qui, de son vivant, avait été un spécialiste. Mais à ma grande surprise, il se contenta d'observer. Son regard et ses gloussements suffisaient à me faire comprendre si ce que je faisais était bien ou non mais il dut comprendre à mon regard courroucé que je n'attendais aucun conseil de sa part. Il devait vraiment prendre sur lui à ce moment précis pour ne rien dire, alors que, j'en suis certaine, il en mourait d'envie ! Cependant, j'appréciais qu'il s'abstienne. Il faut dire que ma recette n'était pas des plus complexes. J'avais opté pour des pâtes au pesto… je l'avoue, pas très compliquée à réaliser.

Il regarda mon assiette avec dédain lorsque je la posai sur l'îlot pour commencer la dégustation. Je pris la première bouchée avec une expression ravie voulant lui faire comprendre que c'était délicieux. Mais mon sourire malicieux se transforma rapidement en rictus de dégoût et je fis de mon mieux pour ne pas recracher ce que j'avais dans la bouche.

Le fantôme me considéra avec satisfaction. Le coude posé sur la table, il avait la tête appuyée dans sa main.

— Laisse-moi deviner… C'est un peu sec ? Et ça manque de saveur, j'imagine ?

Je ne répondis rien. Il m'énervait. Comment pouvait-il savoir alors qu'il n'avait même pas goûté ?

— Tu as oublié le beurre et le sel, me dit-il en se levant avant de disparaître dans le hall.

Je l'entendis rire dans le couloir.

Fâchée et vexée, je fis quelques grimaces en essayant d'imiter son air rabat-joie qui me tapait sur les nerfs.

— Belle imitation, mais bien loin de l'originale ! entendis-je crier depuis le salon.

Pas croyable ! Comment pouvait-il savoir que… ? Je retins un cri d'exaspération et pris sur moi pour retrouver mon calme.

Je passai le début d'après-midi à recouvrir le mobilier restant à l'aide des vieux draps que j'avais trouvés à l'étage. J'appelai au passage les magasins de bricolage que j'avais visités la veille pour savoir s'ils pouvaient me prêter du matériel pour les travaux : ponceuse pour les boiseries, perceuse et autres. Je convins avec eux d'un tarif raisonnable de location, après quoi je filai me préparer pour ma soirée avec Zac.

Au cours de l'après-midi, Will retrouva sa mauvaise humeur, presque à l'instant où je montais prendre ma douche. Je n'étais pas stupide, je savais bien que son attitude était liée à ma soirée avec le voisin. Il le détestait, j'en avais conscience. Mais qu'est-ce qui pouvait le pousser à le haïr à ce point ? Il ne lui faisait pas confiance, d'accord. Mais je soupçonnais un zeste de jalousie. Zac était jeune, beau… Cependant, si c'était la raison de son comportement, je ne la comprenais pas réellement. Will n'avait rien à lui envier. Lui aussi était très beau. Il avait les traits du visage parfaitement dessinés, un nez légèrement retroussé qui mettait son profil en valeur, et des yeux qui avaient un pouvoir désarmant sur la personne qu'ils fixaient. Ses cheveux châtain clair en bataille lui donnaient une allure rebelle et sa barbe de quelques jours, un air viril. Il avait aussi un grand sens de l'humour, même s'il était, je devais l'avouer, assorti d'un don inné pour me sortir de mes gonds. En y réfléchissant bien, je ne pensais pas que le physique de Zac attisait sa jalousie. Ça ne serait pas justifié. Quoi qu'il en soit, je m'égarais ! Je devais arrêter de cogiter sans arrêt sur ce que pensait Will, sur ce que faisait Will, sur le passé de Will… Je devais penser à moi, vivre ma vie, faire de nouvelles rencontres.

Je descendis dans le salon vers 18 h 30, prête à partir. Le fantôme était installé devant la télévision et me jeta un œil à la dérobée lorsque je m'installai dans le fauteuil.

— Eh bien, me dit-il sérieusement. Tu t'es parfumée !
— En effet. C'est préférable quand on sort.
— Et tu t'es maquillée aussi…
— Comme chaque jour…
— Tu as mis une robe…
— Tu es observateur, bravo ! C'est ce que j'avais de plus habillé.
— Il gèle dehors, tu ne risques pas d'avoir un peu froid ?
— Ça me regarde…
— Tu as du spray au poivre dans ton sac ? juste au cas où…
— Bon, Will, ça suffit maintenant ! dis-je en perdant patience. J'ai l'impression d'entendre ma mère quand je sortais à l'adolescence.
— Ça doit être une femme sensée…
— Oh, tu t'entendrais sans doute à merveille avec elle ! Je peux savoir quel est le problème ? Je veux dire, le VRAI problème ? Certes, tu le détestes mais il y a autre chose…
— C'est vrai. Je te trouve particulièrement bien préparée pour une simple soirée entre amis… ajouta-t-il en plissant les yeux.

Je souris avant de lui rétorquer :

— C'est une façon détournée de me dire que tu me trouves élégante ?

Il ne répondit rien et se contenta de reprendre sa place, allongé dans le canapé, en faisant mine de regarder la télé.

C'est à ce moment qu'on sonna à la porte. Zac était en avance. Will ne bougea pas d'un pouce, il boudait comme un enfant.

— Sois rassuré, dis-je en me levant du fauteuil, j'ai toujours une bombe lacrymogène au fond de mon sac, juste au cas où…

Il ignora ma remarque mais malgré tous ses efforts pour le cacher, je voyais un sourire se dessiner sur ses lèvres.

Zac me complimenta sur ma tenue et me conduisit jusqu'à sa voiture. J'avais oublié qu'elle était si haute. J'aurais peut-être dû y réfléchir à deux fois avant de mettre une robe pour escalader ce véhicule. Lui aussi avait fait ce qu'il fallait pour soigner son apparence. Il portait un jean, qui mettait en valeur ses muscles saillants (il savait y faire, le bougre !), et une chemise blanche élégante sous une veste noire très habillée. Il n'avait pas lésiné sur l'après-rasage, l'odeur venant me piquer les narines et me donnant envie d'éternuer.

Je ne me sentis tout à coup pas très à l'aise. Où comptait-il m'emmener aussi bien habillé ? Cela ne présageait rien de bon. La soirée ne prenait pas la tournure que j'espérais mais plutôt celle que je redoutais. Mes doutes se confirmèrent lorsqu'il se gara devant un restaurant sur le front de mer, dont l'allée éclairée par de magnifiques réverbères me donnait déjà une vague idée de l'ambiance qui régnait à l'intérieur. De belles pergolas en fer forgé étaient dressées de part et d'autre du chemin, servant sans doute à accueillir les clients lors de la pleine saison. Nous passâmes devant un chevalet où était présentée la carte du restaurant. Le prix du homard suffit à me provoquer un hoquet de surprise. Zac me demanda si tout allait bien. Je feignis un sourire mais je ne pensais qu'à une chose : faire demi-tour et rentrer.

— Tu es sûr que ce n'est pas un peu... trop ? lui murmurai-je.

— Non, bien sûr que non. On y mange divinement bien, tu vas voir.

C'est sûr que vu les prix... il valait mieux que le repas soit bon. Une hôtesse vêtue d'un tailleur à la veste cintrée nous accueillit avec le sourire. Zac donna le nom de sa réservation et elle nous conduisit à une table près d'une fenêtre avec vue sur la mer. Lorsque nous entrâmes dans la salle de restaurant, une dizaine de personnes avaient déjà commencé à dîner. Pourtant, pas une parole ne venait perturber la mélodie chantante des couverts qui s'entrechoquaient. Tout était si calme. Nous nous installâmes à notre table et je regardai autour de moi, aussi impressionnée que déroutée.

— Tout va bien ? me demanda Zac en me voyant découvrir les lieux.

Non, ça n'allait pas. Je ne me sentais vraiment pas dans mon élément ici. L'ambiance était pesante, guindée. Tout semblait si raffiné, chic... ça ne me ressemblait pas. C'était même très loin de mon univers. Une crêperie aurait fait mon bonheur mais là, c'était trop. Il était évident à présent que les intentions de Zac n'étaient pas uniquement amicales. Personne n'emmenait une simple amie dans un endroit comme celui-là. Je me sentais comme un lion en cage. Je ne pensais qu'à fuir mais par respect pour lui, je ne le pouvais pas. Cependant, j'étais au comble de la gêne. Je pensai, à raison, que cette soirée allait être très longue.

La serveuse nous apporta un verre de vin que je bus presque instantanément, sous le regard surpris de mon partenaire.

Peut-être que cela me détendrait rapidement. Je ne buvais presque jamais, les effets devraient donc se faire sentir aisément.

Zac leva son verre et trinqua à nous deux... cette soirée allait de mal en pis. Tout était trop romantique, j'en avais la nausée.

Il me demanda comment avançaient les travaux. Je lui expliquai que les brocanteurs étaient venus vider la maison et qu'il ne me restait plus qu'à me décider sur certaines teintes de peinture avant de me mettre au travail. Il demanda comment s'était déroulé le vide-maison. Je trouvais curieux qu'il s'intéresse de si près à quelque chose d'aussi insignifiant et lui posai honnêtement la question.

Il me répondit qu'il avait croisé les antiquaires et que ces derniers lui avaient affirmé qu'il se passait des choses étranges dans la maison.

— Ils ont parlé de portes qui claquent et d'une étrange présence, continua-t-il.

Sans pouvoir expliquer pourquoi, mes mains devinrent moites. Je cachai mon embarras du mieux que je pus en me mettant à rire. Un rire nerveux… sûrement dû aux premiers effets de l'alcool car les gens autour de nous me regardèrent d'un air agacé, et Zac aussi semblait mal à l'aise.

Je me raclai la gorge en tentant de reprendre mon sérieux et lui répondis en chuchotant :

— Ces hommes ont une sacrée imagination pour qualifier un simple courant d'air d'« étrange présence ». Je te l'ai déjà dit, il n'y a rien de paranormal dans cette maison.

Il se servit un deuxième verre qu'il ne tarda pas à vider. S'il continuait à ce rythme, il serait bientôt plus éméché que moi.

— Tu me caches quelque chose, Amy.

— Bien sûr que non. Je n'arrive pas à croire que les gens d'ici soient si superstitieux ! Je vis dans cette maison, je le saurais s'il se passait des choses étranges…

— À moins que tu ne cherches à protéger cette chose qui la hante…

Je restai sans voix un moment. Sous le choc de son accusation qui, pour le coup, se révélait tout à fait exacte. Son insistance au sujet de Will commençait sérieusement à me taper sur les nerfs. J'avais beaucoup de mal à dissimuler mon agacement.

— Je n'arrive pas à croire que tu dises une chose pareille, répondis-je en le fixant avec colère. Tu entends ce que tu dis ? C'est complètement absurde !

Il détacha son regard du mien et joua avec sa fourchette en haussant les sourcils.

— Désolé, dit-il sans le penser.

— Je peux savoir pourquoi tu accordes autant d'intérêt à ce qui se passe dans cette maison ?

Il n'affronta pas mon regard et se contenta de me répondre distraitement qu'il était simplement curieux.

Il mentait. Encore un mensonge. Toute cette histoire commençait vraiment à devenir pénible. Tant de mystères et de mensonges rôdaient autour de Will, de Zac, de l'accident... que je ne savais plus quoi penser, ni même où donner de la tête. Je me posai mille questions mais ne parvins à leur donner aucune réponse. Cela devenait éreintant. Même moi, je me mettais à duper les autres et ça, ça ne me plaisait pas du tout. Je n'avais jamais été très à l'aise avec le mensonge et les jeux de dupes. Cela se terminait toujours mal et les mensonges finissaient toujours tôt ou tard par être exposés au grand jour, faisant souvent souffrir de nombreux acteurs dans leur sillage. Non, je n'aimais pas l'ampleur que prenait toute cette affaire et je craignais de me retrouver mêlée à une histoire qui n'était pas la mienne.

Un silence pesant s'installa entre nous. J'étais sur le point de chercher une excuse pour fuir. J'en avais sincèrement envie, mais ce n'était pas dans ma nature. Fuir n'était pas la solution. Je devais affronter la situation. Qui plus est, ce serait peut-être la seule façon de lever le voile sur toute cette énigme. Je pris donc sur moi pour essayer de retrouver mon calme.

La serveuse vint nous demander si nous avions choisi. Elle dut sentir le malaise entre nous car, dans un murmure, elle nous signifia qu'elle repasserait plus tard et s'éloigna discrètement.

Zac s'excusa de s'être montré insistant et grossier et nous reprîmes le cours d'une conversation normale. Enfin, si je peux qualifier de « normal » un échange de paroles dissimulant de lourds secrets et cousu de mensonges et de faux-semblants... Nous faisions tous les deux comme si de rien n'était. Comme si la dispute n'avait jamais eu lieu. Mais j'étais déjà loin. Dans ma tête, les questions fusaient, j'étais distraite. Cela faisait un bon moment que je n'écoutais plus Zac, me forçant de temps à autre à acquiescer et approuver ses paroles sans savoir réellement de quoi il me parlait. Je prêtais juste attention à son verre qui se vidait presque aussi vite qu'il se remplissait. Cette soirée était un véritable fiasco. Je repensai à l'avertissement de Will. Il avait eu raison, une fois de plus. Il ne se priverait sans doute pas de me le faire remarquer. Je voulais rentrer. Je ne tenais plus et finis par le signifier à mon interlocuteur.

Déçu, Zac demanda l'addition et, malgré mes protestations, insista pour régler la note. Il salua l'hôtesse d'un sourire enjôleur. Il sentait l'alcool à plein nez, c'était répugnant. Il titubait lorsque nous sortîmes du restaurant. Les gens nous regardaient comme des bêtes curieuses, j'avais honte. J'insistai pour prendre le volant du pick-up. Il objecta en précisant que personne d'autre que lui ne conduirait sa voiture. Cependant, je ne lui laissai pas le choix. J'ouvris la porte côté passager et le poussai à l'intérieur du véhicule. Je n'avais plus qu'à prier pour qu'il ne vomisse pas pendant le trajet. Mon seul réconfort, au milieu de cette situation grotesque, était que cette soirée allait bientôt prendre fin et que je serais bientôt à la maison.

La soirée se terminait enfin et j'en éprouvai un immense soulagement. Je me garai dans l'allée et aidai Zac à descendre du véhicule. Ce dernier titubait comme un nourrisson faisant ses premiers pas. Il ne semblait pas pour autant décidé à rentrer chez lui. Il me suivit dans l'allée et jusque sous le porche. Je me tournai alors vers lui pour lui souhaiter une bonne nuit et prendre congé sans m'attarder, mais il me retint par le bras.

— Attends une seconde, me dit-il en bafouillant. Tu ne veux pas m'inviter à prendre un dernier verre ?

Je souris ironiquement et tentais de dégager sa main qui me tenait fermement le bras :

— Je pense que tu as déjà assez bu, Zac…

— Oh, allez. Un dernier verre ! insista-t-il péniblement.

— Malgré cette charmante soirée passée en ta compagnie, j'ai bien peur de devoir refuser…

J'étais lasse. Je lui tournai le dos pour rentrer mais il m'attrapa une nouvelle fois le bras et persista :

— J'aimerais rentrer et voir par moi-même si ce qu'on dit est vrai…

Je tentai de me dégager mais il me tenait toujours fermement. Il s'approcha encore de moi, me forçant à reculer jusqu'à ce que mon dos se retrouve plaqué contre la façade de la maison.

— Tu es complètement ivre, lui dis-je en le repoussant tant bien que mal. Tu devrais rentrer et te coucher.

— Je ne suis pas fatigué, continua-t-il en rapprochant son visage du mien.

Il me souffla quelques mots à l'oreille mais je n'en compris pas la moitié tant il fit peu d'efforts pour articuler.

Je grimaçai en sentant son haleine chargée des effluves de la boisson.

— Tu empestes l'alcool, répondis-je en posant ma main sur son torse pour le repousser.

Mais le gaillard avait encore des forces et tenta de m'embrasser. J'évitai de justesse son baiser en tournant la tête. Je me débattais comme un diable en lui demandant d'arrêter quand la porte d'entrée s'ouvrit à la volée…

## 15

## Will

### *Règlements de comptes*

Mais pour qui se prenait cet imbécile ? J'avais observé leur arrivée avec attention après avoir vu la voiture se garer dans l'allée. Déjà, en constatant que c'était Amy qui conduisait le véhicule, je m'étais douté qu'il se passait quelque chose. Posté derrière la fenêtre en alcôve du salon, j'écartai le rideau du bout des doigts pour surveiller la suite des événements. Je n'entendais pas ce qu'ils se disaient mais une chose était certaine, il était ivre. Et il se montrait particulièrement entreprenant, ce qui ne semblait pas plaire du tout à mon amie. Je sentis quelque chose monter en moi, comme une intense chaleur naissant du creux de mon ventre et remontant lentement jusqu'à ma tête. Je bouillonnais quand je le vis se rapprocher d'elle alors qu'elle faisait son possible pour le repousser. Sans réfléchir, je voulus les rejoindre mais ne parvins pas à franchir le mur. Sans m'attarder sur le fait qu'habituellement un fantôme devait pouvoir passer au travers des cloisons, je me dirigeai en hâte vers la porte d'entrée, l'ouvris dans un excès de rage et agrippai cet espèce de bougre par le col de sa chemise parfaitement repassée, l'obligeant à reculer et à lâcher prise.

Amy me regarda d'un air ahuri, les yeux ronds. Et elle n'était pas la seule. Zac ne comprenait pas ce qui se passait. Il se retrouva bientôt le cul par terre et se releva aussi vite qu'il était tombé en regardant tout autour de lui. Je remarquai une certaine aisance dans ses mouvements malgré le taux d'alcool accumulé dans son sang.

— Will, qu'est-ce que tu fais ? me demanda Amy l'air furieux.

Je n'y comprenais rien. Je venais de la débarrasser de ce crétin et elle m'engueulait.

— À qui tu parles ? dit Zac en la voyant fixer ce qu'il pensait être le vide. Qu'est-ce qui se passe, bordel ? demanda-t-il en s'énervant.

— Rien, dit-elle, nerveuse et angoissée. Je t'ai dit d'arrêter, tu ne m'as pas écouté, je t'ai seulement repoussé. Je ne…

— Arrête de me prendre pour un idiot, hurla-t-il en serrant les poings. Il se passe quelque chose ici. Il y avait quelque chose… je l'ai senti !

— Je t'assure que non, Zac. Tu es ivre, tu ne sais plus ce que tu dis… ou ce que tu vois…

— Je ne suis pas fou, c'est clair ? ragea-t-il en se rapprochant d'elle.

Je m'interposai. Ma patience avait des limites et il était hors de question que cet homme pose une nouvelle fois les mains sur elle. Ma colère se transforma en rage. Je me sentais plus fort à chaque seconde. Comme après une piqûre d'adrénaline en plein cœur, sauf que là, l'adrénaline ne provoquait en moi aucune euphorie. Elle me donna, au contraire, l'irrésistible envie de lui briser la nuque. Je l'arrêtai en le poussant violemment, ce qui lui fit faire plusieurs pas en arrière. J'en profitai au passage pour lui donner un joli crochet du droit qui, cette fois, le fit basculer et s'effondrer sur le sol.

— Will, arrête ça, me supplia la jeune femme en observant la scène, impuissante.

— Qui est Will ? demanda mon adversaire en s'essuyant la bouche d'où s'échappait un filet de sang. Et qu'est-ce qui se passe ? répéta-t-il en se relevant. Montre-toi, espèce de lâche, cria-t-il en regardant partout autour de lui.

De toute évidence, c'est à moi qu'il s'adressait. Oh, si j'en avais eu le pouvoir, je me serais rendu visible à ses yeux, rien que pour le plaisir de le voir se décomposer sur place. Or, même si je constatais une évolution étrange de ma condition ces derniers jours, je restais transparent pour le commun des mortels. À l'exception d'Amy.

Je jetai un œil à cette dernière. Elle nous regardait alternativement, complètement paniquée.

— Rentre, lui ordonnai-je.

Mais elle resta figée sur place, ne sachant que faire.

— Rentre à la maison, répétai-je sèchement pour ne pas lui laisser le choix.

Mais l'idiot de la soirée en remit une couche :

— Il va falloir qu'on discute, toi et moi, lui dit Zac en tentant une nouvelle approche qui fut aussitôt interrompue par un nouveau coup de poing venant s'écraser contre sa joue.

— Plus tard. Rentre chez toi, répondit Amy. Tu es ivre, tu commences à divaguer…

Puis, elle tourna les talons et entra dans la maison.

J'attendis que le voisin débarrasse la pelouse et rentre enfin chez lui avant de rejoindre à mon tour l'habitation.

Mon amie était assise dans le fauteuil du salon en attendant mon retour. En me voyant revenir, elle se releva précipitamment et me demanda, furieuse :

— Je peux savoir ce que c'était, ce cirque ?

— Ce cirque ? répétai-je, complètement sonné par sa remarque. J'essayais de t'aider…

— Je n'ai pas besoin d'aide, je suis capable de me débrouiller seule.

— Oh, oui, c'est vrai ! Tu avais l'air de parfaitement te débrouiller avant que j'intervienne…

— Tu ne comprends vraiment rien, rétorqua-t-elle sèchement avant de monter dans sa chambre sans même me laisser le temps de répondre.

Je restai sans voix un instant.

— Ça, c'est certain, répondis-je pour moi-même, je ne comprendrai jamais rien aux femmes. À celle-là en particulier…

Énervé, à la fois par le comportement de cet imbécile et par l'attitude de ma colocataire, je repris mon livre et montai dans ma chambre pour reprendre ma lecture. En tout cas, j'essayai de m'en convaincre car je relisais la même phrase dix fois sans être capable de dire de quoi elle traitait. La scène défilait en boucle dans ma tête. Je réfléchissais à quel moment j'avais pu commettre une erreur, dire ou faire quelque chose qui justifie qu'Amy soit dans une telle colère contre moi.

## 16

## Amy

*Une inquiétude qui rapproche*

Cela faisait vingt bonnes minutes que je tournais et virais dans ma chambre, énervée par ce qui venait de se passer. Cette soirée avait été un fiasco. Non seulement Will avait eu raison concernant Zac, mais ce dernier s'était comporté comme un véritable... crétin. Ce n'est pas le terme que j'avais réellement en tête le concernant mais tâchons de rester polie ! Quant à Will... je ne comprenais pas. Comment avait-il réussi à toucher Zac alors que j'étais littéralement passée au travers, la seule fois où j'avais tenté l'expérience ? Et puis, je lui en voulais d'être intervenu comme il l'avait fait. Du moins, les quinze premières minutes où j'avais commencé à user le parquet de ma chambre à force de faire les cent pas. Cependant, à mesure que je retrouvais mon calme, je me mis à culpabiliser. Je m'étais énervée après lui d'une façon qui n'était peut-être pas justifiée. Il avait essayé de m'aider et si je devais en vouloir à quelqu'un, c'était à Zac, pas à lui. Mais il devait comprendre que...

le mieux était sans doute que j'aille m'excuser et lui expliquer. Je pris une grande respiration pour me donner un peu de courage. Il était clair qu'après la façon dont je lui avais parlé, il ne m'accueillerait pas avec le sourire.

Je sortis dans le couloir et vis que la porte de sa chambre était entrouverte ; je la poussai lentement et vis le fantôme assis sur le rebord de sa fenêtre, un livre à la main. Il était plongé dans sa lecture et ne releva même pas la tête en entendant la porte s'ouvrir.

— Tu lis ? lui demandai-je timidement.

— Non, je me fais cuire un steak, tu vois ? Je ne l'aime pas trop saignant, répondit-il sans m'accorder un regard.

Des sarcasmes. Rien d'étonnant de sa part mais cette fois, il n'avait pas l'air de plaisanter. Je vis qu'il était fâché.

— D'accord, j'ai compris, conclus-je en quittant la pièce.

— Attends ! me dit-il avant que j'aie refermé la porte.

J'entrai de nouveau dans la chambre en désignant le livre.

— Ce que je voulais dire, c'est : j'ignorais que tu lisais autant…

— Il a bien fallu que je m'occupe ces cinquante dernières années, dit-il en refermant l'ouvrage.

Puis un silence s'installa. Il m'observait avec attention pendant que mon regard parcourait la chambre. Je réalisai que j'y entrais pour la première fois depuis mon arrivée dans la maison. Elle était grande, avec une vue magnifique sur la plage. Contrairement au reste de l'habitation, la décoration n'y était pas vieillotte, ni antique, mais sobre, aux allures maritimes. Le mur où était installé le lit était peint dans un bleu baltique rappelant les couleurs profondes de l'océan… et les yeux de Will. Le reste de la chambre était peint en blanc, ce qui la rendait lumineuse et spacieuse. De magnifiques photographies de voiliers habillaient les murs et de superbes maquettes trônaient sur le mobilier cérusé de la pièce. C'était incroyable : il s'agissait précisément du type de décoration que j'avais en tête pour le reste de la maison. J'adorais l'ambiance de cette pièce et l'atmosphère qu'elle dégageait. De plus, elle était parfaitement rangée. Rien ne traînait par terre ou sur le lit. Je regardai Will avec curiosité. Nous avions sans doute plus en commun que ce que j'imaginais. Il m'observait encore, les bras croisés sur la poitrine et le silence commença à devenir gênant.

— Je peux savoir ce qui s'est passé ? finit-il par demander avec sérieux. Est-ce qu'il t'a fait du mal ?

— Non, répondis-je avec ferveur en voyant à quoi il faisait allusion. Non, Zac n'est pas méchant ! Il…

— Tu prends sa défense, en plus ? dit-il en se redressant, profondément agacé.

— Non ! Non, je ne prends pas sa défense. Je dis seulement la vérité. Il était ivre certes, mais je ne pense pas qu'il m'aurait fait du mal. Tu n'aurais pas dû intervenir comme tu l'as fait…

— Vraiment ? dit-il en s'énervant. J'aurais dû le laisser abuser de toi sous le porche de ma maison ? Ç'aurait été préférable ?

— Non, mais…

— Mais quoi, Amy ?

— Tu ne comprends pas, Will. Tu es imprudent… Cesse d'attirer l'attention, cela finira par avoir des conséquences…

— Mais de quoi est-ce que tu parles ?

— Tu avais raison. Zac cache quelque chose… Il se montre particulièrement intéressé par ce qui se passe ici. Il a passé la soirée à m'interroger. Mais ce n'est pas le fait que la maison soit hantée qui l'intéresse. C'est la personne qui occupe les lieux qui le préoccupe…

— Ça m'est bien égal. Il ne me fait pas peur.

— Ce n'est pas ça, le problème…

— Alors quoi ? Explique-moi !

Je pris le temps de réfléchir à la meilleure façon de lui expliquer les choses, puis commençai :

— J'ignore comment ça se passait dans les années 1960 mais, de nos jours, le paranormal fascine. Certaines personnes se passionnent pour tout ce qui semble irréel, au-delà des frontières de la vie… certains en ont même fait un métier. Il existe des gens… des spécialistes, qui sillonnent le globe à la recherche de maisons hantées comme celle-ci, dans l'unique but de se confronter au surnaturel et de renvoyer les esprits errants d'où ils viennent. Mais d'où viennent-ils vraiment ? Du bien, du mal ? Qui peut savoir où les âmes terminent lorsqu'elles sont renvoyées ? Personne ne le sait. Ni les vivants, ni les morts. À part, peut-être, ceux qui ont déjà franchi la ligne… Ton existence est connue comme le loup blanc dans toute la ville. Combien de temps encore avant que la rumeur se répande dans le département ? Le pays ? Peut-être au-delà ? Combien de temps pour que les curieux fassent le déplacement et viennent voir par eux-mêmes ce qui se passe, dans l'unique but de satisfaire leur besoin de sensations ? Des personnes malintentionnées finiront par avoir vent des bruits qui courent. Tu n'as pas envie d'attirer ce genre de personnes ici, pas vrai ?

Il avait écouté mon récit avec patience et lorsque j'eus terminé, un sourire se dessina sur son visage. Je me demandais bien ce qu'il trouvait de si drôle dans ce que je venais de lui raconter.

— Je ne suis pas sûr de bien comprendre, commença-t-il. Tu es en train de me dire que si tu es en colère après moi, c'est parce que mes démonstrations publiques me mettent en danger ? Pas parce que j'ai fait foirer ton rendez-vous avec Zac ?

Je ris à mon tour :

— Mon rendez-vous avec Zac était raté bien avant que tu n'interviennes, crois-moi !

Il se leva et se rapprocha lentement de moi avec un sourire tendre que je ne lui connaissais pas encore. Il chuchotait presque lorsqu'il me demanda :

— Tu soucierais-tu de moi ?

Je le fixai en essayant de comprendre ses intentions. Je commençais à bien le connaître. Il n'était pas en train de jouer avec moi. S'il était sincère, je me devais de l'être aussi :

— Je n'aurais jamais imaginé dire cela il y a une semaine, mais oui, je me soucie de toi…

Contre toute attente, je vis son visage s'assombrir. Une ombre passa dans ses yeux et il sembla subitement triste.

— Tu ne devrais pas… me dit-il en se rapprochant encore. Je suis peut-être mort mais je suis capable de me débrouiller seul.

Je déglutis. Il était proche. Très proche. Je pouvais sentir sa présence. L'air provoqué par ses déplacements venait me frôler la peau en me faisant frissonner. Je n'aurais pas dû ressentir ça. Je ne VOULAIS pas ressentir ça. Il était mort… techniquement, c'était impossible. J'en vins alors à la question qui me brûlait les lèvres :

— Et toi ? demandai-je à brûle-pourpoint. Tu es sûr de ne rien avoir à me dire ? Rien d'inhabituel ne se serait produit ?

Il retrouva un sourire amusé :

— Il s'est peut-être passé une toute petite chose inhabituelle, en effet ! Un détail, en somme, qui ne vaut probablement pas la peine qu'on s'y attarde !

— Je pense, au contraire, que ça mérite qu'on en discute… Tu m'expliques comment tu as pu atteindre Zac ? Je veux dire, physiquement ? Tu lui as littéralement…

— … Cassé la gueule ? termina-t-il à ma place en prenant plaisir à se remémorer la scène.

J'acquiesçai.

— La raison m'est inconnue mais je dois admettre, en toute honnêteté, que c'était jouissif !

Et il se mit à rire comme un gamin content de lui. Je le regardai, toujours dans l'attente d'une réponse. J'attendais plus de sérieux de sa part. Il dut le comprendre car il se racla la gorge en retrouvant une attitude plus réfléchie :

— Les esprits errants sont bien plus complexes que ce que la plupart des gens imaginent. On parle de mort une fois que l'on disparaît physiquement. Mais quand le corps abandonne la partie, l'âme, elle, lui survit et continue son chemin. La chair et le sang possèdent la force, mais l'esprit possède les émotions. Et ces dernières sont bien plus puissantes que le corps lui-même, car ce sont elles qui nous poussent à agir. Après la vie, les âmes perdent toute leur force physique mais les sentiments persistent. Même s'ils semblent éteints, il arrive qu'ils ressurgissent...

— Qu'est-ce que tu essaies de me dire ? Que les morts ne sont pas vraiment morts ?

Il rit à ma remarque avant de reprendre :

— Si Amy, les morts sont vraiment morts. En tout cas aux yeux des mortels. Mais l'âme, elle, ne meurt jamais. La preuve, je suis encore là ! fit-il en se désignant lui-même.

— Je ne comprends pas où tu veux en venir. Ça n'explique pas pourquoi tu as pu toucher Zac...

— Selon les livres qui traitent du sujet, les esprits puisent leurs forces dans leurs émotions : la peur, la colère... Elles sont parfois si véhémentes qu'elles fournissent l'énergie suffisante pour permettre un contact avec des objets ou des personnes. Lorsque j'ai vu Zac sous le porche, la façon dont il se comportait a fait naître en moi une profonde colère. J'ai senti une force, une énergie que je n'avais plus connues depuis ma mort.

J'étais sidérée par ce que j'entendais. Des tas de questions me vinrent à l'esprit :

— Est-ce que c'est permanent ?

— Non. Les forces se dissipent en même temps que la colère ou l'émotion ressentie.

J'éprouvai une étrange déception et c'est également le sentiment que je crus percevoir dans sa réponse. Nos yeux se croisèrent et nous comprîmes tous les deux pourquoi.

— Tu veux essayer ? me demanda-t-il en levant la main devant lui, comme pour faire un serment.

J'hésitai. Je me souvenais à la perfection de ce que j'avais ressenti lorsque j'étais passée au travers et franchement, je ne voulais pas recommencer. La sensation était trop étrange.

— Je n'en sais rien. Tu sais quel effet ça fait. C'est… bizarre, désagréable… Très particulier !

— D'accord, dit-il dans un haussement d'épaules en baissant sa main avec désinvolture.

La curiosité fut plus forte que tout et je ne pus résister plus longtemps :

— O.K., allons-y, dis-je en levant la main à mon tour.

J'avais la trouille. J'éprouvais une étrange excitation mêlée d'appréhension. Will s'installa face à moi en rapprochant doucement sa main de la mienne. Mais lorsque nos doigts furent sur le point de se toucher, je sentis des centaines de petites décharges électriques venir me piquer la main et m'engourdir tout le bras. Je m'écartai pour échapper à cette impression de fourmillement qui me grignotait tout le membre. Je secouai alors la main dans tous les sens pour tenter de retrouver une sensation normale. Cela fit sourire mon ami malgré la déception flagrante qui se lisait dans ses yeux.

— Je t'avais dit que ça arriverait, maugréai-je. Ça ne se reproduira pas ! C'est trop… trop… bref, je n'aime pas !

Agacée et sous doute un peu déçue moi aussi, je lui signifiai que j'allais me coucher et commençais à quitter la pièce quand je réalisai que je manquais à tous mes devoirs de jeune femme bien élevée.

— Au fait, dis-je en me retournant vers lui. Merci.

Il fronça les sourcils en ayant l'air de ne pas comprendre.

— Merci d'être intervenu tout à l'heure, poursuivis-je. Mais, s'il te plaît... ne recommence pas. Cesse d'alimenter les rumeurs et pense aux conséquences...

Il acquiesça, le regard dans le vide.

— Je sais pourquoi tu fais ça, tu sais ? continuai-je. Effrayer les nouveaux arrivants, les enfants, les antiquaires...

— Je doute que tu en aies la moindre idée, me répondit-il, sûr de lui.

— C'est le seul moyen que tu as trouvé pour exister...

À l'ombre qui passa dans son regard, je compris que j'avais vu juste. Il réfléchit un instant avant de me répondre :

— C'est vrai. Avant, j'avais besoin d'effrayer pour me sentir vivant et moins seul...

— Avant ? demandai-je en fronçant les sourcils, intriguée par sa réponse.

— Les choses ont un peu changé depuis qu'une femme est arrivée ici pour mettre le chaos aussi bien dans la maison que dans ma vie...

Il parlait avec sarcasme mais c'est de l'affection que je perçus dans sa voix. Je sentis naître une douce chaleur dans le creux de mon ventre. J'étais touchée par ses paroles. Je lui souris pour lui signifier que je partageais son sentiment et lui souhaitai bonne nuit avant de regagner ma chambre.

J'eus du mal à trouver le sommeil. Je repensais à tous les événements de la soirée et cela me donna mal à la tête. Je somnolais par intermittence sans parvenir à m'endormir profondément. Je me réveillai au milieu de la nuit. La pluie s'était mise à tomber. À part le bruit des gouttes d'eau qui venaient s'écraser contre la porte-fenêtre, la chambre était calme. L'espace d'un instant, j'eus la sensation d'être seule. Je levai la tête pour regarder vers la fenêtre. Comme à son habitude, Will était assis dans le divan et fixait la rue, regardant la pluie tomber. Sa présence me rassura. Je m'allongeai de nouveau et sombrai enfin dans un sommeil profond et réparateur.

# 17

## Amy

*Moment de répit*

Je me levai avec une furieuse envie d'aller prendre un grand bol d'air. J'avais mis beaucoup de temps à trouver le sommeil la veille au soir et aller courir un peu me ferait le plus grand bien. Je n'avais pas fait de sport depuis mon arrivée en ville et cela me permettrait de me vider la tête. J'enfilai un legging noir et une brassière puis passai une veste de survêtement. Je pris le brassard de mon téléphone que j'avais laissé dans ma valise et y installai mon Smartphone. Je branchai les écouteurs et descendis à la cuisine où Will se trouvait déjà. Il me regarda des pieds à la tête, l'air surpris :

— Tu espères aller où comme ça ?

— Je n'espère rien, JE VAIS courir un peu, répondis-je en m'asseyant sur la dernière marche de l'escalier pour enfiler mes baskets.

— Impossible, me répondit-il sèchement.

— Ah oui, et pourquoi ? lui demandai-je en me relevant.

— Parce que Zac est à côté et après ce qui s'est passé hier soir, c'est imprudent de…

— Will, le coupai-je d'un geste de la main. Si tu veux mon avis, on ne verra pas Zac avant plusieurs jours. À l'heure qu'il est, il doit probablement être en train de dessoûler en compagnie d'un sévère mal de crâne…

Il ne répondit rien, il savait que j'avais raison. Je l'observai à la dérobée et vis qu'il me scrutait comme s'il me redécouvrait :

— Qu'est-ce qu'il y a ?

— Rien, dit-il. J'essayais simplement de me rappeler à quoi ressemblaient les tenues de sport dans les années 1960… je n'ai pas souvenir qu'elles étaient aussi… sexy !

J'explosai de rire :

— Cette tenue n'a rien de sexy, crois-moi. Dans une demi-heure, je serai en sueur.

— Il n'en reste pas moins que c'est très… moulant !

Je perdais patience.

— Tu ne vas pas encore me faire la morale sur ma tenue vestimentaire, pas vrai ? J'ai besoin d'être à l'aise dans mes vêtements pour courir.

— Non, pas du tout, se défendit-il. De toute façon, je sais bien que, quoi que je dise, mon opinion importe peu…

— Ça alors ! m'exclamai-je en mettant mes écouteurs dans mes oreilles. Je crois bien que c'est la première fois que nous sommes d'accord sur quelque chose.

Il grimaça, mécontent de ma repartie, et me suivit lorsque je sortis par la baie vitrée du bureau pour rejoindre la plage.

— Tu es certaine de vouloir y aller seule ?

Je ris en remarquant son inquiétude :

— Et qu'est-ce que tu proposes ? De m'accompagner ? Je serais curieuse de savoir jusqu'où tu pourrais aller avant de disparaître pour être ramené de force ici.

— En fait, les portes de ma prison se trouvent à une centaine de mètres d'ici, au niveau de la maison aux volets bleus qui se trouve là-bas, me répondit-il en désignant l'habitation en question.

J'étais interloquée :

— Will, dis-je confuse, je suis désolée. Je disais ça pour plaisanter. Je ne pensais pas que... tu veux dire que tu es réellement prisonnier de cette maison ?

Il acquiesça d'un signe de tête.

— Qu'est-ce qui se passe si tu essaies de t'éloigner ?

— C'est un peu comme se retrouver face à un mur invisible et infranchissable. Et il n'y a rien à faire, j'ai déjà tout essayé.

J'accusai le coup. J'imaginais ce qu'il avait pu ressentir au cours de ces dernières décennies, seul et prisonnier de quatre murs. Voyant mon désarroi, il se mit à rire. Un rire que se voulait plus rassurant que sincère :

— Ne t'inquiète pas, je le vis bien ; j'ai eu le temps de me faire à l'idée !

Je ne le croyais pas. Personne ne pouvait se faire à une telle idée. Il s'assit sur les marches de la galerie avant de changer totalement de sujet :

— En prenant à droite par la plage, tu arriveras jusqu'à la lagune. Et si tu continues au-delà, tu atteindras la pointe de Saint-Gilles. C'est un lieu à ne pas rater pour ceux qui ne le connaissent pas encore. Il offre une vue superbe sur l'océan et l'embouchure de la rivière.

Il en parlait avec une certaine nostalgie. Je compris que c'était un lieu qu'il affectionnait particulièrement. Comment pouvait-il affirmer qu'il s'était fait à l'idée de ne pouvoir échapper aux quatre murs de la maison alors qu'il décrivait un autre endroit avec autant de mélancolie ?

— C'est à plusieurs kilomètres, continua-t-il avec un sourire taquin, j'espère que tu as de l'endurance !

Je tapotai l'écran tactile de mon Smartphone, sous l'œil intrigué du fantôme, pour sélectionner la musique que je souhaitais écouter pendant ma course.

— Ça ne sera pas un problème, lui répondis-je avec le même sourire espiègle.

Puis je m'éloignai en lui disant que je le verrais plus tard.

Dès les premiers pas de course, je sentis que j'avais peut-être parlé un peu trop vite. Cela faisait plusieurs semaines que je n'avais pas couru et le manque d'exercice se faisait cruellement ressentir. Au bout d'un quart d'heure, je transpirais déjà à grosses gouttes et le souffle me manquait. Je fus tout de même étonnée que quelques semaines à peine sans sport me fassent perdre autant de mes capacités. À moins que cela ne soit dû à l'air trop pur venu du large auquel mes poumons n'étaient pas habitués. Il leur faudrait sans doute un temps d'adaptation. Je persistai dans l'effort, motivée par ma playlist. La musique avait toujours eu un grand pouvoir sur moi : elle me consolait dans les moments difficiles, me motivait dans les périodes de doute et m'inspirait des envies de voyages et de découvertes lorsque je la laissais m'emporter en fermant les yeux. Pendant l'effort, je me concentrais sur les mélodies en oubliant la douleur de mes muscles sollicités par l'exercice. Les voix des groupes tels que OneRepublic, Sleeping Wolf, Imagine Dragons, The Afters ou Scars on 45 venaient me caresser les oreilles et m'envoûter, comme si leurs chansons étaient la bande originale de mon quotidien. Je n'avais pas écouté leurs morceaux depuis mon arrivée à Bénodet et j'eus l'impression de me ressourcer et de me reconnecter avec moi-même en retrouvant quelques-unes de mes habitudes.

Après plusieurs kilomètres, j'empruntai un sentier qui grimpait sur la côte. Une fois en haut, je sus que j'y étais : la pointe de Saint-Gilles. La falaise, arborée de quelques pins, n'était finalement pas très haute. Quelques mètres plus bas, les vagues venaient s'échouer sur la roche avant de se recroqueviller sur elles-mêmes pour rejoindre les profondeurs et tenter une nouvelle fois d'avaler la pierre sans succès. C'était une rengaine incessante. Il existait sans doute des endroits plus beaux sur terre, mais la vue imprenable qu'offrait la falaise sur le large me fit comprendre instantanément ce qu'avait pu ressentir ma grand-mère en venant ici : un profond sentiment de liberté. Face à l'immensité de l'océan, nos problèmes paraissaient tellement infimes. Je m'installai sur un banc en bois placé face à la mer, et restai là, de longues minutes, à ne faire que contempler le va-et-vient des bateaux qui entraient et sortaient de l'embouchure de l'Odet. Je regardais les oiseaux de mer virevolter et planer dans les airs et laissais la brise fraîche me caresser doucement les joues. Je me sentais bien et finis par me dire que la plupart des gens pourraient facilement s'habituer à vivre ici. Je fermai les yeux et crus un instant qu'elle était là. Ma grand-mère. Je pouvais presque la sentir près de moi. J'entendais ses paroles résonner dans ma tête comme si elle était à mes côtés en train de me les murmurer. C'était troublant. Si troublant que le temps d'une courte seconde, je crus sentir sa main sur mon bras, comme elle avait l'habitude de le faire lorsqu'elle cherchait à me rassurer. Je rouvris les yeux brusquement, surprise par une telle sensation. Il n'y avait personne. Juste moi et l'océan. Tout à coup, l'air me sembla plus froid. Assise depuis plusieurs minutes maintenant, mon corps, au départ chauffé par l'effort, était en train de se refroidir. Je devais me remettre en route si je ne voulais pas tomber malade. J'observai une dernière fois la ligne d'horizon, curieuse de savoir ce qui se trouvait au-delà, puis fis demi-tour pour reprendre le chemin de la maison.

# 18

## Will

*Une triste nouvelle*

J'étais assis sur les marches de la galerie à contempler l'océan lorsque Amy rentra de son jogging. J'avais regardé si souvent l'horizon que j'aurais dû connaître le spectacle par cœur. Pourtant, le panorama qu'offrait la mer était chaque jour différent. Les couleurs n'étaient jamais les mêmes, les conditions météo non plus et les vagues venant s'écraser sur le sable ne le faisaient jamais avec la même ardeur. La jeune femme maintenait une allure soutenue lorsqu'elle arriva près de moi. Elle était essoufflée et ses joues roses lui donnaient bonne mine.

— Comment était la balade ? lui demandai-je, alors qu'elle retirait les écouteurs de ses oreilles.

— Difficile mais agréable, répondit-elle en essayant de retrouver son souffle.

— Es-tu allée jusqu'à la pointe ?

— Oui, me dit-elle avec un sourire en s'asseyant près de moi. C'était magnifique. Je comprends pourquoi ma grand-mère aimait tant cet endroit.

— Ta grand-mère ?

— Elle connaissait la ville. En réalité, c'est elle qui m'a tant parlé de cet endroit. Ses descriptions m'ont sans doute décidée à venir ici.

C'était la première fois qu'elle me parlait de sa vie. Je fus curieux d'en savoir davantage :

— Où est-elle à présent ?

Je vis son regard devenir triste tout à coup et devinai sa prochaine réponse :

— Elle est décédée l'année dernière.

— Je suis désolé, répondis-je sincèrement, craignant d'avoir ravivé de mauvais souvenirs.

— Non, ce n'est rien. C'est passé maintenant. Mais je pense encore à elle très souvent.

— Vous étiez proches ?

— Oui. Je pouvais parler de tout avec elle. Elle était ma confidente, la personne à qui je demandais conseil et par-dessus tout la meilleure conteuse que je connaisse. Elle me faisait partager ses voyages avec tellement de précision que j'avais l'impression d'être partie avec elle. C'était une femme forte et extraordinaire. Elle me manque beaucoup.

À la façon dont elle en parlait, je compris toute l'admiration qu'elle avait pour son aïeule. Je vis un sourire apparaître au coin de ses lèvres et elle poursuivit :

— Tu veux que je te dise quelque chose d'étrange ?

Cette fois, j'étais vraiment intrigué. Je l'incitai à poursuivre d'un hochement de tête. Alors, elle continua :

— Tout à l'heure, sur la pointe… j'étais assise sur un banc à contempler le large. J'ai fermé les yeux une seconde juste pour me rappeler toutes les choses qu'elle m'avait dites. Et là, l'espace d'un instant, j'aurais juré sentir sa main juste ici sur mon bras. Mais lorsque j'ai ouvert les yeux, il n'y avait personne.

Elle me regardait avec des yeux remplis de questions. Des questions auxquelles je n'étais pas certain de pouvoir apporter des réponses.

— Tu crois que c'est possible ? finit-elle par me demander.

— Je n'en sais rien, Amy… Tu sais, contrairement à ce qu'on pourrait imaginer, je ne suis pas un spécialiste de ce qui se passe après la mort. Je suis coincé ici, entre les vivants et les défunts. J'ignore tout de ce qui arrive une fois qu'on passe de l'autre côté… J'aimerais te dire oui… mais je ne veux pas te mentir.

Elle se contenta de hocher la tête avec compréhension, avant de se mettre à frissonner.

— Je vais prendre une douche, dit-elle en se relevant. Je n'ai plus très chaud.

Elle entra ensuite dans la maison en détachant le brassard contenant son étrange appareil rectangulaire et le posa sur l'îlot de la cuisine pour avaler un grand verre d'eau. Puis elle monta les escaliers au petit trot avant de disparaître à l'étage.

Elle redescendit quelques minutes plus tard, vêtue d'un jean moulant et d'un pull bleu marine. Ses cheveux mouillés lui retombaient tout autour du visage encore rosi par l'effort de sa course.

— Ton étrange machine rectangulaire n'a pas cessé de faire un bruit bizarre, lui signifiai-je en désignant l'engin en question. C'était un mélange de sonnerie rythmée et de vibrations vraiment particulières…

Elle pouffa de rire en saisissant l'objet avant de l'agiter devant mon nez :

— Cet étrange appareil, comme tu dis, est un téléphone !

— Un téléphone ? répétai-je, surpris.

Je savais bien que de l'eau avait coulé sous les ponts depuis les années 1960 mais, dans mes souvenirs, les téléphones ne ressemblaient pas du tout à cela. Depuis qu'elle était arrivée, je la voyais bien se balader dans toutes les pièces de la maison avec l'objet toujours à proximité. Elle passait beaucoup de temps à pianoter dessus. Ce matin même, elle s'en était servie pour écouter de la musique.

— Oui, affirma-t-elle d'un air amusé.

— Parce que tu écoutes de la musique avec ton téléphone, toi ? Le but premier de ce genre d'appareil n'est-il pas… de téléphoner ?

Je constatai que malgré son amusement, ma remarque la faisait réfléchir. Elle haussa les épaules en me signifiant que je n'avais pas tort mais qu'aujourd'hui, tout était fait pour faciliter la vie quotidienne, et que les téléphones servaient, non seulement à téléphoner, mais également à faire plein d'autres choses utiles… ou non. Je restai perplexe quant au véritable intérêt de cet outil pendant qu'Amy observait son écran en fronçant les sourcils, subitement soucieuse.

— C'est ma mère, dit-elle en voyant mon regard interrogateur. Elle a essayé de m'appeler une dizaine de fois. Ça doit être urgent, ajouta-t-elle en portant l'objet à son oreille.

Il ne fallut pas longtemps avant que la mère de mon amie décroche. J'entendis Amy la saluer rapidement puis lui demander ce qui se passait. Alors le visage de la jeune femme se décomposa. Elle porta sa main libre à sa bouche en murmurant que ce n'était pas possible.

De toute évidence, ce n'était pas une bonne nouvelle. Je m'éloignai pour lui laisser un peu d'intimité. Dans les moments difficiles, certains préfèrent être seuls. Je l'entendis seulement demander à sa mère comment c'était arrivé lorsque je regagnai le bureau et m'installai une nouvelle fois sur les marches de la véranda. Ça devait être grave et je me sentis soudainement inquiet. Inquiet pour elle, et peut-être un peu, égoïstement, pour moi aussi.

Elle me rejoignit quelques minutes plus tard et s'assit près de moi sans dire un mot. Elle avait le regard perdu vers la ligne d'horizon.

— Est-ce que tout va bien ? demandai-je maladroitement.

Quel crétin ! Bien sûr que ça n'allait pas ! Elle était malheureuse. Quelque chose s'était passé mais je ne souhaitais pas être indiscret. Elle m'en parlerait si elle le souhaitait, mais je ne lui poserais aucune question. Même si j'en mourais d'envie.

— Ma mère ne m'a pas annoncé une très bonne nouvelle. Un ami est décédé. Un ami très proche de la famille…

— Toutes mes condoléances, lui dis-je à défaut d'autre chose.

J'aurais voulu trouver les mots mais ce n'était pas un domaine dans lequel j'excellais.

— C'est gentil, me répondit-elle en esquissant un timide sourire.

Elle prenait sur elle mais je voyais bien à quel point elle se sentait triste. Ses yeux étaient humides, elle faisait de son mieux pour ne pas pleurer.

— C'est juste que… je le connaissais depuis toujours. C'était un ami très proche de mes parents. Il a toujours été comme un oncle pour moi. Dans tous mes souvenirs d'enfance, il est présent. Dans tous les moments de joie, il était présent. Il était là à chaque période importante de nos vies. Je… j'ai du mal à imaginer à quoi va ressembler la vie sans lui. Il faisait partie intégrante de la famille…

Ses souvenirs finirent par la submerger. De fines larmes commencèrent à couler le long de ses joues. Cela me brisa le cœur. Pour la première fois de mon existence, je me sentais complètement impuissant. J'aurais voulu faire quelque chose, dire quelque chose, ou bien prendre sa douleur et la subir à sa place. J'aurais voulu trouver les mots justes pour la consoler ou la serrer dans mes bras pour lui montrer qu'elle n'était pas seule. Mais je demeurais là, sans pouvoir rien faire d'autre que la regarder, accablée par le chagrin. À cet instant, je détestai ma condition d'esprit errant m'empêchant de disposer de mon corps comme je le voulais et de créer le moindre lien avec la personne qui me devenait proche. Je voyais bien qu'elle désirait en parler, que cela lui faisait du bien de partager ses souvenirs. Quelque part, l'écouter était peut-être la façon la plus efficace, dans ma situation, de l'aider.

— Comment s'appelait-il ? lui demandai-je avec intérêt.

— Iann, me répondit-elle. Il s'appelait Iann.

— Comment c'est arrivé ?

— Il a eu un accident de voiture. Une sortie de route en voulant éviter un animal.

À l'évocation du drame, un violent coup dans la poitrine me ramena moi aussi à des souvenirs très douloureux. Je faisais de mon mieux pour demeurer impassible. Je n'étais pourtant pas certain d'y parvenir réellement.

Un silence s'installa pendant lequel j'essayai tant bien que mal de faire abstraction de mon passé.

— Je vais partir pendant quelques jours... pour les obsèques, m'informa Amy.

Bien sûr, je me doutais que ça arriverait. Elle n'avait pas d'autre choix que d'assister aux funérailles de l'homme qu'elle considérait comme son oncle. Pourtant, je fus surpris de sentir à nouveau un pincement me serrer le cœur à l'évocation de son départ. Je n'aurais pas dû ressentir cela. Tous les sentiments qui se mêlaient depuis quelques minutes ne faisaient que confirmer ce que j'essayais de nier depuis plusieurs jours. Et ça ne présageait rien de bon.

— Je sais, répondis-je en cachant ma déception.

— Tu vas être content, dit-elle en essayant de faire de l'humour. Toi qui essaies de te débarrasser de moi depuis plusieurs jours !

Je la regardai fixement et elle me rendit mon regard.

— Qu'est-ce qu'il y a ? me demanda-t-elle en riant.

— Tu es différente... répondis-je sans quitter ses yeux couleur noisette.

Elle gloussa :

— Différente pourquoi ? Parce que je suis la seule personne au monde que tu n'as pas réussi à faire fuir ?

— Non, répondis-je avec calme. Parce que tu es la seule personne que je ne VEUX PAS faire fuir...

Elle me sourit avec tendresse. Pourquoi avais-je dit cela ? Je n'en sais rien. Il aurait sans doute mieux valu que je m'abstienne. Tout cela n'avait aucun sens. Mais il était trop tard à présent et je ne regrettais pas pour autant mes paroles.

# 19

## Amy
### *Un départ difficile*

Will était appuyé contre le chambranle de la porte, les bras croisés sur la poitrine. Il m'observait en silence pendant que je préparais un sac avec quelques vêtements pour les prochains jours. L'atmosphère était morose. J'étais malheureuse d'avoir appris la mort de Iann. La vie serait bien différente sans lui. Il était toujours tellement plein d'humour. Il égayait les repas de famille et positivait sans cesse face aux aléas de la vie. Je ne réalisais pas qu'il était parti pour toujours. Tout cela était si brutal... je n'étais pas préparée à ça.

Je ruminais de sinistres pensées en sentant toujours le regard du fantôme sur moi. Il ne se réjouissait pas de mon départ et ça, c'était une vraie surprise. Ses dernières paroles résonnaient dans ma tête comme un écho lancé en pleine montagne. Je n'avais rien répondu lorsqu'il m'avait confié ne pas vouloir me faire fuir. J'avais simplement prétexté devoir faire ma valise, puis j'étais montée dans ma chambre pour rassembler mes affaires. Il avait sans doute pensé que ses paroles avaient eu l'effet inverse de ce qu'il cherchait. Je m'étais sentie à la fois surprise, étonnée, mal à l'aise, touchée et… heureuse. Et je devais admettre que ce dernier sentiment m'effrayait. Je savais que quelque chose avait changé ces derniers jours. Nos échanges conflictuels du début s'étaient peu à peu transformés en boutades échangées entre deux amis, et ses sermons ressemblaient aujourd'hui davantage à des conseils protecteurs qu'à des reproches visant à m'énerver. Mais je craignais que ce rapprochement ne cache autre chose qu'une simple amitié. Ça ne devait pas arriver ! Pour la simple et bonne raison que ça ne POUVAIT PAS arriver. Pourtant, je devais être honnête avec moi-même, je n'avais pas très envie de partir moi non plus. Mais je le devais. Je devais me rendre aux funérailles et dire au revoir à mon ami. Je fermai mon sac en m'exclamant :

— Voilà, je crois que tout y est !

— Tu es sûre de ne pas vouloir attendre demain pour prendre la route ? me demanda Will d'un air renfrogné. Le temps n'est pas en ta faveur.

Je secouai la tête en lui signifiant qu'il fallait que je parte dans la journée. Les obsèques auraient lieu deux jours plus tard mais je tenais à être présente auprès de ma famille pour les épauler et les aider dans les préparatifs.

Will ne bougea pas d'un pouce lorsque je pris mon sac et quittai la pièce. Je m'arrêtai près de lui en lui disant :

— Je n'ai pas l'intention de fuir. Je ne pars pas à cause de toi, mais à cause de la dure réalité de la vie pour ceux qui restent. Je serai de retour dans quelques jours.

Il sondait mon regard comme pour vérifier que je ne mentais pas. Après toutes ces fois où ses yeux avaient croisé les miens, j'aurais dû commencer à m'habituer à leurs abysses mais ce n'était pas le cas. Chaque fois que ses pupilles scrutaient les miennes, je me sentais complètement déstabilisée.

— Fais bon voyage, finit-il par me répondre avec un sourire rassuré.

J'acquiesçai en lui rendant son sourire, et quittai la pièce à contrecœur avant de sortir de la maison.

## 20

## Amy

### *Rassemblement funèbre*

La route fut longue. Elle dura plusieurs heures pendant lesquelles je repensai à toutes les choses qui m'étaient arrivées au cours de cette dernière semaine. Cela m'empêchait au moins de songer au vide laissé dans mon cœur par la perte de Iann. Je me rappelai alors mon arrivée dans la maison et mes débuts plutôt agités avec Will. Cela m'arracha un sourire. Je me disais que notre relation avait beaucoup évolué en une semaine. Il était tellement insupportable les premiers jours ! J'avais pourtant rapidement réalisé que la première impression que je m'étais faite de lui était erronée. Il n'avait rien du parfait mannequin arrogant, tête à claques, que j'avais imaginé à notre première rencontre. Il n'avait rien de superficiel. Ses secrets le rendaient mystérieux mais le faisaient aussi souffrir, j'en étais certaine. J'aurais tellement voulu l'aider. Même s'il ne disait rien, plus le temps passait, plus je ressentais son fardeau comme étant le mien. Son regard parfois perdu dans le vide, les ombres passant sur son visage à l'évocation de certains souvenirs… Je percevais presque son désarroi en observant ses réactions. J'espérais qu'un jour il me parle de sa vie, de son passé. En attendant, je ne lui poserais aucune question. Ça ne m'empêchait pas de mener ma petite enquête pour en savoir plus sur cet accident survenu cinquante ans plus tôt, le soir de la Saint-Sylvestre.

J'arrivai chez mes parents en fin de soirée, épuisée par mon voyage. Mon père déchargea mon sac du coffre et m'accompagna jusqu'à la maison en me demandant comment j'allais et si le voyage avait été bon. Il se montrait poli mais je voyais bien que son esprit était ailleurs, emporté par la perte d'un ami cher. Ma mère me serra dans ses bras pour m'accueillir et malgré ses efforts, se mit à pleurer.

— Désolée, me dit-elle en essuyant ses larmes du bout des doigts, j'ai encore du mal à me faire à l'idée.

— Je comprends, dis-je avec un sourire qui se voulait rassurant.

— Je t'ai préparé une assiette, me dit-elle en se dirigeant vers la cuisine.

Je lui emboîtai le pas et m'assis sur le haut tabouret installé face à l'îlot central. Elle me servit une assiette de spaghettis à la bolognaise que je commençai à picorer. Je n'avais pas vraiment faim. Pourtant, je n'avais rien avalé de la journée. Ma mère me demanda comment s'était passée ma première semaine dans la maison. Je lui racontai la préparation des travaux et les idées qui germaient dans ma tête pour la décoration, mais lui passai les détails sur ma colocation avec un fantôme et mon rencard chaotique avec mon voisin éméché. Elle se serait demandé quel genre de vie je menais là-bas et ce n'était pas du tout la raison de ma présence ici. En me rappelant pourquoi j'étais là, je sentis soudain un étau me serrer le cœur. Nous ne pouvions pas éviter le sujet plus longtemps. Nous devions en parler.

— Maman, dis-je en faisant tourner mes pâtes autour de ma fourchette.

Je ne savais pas comment aborder le sujet sans être brutale mais je voulais savoir.

— Est-ce que... enfin, je voudrais savoir... a-t-il souffert ?

Elle me regarda les yeux remplis de larmes :

— Non, finit-elle par me dire en faisant de son mieux pour maîtriser sa voix. Il a fait une sortie de route lancé à plus de quatre-vingt-dix kilomètres à l'heure. Le choc l'a tué sur le coup, selon le médecin. Il n'a pas souffert.

Je luttais moi aussi pour garder mon sang-froid et ne pas craquer :

— Comment l'avez-vous su ?

— Son frère nous a appelés tôt ce matin. Je t'ai contactée aussitôt mais j'ai eu un mal fou à te joindre...

— Je sais, je suis désolée. J'avais posé mon téléphone. C'est plus tard que j'ai vu tes appels manqués. Je t'ai rappelée aussitôt.

Elle acquiesça en silence.

— Est-ce que je peux aider ? Je veux dire pour les préparatifs des obsèques.

— Ses frères se chargent de tout. L'office aura lieu après-demain à 10 heures. Je crois qu'il va y avoir beaucoup de monde. Il était tellement apprécié !

Je souris en repensant au rire communicatif d'Iann. C'est vrai qu'il était apprécié. Je ne connaissais personne qui affirmerait le contraire.

— Anna sera-t-elle là ?

Ma sœur et sa famille étaient parties pour quelques jours dans le Sud de la France, chez le frère de son mari. Je me demandais s'ils feraient un voyage aussi long pour les funérailles.

— Oui, ils ne devraient pas tarder d'ailleurs. Ils doivent arriver...

Ses paroles furent interrompues par une petite voix familière criant mon nom :

— Tante Amy ! hurla Logan en se jetant dans mes bras.

Je m'esclaffai devant un tel enthousiasme. Cela faisait tellement de bien de voir un peu de joie pendant une période si sombre.

— Eh, mon grand, dis-je en le serrant fort dans mes bras. Tu m'as manqué !

— Tu n'es partie que depuis une semaine... me dit-il l'air étonné.

— Oui et alors ? Tu as eu le temps de me manquer en une semaine. Je ne t'ai pas manqué, moi ? lui demandai-je en mimant une moue vexée.

Il m'observa un moment. Il savait que je jouais la comédie et leva les yeux au ciel pour me signifier que j'en faisais trop. Je me ravisai sous son air sérieux. Ce gosse, du haut de ses 6 ans, était plus mature que moi ! Il ne répondit rien mais son attitude montrait bien que je lui avais manqué moi aussi. Il sauta sur mes genoux, me prit la fourchette des mains et commença à dévorer mon assiette. Je le regardais avec amusement quand Anna fit son apparition dans la pièce, lasse.

— Logan, tu as demandé à Amy avant de lui voler son repas ? demanda-t-elle à son fils.

— Laisse tomber, je n'avais pas faim de toute façon, lui dis-je en encourageant mon neveu à poursuivre son festin.

Anna enlaça ma mère en la serrant très fort dans ses bras puis elle en fit autant avec moi.

— Comment vas-tu ? me demanda-t-elle avec tendresse. Tu as l'air fatiguée. Désolée de te dire ça, mais tu n'as pas bonne mine !

Je ris :

— C'est drôle, j'allais te dire exactement la même chose !

— Les filles, soyez gentilles, intervint notre mère.

— On se taquine, maman ! répondit ma sœur en mordant dans le morceau de pain laissé près de mon assiette.

— Où est Franck ? demandai-je en ne voyant pas mon beau-frère.

— Il aide papa à monter nos affaires, répondit-elle. Il est épuisé, le pauvre. La route n'a pas été facile avec ce temps.

— Je vais aller préparer vos lits, dit ma mère. Je n'ai pas encore eu le temps aujourd'hui. J'ai dû aller faire des courses. Il y aura du monde à la maison ces prochains jours.

— Ne t'inquiète pas pour ça, lui dis-je pour la décharger un peu. Je vais m'en occuper avec Anna.

Ma sœur acquiesça et nous montâmes toutes les deux à l'étage pour préparer les chambres, Logan nous suivant comme une ombre.

— Je suis embêtée pour la cérémonie, me dit Anna en tendant le drap de l'autre côté du lit. Tous nos proches seront aux obsèques, je ne sais pas qui pourrait garder Logan…

— Mais je veux venir, moi, intervint le petit bonhomme sûr de lui.

— Logan, ce sont des funérailles ! Ça n'a rien de drôle, tu sais ? Ce n'est pas la place d'un petit garçon…

— Mais je veux être là. J'aimais Iann, moi aussi. Je veux lui dire au revoir !

J'échangeai un regard avec ma sœur. Je comprenais sa réaction mais je comprenais aussi celle de Logan. Elle cherchait peut-être mon soutien mais je n'étais pas certaine de pouvoir le lui apporter. Elle demanda à son fils de descendre chercher une couverture supplémentaire.

— Tu sais, lui dis-je une fois que mon neveu eut quitté la pièce, Logan est un petit garçon intelligent, bien plus que les enfants de son âge. C'est ton fils, je ne t'apprends rien. Il comprend ce qui se passe…

— Ce sont des obsèques, Amy. Des tas de gens vont pleurer la mort d'un proche. Un petit garçon ne devrait pas assister à cela…

— C'est vrai, tu as raison. Les enfants ne devraient pas être présents lors de ce genre d'événement s'ils n'en comprennent pas l'enjeu. Tu sais que c'est différent pour Logan. Son cœur s'est arrêté une fois, il…

— Je n'aime pas trop qu'on me rappelle ce souvenir, me coupa-t-elle.

— Je sais, désolée. Ce que j'essaie de t'expliquer, c'est que Logan n'est pas étranger au concept de la mort. Il la connaît car il l'a vécue. S'il ressent le besoin de dire au revoir à Iann, tu devrais peut-être le laisser faire…

Elle soupira, songeuse. Elle savait que j'avais raison. Logan était différent des autres enfants. Ce qui était applicable à la plupart des bambins de son âge ne l'était pas forcément pour lui.

— Mais je ne veux pas qu'il soit seul pendant la cérémonie. J'ai un éloge funèbre à lire. Pendant ce temps…

— Je resterai avec lui, l'interrompis-je. Promis.

Elle me regarda un long moment, indécise, avant de me faire un grand sourire :

— Parfois, je me demande ce que je ferais sans toi…

— Sûrement pas grand-chose, répondis-je pour la taquiner.

Elle saisit l'oreiller posé sur le lit avant de me le balancer à la figure.

Je ris en lui disant d'apprendre à viser. Logan fit son retour au moment où je renvoyais le coussin à la tête de sa mère.

— Mais ce n'est pas possible, fit le garçon en croisant les bras sur sa poitrine. On ne peut pas vous laisser seules cinq minutes !

Avec cette posture, il me fit penser à Will. Le même air espiègle, le même regard rieur… Mais Will n'était pas là, je devais le chasser de mes pensées.

J'échangeai un nouveau regard complice avec ma sœur puis nous nous jetâmes sur Logan pour l'entraîner dans notre bagarre qui se transforma en une belle bataille d'oreillers.

L'espace de quelques minutes, nous avions oublié la sinistre raison pour laquelle nous étions réunis. Mais peut-être était-ce notre façon à nous de faire face au deuil. Quelques minutes plus tard, nous tombâmes de fatigue, essoufflés, allongés sur le lit que nous venions de faire et qui était à présent complètement défait. Il ne nous fallut que quelques secondes pour nous endormir, emportés tous les trois par la fatigue.

Le lendemain, une bonne partie de la famille arriva chez mes parents. Mes oncles et tantes, originaires du Sud-Ouest, des cousins venant de Suisse et du Nord... tous vinrent poser leurs valises pour quelques jours. Les différents membres de notre famille vivant aux quatre coins de la France, les occasions de réunir tout le monde à la fois étaient rares. Je trouvais ça triste que cela se produise pour dire au revoir à l'un des nôtres, mais j'étais en même temps reconnaissante qu'ils aient fait le déplacement pour dire adieu à Iann. La maison se transforma bientôt en véritable dortoir. Les invités avaient dû apporter des matelas, la maison ne comptant pas assez de lits. Certains étaient même contraints de loger dans un gîte à proximité. C'était ironique de se dire que la maison n'avait probablement jamais été aussi pleine de vie à l'occasion d'un enterrement. Ma mère était complètement dépassée. Avoir autant de monde à loger était exténuant. Elle s'activait en cuisine pour essayer de suivre la cadence. Anna et moi l'aidions du mieux que nous pouvions mais, en ce qui me concernait, on ne pouvait pas dire que mes compétences culinaires lui rendent de grands services. Je me contentai donc de préparer les chambres des invités, de les accueillir et les occuper pour laisser le champ libre et un peu de calme à ma mère. Cette journée fut éreintante et la journée suivante ne promettait rien de mieux.

Plus de trois cents personnes devaient être réunies devant la petite église du village. Je connaissais la plupart des visages présents mais certains autres m'étaient complètement étrangers. Chacun avait revêtu ses plus beaux habits de deuil. Le noir dominait. J'avais moi-même opté pour une robe noire taillée aux genoux, sous laquelle j'avais enfilé un collant pour ne pas avoir froid. Par-dessus, je portais un long manteau noir boutonné jusqu'au col. Logan, qui ne me quittait pas, portait une chemise blanche sous une petite veste noire et un pantalon noir habillé. On aurait dit un parfait gentleman, version miniature. Il avait insisté pour que sa mère lui mette du gel dans les cheveux. Cela lui donnait un air plus adulte encore. Il me tenait fermement la main. Bien qu'il connût lui aussi la plupart des gens rassemblés ici, il n'était pas très à l'aise dans la foule et voir autant de monde l'impressionnait.

— Nous devrions entrer nous installer sur les bancs avant qu'il n'y ait plus de place, murmurai-je à mon neveu en me penchant à son oreille.

Puis, je l'entraînai à travers la foule et nous nous frayâmes un chemin jusqu'à l'intérieur de l'église. Ma mère et Anna discutaient avec le prêtre, près de l'autel. Je vis Logan observer avec attention tout ce qui se passait autour de lui. J'exerçai une pression sur sa main pour lui rappeler que j'étais près de lui et qu'il n'avait pas à s'inquiéter. Nous nous installâmes dans une des premières rangées avec le reste de la famille en laissant les premiers bancs libres pour la famille proche d'Iann. Les agents des pompes funèbres firent entrer la foule afin que tout le monde s'installe et que la cérémonie puisse commencer. Lorsque tout le monde fut entré, les portes de l'église furent fermées. Alors, le prêtre s'approcha de son pupitre et commença son sermon. Ma mère et ma sœur étaient installées près de l'autel, elles avaient préparé un petit hommage et des jolies lectures pour honorer la mémoire d'Iann. Le regard de Logan était fixé sur le cercueil en chêne disposé au centre de la nef.

Je n'étais plus si certaine que sa présence ici soit une bonne idée.

— Logan, si tu préfères, nous pouvons rentrer à la maison, lui suggérai-je en me penchant vers lui. Il secoua la tête avec ferveur avant de m'affirmer qu'il tenait à rester… pour Iann.

La première partie de la cérémonie fut très émouvante. Les proches de notre disparu firent de beaux éloges funèbres en racontant les moments importants de sa vie et de petites anecdotes qui arrachèrent un sourire éphémère aux visages sombres rassemblés dans l'église.

Je regardais mon neveu. Tout le monde admirait le prêtre en train d'évoquer la Bible et le devenir des âmes après la mort, mais pas lui. Logan observait avec attention le visage des gens sans comprendre.

— Tante Amy, me dit-il en se penchant vers moi. Pourquoi tous ces gens pleurent-ils ?

— Ils sont tristes. Ils savent que plus jamais ils ne pourront parler à Iann, rire avec lui ou entendre le son de sa voix. C'est difficile de dire au revoir à une personne qu'on aime, tu sais…

— Mais je ne comprends pas, continua-t-il. Nous sommes bien là pour lui, pas vrai ?

— Oui, acquiesçai-je, en fronçant les sourcils sans vraiment comprendre où il voulait en venir.

— Alors, c'est à lui que nous devrions penser, pas à ce qui nous fait de la peine à nous, tu ne crois pas ? Iann est heureux aujourd'hui. Alors nous devrions être heureux pour lui aussi…

Je réfléchis un instant. Il avait raison. Je lui souris, pleine d'admiration devant tant d'intelligence réunie dans un seul petit bonhomme.

Je l'attirai contre moi avant de lui déposer un baiser sur le dessus de la tête.

— Il n'a pas envie que les gens pleurent, poursuivit-il en s'écartant de moi pour me regarder dans les yeux. Il veut les voir heureux, comme il l'est à présent…

— Qu'est-ce qui te fait dire ça ? lui demandai-je, intriguée.

— Parce qu'il est là. Il sourit. Il voudrait effacer toute la peine présente ici…

Je restai sans voix, troublée par les paroles de mon neveu. Était-il en train de me dire qu'il voyait Iann en ce moment ?

Instinctivement, je regardai autour de moi, à la recherche du visage familier que je ne reverrais plus. Au même instant, les gens se levèrent pour défiler devant le cercueil du défunt et le bénir une dernière fois avant la mise en terre. Mon regard parcourait l'assemblée quand il s'arrêta sur une silhouette isolée. Il était là, debout derrière une colonne de pierre, les mains dans le dos. Il observait tous les visages ayant défilé dans sa vie, ému par la présence de tous ces êtres qui avaient tôt ou tard croisé son chemin. Puis son regard se heurta au mien.

Il fut d'abord surpris que je puisse le voir. Puis il me sourit sincèrement en me faisant un léger signe de tête. Logan avait raison. Il était heureux et c'est cette dernière image que je souhaitais garder de lui.

— Tu le vois, toi aussi ? me demanda le petit garçon en tirant sur la manche de mon manteau.

Je dévisageai mon neveu, troublée par une telle vision. Lorsque je regardai à nouveau dans la direction où s'était trouvé le fantôme quelques secondes plus tôt, il avait disparu. Encore sous le choc, mais étrangement sereine d'avoir vu la lumière briller une dernière fois dans les yeux d'Iann, je repris la main de mon filleul et lui fis un clin d'œil complice en lui murmurant avec un sourire :

— Ça sera notre petit secret.

Il me sourit de toutes ses dents, visiblement rassuré de ne pas être le seul à avoir vu notre ami. Pourtant, je n'étais pas sûre de pouvoir qualifier la situation de rassurante. Était-il normal qu'un enfant de 6 ans puisse voir les esprits alors qu'ils étaient invisibles aux yeux des autres ? Et moi ? Comment se faisait-il que je puisse les voir moi aussi ? Mes réflexions furent interrompues par un léger mouvement de foule ; c'était au tour de notre banc d'aller se recueillir une dernière fois auprès du corps. Je pris Logan par la main et l'entraînai avec moi vers le lieu de bénédiction. Il mit sa main sur la mienne lorsque je saisis le goupillon pour bénir le cercueil. Je le regardai avec fierté. J'étais tellement fière de voir avec quel courage il affrontait cette journée difficile. Alors ensemble, nous fîmes le signe de croix en aspergeant le sarcophage d'eau bénite. Puis, je passai l'objet liturgique à la personne derrière moi et nous sortîmes de l'église. En retrouvant l'extérieur, nos yeux cherchèrent instinctivement la présence d'Iann. Mais il était parti. Définitivement cette fois. Mon regard croisa celui de Logan et nous le comprîmes tous les deux. Malgré cette journée triste et morne, nous étions chanceux. Nous avions au moins eu la possibilité de le revoir une dernière fois en nous sentant plus sereins quant au devenir de son âme. J'avais tenté tant bien que mal de repousser sa pensée depuis le début de la cérémonie mais je ne pouvais m'empêcher de penser à Will. Il avait droit à cela lui aussi. Il avait le droit de trouver la paix, de cesser d'errer entre les morts et les vivants. Je voulais tellement l'aider…

Anna se fraya un passage pour tenter de nous rejoindre, mais la foule s'agglutinait à l'extérieur de l'église et l'empêchait de progresser. Elle arriva finalement près de nous, le livret de cérémonie encore à la main.

— C'était une jolie messe, dit-elle encore émue par les nombreux discours prononcés en l'honneur du défunt.

J'acquiesçai en la félicitant pour son éloge funèbre. Elle demanda à Logan de rejoindre sa grand-mère. Ce dernier me lâcha la main pour s'exécuter. Alors, ma sœur m'interrogea sur la façon dont s'était comporté son fils pendant la messe. J'aurais sans doute dû lui parler de ce qui s'était passé. De ce que Logan avait vu. De ce que nous avions vu tous les deux. Mais je connaissais ma sœur par cœur. Elle était d'un naturel angoissé et se faisait souvent du souci pour rien. Je ne souhaitais pas l'inquiéter. Surtout pas au cours d'une journée comme celle-ci.

— Il m'impressionne, répondis-je en regardant le principal intéressé qui ne quittait plus les jupons de sa grand-mère. Il est si mûr pour son âge. Et si fort mentalement... Je sais que tu as tendance à t'inquiéter pour lui. C'est normal après les soucis qu'il a rencontrés étant petit mais, crois-moi, Logan a plus de force de caractère que la majorité d'entre nous. Il voit les choses à sa façon. Différemment, mais au final, je me demande si ce n'est pas lui qui a raison.

Elle sourit en m'entendant parler de son fils avec autant de tendresse.

— Il t'adore, me dit-elle en me prenant par le bras pour m'entraîner plus loin, là où la foule était moins dense.

Franck, son mari, vint nous rejoindre. Je prétextai un coup de fil à passer au propriétaire de la maison avant de m'éloigner en rallumant mon téléphone. Je ne pouvais plus attendre, il fallait que je passe cet appel. Je composai le numéro trouvé sur Internet quelques jours plus tôt et contactai le journal *Ouest-France*. Après plusieurs minutes en relation avec un répondeur vocal me demandant de choisir un numéro parmi plusieurs propositions, je finis par tomber sur une voix humaine.

Je saluai mon interlocutrice en annonçant que j'appelais au sujet d'une requête un peu particulière. La voix au bout du fil ne répondit rien, elle attendait d'en savoir davantage.

Je continuai en expliquant que je cherchais à joindre un journaliste ayant travaillé pour le quotidien plusieurs dizaines d'années auparavant.

La secrétaire me demanda son nom. Je lui parlai de Victor Medusa et de l'article qu'il avait écrit au sujet d'un accident survenu le soir de la Saint-Sylvestre dans la nuit du 31 décembre 1966 au 1er janvier 1967.

J'entendis pianoter sur les touches d'un clavier d'ordinateur, pendant que je m'impatientais. Si Will apprenait ça, il m'en voudrait sans doute. Je n'étais pas sûre de faire ce qu'il fallait.

La secrétaire me demanda alors pourquoi je cherchais à contacter le journaliste. Je lui expliquai qu'il s'agissait d'une affaire personnelle et que j'aimerais obtenir de plus amples informations sur l'accident. Elle m'annonça que Medusa n'était pas son vrai nom, mais un pseudonyme utilisé pour la publication de ses articles. Je lui demandai avec politesse de me communiquer le véritable nom de cet homme, ce à quoi elle répondit qu'elle n'était pas en mesure de me fournir de telles informations. J'insistai aimablement en précisant qu'il s'agissait d'une affaire de famille… Eh bien, cela faisait presque deux jours que je n'avais pas menti. J'entendais la voix du fantôme résonner dans ma tête, me répétant que je devenais experte dans le domaine.

Après un moment d'hésitation, mon interlocutrice finit par me dire que le journaliste en question s'appelait Victor Castelli et qu'aux dernières nouvelles, il vivait à Quimper. Elle précisa qu'elle ignorait s'il était toujours en vie et qu'elle ne pourrait pas m'en dire davantage. Je la remerciai pour son aide précieuse avant de raccrocher. Je composai aussitôt le numéro des renseignements à qui je demandai les coordonnées de M. Victor Castelli à Quimper dans le Finistère. Contre toute attente, on me donna un numéro de téléphone que je notai dans le creux de ma main, à l'aide d'un stylo trouvé en toute hâte dans mon sac.

— Vous voulez dire que cette personne est toujours en vie ? demandai-je, surprise.

— Eh bien, elle l'était lors du dernier recensement téléphonique il y a un an…

J'étais étonnée. J'espérais trouver des réponses à mes questions sans vraiment y croire. J'avais pensé qu'après d'aussi longues années, Victor Castelli ne ferait peut-être plus partie de ce monde. Je m'étais trompée. J'étais sur le point d'obtenir des réponses et j'en étais sonnée. Je raccrochai mon téléphone le sourire aux lèvres puis rejoignis ma famille qui se rassemblait à présent en cortège pour accompagner le cercueil jusqu'à sa dernière demeure.

Lorsque nous rentrâmes à la maison vers 14 heures, l'ambiance était lugubre. Je sais bien que dans de telles circonstances, c'était justifié. Pourtant, après avoir vu Iann à l'église, j'envisageais les choses différemment. Il était heureux et c'est tout ce qui m'importait. Quelque part, cela me rendait plus sereine. Il n'en restait pas moins qu'il allait énormément me manquer. Il fallait maintenant se faire à l'idée qu'on ne partagerait plus de bons moments avec lui et ça, c'était difficile à imaginer. Le temps finirait sans doute par rendre les choses plus faciles.

Une forte odeur de brûlé vint nous chatouiller les narines lorsque nous pénétrâmes dans la maison. Ma mère se souvint aussitôt qu'elle avait quelque chose dans le four. Elle courut jusqu'à la cuisine, saisit une manique et sortit un plat de lasagnes carbonisé.

— Quelle idiote ! s'exclama-t-elle en chassant la fumée avec sa main. J'ai oublié d'éteindre le four avant de partir à la cérémonie.

Puis, elle s'effondra, en larmes. Je savais bien que les lasagnes n'étaient pas la cause de sa peine. Elle avait tenu bon pendant toute la messe. Elle s'était montrée forte mais à présent que la pression retombait, sa tristesse refaisait surface. Anna et moi nous approchâmes d'elle pour la serrer dans nos bras.

— Ce n'est rien, maman... dis-je pour essayer de la réconforter.

— Mais j'ai plus d'une dizaine de bouches à nourrir, me répondit-elle au milieu de ses sanglots. Mon plat est fichu !

Je réfléchis un instant avant de proposer :

— Nous n'avons qu'à commander des pizzas !

Ma mère et ma sœur me regardèrent, interloquées. Elles se demandaient si je n'avais pas perdu la tête.

— Amy, me souffla ma sœur. Ce sont des funérailles...

Mes oncles, tantes et cousins ne disaient rien. Ils observaient la scène en se demandant sans doute eux aussi si je ne devenais pas folle.

— Vous savez, commençai-je à expliquer, Logan m'a ouvert les yeux aujourd'hui... Lors de la cérémonie, je le voyais observer avec attention tous les gens qui l'entouraient. Et puis, il a fini par me demander pourquoi ils pleuraient. Je lui ai répondu qu'ils étaient tristes à l'idée de ne plus revoir Iann. Alors il m'a dit quelque chose qui a complétement changé ma vision des choses...

— Qu'a-t-il dit ? demanda Anna, intéressée.

— Il m'a dit qu'il ne comprenait pas. Que tous ces gens étaient réunis pour Iann et que, par conséquent, c'est à lui qu'on devait penser, pas à la tristesse qu'on éprouvait. Logan est persuadé que, là où il est, Iann est heureux. Et je suis de cet avis moi aussi ! Je pense que nous devrions commander ces pizzas. Il adorait les pizzas ! Et nous les dégusterons en nous souvenant de lui... en nous remémorant nos meilleurs souvenirs avec lui, pas en le pleurant. Après tout, vous ne pensez pas que la meilleure façon de rendre hommage à nos morts est de continuer à vivre nos vies en gardant en tête tous les bons moments passés avec eux ? Leur présence est éphémère mais le souvenir, lui, reste.

Tout le monde me regardait avec étonnement et un silence gênant s'installa. Je ne me sentis pas très à l'aise tout à coup mais je pensais sincèrement ce que je disais.

— C'est un gamin de 6 ans qui m'a fait prendre conscience de tout cela ! continuai-je en riant tellement cela paraissait fou. Mais il a tellement raison.

Ma mère et ma sœur me regardèrent avec tendresse avant de m'enlacer à leur tour.

— Depuis quand es-tu devenue si sage ? me demanda Anna avec un sourire.

Je m'esclaffai :

— Je n'en sais rien. Je crois que ton fils a une mauvaise influence sur moi...

— Ouais... dit-elle d'un air perplexe. À moins que ce ne soit l'inverse !

Nous nous mîmes à rire toutes les deux.

— Bien, dit ma mère en balançant sa manique sur le plan de travail. On les commande ces pizzas, je suis affamée !

Malgré les circonstances, ce fut une bonne soirée. Nous dégustâmes tous nos pizzas, installés dans les canapés et fauteuils du salon. Nous restâmes là pendant des heures à nous rappeler les meilleurs moments passés avec Iann. Il avait beau ne pas partager notre sang, c'était tout comme, et chacun de nous avait des souvenirs à raconter aux autres. Nous rîmes, nous pleurâmes. En l'espace de quelques heures, nous passâmes par tout un éventail d'émotions. Je pris connaissance d'anecdotes dont je n'avais jamais entendu parler auparavant et j'eus l'impression de redécouvrir mon ami. Je réalisai à cet instant qu'il était toujours là, présent dans nos souvenirs. Il continuait à vivre à travers nous. Il avait eu de la chance d'être entouré de personnes aimantes qui avaient rendu sa vie belle, même si cette dernière avait été trop courte. Je ne pouvais m'empêcher de comparer la situation à celle de Will. Iann n'avait jamais été seul, contrairement à lui. Cinquante ans de solitude... Je perdis le fil de la conversation et me plongeai dans mes réflexions. Je me sentis tout à coup loin de la maison. Car c'est en m'en éloignant que je compris que je m'y sentais chez moi. Will me manquait. Je l'admettais avec difficulté mais c'était pourtant vrai. Sans ses incessantes réflexions, je ressentais comme un vide à combler. Je me levai en m'excusant auprès de ma famille. Je devais m'absenter quelques instants. J'enfilai ma veste et sortis dans le jardin pour passer un dernier appel. Je composai le numéro griffonné dans le creux de ma main et attendis, un nœud dans l'estomac, que quelqu'un décroche le téléphone. Je laissai sonner de longues secondes qui finirent par me laisser peu d'espoir d'une réponse. Pourtant, alors que je m'apprêtais à raccrocher, quelqu'un répondit. C'était une voix masculine, de toute évidence une personne d'un certain âge.

— Bonjour, balbutiai-je, ne sachant pas par quoi commencer. Je souhaiterais parler à Victor Castelli, s'il vous plaît.

— C'est moi, répondit sèchement la voix au bout du fil.

Il était encore en vie ! J'eus envie de crier de joie mais pris sur moi pour rassembler mon sérieux et essayer de faire bonne impression. Je ne voulais pas qu'il me raccroche brutalement au nez.

— Bonjour, monsieur. Je... je m'excuse de vous déranger, je m'appelle Amy. Voilà, je... j'aimerais vous poser quelques questions au sujet d'un accident qui s'est produit il y a presque cinquante ans sur une route entre Quimper et Bénodet. Un drame qui s'est produit le soir de la Saint-Sylvestre...

Il y eut un blanc. Je patientai plusieurs secondes mais n'obtins aucun réponse.

— Monsieur ? vous êtes toujours là ?

— Vous êtes journaliste ? me demanda-t-il froidement.

— Non ! Non, je... je vis actuellement dans une maison à Bénodet. En tout cas, pour quelques mois, le temps d'y faire des travaux. En rangeant, j'ai retrouvé un carton contenant les affaires personnelles du propriétaire qui vivait là, il y a plus de cinquante ans. Parmi elles se trouvait une coupure de journal au sujet de l'accident... un article dont vous étiez l'auteur...

Nouveau blanc... cela devenait gênant. J'avais l'impression de le déranger avec mes questions, ce qui était sans doute le cas mais, peu importe, je devais savoir.

— Je n'aime pas parler de cette histoire. C'était il y a si longtemps. Pourquoi cela vous intéresse-t-il autant ?

— Je crains qu'un ami à moi ait un lien, de près ou de loin, avec ce qui est arrivé ce soir-là… Pensez-vous qu'il soit possible qu'on se rencontre ?

Je sentis qu'il réfléchissait. Il me redemanda mon prénom.

— Amy… Je m'appelle Amy Barthélémy.

— Barthélémy ? répéta-t-il, l'air surpris.

— Oui, répondis-je avec étonnement.

— Passez me voir demain. Je répondrai à vos questions…

Je fus surprise par ce subit changement d'attitude mais acquiesçai sans attendre à la proposition du vieillard. Il me donna son adresse que j'écrivis sous son numéro de téléphone dans ma main.

J'étais confuse en raccrochant le téléphone. À la fois heureuse à l'idée d'obtenir bientôt des réponses à toutes mes interrogations mais aussi déstabilisée par l'attitude du vieil homme. J'espérais que notre entrevue se passerait bien. La voix d'Anna derrière moi me fit sursauter.

— Eh, me dit-elle, que fais-tu dehors toute seule ?

— Rien, j'avais un coup de fil à passer, me justifiai-je en désignant mon téléphone.

— Encore ! s'exclama-t-elle avec un sourire taquin sur les lèvres. Dis-moi, il n'y aurait pas un garçon là-dessous ?

Je m'esclaffai :

— Qu'est-ce qui te fait dire ça ?

— Je ne sais pas. Peut-être le fait que tu as passé ta journée au téléphone. Et tu semblais être à des kilomètres tout à l'heure. Tu semblais… distraite.

— Tu fais fausse route, lui répondis-je, amusée par son air malicieux.

— Mouais... pas si sûr! répondit-elle en faisant une moue perplexe.

Puis, elle me regarda les yeux pétillants d'excitation.

— J'ai quelque chose à te dire, m'annonça-t-elle à brûle-pourpoint.

Vu son attitude, je compris très vite de quoi il s'agissait.

— Mon Dieu, commençai-je sur le point d'exploser de joie, tu es...

Elle opina du chef en confirmant mes suppositions:

— Je suis enceinte!

Je lui sautai dans les bras, folle de joie, en retenant un cri pour ne pas affoler toute la maison.

— Je vais avoir un nouveau neveu... ou une petite nièce! C'est quoi, un neveu ou une nièce?

Elle rit face à mon enthousiasme en me signifiant que c'était encore trop tôt pour le savoir.

— Je suis heureuse pour toi, dis-je en la serrant dans mes bras. Logan doit être aux anges!

— Logan ne le sait pas encore. Tu es la seule à savoir. Nous voulions attendre... pour être sûrs que tout se passe bien avant de l'annoncer officiellement. Mais c'était trop pour moi, je devais en parler avec ma sœur!

— Je suis ravie que tu me l'aies dit. Ça sera notre secret!

C'était la deuxième fois que je disais cela aujourd'hui... et à deux personnes différentes! Je réalisai que j'avais finalement beaucoup de secrets. Sans doute un peu trop d'ailleurs...

Je l'observai avec tendresse. Malgré sa joie, je sentais comme une certaine angoisse dans sa voix et dans son attitude.

— Ne t'inquiète pas, lui dis-je pour la rassurer. Ce n'est pas parce que Logan a eu des problèmes de santé à sa naissance que ton futur bébé en aura lui aussi. Tout se passera bien, tu verras. Ça ne sert à rien de s'inquiéter maintenant. D'accord ?

Anna était déjà une mère exceptionnelle avec Logan, elle le serait tout autant avec le futur bébé.

Elle acquiesça avant de me prendre par le bras, comme elle avait l'habitude de le faire et m'entraîna vers la maison.

— Nous avons tous décidé d'aller au bord du lac demain, m'informa-t-elle. Histoire de se changer les idées. Tu viendras ?

— Non, désolée. Je reprends la route demain matin. J'ai beaucoup de travail qui m'attend là-bas.

— Ouais… marmonna-t-elle. Tu as surtout un beau jeune homme qui attend ton retour !

— Arrête avec ça, répondis-je en faisant mine de la frapper. Tu n'es pas croyable !

Et nous nous mîmes à rire toutes les deux en rejoignant le reste de la famille.

## 21

## Will

*Une attente interminable*

Je n'avais pas été tout à fait honnête avec Amy, le soir de l'incident avec Zac, concernant l'évolution de mon état. Beaucoup de choses avaient changé depuis son arrivée et je sentais bien qu'il se passait quelque chose d'inhabituel en moi. Je ne parle pas uniquement du fait qu'elle soit venue semer la zizanie dans ma vie trop calme, ni que les paroles échangées avec elle me donnaient l'impression d'être encore humain. Non, quelque chose d'anormal était en train de se produire. En tout cas pour un fantôme. Je devenais chaque jour plus fort, plus... vivant. J'avais davantage d'emprise sur les objets. Je pouvais les saisir avec plus de facilité, les manipuler sans passer au travers. Je redécouvrais la sensation de pouvoir toucher quelque chose de matériel et ça, c'était à la fois nouveau et exceptionnel. Ma colère, ce soir-là, avait fait naître en moi une énergie qui s'était ensuite atténuée sans vraiment disparaître. Je ne lui en avais pas parlé car je ne comprenais pas moi-même ce qui se passait. Le livre de la bibliothèque mentionnait qu'une forte émotion pouvait procurer davantage de force aux esprits, mais pas que cela pouvait devenir permanent. Il ne servait à rien de l'alerter pour un bouleversement qui ne serait peut-être qu'éphémère. Depuis son départ, j'avais eu le temps de réfléchir encore et encore à une éventuelle explication et j'avais beau essayer de le nier avec ferveur, je n'en voyais qu'une seule…

Cette femme était insupportable ! Bornée, butée, curieuse et particulièrement entêtée. En toute honnêteté, elle me ressemblait beaucoup, c'en était d'ailleurs très troublant. Mais elle était aussi intelligente, drôle, généreuse et très belle, même si elle n'avait pas conscience de cette dernière qualité. J'avais essayé de me convaincre avec beaucoup d'engouement qu'il fallait qu'elle parte, comme tous les autres avant elle. Pourtant, je me retrouvais là, seul, dans une maison vide avec une étrange sensation dans la poitrine et la peur qu'elle ne revienne pas. Je m'étais attaché à elle. Peut-être trop. J'aurais dû reprendre le cours normal de mon existence, errer entre ces murs à la recherche d'une prochaine cible à effrayer, mais je passais mon temps dans ce fichu canapé, devant cette fichue télé en attendant que ces interminables journées prennent fin. Je ne parvenais même pas à me concentrer sur mes lectures. Je relisais le texte encore et encore sans être capable de dire de quoi il parlait. Je n'arrivais pas à me sortir Amy de la tête. Je repensais à quel point elle était malheureuse avant son départ et j'espérais sincèrement que tout aille bien pour elle. Cela faisait maintenant quelques jours que ce changement s'était manifesté et ça ne faisait que se renforcer. Je pensais fermement que son absence et le sentiment de vide qu'elle me procurait jouaient un rôle dans ce changement d'état. Je tournais en rond et devenais nerveux en voyant le temps passer et en craignant de ne pas la voir revenir. Je devais à tout prix m'occuper l'esprit et cesser de penser à elle. Assis dans le canapé, je lançais depuis des heures une balle de tennis contre le mur d'en face, la faisant rebondir au sol et cogner contre la cloison avant de la rattraper pour recommencer. Je m'ennuyais… Puis, la balle m'échappa et tomba sur les nombreux magazines encore en place sur la table basse. Ma curiosité se réveilla. Je pris un des catalogues et commençai à le feuilleter. Mon amie avait marqué chaque page où figuraient des idées qui l'intéressaient. Sur des Post-it étaient gribouillées de petites annotations apportant plus de précisions à ses projets. Son sens de l'organisation m'arracha un sourire. Je m'installai plus confortablement dans le sofa en examinant avec attention ses remarques quant au futur aménagement de la maison et, à ma grande surprise, j'aimais beaucoup ce que je voyais. Alors sans que je m'en rende compte, le temps passa et lorsque je relevai le nez des échantillons, il faisait déjà presque nuit.

## 22

## Amy

*La vérité sur l'accident*

Je repris la route tôt le lendemain matin. Si tôt qu'une partie de la famille n'était pas encore réveillée. Je leur avais dit au revoir la veille en leur expliquant que je devais retourner en Bretagne rapidement pour commencer les travaux de la maison. Mes parents, ma sœur et Logan m'accompagnèrent jusqu'à ma voiture en me répétant au moins trois fois d'être prudente sur la route. Mon neveu avait insisté pour qu'on le réveille.

— Tu es certaine de ne pas vouloir rester quelques jours de plus ? me demanda ma mère.

Je secouai la tête en lui expliquant que j'avais beaucoup de travail en perspective. Elle semblait déçue mais la présence de mes oncles, tantes et cousins lui ferait vite oublier sa tristesse.

Logan se jeta dans mes bras.

— Tu reviens vite, hein ? me dit-il en entourant mon cou de ses bras.

— Promis, répondis-je en lui embrassant la joue.

Après quoi, je le reposai à terre et saluai ma famille avant de monter dans ma voiture. Ils me firent de grands signes de la main tandis que je m'éloignais.

Heureusement, le temps était à l'accalmie et le voyage se déroula sans encombre. La route me sembla tout de même très longue. J'étais impatiente de rentrer. Mais avant cela, j'avais prévu un petit détour par Quimper pour rendre visite à Victor Castelli. En arrivant en ville, je m'arrêtai sur le bas-côté de la route et sortis le morceau de papier où j'avais recopié l'adresse du vieil homme. J'entrai les coordonnées dans le GPS et me laissai guider par le système de navigation jusqu'à ma destination. Je me garai devant une jolie maison située dans un lotissement agréable et arboré. J'avais les mains moites. Je pris une profonde inspiration et sonnai à l'Interphone. Après quelques secondes, j'entendis le loquet du portillon se déverrouiller. Je poussai la grille et me dirigeai vers la porte d'entrée. Je me préparais à frapper lorsque la porte s'ouvrit sur un vieillard.

— Je vous attendais, me dit-il, en me faisant signe d'entrer.

À première vue, il devait avoir plus de 80 ans et semblait en bonne santé malgré son âge avancé. Il se déplaçait avec fluidité et sa voix était claire. Il était grand et mince. Jeune, il avait sans doute dû avoir la carrure d'un athlète. Ses yeux verts au regard profond trahissaient sa longue expérience de la vie. Sa maison, elle, était un vrai chantier. Des amas de magazines encombraient les meubles de l'habitation et des coupures de journaux signées de sa plume étaient encadrées aux murs. La décoration et les papiers peints étaient un peu défraîchis. Je compris que le vieil homme vivait seul. Il s'installa dans un fauteuil et me désigna le canapé d'un geste amical de la main pour m'inciter à en faire autant.

— Je vous remercie de me recevoir, lui dis-je un peu mal à l'aise.

Je ne savais pas comment aborder le sujet, ni par quoi commencer.

— Eh bien, me dit-il pour m'inciter à commencer mon récit, je vous écoute.

— Oui, bien sûr... comme je vous l'expliquais au téléphone, j'aimerais vous poser quelques questions au sujet de ce qui s'est passé la nuit du 31 décembre 1966 au 1er janvier 1967. Est-ce que vous vous souvenez de cet accident ?

Son regard se vida de toute lumière.

— Comment pourrais-je oublier ? me répondit-il en affrontant des souvenirs qu'il aurait visiblement préféré oublier. C'était un accident terrible... un vrai drame.

Il semblait profondément touché par ce qu'il s'apprêtait à raconter.

— Que s'est-il passé exactement ?

— Il y avait cette jeune femme, commença-t-il à me raconter, ses yeux fixant le vide. Son mari travaillait tard ce soir-là et elle était sortie fêter la nouvelle année avec quelques-unes de ses amies. Sur le chemin du retour, sa voiture est tombée en panne. À l'époque, il n'y avait pas de portable, ni d'éclairage le long des routes de campagne. Elle s'est retrouvée là, bloquée sur le bord de la route, sans moyen de prévenir quiconque. Et puis, il y a eu l'autre véhicule...

— Vous parlez de celui qui l'a renversée ?

Il acquiesça d'un simple signe de tête avant de continuer :

— Cet homme sortait d'une soirée entre amis lui aussi. Il avait bu… Il roulait raisonnablement mais il pleuvait à torrents ce soir-là et la visibilité était très mauvaise. Il a vu cette jeune femme qui lui faisait de grands signes. Il a fait une sortie de route en essayant de l'éviter mais il était trop tard. Il l'avait percutée.

Je déglutis. À la façon qu'il avait de raconter l'accident, j'avais l'impression d'y être. Je comprenais qu'il ait du mal à en parler. La scène devait être horrible.

— Que s'est-il passé ensuite ?

— Un des amis du jeune homme le suivait de près. Il est arrivé sur les lieux au moment où le chauffard tentait de se dégager de sa voiture pour rejoindre la victime. Il a demandé à son ami d'aller chercher des secours au plus vite. Pendant ce temps, il est resté avec la jeune femme en la suppliant de rester en vie…

Je voyais ses yeux s'embuer de larmes et fut troublée par tant d'émotion.

— Les secours sont arrivés presque vingt minutes plus tard. Ils ont tout tenté pour la sauver mais ses blessures étaient trop nombreuses. Elle avait plusieurs os brisés, une commotion cérébrale et des hémorragies internes. Elle est morte après leur arrivée… et le bébé qu'elle portait aussi.

Je sentis une boule me nouer la gorge.

— C'est… terrible. Je comprends votre hésitation à parler de cette histoire. Je suis vraiment désolée de réveiller des souvenirs aussi douloureux.

— En réalité… En parler est peut-être ce que j'aurais dû faire depuis bien longtemps…

— Vous étiez sur les lieux ?

— J'étais reporter de terrain à l'époque. Oui, j'étais sur les lieux. Et j'aurais préféré ne jamais assister à cela…

— Comment s'appelait cette jeune femme ?

Il sembla hésiter avant de répondre. Peut-être mes questions allaient-elles trop loin…

— Elle s'appelait Christine…

Je laissai passer quelques secondes avant de l'interroger davantage mais bientôt, je ne pus retenir ma curiosité :

— Et le conducteur ? Comment s'appelait-il ?

Il me regarda avec curiosité avant de répondre :

— William Le Gwenn.

J'eus subitement l'impression que mon cœur était pris dans un étau qui se resserrait chaque seconde un peu plus.

— William… Will… murmurai-je pour moi-même, sous le choc de cette révélation.

Victor ne prêta pas attention à ma réaction et continua :

— Il ne s'est jamais pardonné l'accident. Pendant sa garde à vue, il ne cessait d'exprimer ses regrets. Il y a eu un procès pendant lequel il a plaidé coupable. Il avait bu ce soir-là, mais son taux d'alcoolémie ne dépassait pas la limite autorisée. Les jurés et le juge ont retenu les conditions météo et le manque de visibilité comme principaux responsables du drame. Pourtant, quelques jours après le procès, il a disparu sans laisser de trace. Plus personne n'a entendu parler de lui…

Je suffoquais. J'essayais de ne pas le montrer mais intérieurement, j'avais le cœur brisé. Tout devenait tellement plus clair brutalement... limpide même... les larmes me montaient aux yeux mais je faisais de mon mieux pour les dissimuler.

Will avait mis fin à ses jours car il ne supportait pas de vivre avec un tel fardeau sur la conscience. Pourtant, sa culpabilité était si grande qu'elle avait fait de lui un prisonnier, coincé entre les vivants et les morts, qui éprouverait le sentiment qu'il cherchait tant à éviter pour l'éternité. J'imaginai le calvaire qu'il avait dû endurer pendant tout ce temps, condamné à vivre avec ses regrets. Je comprenais tout, à présent. Ses sarcasmes étaient un masque servant à dissimuler sa peine, et sa fâcheuse tendance à repousser les mortels, une façon pour lui de se punir.

— Avait-il de la famille ? demandai-je la voix tremblante. Peut-être était-il... marié ?

— Non, répondit le vieil homme. Il n'était pas marié. Il n'avait que ses parents et sa sœur.

— Une sœur ? répétai-je, étonnée.

Il s'agissait sans doute de la femme sur la photographie.

— Comment s'appelait-elle ?

— Martha. Elle vit à Bénodet, sur le talus qui surplombe le port de plaisance.

— Elle vit ? demandai-je avec intérêt.

— En tout cas, elle y vivait aux dernières nouvelles.

Cette sœur était peut-être encore en vie. Si c'était le cas, je devais la rencontrer.

L'ancien journaliste resta silencieux un moment.

— La maison dont vous me parliez au téléphone… c'est celle qui se trouve sur la plage, non loin de la lagune, n'est-ce pas ?

Je voyais où il voulait en venir et n'étais pas certaine de vouloir que notre conversation prenne ce chemin. Je me contentai de hocher vaguement la tête mais il insista :

— Il s'agit bien de la maison qu'on prétend hantée ?

Ce que je craignais finit par arriver. J'eus un petit rire nerveux que je tentai de dissimuler par une apparente assurance.

— Oui, dis-je en riant. Des rumeurs !

Il ne répondit rien mais le sourire étirant le coin de ses lèvres était la preuve qu'il ne croyait pas un mot de ce que je venais de lui dire. Je mentais vraiment si mal ? C'est ce que prétendait ma sœur mais Will affirmait le contraire…

Je ne cherchai pas à m'attarder davantage sur le sujet et me levai du canapé :

— Je pense vous avoir dérangé suffisamment longtemps. Je vais vous laisser tranquille à présent. J'ignore comment vous remercier pour tous ces précieux renseignements.

Il se leva à son tour en me tendant la main pour me saluer :

— Vous lui ressemblez beaucoup…

Un peu perdue, je m'excusai de ne pas comprendre.

— À votre grand-mère.

Je compris soudainement son changement d'attitude lorsque je l'avais eu au téléphone. Il s'était montré froid et hostile, jusqu'à ce que je lui dise mon nom. Dès lors, il avait été plus aimable. Ainsi, il connaissait ma grand-mère…

— Vous connaissiez Jocelyne ?

— Je l'ai connue dans ma jeunesse. Elle venait souvent passer ses étés à Bénodet. Nous étions tout un groupe d'amis à nous retrouver pendant les vacances.

— Ça alors ! m'exclamai-je, sincèrement surprise par cette information. Le monde est petit !

— Oui, c'est vrai, confirma-t-il en riant.

— Vous avez peut-être su que... qu'elle était décédée l'année dernière.

— Oui, j'ai appris. Je suis sincèrement désolé, c'était une femme formidable.

— C'est vrai, acquiesçai-je avec nostalgie. Elle me manque beaucoup.

— Je comprends...

Il me fixait avec un regard bienveillant que j'avais un peu de mal à comprendre. Peut-être était-ce la ressemblance avec mon aïeule qui le troublait autant. Quoi qu'il en soit, je me sentis un peu mal à l'aise.

Je m'éloignais vers la porte pour rejoindre mon véhicule quand il me demanda :

— Votre ami... celui que vous pensiez avoir un lien avec l'accident. Puis-je savoir de qui il s'agit ?

Je me sentis défaillir. Je ne pouvais pas lui parler de Will. Je devais inventer une excuse. J'utilisai alors Zac comme prétexte pour me sauver de cette situation périlleuse.

— Oh, euh... Je ne peux pas le dire avec précision. Je vis dans la maison de l'homme qui a été impliqué dans cet accident. Un ami semble particulièrement intéressé par ces rumeurs de fantôme, en particulier par l'identité de celui qui est censé hanter ces lieux. J'ai donc présumé qu'il pourrait être lié à tout cela. J'y verrai peut-être plus clair en en parlant avec lui…

Il hocha silencieusement la tête, pas très convaincu par mes explications. Pourtant, il ne chercha pas à en savoir davantage. S'il savait que je mentais, il avait compris que je ne souhaitais pas m'étaler sur le sujet.

Je le saluai en le remerciant une fois encore pour cet entretien, ce à quoi il me répondit que nous nous reverrions bientôt. Je ne compris pas vraiment où il voulait en venir mais, peu importe, j'étais impatiente de rentrer à la maison. Avant cela, il fallait encore que je passe au magasin récupérer les outils que j'avais loués pour les travaux. Pendant le trajet, je ne cessai de penser à Will et à ce qui s'était passé. Je ne pouvais pas lui en vouloir d'avoir voulu mettre fin à ses jours car, à sa place, j'aurais sans doute fait la même chose. J'imaginais à quelle point la vie devait être dure pour une personne responsable de la mort d'une autre. Je commençais à connaître Will et, même s'il faisait de son mieux pour le cacher, il possédait un grand cœur. Vivre avec un tel poids n'était pas envisageable. Il avait dû penser qu'il ne méritait pas de vivre après ce qui s'était passé sur le bord de cette route. Pourtant, il n'était pas responsable…

Je décidai que je ne lui parlerais pas de cette histoire. Déjà parce qu'il m'en voudrait probablement beaucoup d'avoir mis le nez dans ses affaires, et ensuite parce que j'espérais qu'il le fasse lui-même, tôt ou tard, signifiant qu'il aurait suffisamment confiance en moi.

Je me garai dans l'allée, soulagée d'être enfin arrivée. Je me sentais épuisée par la route et par le déroulement de ces derniers jours qui ne m'avaient pas laissé beaucoup de repos.

## 23

## Amy

*Quelque chose a changé…*

J'entrai dans la maison les bras chargés de mon sac de voyage et des outils empruntés au magasin. Je les posai par terre dans le hall, en tendant l'oreille. Tout était calme à la maison.

— Will ? appelai-je sans obtenir de réponse.

Je jetai un œil au salon mais ne vis personne, juste les magazines, revues et échantillons que j'avais empruntés aux magasins dispersés un peu partout dans la pièce. Je me demandais ce qui avait bien pu se passer ici. Je me dirigeai vers le bureau. Je me doutais que je le trouverais là, c'était l'endroit où il passait le plus de temps. Je poussai la porte et vis que la baie vitrée était grande ouverte. Il était assis sur les marches de la galerie, un livre à la main mais le regard tourné vers la mer.

— Will ?

Il quitta l'océan des yeux et se tourna vers moi, surpris que quelqu'un le sorte de ses pensées. Un sourire éclaira son visage quand il me vit le rejoindre sur les marches. Un sourire que je ne connaissais pas encore. Il semblait sincèrement content de me voir. Cela me rassura car curieusement, j'avais ressenti une pointe de nervosité à l'idée de le retrouver.

— Je ne t'ai pas entendue arriver, dit-il en refermant son livre alors que je m'asseyais près de lui.

— Non, tu étais trop absorbé par tes rêveries. À quoi est-ce que tu pensais ? demandai-je avec curiosité.

Son regard s'arrêta une nouvelle fois sur la ligne d'horizon.

— À rien, répondit-il, la voix et les yeux remplis de nostalgie.

J'acquiesçai sans être convaincue mais en voyant la tristesse dans ses yeux, je décidai de changer de sujet :

— Que s'est-il passé au salon ? Un ouragan dont je n'aurais pas entendu parler ?

Il s'esclaffa :

— Ah… ça ! Les derniers jours ont été longs, il fallait que je m'occupe… j'ai peut-être jeté un œil à tes projets…

J'étais curieuse de savoir ce qu'il en avait pensé. D'un regard, je l'incitai à poursuivre.

— Je trouve tes idées très bonnes, continua-t-il.

Je m'attendais à tout sauf à cela. Je pensais qu'il se ferait un malin plaisir de contredire mes plans ou de les modifier mais en aucun cas qu'il les approuverait. Je restai sans voix un instant.

— Tu es sérieux ? lui demandai-je intriguée.

Était-il possible que nous soyons d'accord sur quelque chose ? Il faut croire que oui. Décidément, il me surprenait un peu plus de jour en jour.

Il acquiesça en poursuivant :

— J'aime beaucoup l'atmosphère que tu souhaites créer dans cette maison. Et même si j'ai eu quelques difficultés à lire tes petites annotations, je trouve tes idées intéressantes...

Je sondai son regard pour voir s'il n'était pas en train de se moquer de moi mais je n'y voyais que de la sincérité.

— Qu'est-ce qu'il y a ? me demanda-t-il, un peu étonné par mon manque de réaction.

— Rien, je suis surprise que tu approuves. J'ai encore des hésitations concernant les nuances de certaines pièces. Peut-être que tu pourrais m'aider à choisir... Enfin, si tu veux bien.

Il parut étonné par ma proposition et se contenta de hocher la tête avec un sourire.

— O.K. Je vais déposer mes affaires dans ma chambre et prendre une douche. Peut-être qu'on pourrait discuter de tout ça quand je redescendrai...

Il approuva l'idée.

— Tu sais, continuai-je en me retournant vers lui alors que je m'apprêtais à entrer dans le bureau, c'est bon d'être à la maison !

Il ne répondit rien mais ses yeux parlaient pour lui. À cet instant, il semblait sincèrement heureux.

Nous passâmes la soirée à étudier ensemble les pages marquées de chaque revue et catalogue. Je lui expliquai mes idées d'aménagement et d'ameublement pour chaque pièce et, contre toute attente, il cautionnait tout ce que je lui présentais. Parfois, il proposait d'autres idées que je trouvais tout simplement géniales. Nous avions les mêmes goûts et cela me surprenait. Il ne restait plus qu'à choisir les couleurs que nous voulions donner aux murs. Alors, nous fîmes le tour de la maison, un nuancier à la main, en essayant de choisir la teinte qui correspondait le mieux à l'atmosphère que nous voulions donner à la pièce. Avant mon départ, j'avais passé des heures avec ce nuancier sans parvenir à choisir parmi des coloris qui me semblaient tous identiques. L'aide de Will a été précieuse sur ce coup. Je notais les références des couleurs choisies pendant qu'il me les dictait. Demain, je passerais commande afin de me faire livrer le matériel. Cette soirée était étrange. C'était la première fois depuis notre rencontre que nous nous comportions comme deux adultes, en cessant tout échange de boutades et de sarcasmes et en nous contentant d'être nous-mêmes. Je découvrais une autre facette de sa personnalité. Un homme qui pouvait aussi se montrer calme et intéressé par autre chose que par lui-même. Et je devais admettre que j'appréciais encore davantage la personne que j'avais en face de moi.

Il était presque 3 heures du matin. Pourtant, nous étions encore dans le salon à discuter du choix des meubles. Je ne tenais plus debout, j'étais épuisée. Will le remarqua car il me suggéra d'aller me coucher. Je rêvais en effet d'une bonne nuit de sommeil. Mais je n'avais pas envie que cette soirée se termine. Il insista et je finis par céder.

Je me glissai dans les draps, heureuse de retrouver la chaleur de ma couette et de mes oreillers douillets.

Cependant, malgré la fatigue, je ne trouvais pas le sommeil. Habituellement, Will restait dans le fauteuil près de la fenêtre pendant que je dormais, et sa présence me rassurait. Après un moment à gesticuler sans parvenir à me reposer, je descendis et le trouvai dans la cuisine, installé à l'îlot central, penché sur une autre des revues de décoration.

— Eh, dit-il en me voyant. Tu ne devrais pas être couchée ?

— Je n'arrive pas à dormir…

J'étais un peu gênée quant à ma prochaine demande et il vit que quelque chose me perturbait.

— Qu'est-ce qu'il y a ? me demanda-t-il en fronçant les sourcils, l'air soucieux.

— Je crois que je dors mieux quand tu es là…

Il se redressa, surpris, et ferma sa revue avant de me rejoindre :

— Bien, mademoiselle, il est temps d'aller dormir !

Il m'incita d'un geste de la main à remonter l'escalier et me suivit jusqu'à la chambre où il reprit sa place habituelle. Quelque chose avait changé depuis mon départ. Je le trouvais différent, plus serein. Mais ça ne concernait pas que Will. Quelque chose avait aussi changé entre nous. Les regards, les paroles n'étaient plus les mêmes. C'était difficile à expliquer car, paradoxalement, l'éloignement nous avait rapprochés. Malgré sa présence, mon endormissement fut agité. Je me retournai à de nombreuses reprises dans mon lit, sans trouver une position confortable. Je sentis une couverture chaude qu'on remontait sur mes épaules. J'ouvris lentement les yeux. Will était là, assis sur le bord du lit à me regarder d'un air inquiet :

— Encore des cauchemars…

— Non, répondis-je en me redressant. Je repense à ces derniers jours…

Je vis son visage changer d'expression. Il eut l'air triste tout à coup.

— Je ne t'ai pas demandé… comment ça s'était passé, je ne voulais pas te rappeler de mauvais souvenirs.

Je me rallongeai, la tête calée dans mon oreiller, prête à lui raconter ces deux derniers jours.

— C'était… intense. Toute la famille est venue des quatre coins de la France pour dire au revoir à Iann. C'était une très belle cérémonie et un bel hommage…

Malgré la pénombre de la pièce, je voyais ses pupilles me fixer. Il savait que ce n'était pas tout et attendait la suite de l'histoire.

— Je l'ai vu, Will. J'ai vu Iann… Comment c'est possible ?

Il s'allongea à son tour sur le lit à côté de moi.

— Je n'en sais rien… on dit souvent qu'on ne croit que ce qu'on voit… et si c'était l'inverse ? Si les gens ne parvenaient à voir que les choses auxquelles ils croient vraiment ? L'ignorance rend aveugle. Comment auraient-ils pu voir Iann s'ils ignoraient qu'il était là, avec vous ? Il suffit parfois d'ouvrir les yeux et de baisser sa garde pour laisser entrer d'infinies possibilités, me répondit-il avec un sourire tendre qui se voulait rassurant.

— Tu as sans doute raison…

— Sans doute, répéta-t-il en souriant.

Puis après un silence, il me demanda de quoi avait l'air Iann lorsque je l'avais vu à l'église.

— Il semblait heureux… Très heureux. Il y avait quelque chose d'apaisant dans son attitude.

Il sourit à ma réponse. Une question me brûlait les lèvres. J'ignorais si je devais la poser ou non mais j'osai néanmoins :

— Qu'est-ce que tu crois qu'il y a après ? Je veux dire... une fois que l'âme quitte ce monde.

Il réfléchit un instant avant de répondre :

— Une fois encore, j'ai peur de ne pas pouvoir te répondre. Depuis ma mort, je n'ai connu que ces quatre murs. Je ne suis pas certain de croire en l'existence d'autre chose... J'imagine que tu penses différemment... Quelle est ton opinion ?

Je m'étais fait une idée il y a bien longtemps de ce qu'on appelait « la vie après la mort ». J'ignorais si elle était exacte mais je me raccrochais à l'espoir que je m'étais créé, tant j'avais idéalisé l'endroit où se retrouvaient les âmes une fois libres.

— J'ai toujours imaginé que la vie était une aventure, un voyage qui aboutit à quelque chose de plus grand. Une sorte de test où l'endurance des hommes est mise à rude épreuve. On rencontre des obstacles, nous devons faire face à des difficultés, affronter les épreuves, faire des choix cruciaux qui déterminent le reste de notre vie... Nous affrontons la maladie, nous rencontrons de nouvelles personnes, créons des liens et en brisons d'autres. Je crois que chaque chose que l'on fait à chaque instant nous définit. Tout ce qui nous arrive entre notre venue au monde et notre départ n'est pas le fruit du hasard mais simplement une façon de voir de quelles manières nous faisons face aux difficultés du quotidien. Je pense que si nous faisons de notre mieux pour honorer ce cadeau si précieux qu'est la vie, nous finirons par être récompensés en trouvant la paix dans un endroit où la peine et la souffrance n'existent pas...

Il me dévisageait sans rien dire, ses yeux fixant les miens.

— Tu trouves ça bête ? lui demandai-je en voyant qu'il ne réagissait pas.

— Non, au contraire. J'aimerais qu'un tel endroit existe. J'aimerais y croire, en tout cas...

— Qu'est-ce qui t'en empêche ? Tu ne dois pas perdre espoir...

Il ricana nerveusement en répondant :

— L'espoir, je crois que je l'ai perdu lors de ma trentième année d'emprisonnement.

Il essayait de dédramatiser la situation mais je savais ce qu'il faisait. Une fois encore, il dissimulait sa souffrance derrière un sourire qui ne parvenait plus à me duper. Je souffrais pour lui. J'aurais aimé le lui dire. J'aurais voulu qu'il sache que je comprenais ce qu'il avait fait, mais il aurait su alors que je connaissais la vérité et ça, il ne me le pardonnerait peut-être pas.

Il secoua la tête avant de changer de sujet :

— Il est tard et tu es épuisée, Amy, endors-toi.

Je n'insistai pas. Mes paupières étaient lourdes et je ne pensais qu'à m'endormir. Je fermai les yeux et me sentis m'éloigner lentement de la réalité pour plonger dans un profond sommeil.

Le lendemain marqua officiellement le début des travaux dans la maison. J'avais appelé le magasin à l'heure de l'ouverture pour me faire livrer tout le matériel et la peinture le plus tôt possible. Dans l'attente de la livraison, qui devait avoir lieu l'après-midi même, j'entrepris de commencer le ponçage de toutes les boiseries du couloir de l'étage, de ma chambre et de la fenêtre en alcôve du salon. Il y avait du travail, autant s'y mettre rapidement. J'envisageais, ou plutôt NOUS envisagions, de dire définitivement adieu à toutes les couleurs sombres qui dominaient dans la maison. Le bois serait poncé et repeint en blanc. J'enfilai une sorte de combinaison blanche trouvée dans la vieille armoire de la pièce qui servait de débarras et une paire de lunettes de protection, prêtée par le magasin. Lorsque je sortis de la chambre ainsi vêtue, Will se mit à rire. Un rire franc qui dura un long moment. À le voir s'esclaffer comme un gamin de 8 ans, je finis moi aussi par me mettre à rire.

— Arrête de te moquer de moi ! m'exclamai-je en lui lançant à la figure un des disques en papier de verre de la ponceuse.

Il le rattrapa au vol sans s'arrêter de glousser. Je fus surprise. J'aurais parié que l'objet lui serait passé au travers. Mais je me trompais peut-être. Après tout, je n'étais pas experte pour savoir ce que les fantômes étaient réellement capables de faire ou non. Et comme il ne sembla pas perturbé par ce qui venait de se passer, je décidai de ne pas me focaliser sur le sujet non plus.

— Il faut que je te dise, poursuivit-il avec amusement. Cette tenue te va à ravir ! Non, vraiment… le scaphandre n'est pas forcément la tenue que j'aurais choisie pour poncer des boiseries, mais ça te va tellement bien…

— Je suis ravie de voir que l'un de nous deux s'amuse autant. Maintenant, si tu permets, j'aimerais bien me mettre au travail.

— Bien sûr, répondit-il en s'appuyant contre le mur du couloir. Je t'en prie, fais comme si je n'étais pas là.

Je relevai les lunettes de protection et les laissai sur mon front avant de le regarder avec agacement :

— Tu n'as pas l'intention de rester ici, pas vrai ?

— Bien sûr que si, je ne veux pas rater ça.

— Hors de question. Ça me perturbe lorsqu'on me regarde travailler. Descends. Et trouve autre chose à faire que me persécuter !

Je pris la ponceuse, rebaissai les lunettes sur mon nez et la mis en route en attendant qu'il se décide à aller ailleurs. Il continuait de rire mais leva les deux mains en l'air en signe de résignation avant de se diriger vers sa chambre. Je me préparais à commencer le travail quand j'entendis le bruit d'un choc. J'éteignis la machine et me retournai. Will se massait le front en grimaçant de douleur.

J'explosai de rire à mon tour :

— Ne me dis pas que tu t'es cogné !

— J'ai bien peur que si…

— Je te l'ai déjà dit, Will, tu devrais te méfier, ton ego est tellement surdimensionné que tu ne passes plus dans les portes !

J'essayais de me moquer de lui comme il l'avait fait quelques minutes auparavant, mais il ne réagit pas. Il semblait s'être vraiment fait mal. Je compris qu'il se passait quelque chose d'anormal. Quelque chose dont il refusait de me parler. Un fantôme était censé passer à travers les portes, pas se cogner dedans. Je posai mon outil sur le sol, retirai mes lunettes puis le fixai en attendant des explications.

— Tu n'aurais pas quelque chose à me dire, par hasard ?

Il grimaça en passant ses doigts sur la bosse qui naissait au milieu de son front.

— Il est possible, en effet, que j'aie omis de mentionner un petit détail...

— Un petit détail ? répétai-je en commençant à perdre patience... Tu parles du fait que tu rattrapes les objets en plein vol et que tu ne passes plus au travers des murs ? Je ne qualifierais pas ça de... détail ! Qu'est-ce qui se passe ?

Je voyais qu'il réfléchissait à la meilleure façon de me présenter la chose :

— Il s'est produit quelques petits changements ces dernières semaines...

— Quel genre de changements ?

— Disons que ma condition évolue quelque peu... j'ai davantage d'emprise sur les objets, je suis capable de les déplacer avec plus de facilité. Je crois que mon corps aussi se matérialise davantage, ce qui explique que je ne passe plus au travers des murs...

J'étais effarée par ce que j'entendais.

— Pourtant, tu m'as dit l'autre jour que cet état n'était pas permanent...

— C'est ce que je croyais. Une forte émotion peut nous donner plus de force mais, une fois passée, l'énergie disparaît avec elle. Pourtant, je constate que je suis chaque jour un peu plus fort.

Je voulus poser une question mais il m'interrompit d'un geste de la main, l'anticipant :

— Ne me demande pas comment ou pourquoi, je n'ai pas de réponse. Je ne pourrais pas l'expliquer...

— Décidément, il y a encore beaucoup de questions qui restent sans réponse, répondis-je un peu déroutée par tout ce qui se passait dans ma vie et tous ces phénomènes inexpliqués qui se manifestaient autour de moi.

— Je suis certain qu'il y a une explication à tout cela, dit-il en tentant de me rassurer. Nous finirons par la découvrir… en attendant, du travail nous attend !

— NOUS ?

— Eh bien, je ne peux décemment pas te laisser tout faire seule maintenant que je suis en mesure de donner un petit coup de main.

Je souriais. Il était clair que les nouvelles capacités de Will comportaient de nombreux avantages, autant les mettre à profit.

— Tu as raison ! dis-je en en lui lançant les lunettes de protection qu'il rattrapa au vol, tu ponces ! Moi, je me charge de décoller tout ce papier peint… antique ! Et puis, je suis certaine que cette tenue t'ira mieux qu'à moi !

S'il pensait que j'allais lui épargner quelques moqueries après le fou rire qu'il avait eu quelques minutes plus tôt, il se trompait. Il me regarda, l'air dubitatif, puis se résigna à enfiler ces affreuses lunettes en plastique transparent. Je ne pus évidemment pas retenir un éclat de rire.

— Tu avais raison, admis-je en riant de plus belle. Tu as vraiment l'air ridicule avec ça sur le nez !

— Vas-y, moque-toi ! Mais sache que tu avais la même allure, il y a à peine quelques minutes. Rien que de repenser à ce magnifique souvenir me rend hilare, répliqua-t-il avec un sourire provocateur.

J'abdiquai. Que répondre à cela ? Je me contentai de grimacer en lui tirant la langue.

— Joli, dit-il sur un ton de reproche dissimulant son irrésistible envie de me taquiner. Nous sommes de retour en maternelle… de mieux en mieux !

— Tu ferais peut-être mieux d'arrêter de parler et de te mettre au travail !

Il ricana avant de saisir la ponceuse et la retourna dans tous les sens pour comprendre comment la mettre en route. Il ne mit pas longtemps à en comprendre le fonctionnement et se mit à l'ouvrage, pendant que je m'attelais à tirer sur les lés, déjà en partie décollés, du vieux papier peint aux motifs démodés et aux couleurs fanées par les années. Nous passâmes ainsi la journée à nous activer tout en discutant de temps à autre et en cherchant l'approbation de l'autre avant de continuer nos tâches. Parfois, je l'observais à la dérobée. Cette situation était tellement étrange. En le regardant ainsi, il avait tout d'une personne réelle, humaine… vivante. Finalement, rien ne le différenciait des mortels. En dehors du fait que j'étais la seule à pouvoir le voir… Dans le milieu d'après-midi, le magasin livra ma commande, une très grosse commande que je stockai dans la salle à manger en attendant de lui trouver une autre place moins encombrante. En fin de journée, toutes les boiseries de l'étage avaient été poncées, laissant apparente la couleur naturelle du bois. Et les murs, ainsi découverts de trois ou quatre couches de papier peint, retrouvaient leur aspect d'origine, n'attendant plus que d'être repeints pour entamer une seconde vie. Après une seule journée de travail, le couloir de l'étage était déjà transformé. Débarrassé de toutes ses couleurs sombres, il semblait plus spacieux, plus aéré et surtout, plus lumineux. On s'y sentait instantanément plus à l'aise, moins oppressé. Nous échangeâmes un regard satisfait. Will avait le visage recouvert de fines particules de sciure et de la poussière volait partout dans la maison avant de se déposer sur les quelques meubles encore en place, formant une épaisse couche blanche à leur surface. Je ne pensais pas que les travaux avanceraient si vite. Il faut dire que je ne m'attendais pas non plus à avoir de l'aide. J'étais ravie de partager ces moments avec Will mais, quelque part, je commençais à me dire qu'à ce rythme la rénovation de la maison serait terminée plus tôt que prévu et, pour l'instant, je ne souhaitais pas y penser car cela signifiait que je devrais partir moi aussi. Or, je n'en avais pas envie.

Le soir venu, je me préparai rapidement quelque chose à manger, sous le regard exaspéré du fantôme, qui par politesse se retenait de tout commentaire. La fatigue de la journée ne me permettrait pas de faire face une nouvelle fois à ses sermons concernant ma façon de me nourrir. Nous allâmes jeter un œil à la livraison reçue plus tôt. Chaque pot de peinture fut stocké dans la pièce à laquelle il était destiné afin d'éviter toute erreur au moment de commencer les revêtements. Nous passâmes la soirée affalés dans les fauteuils du salon à regarder une émission de télévision sans réellement la suivre. Je m'endormais à moitié tandis que Will lisait un nouveau roman. C'est fou comme il pouvait lire vite. Chaque fois que je le voyais avec un livre à la main, ce n'était jamais le même.

Je pensais qu'il était accaparé par sa lecture. Pourtant, il ferma subitement son livre avant de me dire :

— Tu ne devrais peut-être pas dormir dans ta chambre ce soir... elle est en travaux et pleine de poussière. Ce n'est pas très sain d'y respirer...

Il n'avait pas tort. Avec le chantier que nous avions mené dans la maison toute la journée, la poussière était omniprésente dans ma chambre. Les draps et les meubles en étaient recouverts. Après un court moment de réflexion, je lui indiquai qu'il avait sans doute raison.

— Tu peux dormir dans ma chambre si tu le souhaites, je dormirai dans la tienne.

— Qu'est-ce que tu racontes ? Je ne vais pas te déloger de ta propre chambre. Tu peux rester.

— Ma présence ne te gênera pas ?

— Tu sais très bien que non. Elle m'apaise au contraire.

Un sourire étira ses lèvres. Je me levai en bâillant avant de monter les escaliers pour aller me coucher.

C'était la seconde fois depuis mon arrivée dans la maison que j'entrais dans cette pièce. Je l'observai avec la même attention que la première fois. C'était sans doute l'endroit de la maison que je préférais. L'atmosphère y était différente du reste de l'habitation. Il faisait bon dans cette chambre, alors que le reste de la maison était toujours froid. J'étais étonnée que Will m'ait proposé d'y loger. Il ne parlait jamais de lui, je ne savais rien de sa vie. Or, me proposer d'entrer dans la seule pièce où il possédait encore un peu d'intimité était comme s'il me laissait découvrir une partie de lui que je ne connaissais pas encore. J'observai l'un des posters de voiliers en noir et blanc accroché au mur. J'avais cru au départ qu'il s'agissait d'un tableau acheté en l'état, mais en y regardant de plus près, je constatai que la photographie était un original.

— Le *Colibri*, dit la voix de Will derrière moi.

Je me retournai. Il était appuyé contre le mur, les bras croisés sur la poitrine.

— Pardon ? lui demandai-je en fronçant les sourcils, ne comprenant pas de quoi il me parlait.

— Le voilier, dit-il en désignant le tableau d'un signe de tête. Il s'appelait le *Colibri*.

Je regardai de nouveau la photographie en comprenant tout à coup.

— C'était ton bateau ?

Il acquiesça avec nostalgie avant de se rapprocher de moi en fixant à son tour le cliché.

— J'ai travaillé dur toute ma vie, en cumulant parfois plusieurs boulots et en économisant le moindre centime pour avoir la chance de m'acheter cette épave !

— Cette épave ? Il n'a rien d'une épave.

— C'est parce que j'ai passé des semaines à travailler dessus pour essayer de lui redonner l'aspect qu'il méritait.

— Tu y es plutôt bien arrivé. Il est magnifique !

Sans quitter le tableau des yeux, il continua :

— J'avais prévu de faire le tour du monde à son bord. Tout était prévu…

— Mais ?

— Mais je suis mort quelques semaines avant de prendre le départ.

Un ombre passa sur son visage. Son regard était rempli de regrets.

— Je suis désolée…

— On ne se rend pas compte de l'importance de faire tout ce qui est en notre pouvoir pour réaliser nos rêves tant qu'il est encore temps...

— Tu sais ce qu'est devenu le bateau ? demandai-je en me glissant dans le lit.

— Je crois qu'il est revenu à ma sœur, répondit-il en s'asseyant sur le bord de la couche. J'ignore si elle le possède encore...

Je fus surprise de l'entendre mentionner sa sœur pour la première fois depuis notre rencontre. J'en avais appris plus ces deux dernières minutes sur mon ami qu'au cours de ces deux dernières semaines.

— Tu as une sœur ? lui demandai-je en faisant mine de l'apprendre.

— Martha, me répondit-il en hochant la tête, un sourire sur les lèvres.

Parler d'elle lui rappelait visiblement de bons souvenirs. C'était agréable de l'entendre évoquer son passé.

— Elle voulait toujours venir avec moi en mer lorsque nous étions tout jeunes. Mes parents possédaient un petit dériveur mais ils ne voulaient pas que je l'emmène. Ils la trouvaient trop jeune et ils avaient peur qu'elle tombe à l'eau.

— Je suppose que vous ne les écoutiez pas !

Il rit en répondant :

— Bien sûr que non ! Dès qu'ils avaient le dos tourné, nous allions naviguer. C'était une passion que nous partagions tous les deux. Et puis, j'ai acheté le *Colibri*. Elle m'a aidé à lui offrir une seconde jeunesse. J'ignore ce qu'est devenu ce bateau à présent. Parfois, je fixe la ligne d'horizon en me disant qu'un jour, peut-être, j'y verrai défiler les voiles que j'ai hissées tant de fois pour le simple bonheur de rejoindre le large.

— Tu en parles avec tellement d'enthousiasme ! Qu'est-ce qui te faisait autant aimer la mer ?

Il n'eut pas besoin de réfléchir longtemps avant de me répondre :

— La liberté. L'impression que le monde n'a pas de limite et la sensation de pouvoir l'explorer comme bon nous semble. Martha partageait ma vision des choses...

— Tu semblais proche de ta sœur...

— Elle était tout pour moi. Ma sœur mais aussi ma meilleure amie. Je n'ose pas imaginer la peine qu'elle a ressentie lorsque je...

Je crus un instant qu'il m'en dirait plus mais il se ravisa. Son regard se perdit dans le vide. Je le sentais loin tout à coup, rattrapé par ses souvenirs.

— J'ai une sœur moi aussi, dis-je à mon tour. Anna.

— C'est un joli prénom, dit-il en s'allongeant à côté de moi. Est-elle plus jeune ?

— Non, elle a deux ans de plus. Elle représente tout pour moi aussi. Elle est ma confidente et ma meilleure amie, tout comme toi avec Martha.

— Nous avons bien plus de points communs que ce que j'aurais imaginé, dit-il amusé.

— Il faut croire que oui. J'ai un petit neveu aussi ! Logan.

— Quel âge a-t-il ?

— Il a 6 ans... mais 30 dans sa tête ! répondis-je en riant.

Il s'esclaffa à son tour :

— Pourquoi est-ce que tu dis cela ?

— C'est un petit garçon spécial. Il est différent des autres enfants de son âge. Il est né avec une malformation cardiaque et a subi une greffe lorsqu'il était très jeune. Il y a eu des complications... son cœur s'est arrêté sur la table d'opération. Nous avons eu la peur de notre vie...

— C'est horrible ! s'exclama-t-il sincèrement touché par mon récit. Comment va-t-il maintenant ?

— Il va bien... très bien même. Il a une intelligence hors norme pour un enfant de cet âge. Il s'exprime parfois comme un adulte. On peut tenir des conversations de grandes personnes avec lui. Il est très réfléchi... Il m'impressionne un peu plus à chaque fois que je le vois. Je suis sûre qu'il est destiné à accomplir de grandes choses. Je l'adore. Je partage tous mes secrets avec lui !

— En voilà un qui est chanceux ! répondit-il d'un air taquin.

— D'ailleurs, il y en a un que je partage avec lui. Personne d'autre ne sait... Il a vu Iann lui aussi.

Le fantôme parut sincèrement surpris.

— Tu veux dire... il l'a vu comme tu me vois ?

Je hochai la tête en signe d'approbation.

— Ça, c'est...

— ... Troublant ?

— Oui. Comment a-t-il réagi ?

— Plutôt bien. Je crois que ce n'était pas la première fois qu'il rencontrait ce genre de situation...

— Tu penses qu'il a vu d'autres fantômes avant Iann ?

J'acquiesçai.

— Anna m'a souvent parlé des amis imaginaires de Logan. Je n'y ai jamais vraiment cru. J'ai compris à l'église que ses amis imaginaires n'avaient en fait rien d'imaginaire...

— Vous avez de drôles de dons dans la famille !

— Oui, je crois que tu as raison... répondis-je en riant.

Allongés face à face sur le lit, nous nous regardâmes un long moment sans rien dire.

— Merci, finis-je par murmurer.

— Pourquoi ?

— C'est la première fois que tu me parles de toi. J'apprécie... sincèrement.

Il se contenta de garder le silence, le regard rempli d'affection.

— Repose-toi, m'ordonna-t-il avec tendresse. Une nouvelle journée de travail nous attend demain.

— Bien chef, répondis-je avec ironie à son ton autoritaire.

Cela le fit sourire. Je fermai les yeux et m'endormis presque aussitôt. Je passai une nuit paisible et sans agitation. C'était la première fois depuis mon arrivée dans cette maison que je dormais aussi bien.

## 24

## Will

*Une profonde affection*

Un mois et demi s'était écoulé depuis le début des travaux. La maison n'avait à présent plus rien à voir avec l'habitation antique et délabrée qu'elle était encore quelques semaines plus tôt. Amy et moi avions passé nos journées à retirer le papier peint, repeindre les murs, poncer les boiseries et leur redonner un aspect correct et moderne. Les couleurs claires que nous avions choisies rendaient la maison lumineuse et donnaient l'impression de plus d'espace. Au cours de ce dernier mois, nous avions passé beaucoup de temps ensemble et cela n'avait cessé de nous rapprocher. Alors que nous nous activions à la tâche, nous discutions en même temps de nos vies ou, en ce qui me concerne, de mon existence avant ma mort. Nous échangions des souvenirs et anecdotes en lien avec nos familles et nos amis. Elle me racontait les quatre cents coups qu'elle avait faits avec sa sœur et Lucky, le chien qu'elles avaient lorsqu'elles étaient adolescentes. Ce dernier faisait régulièrement des bêtises pour lesquelles elles étaient toujours accusées, mais elles l'adoraient. Elle se remémorait aussi ses meilleurs moments passés avec Iann. À l'entendre en parler régulièrement, je regrettais de ne pas avoir eu la chance de rencontrer cet homme. De toute évidence, il méritait d'être connu. La jeune femme me parla de ses études, de ses amis, des moments de doute qu'elle avait vécus concernant son métier et de ses projets d'avenir. Au fil des jours, je découvrais une personne qui me ressemblait plus que je ne l'aurais imaginé. Nous avions la même façon de penser, de nombreux goûts communs et des centres d'intérêts complémentaires. Elle m'avait confié avoir toujours eu une profonde admiration pour l'océan et la forte envie de découvrir les joies de la navigation. Si seulement les choses avaient été différentes, je lui aurais fait partager ma passion pour la voile. Nous passions beaucoup de temps à discuter mais aussi à rire. Ça ne m'était pas arrivé depuis plus de cinquante ans. Ma condition ne cessait d'évoluer et j'étais convaincu que la présence d'Amy en était la raison principale. Près d'elle, je me sentais presque vivant. Je redécouvrais le bonheur de pouvoir parler et converser avec quelqu'un en étant simplement moi-même. Je n'étais pas certain de m'être déjà senti si proche d'une autre personne, y compris de mon vivant. J'avais l'impression qu'elle me comprenait. Parfois, en regardant au fond de ses yeux, j'avais la sensation qu'elle savait. Qu'elle savait les horreurs que j'avais pu commettre par le passé et que pourtant, elle ne me jugeait pas. Mais tout cela n'était qu'une chimère. Elle ne pouvait pas le savoir et quand bien même, si c'était le cas, elle ne me regarderait sûrement plus de la même façon. Nos conversations me faisaient oublier provisoirement le poids de ma culpabilité dans l'accident. Pourtant, elles faisaient aussi naître en moi de nouveaux remords. J'avais l'impression de lui mentir, de ne pas être honnête envers elle. Elle me dévoilait chaque jour un peu plus de sa vie et même si je le faisais moi aussi, je ne mentionnais jamais cette partie obscure qui faisait pourtant de moi l'homme que j'étais aujourd'hui. C'était difficile de vouloir, pour la première fois, me dévoiler à quelqu'un, me montrer tel que j'étais sans pouvoir le faire au risque de briser un lien qui était plus fort de jour en jour. Elle avait pris plus d'importance qu'elle n'aurait dû. Beaucoup plus. Je m'en étais rendu compte déjà lorsque cet imbécile de Zac avait osé la toucher. Ce soir-là, une telle fureur était née en moi qu'il m'avait été impossible par la suite de nier l'affection que je lui portais. Pourtant, j'étais réaliste. J'étais mort. Je n'avais rien à offrir. Aucun avenir. Juste un infini présent et un sombre passé. Malgré ma conscience de tout cela et mes nombreuses tentatives pour maintenir une certaine distance, je ne parvenais pas à rester éloigné très longtemps. Une question tournait sans cesse dans ma tête lorsque je la regardais dormir paisiblement. Parfois, une mèche de cheveux lui tombait devant les yeux. J'aurais voulu, d'un simple geste, lui glisser la boucle rebelle derrière l'oreille mais alors je m'interrogeais : que se passerait-il si j'essayais de la toucher ? Je pouvais me déplacer et évoluer comme n'importe quel mortel à présent, mon état vaporeux s'étant complètement… évaporé, si je puis dire ! Par conséquent, je pouvais sans doute effleurer sa peau sans risquer de ressentir de nouveau cette étrange sensation. J'en avais cruellement envie mais je n'avais jamais cédé à la tentation. Par respect… mais aussi parce que je savais que chaque pas fait dans cette direction me rapprocherait un peu plus d'elle, et ce n'était pas envisageable.

Depuis le soir où nous avions tenté un contact et la désagréable impression d'engourdissement ressentie aussitôt, nous n'avions plus abordé le sujet. Pourtant, je commençais à bien la connaître et parfois, lorsque ses yeux se perdaient dans les miens, je voyais bien des dizaines de questions danser dans son regard. Des questions qu'elle n'osait pas me poser ou bien auxquelles elle espérait que j'apporte moi-même une réponse.

Quoi qu'il en soit, les journées passaient et je devenais soucieux à son égard. Elle ne sortait presque plus de la maison, sauf pour faire quelques courses et aller courir deux ou trois fois par semaine. Je craignais de la tenir isolée du reste du monde. Lorsqu'elle revenait, elle était épuisée par ses efforts. Le soir, elle s'endormait sans peine dans le fauteuil du salon, elle qui avait eu tant de mal à trouver le sommeil quelques semaines plus tôt. Elle se plaignait régulièrement d'avoir mal à la tête, mettant cela sur le compte des fortes odeurs de peinture. Mais je voyais bien qu'elle s'affaiblissait à mesure que je devenais plus fort. Alors, un jour, ce fut une évidence : et si c'était ma faute ? Si, de façon inconsciente, je puisais ma force dans la sienne ?

Un soir, alors qu'elle s'était assoupie, je pris son téléphone pour faire quelques recherches sur Internet. Elle m'avait fait découvrir les nombreuses fonctionnalités de ce qu'elle appelait « un Smartphone » et je devais admettre que, malgré mes a priori, cet outil pouvait parfois s'avérer utile. J'avais toujours été assez intuitif avec les appareils de mon époque. Par conséquent, je n'avais pas mis très longtemps pour apprendre à utiliser cette minuscule machine. Je m'étais alors rendu sur des forums d'échange de phénomènes paranormaux ou sur des sites internet traitant des esprits errants, à la recherche d'une information confirmant mon hypothèse. J'étais effaré par la quantité monstre d'informations auxquelles je pouvais accéder par un simple clic. Après quelques minutes de navigation sur le Net, j'étais tombé sur un site relatant les témoignages de personnes ayant vécu dans des maisons dites hantées. Leurs déclarations confirmaient malheureusement ce que je craignais. Des hommes et des femmes, pourtant dans la force de l'âge, racontaient avoir vécu plusieurs mois dans des maisons où des faits étranges se produisaient. Ils expliquaient avoir ressenti une profonde lassitude à mesure que le temps passait, tandis que les manifestations surnaturelles étaient plus nombreuses. Ils pensaient que les esprits siphonnaient l'énergie des vivants, leur permettant ainsi de se manifester avec plus de force. Ils étaient devenus si faibles qu'ils avaient fini par quitter les lieux, après quoi, ils avaient retrouvé une vie normale. J'éteignis le téléphone avant de le balancer avec agacement à côté de moi puis observai Amy, endormie. C'était impossible. Même si l'explication semblait plausible et tout à fait envisageable, je ne pouvais admettre que j'étais responsable de sa fatigue. La dernière chose que je souhaitais était de lui nuire. J'étais incapable de lui faire du mal. Peut-être y avait-il une autre explication, même si au fond de moi, je savais que non. J'avais préféré ne pas y penser pour le moment en me disant que je devrais me montrer attentif à tout indice pouvant me fournir une autre réponse.

Zac, quant à lui, rôdait encore quelquefois près de la maison. Il n'avait pas adressé la parole à mon amie depuis le soir de l'agression. Et c'était très bien comme ça, car je n'étais pas certain de pouvoir supporter la présence d'un tel individu auprès d'elle. Pourtant, cette dernière ne semblait pas lui tenir rigueur de ce qui s'était passé et je ne la comprenais pas. Ce sujet était propice aux disputes, c'est pourquoi nous l'évitions le plus souvent. Elle prétextait que le comportement de notre voisin dissimulait un mal-être profond, un événement passé qu'il n'arrivait pas à oublier. À plusieurs reprises, elle l'avait croisé dans l'allée, cherchant son regard avec un sourire pour tenter de lui faire comprendre qu'elle ne lui en voulait pas. Il baissait les yeux à chaque fois, mal à l'aise. Elle prétendait qu'il avait honte de son attitude et que lorsqu'il serait prêt à discuter, elle accepterait le dialogue. Un tel discours me mettait en colère et elle le savait. Sa bienveillance était une qualité que j'admirais chez elle mais je persistais à penser que Zac cachait quelque chose, et tant que j'ignorais de quoi il s'agissait, je n'approuverais pas la sympathie qu'elle pouvait ressentir à son égard. D'où pouvait lui venir une telle faculté de pardonner ? Je l'ignorais. Quelquefois, je brûlais de soulager ma conscience en lui faisant part de mon plus grand secret. Je me disais que son intelligence et sa bonté lui donneraient la force de me pardonner. Cependant le risque était trop grand et je ne pouvais me résoudre à aller jusqu'au bout de mon intention. C'était sans aucun doute de la faiblesse, un défaut qu'il est bien difficile de combattre. Devais-je me montrer résolu pour autant ? Je n'en étais pas sûr. Un jour, je lui dirais la vérité. Quand le moment serait venu…

## 25

## Amy

### *La magie de Noël*

*24 décembre 2016*

J'ouvris difficilement les yeux, réveillée par la lumière du jour. Will n'était pas là. Je supposai qu'il était à la cuisine en train de préparer le petit déjeuner, comme il avait pris l'habitude de le faire au cours de ces dernières semaines. C'était agréable, je devais l'admettre mais j'appréciais encore plus sa présence lorsque je me réveillais. Elle me rassurait. Mon regard parcourut la pièce et s'arrêta sur la fenêtre qui donnait sur la plage. Le ciel était gris mais à première vue, compte tenu de la clarté de la pièce, il devait être au moins 10 heures du matin. Cela faisait plusieurs semaines que je n'avais pas fait de grasse matinée, les travaux nécessitant de se lever tôt. Cependant, étant donné que nous avions plutôt bien avancé dans nos tâches, Will et moi nous étions mis d'accord pour nous accorder un jour ou deux de repos. En réalité, c'est plutôt lui qui avait fermement insisté et il ne m'avait pas vraiment laissé le choix. Je me redressai pour m'étirer avec difficulté. Mon corps tout entier me faisait souffrir, endolori par de nombreuses courbatures. Mes articulations craquaient comme si mon corps avait 80 ans. D'un point de vue extérieur, mon réveil ne devait pas être beau à voir. J'entendis du bruit à la cuisine et une douce odeur de pain grillé vint me chatouiller les narines. Je sautai du lit puis enfilai un gilet épais avant de descendre pour rejoindre mon ami.

Comme je l'avais prévu, il était devant les plaques de cuisson, en train de faire cuire des œufs à la poêle, pendant que du pain brioché chauffait dans le grille-pain. Ma tasse de thé et un grand verre de jus d'orange étaient déjà servis sur l'îlot central, n'attendant plus que moi.

— La marmotte a finalement décidé de se lever ! dit-il pour m'accueillir avec un grand sourire.

— Tu aurais dû me réveiller, lui répondis-je encore ensommeillée alors que je m'installais sur le tabouret.

— Tu avais besoin de sommeil, continua-t-il en versant le contenu de la poêle dans une assiette plate devant moi.

Je dois dire que la vue et l'odeur des œufs encore baveux n'étaient pas ce que je préférais au réveil. J'eus une grimace de dégoût. D'où pouvait bien lui venir cette manie de servir des œufs de si bon matin ?

— Will, tu sais que tu dois être la seule personne au monde à proposer ça pour le petit déjeuner ? Ça n'a vraiment rien d'appétissant au réveil...

— Ce n'est pas la question, tu as besoin de protéines. Arrête de discuter et mange !

Son ton autoritaire me fit sourire. Il fallait reconnaître qu'il était plutôt agréable que quelqu'un se préoccupe de moi. Je n'étais pas habituée à ce genre d'attention. J'écoutai son conseil et pris une première bouchée de ses œufs brouillés. Cela m'arracha une grimace d'écœurement, ce qui, de toute évidence, l'amusait beaucoup.

Je finis mon assiette non sans mal, pas mécontente d'en être venue à bout.

— Tu sais quel jour nous sommes ? lui demandai-je avec une intention précise en tête.

Il s'assit face à moi en me fixant d'un air sérieux, voyant certainement où je voulais en venir. L'idée ne le réjouissait visiblement pas.

— Oui, nous sommes le 24 décembre, dit-il sans entrain.

— Ce soir, c'est le réveillon de Noël. J'aimerais bien…

— Amy, m'interrompit-il. Je n'ai pas vraiment envie de fêter Noël…

— Mais pourquoi ? demandai-je, déçue et surprise à la fois.

— Je n'en sais rien. Ça fait presque cinquante ans que je n'ai pas célébré les fêtes de fin d'année. Seul, l'enthousiasme n'était pas vraiment au rendez-vous, si tu vois ce que je veux dire.

— Mais cette année, c'est différent, tu ne seras pas seul. Et Noël c'est avant tout une façon de rassembler les gens, d'apporter de l'espoir…

Il jouait avec ma fourchette, le regard perdu dans mon assiette vide.

— C'est la première fois que je fête Noël loin de ma famille, poursuivis-je pour tenter de le convaincre. Et j'aimerais le fêter avec toi cette année...

Il posa le couvert, se redressa sur sa chaise en soupirant et en me fixant avec attention.

— Tu n'as pas l'intention de laisser tomber, pas vrai ?

Je compris qu'il s'apprêtait à céder. Alors avec mon plus beau sourire, je secouai la tête pour lui signifier que non, je n'abandonnerais pas.

Il croisa les bras sur sa poitrine, et comprit qu'il était vaincu.

— Bon d'accord, finit-il par céder. Parce que cela te tient à cœur...

— Merci, lui répondis-je, ravie.

— Quels sont tes projets au juste ? me questionna-t-il, intrigué.

— J'aimerais acheter un sapin !

— Il doit y avoir un carton de vieilles décorations dans la pièce inoccupée de l'étage.

— Bien, génial ! Je vais aller faire quelques courses. Je voudrais ramener un bel arbre et d'autres... bricoles. À propos, j'ai des choses à faire dans le bureau cet après-midi, je t'interdis d'y entrer lorsque j'y serai.

Il plissa les yeux, cherchant à découvrir ce que je cachais, mais il ne saurait rien. Pas maintenant.

— Bien, fit-il résolu. Pendant ce temps, je m'occuperai en cuisine avec un repas de fête.

— Bonne idée ! acquiesçai-je. Tu n'auras qu'à me dire ce dont tu as besoin et je rapporterai ce qu'il te faut.

Je débarrassai mon assiette puis lui laissai un papier et un crayon sur l'îlot avant de filer prendre ma douche. Il m'observa quitter la cuisine avec amusement. La journée commençait plutôt bien. Une jolie soirée se profilait à l'horizon. J'étais impatiente et pourtant étrangement nerveuse. Lorsque je redescendis, une liste de provisions était posée à l'endroit où j'avais laissé le papier, et un carton rempli de décorations de Noël siégeait sur l'un des tabourets.

— Tu n'as pas perdu de temps ! remarquai-je en fouillant dans la boîte.

Par chance, contrairement à ce que je craignais, les guirlandes et autres boules de décoration n'étaient pas si anciennes. De plus, les couleurs étaient convenablement assorties dans des teintes chaudes de rouge, argent et or. J'étais persuadée que ce sapin serait magnifique. Il ne me restait plus qu'à trouver l'arbre idéal.

— C'est parfait, m'exclamai-je en mettant la liste dans mon sac et en enfilant mon manteau. Je n'en aurai pas pour très longtemps.

Je m'avançai vers la porte mais me retournai vers lui pour l'avertir :

— Ne fais pas de bêtises.

Il rit en ayant l'impression d'être sermonné comme un gamin. Puis je quittai la maison pour une matinée de shopping. Je m'arrêtai au supermarché de la ville, où j'allais régulièrement faire mes achats, pour rassembler les provisions dont Will aurait besoin. Ensuite, je me rendis dans une jardinerie à la recherche de l'arbre de Noël idéal. Je passai un long moment à tous les regarder et à les comparer. J'en voulais un grand, suffisamment étoffé pour donner une impression de robustesse. Je détaillai les arbres les uns après les autres mais chaque fois, quelque chose me gênait. Je commençais à désespérer de trouver le bon quand je vis, dissimulée derrière un amas de jeunes sapins, une cime haute dépasser toutes les autres. Je demandai au vendeur de dégager le passage et me retrouvai face à l'arbre de Noël parfait. Il était très grand et fourni, idéal pour trôner dans le salon devant la fenêtre en alcôve. Je demandai au vendeur si une livraison était possible et cette dernière fut programmée pour le début d'après-midi. Je poursuivis mes achats dans un magasin d'ameublement où je ne mis pas longtemps à trouver ce que je recherchais. Là encore, je planifiai une livraison pour l'après-midi même. Enfin, je me rendis dans une boutique d'antiquités proposant aussi un choix impressionnant de vieux livres. J'avais une idée précise de ce que je recherchais et par chance, je finis par trouver mon bonheur. Malgré mes nombreux achats, je ne m'étais pas absentée très longtemps. Lorsque je revins à la maison, Will était dans le bureau, un livre à la main.

— Tu vas devoir me laisser le champ libre, lui dis-je avec une pointe de mystère dans la voix.

— Qu'est-ce que tu manigances ? demanda-t-il avec intérêt tout en refermant son livre.

— Rien, mentis-je. Mais tu as du travail en cuisine, il me semble !

Il fronça les sourcils en prenant l'air offensé.

— J'ai parfois l'impression d'être traité comme un vulgaire commis de cuisine !

Je m'esclaffai :

— Ce n'est pas ce que je voulais dire et tu le sais très bien. Mais je ne veux pas te voir dans le bureau pour l'instant.

— Bien, rétorqua-t-il d'un air taquin. Cela tombe bien car je ne veux pas te voir dans ma cuisine non plus !

— Parfait ! affirmai-je en lui ouvrant la porte en grand pour l'inciter à quitter la pièce. Le sac de provisions est sur l'îlot ! Et ne sois pas surpris, j'attends plusieurs livraisons. Ça ne veut pas dire pour autant que tu dois venir jeter un œil, d'accord ?

— Plusieurs livraisons ? Ça ne plaisante pas, le shopping, avec toi. Une heure d'absence et ce sont plusieurs camions qui débarquent !

— Rien d'extravagant, rassure-toi !

Il fit une moue sceptique, après quoi il regagna la cuisine et commença à fouiller dans les sacs.

Nous passâmes l'après-midi chacun de notre côté. Je transformai peu à peu le bureau en un lieu plus accueillant, idéal pour se détendre, en étant certaine que ma surprise plairait à Will. C'était son endroit préféré. Cependant, il ne l'aimait pas pour sa fonction première mais pour ses livres et sa vue imprenable sur l'océan. De son côté, je ne l'avais pas vu sortir de la cuisine. J'entendais le bruit des casseroles qui s'entrechoquaient et différentes odeurs émanaient de la pièce, éveillant peu à peu mon appétit. Il pouvait passer des heures dans cette cuisine à préparer des plats qu'il ne pourrait même pas savourer. Il m'était arrivé à de nombreuses reprises de l'observer, concentré sur sa tâche. J'étais à chaque fois épatée par la sérénité qui l'habitait dès lors qu'il cuisinait. Il adorait ça, c'était évident.

L'après-midi était déjà bien avancé lorsque j'entrepris de m'occuper du sapin. Le livreur l'avait laissé sur le porche et je m'efforçai de le déplacer en le tirant par le tronc. Il était lourd et, malgré l'hiver qui se manifestait avec vigueur, j'eus des bouffées de chaleur à plusieurs reprises. Je n'avais pas pensé à ce détail en le choisissant. Will vint à mon secours et, ensemble, nous l'installâmes devant la fenêtre en alcôve du salon. Je reculai pour l'observer dans toute sa hauteur. Il était majestueux et avait fière allure. L'odeur agréable de sapin se répandit dans toute la pièce. J'adorais ce parfum, synonyme de fête, de rassemblement en famille, d'espoir et de renouveau. Will m'observait avec attention, surveillant ma réaction.

— Qu'est-ce qu'il y a? lui demandai-je avec curiosité.

— Tu aimes vraiment ça, hein? L'ambiance des fêtes, le sapin…

J'acquiesçai avant de lui répondre :

— Je sais que c'est différent pour toi. Et je comprends ton manque d'enthousiasme mais il doit bien y avoir des Noëls dont tu aimerais te souvenir…

Il resta silencieux un long moment pendant que je commençais à explorer le contenu du carton et posais les plus belles guirlandes sur les plus hautes branches de l'arbre.

— Il y en a eu, c'est vrai, finit-il par me dire en prenant à son tour une décoration dans la boîte. Le réveillon de Noël était un vrai rituel dans ma famille. Nous attendions toujours le 24 décembre pour aller chercher notre arbre et nous passions l'après-midi à le décorer tous les quatre. Ma mère nous préparait toujours des cookies pour le goûter et le plus souvent, nous n'avions plus faim pour le repas du soir tellement nous nous en gavions.

Il eut un petit rire à l'évocation de ce souvenir. Puis, il poursuivit :

— Nous restions éveillés le plus longtemps possible pour voir le père Noël arriver et déposer nos cadeaux mais la fatigue finissait toujours par gagner la bataille. Nos parents nous portaient jusque dans nos chambres et quand nous nous réveillions, les jouets se trouvaient déjà au pied du sapin… Passé la déception d'avoir raté une fois encore la venue de l'homme le plus attendu de l'année, le reste de la famille débarquait pour un repas de fête qui s'éternisait le plus souvent jusqu'au soir…

— C'est drôle… dis-je en accrochant un ange sur la pointe d'une ramure.

— Qu'est-ce qu'il y a de drôle ? demanda-t-il en attachant à son tour des boules finement peintes à la main.

— Noël, chez toi, ressemblait à s'y méprendre à Noël chez moi… Nous avions le même programme, à la différence que nous décorions le sapin plus en avance pour en profiter plus longtemps. L'odeur de la résine de pin nous chatouillait les narines et nous faisait patienter jusqu'au jour J tout en nous immergeant dans l'ambiance des fêtes.

— Malgré les années, il est toujours là… L'esprit de Noël. Il n'y a qu'à t'entendre parler pour le comprendre… Pourtant, il faut que je te dise… au risque de briser tes rêves…

Il s'approcha lentement de moi avant de chuchoter :

— Tu sais qu'il n'existe pas, pas vrai ? Le père Noël… c'est un mythe, on te l'a dit ?

Je m'esclaffai en lui demandant d'arrêter de se moquer de moi. Il rit à son tour. J'aimais le voir s'amuser comme ça. J'avais la sensation que, pendant ces moments, il oubliait sa peine, sa culpabilité. La souffrance disparaissait du fond de ses yeux, au moins pour quelques minutes. Nous terminâmes bientôt de décorer notre arbre et lorsque nous observâmes l'ensemble, je crus un court instant voir la magie de Noël éclairer son regard.

— Il manque quelque chose... dit-il en fouillant dans le carton.

Il en sortit une magnifique étoile argentée et me la tendit avec un sourire.

— À toi l'honneur, me dit-il en désignant la cime de l'arbre.

Je levai l'index pour lui signifier d'attendre et allai chercher dans la salle à manger une chaise que j'installai au pied du sapin.

— Voilà ! Ça sera plus facile comme ça, dis-je en prenant l'objet avant de grimper sur la chaise pour aller le déposer en haut du sapin.

— Magnifique ! dit Will avec admiration lorsque je le rejoignis pour observer le travail fini.

— C'est vrai. Nous pouvons être fiers du boulot accompli ! répondis-je en riant.

Je croisai son regard, il m'observait avec insistance. Un silence s'installa pendant lequel nous ne nous quittâmes pas des yeux.

— J'ai une surprise pour toi, finit-il par dire, un sourire discret étirant ses lèvres.

J'ignorais ce qu'il préparait mais je le suivis sans protester dans l'escalier, intriguée. Il me conduisit jusqu'à sa chambre où il ouvrit les portes de l'armoire. Des dizaines de robes, plus belles les unes que les autres, étaient accrochées dans la penderie. Des robes longues de soirée, des robes de cocktail, des robes plus légères pour l'été. Il y en avait pour tous les goûts et dans toutes les couleurs. Je le regardai avec de grands yeux et ne pus retenir une boutade :

— Will, c'est impressionnant ! J'ignorais que tu possédais autant de robes !

Il me regarda l'air amusé, il s'attendait sans doute à cette taquinerie.

— En effet, j'aime beaucoup passer ces magnifiques tenues lorsque j'ai du temps à tuer. La vert olive que tu vois là, me dit-il en désignant le vêtement en question, est ma préférée !

Je ris franchement en imaginant la scène.

— Ça te fait rire, hein ? dit-il amusé lui aussi. Trêve de plaisanteries, continua-t-il plus sérieusement. Ces robes appartenaient à Mme Maréchal, la femme du propriétaire. Elle est décédée il y a plusieurs années mais il n'est jamais venu les récupérer... choisis-en une !

Je le regardai abasourdie. Il me proposait sérieusement de choisir une robe parmi toutes celles-là ? Elles étaient sublimes et devaient coûter une petite fortune.

— Je ne peux pas accepter, répondis-je mal à l'aise. C'est beaucoup trop, Will, dis-je en touchant le tissu soyeux des vêtements. Ces robes sont... précieuses et elles ne m'appartiennent pas !

— Dis-moi, répondit-il en s'asseyant sur le lit, lorsqu'une personne trouve quelque chose, s'il n'est pas réclamé au bout d'un an, ce quelque chose lui appartient, pas vrai ?

J'acquiesçai.

— Cela signifie donc que, techniquement, ces robes m'appartiennent. Choisis-en une... ou deux, peu importe. Elles t'appartiennent toutes !

Cette fois, j'en étais certaine, il avait complètement perdu la tête.

— Tu n'es pas sérieux...

— Bien sûr que je le suis. Personne ne viendra les réclamer. Elles t'iront mieux qu'à moi, ajouta-t-il en ricanant. Et tu en meurs d'envie...

J'observais le contenu de l'armoire avec beaucoup de convoitise, en effet. C'est vrai que j'avais très envie d'essayer ces robes et Will n'avait pas tort, qui viendrait les reprendre si leur propriétaire était décédée ?

Mon ami m'observait avec une étrange lueur dans les yeux. Il voyait à quel point cela me faisait plaisir et ça semblait le rendre heureux.

— Merci, finis-je par lui dire avec tendresse.

Il quitta la pièce sans dire un mot mais avec un sourire sur les lèvres qui ne pouvait dissimuler sa satisfaction.

## 26

## Will

*Première danse*

J'installai le couvert sur la table de la salle à manger et mis la radio en marche en repensant à l'émerveillement d'Amy devant toutes ces robes. Elle avait semblé vraiment heureuse lorsque je lui avait dit qu'elles lui appartenaient à présent. Je ne comprenais pas cette fascination qu'avaient les femmes pour les vêtements, mais si cela pouvait la combler, alors j'en étais ravi. J'entendis la porte de ma chambre se fermer et me dirigeai vers l'escalier en criant :

— Tu en as mis du temps, tu as fini par trouver la bonne ?

Je riais pour la taquiner mais restai soudain sans voix en la voyant en haut de l'escalier, vêtue d'une très belle robe rouge foncé qui lui arrivait aux genoux, au décolleté qui mettait en valeur ses formes sans pour autant être vulgaire. Elle avait également enfilé une paire de talons hauts, probablement trouvée au fond de l'armoire elle aussi, mais qui lui donnait vraiment une allure séduisante. Elle était superbe. Pourtant, elle semblait à la fois nerveuse et mal à l'aise, habillée de cette façon. Elle descendit l'escalier en s'appuyant à la rampe, manquant d'assurance si haut perchée sur ses talons. Pendant sa descente, nos yeux ne se quittèrent pas et lorsqu'elle arriva en bas de l'escalier, face à moi, elle parut de nouveau anxieuse devant mon silence.

— C'est un peu trop, pas vrai ? demanda-t-elle en désignant sa tenue.

— Non, rétorquai-je pour ne pas lui laisser le temps de douter. Non, tu es… magnifique.

J'étais comme envoûté et j'eus du mal à trouver les mots pour la rassurer mais je pense qu'ils n'étaient pas nécessaires. Ma réaction devait suffire à la convaincre que j'étais sincère. Elle sembla se détendre tout à coup et me fit un sourire complice.

Je lui désignai la salle à manger en m'inclinant d'un geste théâtral pour lui indiquer que je la suivais. Elle pénétra dans la pièce et sembla surprise d'y trouver la table dressée avec de la belle vaisselle et des bougies qui se consumaient lentement.

— Deux couverts ? me demanda-t-elle confuse.

— Pour créer l'illusion, répondis-je avec un sourire. C'est étrange de dresser une table à un seul couvert un soir de fête.

Elle acquiesça d'un signe de tête avant de regarder avec attention la décoration de table. Je me dis alors que ma mise en scène ressemblait beaucoup à un rendez-vous galant.

— C'est un peu trop ? demandai-je à mon tour.

— Non, me répondit-elle, amusée. C'est parfait !

Sa réponse me rassura. Je réalisais soudainement que je me sentais nerveux moi aussi. C'était un sentiment inhabituel chez moi. Même de mon vivant, je n'avais jamais été d'un naturel anxieux. La présence d'Amy provoquait en moi des réactions nouvelles que je ne parvenais pas à maîtriser.

La nuit précédente, comme toutes les autres depuis maintenant quelques semaines, je m'étais allongé près d'elle pendant qu'elle dormait. J'aimais observer son visage serein, paisible et détendu pendant son sommeil. J'étais plein d'espoir en me disant qu'elle serait peut-être suffisamment reposée le lendemain pour contredire mon hypothèse selon laquelle sa fatigue était due à mon regain soudain de forces. Elle s'était alors agitée dans son sommeil en repoussant la couverture. En la voyant frissonner, je voulus remonter le couvre-lit sur ses épaules mais elle avait remué en même temps et sans le vouloir, ma main avait effleuré son bras. J'eus un mouvement de recul, moi qui avais pris l'habitude d'éviter à tout prix de la toucher. Pourtant, je les avais senties : la chaleur et la douceur de sa peau… je les avais senties sans recevoir en retour ces milliers de picotements désagréables qui me laissaient une sensation tellement étrange dans tout le corps… J'avais alors eu un moment d'égarement. Je savais que j'aurais dû l'ignorer, que c'était la meilleure chose à faire. Pourtant, j'avais éprouvé l'irrésistible envie de recommencer, et lentement, j'avais rapproché ma main de son visage et lui avais caressé la joue. J'avais laissé danser mon pouce le long de sa pommette et glissé une mèche de cheveux derrière son oreille. Elle s'était alors mise à gigoter et je m'étais subitement ressaisi en regrettant de ne pas avoir davantage de volonté quand il s'agissait de garder mes distances avec elle. J'avais passé le reste de la nuit à repousser le souvenir de cette agréable sensation en luttant de toutes mes forces pour ne pas recommencer. Devrais-je lui dire que ma condition avait encore évolué ? Cela semblait légitime. Pourtant, je connaissais les conséquences que ce changement pourrait avoir sur notre relation et je n'étais pas certain d'avoir la force morale nécessaire pour y faire face. Tôt ou tard, je risquais de céder à la tentation et cela ne présagerait rien de bon pour l'avenir, tout simplement parce qu'il n'y en avait aucun pour moi. J'avais alors envisagé de laisser faire les choses et d'attendre le bon moment pour lui en parler. Pourtant, depuis ce matin, j'étais hanté par l'idée que je pouvais être bien plus proche d'elle que je ne l'étais à présent. J'avais eu envie de lui prendre la main lorsqu'elle avait évoqué avec nostalgie que c'était le premier Noël qu'elle passerait loin de sa famille. J'avais aussi voulu l'aider à grimper sur cette chaise pour mettre l'étoile en haut du sapin ou encore lui tendre le bras lorsqu'elle avait descendu l'escalier dans sa robe de fête. Une véritable bataille faisait fureur en moi. Je regrettais de pouvoir être si proche d'elle mais de devoir rester si loin. Je n'avais jamais ressenti une telle frustration. Elle ignorait tout de mon malheur et c'était peut-être mieux ainsi.

Je tentais désespérément d'ignorer mes désirs en lui demandant de prendre place à la table quand elle me répondit avec un grand sourire qu'elle avait elle aussi une surprise pour moi.

D'un signe de tête, elle me demanda de la suivre dans le bureau. Elle s'arrêta avant d'entrer dans la pièce et se tourna vers moi :

— Je ne pense pas me tromper en disant que ça devrait te plaire…

— Qu'est-ce que tu as manigancé là-dedans tout l'après-midi ? lui demandai-je avec curiosité.

Elle affichait un sourire espiègle et ouvrit la porte. Je restai une nouvelle fois sans voix en voyant ce qu'elle avait préparé. Elle avait complètement réaménagé la pièce tout en lui conservant l'atmosphère calme et sereine que j'aimais tant. Mon amie s'était débarrassée du bureau, autrefois entreposé dans le coin de la salle mais qui n'avait plus aucune utilité depuis bien longtemps. À la place était installée une grande bibliothèque, venant s'ajouter à celle déjà présente dans la pièce. Des dizaines de livres de toutes sortes remplissaient ses étagères. Des romans, des récits historiques, des témoignages… Je parcourus les titres rapidement et fut subjugué par la diversité des écrits qui s'y trouvaient. Je regardai Amy qui semblait ravie de mon ébahissement. Je ne trouvais pas de mot et continuai la découverte de mon nouvel espace. Elle s'était également débarrassée de la vieille table basse qui trônait habituellement au milieu de la pièce pour la remplacer par un beau divan en tissu dans les tons clairs de la pièce. Ce dernier était installé face à la baie vitrée, laissant tout le loisir d'observer l'océan, même par mauvais temps. À côté du sofa se trouvait une petite table carrée où était posée une lampe au pied de bois flotté. Sur les murs libres de tout livre étaient accrochées de magnifiques photographies de voiliers en navigation. C'était tout simplement exceptionnel. Cette pièce était parfaite. J'étais sincèrement touché par ce qu'elle en avait fait. Je réalisai à quel point nous avions appris à nous connaître au cours de ces deux derniers mois. Tout le temps que nous avions passé ensemble à discuter de nos vies, de nos proches, de nos centres d'intérêts et de nos passions… Elle savait que j'avais déjà lu tous les livres de la bibliothèque au moins dix fois. Elle savait aussi à quel point j'aimais cet endroit qui me permettait de guetter l'horizon sans jamais me lasser. J'avais apprécié d'y passer du temps mais, à présent, cet endroit me ressemblait vraiment. C'était chez moi. Je me tournai vers mon amie avec la forte envie de la serrer dans mes bras mais je me contentai de lui sourire tendrement.

— Merci, lui dis-je sincèrement.

Elle opina, touchée à son tour :

— J'étais certaine que ça te plairait…

Sans en avoir conscience, je me rapprochai doucement d'elle. Je n'avais pas besoin d'en dire davantage pour qu'elle sache à quel point j'étais reconnaissant, j'étais persuadé qu'elle pouvait le lire dans mes yeux aussi précisément que je le ressentais. Elle sembla surprise que je me rapproche autant mais ne recula pas. Je lisais dans ses yeux une curiosité nouvelle. L'espace d'un instant, j'oubliai toutes mes bonnes résolutions et m'apprêtai à lui prendre la main pour lui dire enfin ce que j'étais capable de faire, mais je vis son visage changer d'expression. Elle fronça les sourcils et retroussa le nez avant de dire :

— Il n'y a pas quelque chose qui brûle ?

Je me souvins subitement du repas laissé au four et courus dans la cuisine pour essayer de sauver ce qui restait de ma dinde farcie pendant qu'Amy riait en voyant mon air paniqué.

La dinde n'avait plus rien de mangeable, elle était littéralement… carbonisée. Mon amie avait tenté de calmer ma déception en m'assurant que ce que j'avais préparé en entrée et dessert suffirait amplement à son faible appétit. Pourtant, elle fit honneur à mes plats en les dévorant avec ardeur, ne cessant de me complimenter sur mes talents culinaires. Nous passâmes la soirée à discuter de nos après-midi respectifs et d'histoires de jeunesse qui nous revenaient en mémoire à l'occasion des fêtes. Lorsqu'elle eut terminé de dîner, nous nous installâmes au salon pour évoquer nos meilleurs souvenirs, mais aussi les pires. Elle me raconta qu'une année, sa mère avait cuisiné une dinde farcie mais qu'à la sortie du four une odeur répugnante avait envahi la cuisine. Ils s'étaient tous demandé d'où pouvait venir un parfum aussi nauséabond jusqu'à ce qu'ils réalisent que la dinde n'était pas farcie mais encore entière, viscères compris. Amy pleurait de rire en se remémorant ce souvenir. Elle m'expliqua que ce soir-là, Iann avait repris les choses en main en suggérant de commander des pizzas et que malgré l'absurdité de la situation, cela restait l'un de ses meilleurs Noëls. Je l'écoutais avec attention en essayant de l'imaginer dans sa vie, loin de la maison de la plage, entourée de tous ses proches. Une lueur illuminait son regard lorsqu'elle parlait d'eux. J'y voyais toute l'affection qu'elle leur portait. La nuit commençait à être bien entamée mais nous continuâmes de discuter sans jamais manquer de sujets de conversation. Je voyais qu'elle commençait à être épuisée. Ses paupières semblaient lourdes, son teint plus pâle. Je lui suggérais d'aller se coucher lorsqu'elle m'arrêta d'un geste de la main sans rien dire. La radio, qui fonctionnait toujours en fond sonore, attira son attention : elle était captivée par la chanson qui s'échappait des haut-parleurs de l'appareil. Elle ferma les yeux un court instant en souriant comme pour savourer davantage la musique.

— C'est une de mes chansons préférées, dit-elle avec nostalgie.

— Qu'est-ce que c'est ? demandai-je, intéressé.

— Un groupe appelé Imagine Dragons, cette chanson... elle s'appelle *Demons*... j'ai dû l'entendre des millions de fois sans jamais me lasser...

Je me levai du canapé pour aller monter le son du poste de radio. Je la voyais taper des doigts sur l'accoudoir du canapé au rythme de la musique et me dis que le moment était peut-être bien choisi pour lui parler, ou du moins, lui montrer...

Je m'approchai d'elle et lui tendis la main pour l'inciter à se lever à son tour. Elle me dévisagea, le regard plein d'interrogations.

— Qu'est-ce que tu fais ? demanda-t-elle sans comprendre.

— Je t'invite à danser...

Elle secoua la tête, confuse.

— Will, tu sais bien que c'est impossible. C'est une sensation trop étrange. Je n'ai pas envie de...

— Tu me fais confiance ? la coupai-je en lui offrant de nouveau ma main.

— Tu sais bien que oui, me répondit-elle sans attendre.

— Alors donne-moi ta main.

Après un long moment d'hésitation, pendant lequel je me sentis légèrement ridicule le bras ainsi tendu dans sa direction, elle finit par accepter et approcha sa main de la mienne... lentement. Comme si elle craignait de ressentir à nouveau ces petites décharges venant lui engourdir le corps. Lorsque nos doigts s'effleurèrent, elle eut un mouvement de recul. Elle s'attendait à être surprise mais sans doute pas à ce point. Ses yeux s'agrandirent d'étonnement.

— Comment c'est possible ? m'interrogea-t-elle, les yeux fixés sur sa main dans la mienne.

— Sans doute le résultat de ma soudaine évolution...

Ses doigts étaient glacés. Je ne comprenais pas comment un corps vivant pouvait être si froid. Je fermai mes doigts sur les siens pour tenter de les réchauffer.

Elle se mit à glousser.

— Je n'arrive pas à y croire, dit-elle abasourdie, c'est tellement...

— Inattendu ?

— Oui, répondit-elle en plongeant ses yeux dans les miens. C'est inattendu. Mais avec toi, tout est inattendu...

— Tu accepterais de danser avec un fantôme, alors ?

Elle leva les yeux au ciel en s'exclamant :

— Si j'avais su qu'on me demanderait ça un jour... !

En voyant que j'attendais sa réponse, elle reprit soudainement son sérieux. Elle fixa son attention sur sa main dans la mienne, déplia ses doigts et les entremêla doucement aux miens. Je voyais dans ses yeux qu'elle prenait le temps d'apprécier chaque seconde de ce contact. J'avais ressenti ce désir moi aussi la veille au soir, celui de prolonger un instant qui m'avait été jusqu'à présent refusé. Comme si, enfin, je goûtais à quelque chose qui m'était interdit depuis trop longtemps.

— Il faut tout de même que je te dise quelque chose… murmura-t-elle timidement.

Elle parut tout à coup soucieuse.

— Qu'est-ce qu'il y a ? lui demandai-je, inquiet.

— Je ne sais pas danser. Mais vraiment pas…

Je ris de soulagement. Si ce n'était que cela !

— Tu n'auras qu'à te laisser guider…

Et sans lui laisser le temps de protester, je m'approchai d'elle encore davantage et laissai glisser ma main libre dans le creux de son dos. Puis nous commençâmes à nous balancer au rythme lent de la musique. Malgré la proximité qu'imposait la danse, une certaine distance se maintenait entre nos deux corps. Nous avions tellement pris l'habitude de faire de notre mieux pour éviter tout contact au cours de ces dernières semaines que ce changement demanderait sans doute un temps d'adaptation. Bien qu'au fond de moi, j'aie eu la conviction qu'il ne nous faudrait pas bien longtemps pour nous habituer tous les deux à cette nouveauté.

Amy regardait ses pieds, concentrée sur ses pas pour tenter de suivre la cadence. Je lâchai sa main un instant pour lui relever le menton et la forcer à me regarder.

— Arrête de trop penser. Laisse-moi faire, lui dis-je pour tenter de la détendre.

Elle semblait si nerveuse. Quelque part, son comportement m'amusait.

Son regard accrocha le mien et elle ne quitta plus mes yeux. Nous avions souvent eu des échanges prolongés comme celui-là, dans lesquels des tas de choses pouvaient s'exprimer. En général, ils suffisaient pour qu'on se comprenne. Mais cette fois, c'était différent. Elle scrutait mes pupilles comme si elles s'apprêtaient à lui livrer le plus lourd de mes secrets. Je me sentis alors nerveux à mon tour. On dit souvent que les yeux sont le miroir de l'âme. Pourrait-elle voir la part d'ombre qui était en moi si elle les observait d'un peu trop près ? Aurait-elle un aperçu des démons qui ne me quittaient jamais et qui se cachaient à l'intérieur ? Il ne fallait pas qu'elle s'approche trop, sans quoi elle risquait de découvrir une partie de moi qui ne lui plairait sans doute pas. J'eus une légère appréhension. Pourtant, je ne pouvais me détacher de ses deux yeux noisette qui détaillaient les miens sans pudeur. Ils exprimaient tellement de choses à la fois : la curiosité, l'amusement, la tendresse et une profonde affection. À cet instant, j'eus la forte envie de tout lui dévoiler. Je voulais lui dire ce que j'avais fait. Que j'avais tué une femme et son enfant. Ce secret était comme un monstre qui grandissait à l'intérieur de moi, un monstre qui n'avait nulle part où aller. Il devenait plus fort jusqu'au moment où il finirait par se montrer au grand jour. Il fallait que ce moment arrive avant qu'elle le découvre elle-même, sans quoi je perdrais sa confiance. Or, elle apprenait à lire dans mes yeux avec une facilité si déconcertante que je craignais que cette échéance n'arrive plus tôt que prévu. Pourtant, ce qu'elle vit dans mon regard ne sembla pas la repousser. Au contraire, elle parut se détendre au fil de notre danse et se rapprocha lentement de moi. Nous n'avions jamais été aussi proches l'un de l'autre. Je sentais son parfum à la rose envahir l'air autour de nous, une fragrance douce et subtile à la fois qui lui correspondait à la perfection. Je remarquai aussi de légers détails que la distance que nous nous imposions m'avait empêché de remarquer jusqu'à présent : les différentes nuances de vert et de noisette dans ses yeux, la petite cicatrice sur son front, si minuscule qu'elle était presque invisible et ses taches de rousseur si discrètes qu'une distance raisonnable ne permettait pas de les remarquer. J'avais l'impression de la redécouvrir et je ne l'appréciai que davantage mais, si je me sentais heureux de ressentir toutes ces choses, je savais qu'à long terme, ces émotions nouvelles finiraient par me rendre malheureux.

Quand le refrain de la chanson résonna une nouvelle fois dans la pièce, je la repoussai légèrement pour la faire tourner sur elle-même. Surprise par le mouvement, elle se mit à rire.

— Préviens la prochaine fois ! me taquina-t-elle en me donnant une petite tape sur l'épaule.

Je ris à mon tour avant de l'attirer à nouveau contre moi pour reprendre notre position initiale. Il n'y avait plus aucune distance entre nous. Après un instant à nous balancer sur la mélodie sans dire un mot, elle posa sa tête contre moi. Je sentais ses cheveux me chatouiller le menton mais cela m'était égal, j'appréciais cette sensation. Je lâchai sa main pour lui caresser les cheveux et enroulai mon bras libre autour d'elle pour la serrer plus fort dans mes bras. Petit à petit, sans réellement nous en rendre compte, nous nous arrêtâmes de danser et restâmes là, au milieu de la pièce, enlacés comme deux personnes qui ne souhaitaient pas se lâcher de peur de ne pas avoir la chance de vivre à nouveau un tel instant.

— C'est définitif, tu crois ? demanda-t-elle en restant pelotonnée contre moi.

— Je n'en sais rien... répondis-je tristement.

Je ne voulais pas lui mentir. J'ignorais déjà la raison de tout cela, je ne pouvais prédire ce qui arriverait. Je n'étais sûr de rien. J'étais si occupé à identifier toutes les sensations et émotions que je ressentais à ce moment précis que je ne réalisai pas tout de suite que la musique s'était arrêtée. Amy non plus, car elle ne bougea pas d'un pouce, ses bras enroulés autour de ma taille. Je pouvais sentir sa respiration contre moi. Un respiration longue et calme. Celle de quelqu'un qui est profondément fatigué. Toutes mes angoisses refirent surface. Ce moment passé avec elle m'avait réveillé. Mais elle, elle semblait exténuée. Cela ne fit qu'appuyer ma théorie. Je me sentais coupable de sa fatigue.

— La chanson est terminée, tu sais ?

— Je sais, dit-elle en hochant la tête sans bouger.

— Tu devrais aller te reposer, tu es épuisée...

Elle ne me contredit pas. J'avais raison, elle le savait. À mon grand regret, elle se détacha de moi et me regarda avec tendresse avant de me dire :

— Merci. Je crois que je viens de passer le plus beau des réveillons.

J'esquissai un sourire pour toute réponse. C'était aussi mon cas.

Plus tard, alors que nous étions allongés côte à côte sur le lit, Amy me posa mille questions. Je voulais qu'elle se repose mais sa curiosité lui donnait une force incroyable. Elle me confia qu'elle aimerait savoir la raison d'un tel changement chez moi. Je saisis ma chance pour lui parler de ma théorie, le moment était venu.

— Je crains que ça ne soit à tes dépens...

— Qu'est-ce que tu veux dire ? me demanda-t-elle en fronçant les sourcils.

— N'as-tu pas remarqué que tu deviens plus faible de jour en jour ?

Elle soupira d'agacement avant de répondre :

— On en a déjà parlé, Will ! Ce sont les travaux qui me fatiguent. Ça n'a rien d'anormal. On travaille le jour et je n'arrive pas à trouver le sommeil la nuit...

— Tu dors comme un bébé la nuit, Amy. Peut-être pas au début, mais maintenant tu dors sans être dérangée par des cauchemars. Je le sais car je passe mes nuits à te surveiller. Tu te réveilles reposée mais le soir, tu es de nouveau épuisée. Et ça empire chaque jour...

— Sans doute une simple carence... pas de quoi s'inquiéter ! Et quand bien même, je ne vois pas le rapport avec le changement qui se produit en toi.

— Tu faiblis quand je deviens plus fort... je crois que c'est lié, dis-je, résolu malgré moi.

Elle garda le silence quelques instants, rassemblant les pièces du puzzle que je venais de lui donner et me regarda en fronçant les sourcils :

— Attends une seconde... Tu es en train de dire que ma fatigue serait la conséquence de ta soudaine prise de force ?

J'acquiesçai et elle se mit à rire : pas réellement la réaction à laquelle je m'attendais.

— C'est ridicule, Will ! Comment ça serait possible ?

— Je crois que les esprits errants et les vivants ne sont pas faits pour cohabiter. Je pense que les morts puisent leur force dans celle des vivants. C'est en quelque sorte comme s'ils siphonnaient leur énergie…

Elle avait cessé de rire. Elle semblait, au contraire, réfléchir à ce que je venais de lui dire.

— D'où te vient une telle idée ?

— Il n'y a qu'à faire le rapprochement entre ton état et le mien… j'ai également fait des recherches. Il y a des témoignages qui confirment mon idée…

— Will, me dit-elle calmement. Je n'y crois pas une seconde. Tu t'inquiètes pour rien. Tout cela n'est que le hasard. Les travaux me fatiguent, c'est vrai, et ta condition évolue, mais la raison est tout autre, j'en suis sûre !

— Je pensais que tu ne croyais pas au hasard…

— C'est vrai, tu as raison. Mais dans ce cas précis, il n'y a pas d'autre explication…

Je compris à sa réaction qu'il ne servait à rien d'insister. Elle refusait d'entendre la vérité. Elle savait pourtant qu'elle était crédible. Je pensai en mon for intérieur qu'elle préférait la nier plutôt que d'admettre que nos destins prenaient deux directions radicalement opposées. Il était difficile d'imaginer que plus nous nous rapprochions, plus le destin nous éloignait…

## 27

## Amy

*Une visite inattendue*

J'entendais la voix lointaine de Will m'appeler dans un murmure. Si lointaine qu'elle ne semblait être qu'un écho dans mon esprit. Puis je sentis une main à la peau douce et chaude me caresser la joue et j'émergeai lentement de ma torpeur. J'ouvris doucement les yeux. Le réveil fut difficile. Face à moi, le visage de Will s'éclaira d'un sourire.

— Tu te décides enfin à te réveiller?

La pièce était lumineuse, il faisait déjà jour. J'ignorais quelle heure il pouvait être, mais la journée semblait bien avancée.

La soirée de la veille me revint en mémoire. Le repas préparé par mon ami, la robe magnifique que je portais et la danse... Je me rappelais chaque instant, y compris cet étrange picotement que j'avais ressenti lorsqu'il m'avait pris la main. Rien à voir avec ce que j'avais éprouvé lorsque nous avions tenté un contact la première fois. Cette fois, c'était agréable, nouveau et surprenant. J'avais senti sa main chaude recouvrir la mienne toujours froide, et je m'étais sentie... rassurée. Au fil de la danse, j'eus le besoin de me sentir plus proche de lui et j'avais fini par le laisser me prendre dans ses bras. Je m'étais sentie tellement bien à cet instant. Pour la première fois de ma vie, j'avais la sensation d'être à la bonne place avec la bonne personne. Des avertissements n'avaient pourtant cessé de claironner dans ma tête, me répétant que je devais voir la réalité en face. Mais j'avais préféré les ignorer et profiter de l'instant présent. Ces dernières semaines, nous nous étions tellement rapprochés que nous imposer de maintenir une distance était devenu réellement difficile. Pouvoir partager plus que des paroles était comme un juste retour des choses. Cette soirée avait été tellement parfaite que je me demandais si je ne l'avais pas inventée de toutes pièces, ou simplement rêvée. J'effleurai sa pommette du bout de mes doigts, ce qui le fit sourire.

— J'avais juste besoin de vérifier... si c'était bien réel, me justifiai-je en me pelotonnant sous la chaleur des couvertures.

— C'est bien réel, dit-il en me prenant la main. Maintenant, lève-toi !

J'étais étonnée qu'il insiste autant pour que j'émerge. D'habitude, il s'obstinait au contraire pour que je dorme un maximum et me repose. Pour une fois, c'est moi qui n'étais pas du tout d'humeur à me lever. Je serais bien restée la journée entière dans mon lit à dormir.

Il se leva en me lançant un regard éloquent, dans l'attente d'une réaction de ma part.

— Tu espères un résultat en me regardant avec ces yeux-là ? lui dis-je, moqueuse.

— J'étais en droit d'espérer, répondit-il en me jetant un coussin à la figure et en riant.

J'esquivai l'objet de justesse avant de remonter la couverture au-dessus de ma tête en lui demandant de me laisser faire la grasse matinée.

— Amy, il est presque midi. Je crois que la grasse matinée est dépassée !

J'ignorai sa réponse en m'enfonçant davantage dans le fond du lit.

— Bien, comme tu voudras. Hiberne, si c'est ce que tu souhaites. Je serai à la cuisine…

Je l'entendis quitter la pièce et tout fut très calme. Trop calme. Bien sûr, je ne mis pas longtemps avant de finalement décider de me lever pour aller le rejoindre. Il me connaissait et il savait que je n'aimais pas me retrouver seule le matin, ça m'angoissait. J'ignorais pourquoi, cela ne m'avait jamais posé de problème auparavant. J'enfilai un gilet et descendis à la cuisine. Il était en train de faire bouillir de l'eau tout en surveillant que la brioche ne brûle pas dans le grille-pain. Comme d'habitude, ma tasse était prête sur l'îlot. Je m'appuyai contre le chambranle de la porte en l'observant préparer le petit déjeuner. C'était étrange, j'avais l'impression qu'ensemble, nous avions pris des habitudes, comme peuvent le faire des couples vivant ensemble depuis des années. Pourtant, j'appréciais cette routine qui s'installait. Je m'assis devant l'îlot en remarquant :

— Parfois, en te regardant, je culpabilise…

Il étouffa un rire en me demandant pourquoi.

— Chaque matin, tu prépares le petit déjeuner, tu es toujours attentif envers moi… moi, je fais quoi en retour ? Je ne fais rien.

Il s'installa sur le tabouret face à moi, l'air surpris.

— Tu plaisantes ? Tu fais bien plus pour moi que ce que tu imagines. Tu as changé ma vie depuis que tu es arrivée. Grâce à toi, j'ai de nouveau la possibilité de me sentir… vivant, bien que je reste réaliste : je sais que je suis bel et bien mort. Tu m'as rappelé qui j'étais vraiment et surtout, tu m'as donné envie de croire qu'il existait un endroit meilleur alors que j'avais perdu tout espoir depuis bien longtemps. Et puis, il y a ce que tu as fait du bureau. Personne n'avait jamais fait ça pour moi…

Je n'avais pas conscience que toutes ces choses avaient autant d'impact sur lui et ses paroles me touchèrent sincèrement. Il regarda ma main posée sur la table à côté de la sienne et vint poser ses doigts sur les miens. Nous aurions dû commencer à nous habituer à ce type de contact. Pourtant, chaque fois que sa peau effleurait la mienne, un frisson me parcourait l'échine et se répandait dans tout mon corps. Dans ces moments, je perdais complètement le fil de mes pensées, j'étais littéralement déstabilisée par ce flot d'émotions et de désirs que j'éprouvais en sa présence. Je n'étais plus maîtresse de mes pensées et encore moins de ma volonté. Je lisais dans ses yeux qu'il menait la même bataille. Les choses étaient peut-être plus faciles lorsque nous ne pouvions pas nous toucher, tout simplement parce qu'on ne peut pas regretter ce qu'on ne connaît pas. La lutte s'annonçait difficile. Je tentai de me maîtriser et me levai pour aller laver ma tasse de thé. L'eau froide s'écoulant du robinet était un bon remède pour calmer certaines ardeurs. Il se leva à son tour et s'appuya sur le rebord de l'évier en ne me quittant pas des yeux avec un regard amusé. Je connaissais cette expression. Après notre rencontre, il l'avait utilisée à diverses reprises pour tenter de me déstabiliser. Et cela avait fonctionné à chaque fois, à merveille, même si j'avais fait de mon mieux pour le cacher. Et ça fonctionnait encore... Je perdais mes moyens lorsqu'il faisait ça. Je me mettais à bafouiller comme une collégienne et perdais toute crédibilité. Je me sentais ridicule mais lui se régalait le plus souvent de la situation... Il me fixait en espérant me troubler plus que je ne l'étais déjà. J'évitai son regard, je ne voulais pas lui donner cette satisfaction. Mais je sentais ses yeux sur moi et son silence ne fit qu'accentuer mon embarras.

— Arrête! lui ordonnai-je sans un regard.
— Arrêter quoi?
— On sait tous les deux ce que tu essaies de faire...
— Je ne vois pas de quoi tu parles. Éclaire ma lanterne, répondit-il sûr de lui en croisant les bras sur sa poitrine.

Je fermai le robinet et me tournai vers lui en affichant une assurance qui n'était qu'illusoire :

— Tu joues avec moi...

Son sourire laissa place à de l'étonnement. Il se redressa et afficha un air plus sérieux en se rapprochant lentement de moi, me forçant à reculer.

— Avec toi, je ne joue jamais, murmura-t-il à mon oreille en posant l'une de ses mains sur ma taille pour m'attirer un peu plus vers lui.

Je me sentis bien faible à ce moment, incapable de le repousser alors que c'était sans doute la meilleure chose à faire. À ce rythme-là, nous atteindrions bientôt le point de non-retour. Où était donc passée ma volonté ?

Il approcha son visage du mien et posa son autre main derrière ma nuque en me caressant la joue avec son pouce. Sa peau me brûlait mais j'adorais ça. Ses yeux trahissaient une confusion extrême. Ils reflétaient la lutte qu'il menait contre ses propres sentiments. Je crus qu'il allait m'embrasser mais il se résigna et ferma les yeux en secouant la tête avant de poser son front contre le mien en soupirant.

— Je ne peux pas faire ça…

Je soupirai de frustration à mon tour. Il avait raison. Même si la tentation était forte, c'était une route sur laquelle nous ferions mieux de ne pas nous engager…

— Je sais, lui répondis-je en comprenant parfaitement ce qu'il ressentait.

Nous restâmes un moment ainsi, nos têtes l'une contre l'autre en essayant de retrouver nos esprits… et notre bon sens, après quoi j'enroulai mes bras autour de sa taille et posai ma tête contre lui. Je ne sentais aucun cœur battre, c'était une sensation vraiment étrange et cela me ramena brutalement à la réalité. J'avais parfois tendance à oublier que Will était mort, tant il paraissait vivant. Cela me rendit triste. J'aurais tant aimé que les choses soient différentes. Il dut percevoir ma peine car je sentis ses bras resserrer leur étreinte avant qu'il dépose un baiser sur le haut de ma tête. Je fermais les yeux en profitant de chaque seconde serrée contre lui, quand il me dit d'une voix calme et posée :

— Amy, dis-moi, tu attends du monde à midi ?

— Pourquoi est-ce que tu me demandes ça ? dis-je en me détachant de lui pour le regarder d'un air interrogateur.

Il fixait la fenêtre derrière moi lorsqu'il me répondit :

— Simplement parce que je suis presque certain que tes parents, ta sœur, son mari et ton petit neveu sont en train de se garer dans l'allée...

Je m'esclaffai en lui signifiant que sa blague aurait pu être drôle mais que je n'y croyais pas une seconde. Du moins, jusqu'à ce que j'entende sonner à la porte. Il me regarda, un sourire étirant discrètement ses lèvres.

Je fronçai les sourcils, confuse, avant d'aller ouvrir la porte. Ma famille se trouvait sous le porche, les bras chargés de fleurs et de cadeaux.

— Eh ! m'exclamai-je avec joie en les découvrant tous là. Qu'est-ce que vous faites ici ?

— Très drôle, fit Anna en me serrant dans ses bras et en m'embrassant la joue. Ça va ?

Puis elle entra dans la maison en laissant son regard parcourir le hall avec curiosité. Je l'entendis s'extasier devant la beauté de la maison pendant que j'embrassais mes parents et mon beau-frère.

Je ne comprenais rien à ce qui se passait. J'étais bien sûr très heureuse de les voir mais je pensais qu'ils avaient d'autres projets pour les fêtes. Par conséquent, je ne les avais pas invités, persuadée qu'ils ne feraient pas un si long déplacement pour une seule journée... à moins que je ne perde la tête et que je ne me souvienne pas de l'invitation...

— Ça me fait plaisir de vous voir ! Je suis un peu surprise... mais heureuse !

— Surprise ? s'étonna mon père en riant. Tu es sûre que ça va, ma chérie ? Tu es surprise de nous voir arriver mais c'est toi qui nous a invités, je te rappelle !

J'étais perdue.

— Amy, tu perds la tête ou quoi ? Tu ne te souviens pas du message que tu nous as envoyé hier ? continua ma sœur.

— Le message ?

Tout à coup, tout devint limpide. Je regardais Will qui observait la scène appuyé contre la rampe de l'escalier. Son sourire m'indiqua que je voyais juste. C'est lui qui avait envoyé ce message. Lui qui avait invité ma famille afin que je puisse fêter Noël en leur compagnie. J'étais prête à parier qu'il avait tout prévu et que le réfrigérateur était rempli d'un repas prêt à être dégusté. Cela justifierait tout le temps qu'il avait passé en cuisine la veille. Je comprenais maintenant la raison pour laquelle il avait tant insisté pour que je me lève. Cela aurait sans doute évité que j'accueille mes proches en pyjama… J'étais touchée par l'attention. Il me surprenait décidément chaque jour davantage. Je le regardai avec tendresse. Il se rapprocha de moi en me soufflant un « joyeux Noël » à l'oreille. Je ne devais pas oublier que j'étais la seule à pouvoir le voir. Ce n'était pas facile d'ignorer sa présence avec ma famille dans la même pièce. Tout à coup, j'entendis la porte de la voiture claquer et des pas précipités dans l'allée, avant d'entendre la petite voix familière de Logan crier mon nom :

— Tante Amy ! hurla-t-il en me sautant dans les bras.

Surprise, je le rattrapai de justesse.

— Oh là là, mais dis-moi, tu pèses ton poids, remarquai-je pour le taquiner. Tu as drôlement grandi en un mois !

— J'ai pris quelques centimètres, c'est vrai ! Et quelques kilos aussi mais c'est normal, je deviens grand !

— Oui, acquiesçai-je, tu as sûrement raison !

Je ris en voyant l'expression de mon petit neveu. Il m'avait tellement manqué ! Ce dernier se tourna ensuite vers Will et demanda :

— Et lui, c'est qui ?

Un malaise s'installa aussitôt entre mon ami et moi, heureusement imperceptible aux yeux des autres.

— De qui est-ce que tu parles ? demandai-je à Logan en tentant d'ignorer mon embarras.

Will, lui, resta figé derrière moi, sans bouger d'un pouce. Peut-être pensait-il que rester immobile le rendrait invisible aux yeux du petit garçon... malheureusement, non !

— De lui ! insista le petit bonhomme en montrant le fantôme du doigt.

Tout le monde regarda dans la direction indiquée, mais personne ne voyait rien. Will me regardait avec des yeux ronds et haussa les épaules en se demandant bien ce qu'il était censé faire. Un silence s'installa. Je me sentais vraiment mal à l'aise et ne trouvais pas de mot pour tenter de justifier la demande de mon neveu. Heureusement, Anna prit mon silence pour de l'incompréhension et tenta de me rassurer en m'expliquant :

— Ne t'inquiète pas, ce sont encore ces histoires d'amis imaginaires...

Je regardai Logan, il semblait triste que personne ne le crût. Il croisa mon regard et je lui fis un clin d'œil discret pour lui signifier que moi, je le croyais et que nous en parlerions plus tard. C'était un garçon suffisamment intelligent et il comprit tout de suite où je voulais en venir. Par conséquent, il n'insista pas davantage.

— C'est une maison vraiment magnifique, fit ma mère en parcourant le hall du regard.

— C'est vrai ! acquiesçai-je, ravie du compliment. Je ne suis pas certaine que tu aurais été du même avis il y a un mois et demi…

Je remarquai que Franck me regardait avec curiosité, après quoi il me demanda avec taquinerie :

— Le pyjama, c'est la tendance actuelle dans la région ?

J'observai ma tenue sous le regard amusé du fantôme qui ajouta en murmurant à mon oreille :

— Si seulement tu t'étais levée plus tôt !

J'ignorai sa remarque en tentant pitoyablement de me justifier :

— Oh ça… oui, je… J'ai eu une légère panne de réveil ce matin. Je me suis levée peu de temps avant que vous arriviez, ce qui explique que je ne suis pas encore bien réveillée… Je vais aller prendre une douche rapidement et enfiler quelque chose de mieux que ça.

Je les fis entrer dans le salon, où ils s'extasièrent devant la beauté du sapin, pour déposer leurs affaires, manteaux et sacs, puis les conduisis dans la salle à manger en passant par la cuisine. Ma mère ne cessait d'apprécier la beauté des lieux et de me complimenter sur les travaux et le choix des couleurs. De toute évidence, la maison était à son goût. Je leur suggérai de se mettre à l'aise pendant que je montais me rafraîchir et leur indiquai que je leur ferais visiter l'étage à mon retour. Puis je les laissai s'installer pendant que je filais me préparer, attrapant au passage la main de Will pour qu'il me suive.

— Viens avec moi, lui dis-je en l'entraînant dans l'escalier.

Une fois à l'étage, je me penchai au-dessus de la rampe pour voir si personne en bas ne pouvait nous entendre. Il devait sûrement penser qu'il allait passer un sale quart d'heure car avant même que j'aie eu le temps de dire quoi que ce soit, il tenta de se justifier :

— Bon, j'aurais peut-être dû t'en parler avant d'agir. Je m'en rends compte maintenant. C'était…

— Merci, dis-je en lui coupant la parole.

Il parut surpris que je ne lui en veuille pas. Pourtant j'étais sincère. J'étais réellement touchée par ce qu'il avait fait et lui en étais très reconnaissante.

— Ça signifie que tu n'es pas en colère ?

— Bien sûr que non… c'est une très belle surprise. Merci. Sincèrement.

Il parut rassuré et esquissa un sourire avant de répondre :

— Je ne voulais pas que tu passes un Noël sans ta famille… c'est contraire à la tradition familiale !

— Un Noël avec toi aurait été très bien aussi… mais je suis heureuse qu'ils soient là.

— Oui enfin… j'avais juste négligé un petit détail…

— Lequel ?

— Je crois avoir fait abstraction du gamin qui voit les fantômes…

Je m'esclaffai devant son air embarrassé :

— Ça ne sera pas un problème, Logan est un garçon intelligent, on peut lui expliquer les choses, crois-moi.

Je me penchai par-dessus l'escalier en appelant mon petit neveu et en lui demandant de monter me rejoindre.

— Je ne suis pas sûr que ce soit une très bonne idée, s'inquiéta Will.

Trop tard, nous entendions déjà les pas du garçon dans l'escalier.

— Tu me fais confiance, pas vrai ?

Il acquiesça d'un simple regard, comme si cela paraissait évident.

— Tante Amy, ta maison est du tonnerre, je l'adore ! fit Logan en se retrouvant à l'étage.

Il parcourut le couloir du regard en observant les moindres détails puis ses yeux s'arrêtèrent sur Will :

— Ah, il est encore là, lui ? Tu le vois aussi, Amy, je ne suis pas tout seul, pas vrai ?

Je hochai la tête pour toute réponse à sa question.

— Logan, je te présente Will. C'est un… (j'eus une hésitation, ne sachant pas vraiment comment définir Will) ami à moi.

L'enfant examina le fantôme des pieds à la tête, ce qui ne semblait pas du goût de ce dernier.

— Tu te souviens, aux funérailles de Iann ? demandai-je à Logan.

Il hocha la tête et je poursuivis :

— Nous étions les seuls à pouvoir voir Iann. Juste toi et moi, tu te souviens ? C'est pareil pour Will. Les autres ne le voient pas non plus. Ils ne doivent pas savoir. Ils penseraient qu'on leur raconte des histoires…

— Je comprends, approuva-t-il.

— Bien ! m'exclamai-je gaiement, contente que le problème soit réglé.

— Donc, il est mort lui aussi ? me demanda-t-il en désignant le revenant d'un signe de tête.

— En effet, répondis-je en perdant ma bonne humeur.

Je le savais pourtant, mais me l'entendre rappeler me faisait toujours l'effet d'un coup de poing dans le ventre.

— Ça explique sûrement son air triste et pas commode.

J'étouffai un rire devant l'assurance de Logan et l'air renfrogné de Will qui, jusque-là, était resté silencieux.

— Ne prête pas attention à son allure glaciale ni à son expression assez hautaine. Quand on le connaît, c'est quelqu'un de très gentil et agréable... lui répondis-je en regardant Will avec malice.

Pour la première fois en cinq minutes, ce dernier prit enfin la parole :

— Vous savez que je suis juste à côté ? J'entends ce que vous dites. Vous pouvez aussi vous adresser directement à moi...

Logan était impressionné. Ce n'était pas la première fois qu'il voyait un fantôme mais, de toute évidence, c'était la première fois qu'il conversait avec l'un d'eux.

— Tu as l'air bien vivant pour un mort... remarqua-t-il.

Mon ami me regarda, éberlué par l'assurance de mon neveu.

— Il est direct, ce gamin !

— Je ne suis pas un gamin, rétorqua Logan agacé.

— Oh vraiment ? Et tu as quel âge au juste ?

— J'ai presque 6 ans…

— Hun hun. Oui, en effet, c'est presque l'âge adulte, ça, lui répondit-il avec ironie.

Leur échange m'amusait. On aurait dit deux enfants en train de se chamailler.

— Bon, eh bien, je vois que vous êtes bien partis pour vous entendre, tous les deux ! Je vous laisse, je vais me préparer… Logan, tu n'as qu'à montrer à Will comment fonctionnent tes jeux vidéo en attendant.

— Je pense que je serai tout à fait capable de gérer cela tout seul, sans qu'un gosse de 6 ans ait à m'expliquer, tu sais !

Intérieurement, je riais. Sa fierté était mise à rude épreuve par un enfant, c'était drôle à voir.

— Eh bien, on reparlera de tout ça lorsque je t'aurai mis ta raclée, le provoqua le garçon.

— Je vous laisse vous disputer tous les deux, je n'ai pas besoin d'être mêlée à ça. Mais faites-le raisonnablement.

J'avais l'impression de sermonner deux enfants en plein conflit, c'était risible. Mais je les connaissais parfaitement, aussi bien l'un que l'autre et je savais qu'ils finiraient très vite par s'entendre.

Je me dirigeai vers la salle de bains et me retournai vers eux pour ajouter :

— Veille à ce qu'il ne fasse pas de bêtises…

Will s'insurgea :

— Il a presque 6 ans et, de toute évidence, il se débrouille très bien tout seul !

— Oh, mais ce n'est pas à toi que je m'adressais…, lui répondis-je avec un grand sourire.

Cela faisait un petit moment que nous ne nous étions pas taquinés de cette façon. Ces derniers temps, nos conversations avaient été plus sérieuses et je réalisais que cela m'avait manqué. J'aimais retrouver notre complicité.

— T'inquiète, tante Amy, me répondit Logan, je gère, je vais garder un œil sur lui.

— Merci, mon grand, me voilà rassurée !

Il lança un regard accusateur à Will qui, à son tour, me regarda l'air impuissant, vaincu par un enfant d'à peine 6 ans.

# 28

# Amy
*Noël en famille*

Lorsque je redescendis dans le salon, Will et Logan s'affrontaient dans une partie de foot sur la console vidéo de mon neveu. Ce dernier avait la mine renfrognée alors que le fantôme affichait, au contraire, un sourire ravi, presque enfantin. Je les observai un moment depuis l'entrée de la pièce. Ils étaient tellement accaparés par leur jeu qu'ils n'avaient pas remarqué ma présence.

— Je vais avoir des choses à t'apprendre, moucheron ! dit le fantôme hilare en ébouriffant les cheveux du garçon.

Logan, de son côté, semblait sincèrement vexé. De toute évidence, il était tombé sur un adversaire redoutable et je doute que cette situation ait connu un précédent. Il n'avait pas l'habitude de l'échec malgré son jeune âge.

— Probablement la chance du débutant, finit-il par rétorquer en jetant sa manette sur le canapé.

— Quoi ? Attends, tu abandonnes ? Si vite ?

Le garçon croisa les bras sur sa poitrine en s'enfonçant dans le canapé et se mit à bouder.

— Je vois que la hache de guerre est enterrée, dis-je ironiquement, amusée par leur comportement.

— Je lui apprends la modestie... Ce petit n'a visiblement pas l'habitude de perdre ! répondit Will sans quitter l'écran de télévision des yeux, tout en donnant un coup de coude à l'enfant.

Ce dernier lui répondit par un regard courroucé qui ne fit que l'amuser davantage.

— Tu lui apprends la modestie ? répétai-je, éberluée. C'est un peu ironique, tu ne crois pas ?

Il m'accorda un regard pour la première fois depuis mon entrée dans la pièce et m'observa d'un air surpris, presque sonné. Il posa à son tour sa manette de jeu et se leva du canapé avant de se diriger vers moi en me détaillant de la tête aux pieds. J'avais revêtu l'une des robes du dressing. Une magnifique robe crayon en dentelle noire, au décolleté plongeant et m'arrivant jusqu'à mi-mollet. Je l'avais trouvée sublime en la regardant sur son cintre et n'avais pas pu résister à la tentation de la porter. Visiblement, elle faisait son effet ; il resta sans voix un instant jusqu'à ce que je lui demande ce qu'il avait.

— Rien, me répondit-il, à court de mots. Tu es... superbe !

— Merci, lui répondis-je avec un sourire enjôleur.

Il entreprit de me prendre la main mais la relâcha très vite lorsque ma sœur fit irruption dans la pièce.

— Waouh ! s'exclama-t-elle en me détaillant à son tour avec envie. Cette robe est sublime ! D'où vient-elle ? Je ne la connaissais pas...

J'eus un moment de panique. Comment étais-je censée justifier que je portais une robe de haute couture qui devait coûter une petite fortune ? Devant mon embarras, Will vint à mon secours et me chuchota à l'oreille de simplement dire la vérité.

— Elle appartenait à la femme du propriétaire, répondis-je avec assurance. Elle est décédée il y a quelques années. Il m'a dit qu'il ne souhaitait pas les récupérer et que je pouvais les porter.

— LES porter ? répéta Anna, surexcitée. Tu veux dire qu'il y en a d'autres ?

— Une armoire pleine, oui, acquiesçai-je, amusée.

— Je peux les voir ?

— Je te les montrerai en vous faisant visiter l'étage…

Will se tenait derrière moi et observait la scène avec intérêt. J'avais du mal à me faire à l'idée que je pouvais ressentir sa présence avec autant d'intensité et de précision, alors qu'il restait invisible aux yeux de ma famille. La situation n'était pas facile à gérer. En sa présence, je n'étais plus moi-même, j'avais irrésistiblement envie de me sentir plus proche de lui, de le toucher, de lui prendre la main ou de me laisser aller dans ses bras, comme je l'avais fait quelques minutes plus tôt. Je devais me faire violence pour ignorer toutes ces tentations et me comporter avec mes proches comme si tout était normal. Malheureusement, rien n'était normal… Il ne me rendait pas la tâche facile non plus… Il était si proche que je pouvais sentir son souffle sur ma nuque, et le frisson qui me parcourut le corps me fit bouillir le sang. Il savait sans aucun doute l'effet que cela me procurait. Malgré tout, il s'amusait de la situation, le bougre ! Je surpris le regard curieux de Logan qui nous observait d'un air perplexe, Will et moi. L'espace de quelques secondes, j'avais oublié que mon neveu pouvait voir le fantôme lui aussi, et en apercevant la petite lueur amusée dans ses yeux, j'étais prête à parier qu'il avait perçu à la perfection la tension qui régnait entre mon ami et moi. Je me ressaisis brutalement et demandai à Anna de me suivre. Nous rejoignîmes le reste de la famille dans la salle à manger et nous commençâmes la visite de l'étage, accompagnés du fantôme. Je leur montrai sur mon téléphone les photos que j'avais prises à mon arrivée pour qu'ils voient à quoi avait ressemblé chaque pièce, et leur expliquai en détail tous les travaux que j'y avais faits pour les transformer. Mes parents étaient en admiration devant le travail accompli. Ils étaient particulièrement étonnés que j'aie réussi à réaliser autant de choses seule, en l'espace d'un mois et demi. Je me justifiai en leur expliquant que j'y passais tout mon temps, sept jours sur sept.

— Je dois dire que je suis fier de toi, dit mon père, admiratif. J'avoue que lorsque tu nous as annoncé ton projet, j'étais sceptique, mais force est de constater que je t'ai sous-estimée.

Je culpabilisais de recevoir tous ces compliments pour un travail que je n'avais pas accompli seule. Sans Will, je n'y serais pas parvenue. C'est lui qui m'avait donné de précieux conseils pour réaliser au mieux mes tâches, la peinture... Je lui lançai un regard désolé. Il comprit mon sentiment et m'adressa en retour un sourire rassurant.

Ma mère me complimenta à son tour sur le choix des peintures, la luminosité de la maison et l'agencement des pièces. Elle était conquise et j'en fus d'autant plus fière. Son avis avait toujours beaucoup compté pour moi. Je leur montrai la salle d'eau, la chambre vide qui avait été dépoussiérée et aérée, ainsi que mon ancienne chambre qui avait été repeinte dans des teintes de vieux rose poudré et de blanc cassé. Je ne précisai cependant pas que j'avais d'abord posé mes bagages dans cette pièce : ils se seraient interrogés sur les raisons de mon déménagement. Il est vrai que les travaux y étaient à présent terminés et que j'aurais pu retourner y dormir, mais mon sommeil était bien plus paisible depuis que j'avais migré dans la chambre de Will, et ce dernier n'avait pas semblé ravi lorsque j'avais formulé l'intention de retourner dans ma première chambre. Je me sentis étrangement mal à l'aise lorsque je les fis entrer dans la dernière pièce. J'avais l'impression de troubler l'intimité de mon ami et, plus étrange encore, la nôtre. Nous avions passé des nuits entières à discuter lui et moi, allongés sur ce lit à nous raconter nos vies, nos doutes, nos peines et nos craintes. C'était un peu notre univers et voir quelqu'un d'autre y entrer provoqua en moi une gêne difficile à expliquer. Je voulus passer rapidement à la suite de la visite, mais en voyant l'armoire, Anna se précipita dans la pièce pour l'ouvrir et poussa un cri de surprise en découvrant toutes les robes qui s'y trouvaient. Elle les observa toutes avec intérêt en faisant remarquer à Franck les détails de la dentelle de l'une, la finesse du point de l'autre, la couleur unique d'une troisième… son pauvre mari ne semblait pas le moins du monde intéressé mais faisait de son mieux pour créer l'illusion.

Cela dura cinq bonnes minutes pendant lesquelles mes parents et moi commençâmes à perdre patience et à ressentir une profonde pitié pour Franck. Will, appuyé au chambranle de la porte, se regardait les ongles en signe de lassitude. Il m'indiqua au bout de quelques minutes qu'il allait rejoindre «le moucheron», surnom affectueux qu'il avait donné à Logan, pour lui laisser une chance de revanche. Finalement, je proposai de continuer la visite et non sans difficulté, nous réussîmes à détacher Anna des robes pour l'inciter à se joindre à nous.

Nous redescendîmes l'escalier, après quoi je leur indiquai que j'avais gardé le meilleur pour la fin et que la dernière pièce allait sans doute leur plaire…

Nous entrâmes dans le bureau et tous restèrent sans voix devant la vue panoramique que nous offraient les baies vitrées sur l'océan.

— C'est magnifique, s'extasia ma mère. Cet endroit est tellement…

— Magique?

— Oui, acquiesça-t-elle. Il n'y a pas d'autre mot. La vue y est vraiment exceptionnelle…

Mon regard se perdit sur l'horizon et je continuai naturellement en repensant au sourire de Will lorsqu'il avait découvert l'endroit la veille au soir:

— C'est l'endroit préféré de W…

Je m'interrompis brusquement en réalisant que j'étais sur le point de leur parler du fantôme.

Anna remarqua mon erreur et me demanda avec insistance de qui j'allais parler.

— … De Wyatt… Wyatt Maréchal… le propriétaire! dis-je pour me défendre.

Ma sœur ne répondit rien mais son regard parlait pour elle. Elle ne me croyait pas. Depuis mon séjour dans la région, un mois et demi plus tôt, elle était convaincue que j'avais quelqu'un dans ma vie… ce qui n'était finalement pas tout à fait faux…

Mes proches profitèrent encore quelques minutes de la beauté de lieux en appréciant, une fois encore, l'agencement de la pièce et l'atmosphère sereine qui y régnait, puis ils se rendirent à la salle à manger pour s'installer autour de la table.

Anna me retint par le bras au moment où nous quittions le bureau :

— Bon, allez, je t'écoute. Cesse de faire semblant. C'est qui ?

— De quoi est-ce que tu parles ?

Elle pencha la tête avec une moue agacée avant de me répondre :

— Tu sais très bien de quoi je parle. Tu as quelqu'un !

— Mais non, me défendis-je fermement. Tu te trompes. Arrête avec ça !

— Tu es heureuse, tu sors ta plus belle robe comme si tu avais quelqu'un à séduire, tu as les yeux qui pétillent d'excitation et de malice… Tu es amoureuse !

Je pouffai de rire :

— C'est complètement ridicule !

— Je suis ta sœur. Je te connais trop bien. Et en ce moment même, tu me mens. Mais ce n'est pas grave, je finirai tôt ou tard par savoir !

Puis elle quitta la pièce pour aller rejoindre les autres. J'y restai encore quelques secondes, en essayant de reprendre mes esprits : elle non plus ne me rendrait pas la tâche facile. Je savais que cette journée allait être épuisante. Je commençais déjà à en ressentir les effets. Je devais surveiller sans cesse mes paroles de peur de gaffer et d'évoquer Will, ignorer les pulsions qui me poussaient inlassablement dans sa direction, ne pas rétorquer aux nombreux sous-entendus de ma sœur, veiller à ce que le comportement de Logan ne suscite pas trop de questions… Je ne savais plus où donner de la tête et tout cela devenait éreintant.

— Ça va ? demanda la voix douce de Will.

Je me retournai et le vis qui m'observait avec tendresse.

Je hochai la tête. Il n'était pourtant pas convaincu par ma réponse. Il se rapprocha de moi et me prit la main. Au milieu de cette situation pleine de complications, sa présence m'apaisait.

— Je vais bien, ne t'inquiète pas, dis-je pour le rassurer en voyant son regard soucieux. Ma sœur me donne du fil à retordre… ajoutai-je en riant nerveusement.

Il se mit à rire :

— Elle est toujours comme ça ?

— Non, dis-je en secouant la tête. Ce sont les hormones…

Il fronça les sourcils, ne voyant pas où je voulais en venir. Je continuai en chuchotant :

— Elle attend un heureux événement…

Son regard se réveilla en comprenant enfin de quoi je parlais.

— …. Mais n'en parle pas à Logan, personne ne sait !

— Je serai muet comme une tombe ! répondit-il avec autodérision, content de lui.

— Tu trouves ça drôle ?

— Assez, oui... Ta famille est géniale ! continua-t-il pour changer de sujet.

J'appréciai le compliment et en fus touchée. Il était important pour moi que mes proches lui plaisent.

— Logan est... vraiment spécial, tu avais raison ! Il a une sacrée repartie... Il me fait beaucoup penser à toi...

— Oh, c'est vrai ? demandai-je avec malice en lui prenant l'autre main.

Son regard étudia le mien quelques instants avant qu'il ne continue :

— Tu devrais les rejoindre avant qu'ils se posent des questions. Des entrées sont prêtes au frigo. J'ai déjà mis le plat au four. Tu n'as plus qu'à servir...

Puis, à mon grand regret, il me lâcha les mains et se dirigea vers la sortie.

— Tu es génial, on te l'a déjà dit ?

Il se retourna et fronça les sourcils en faisant appel à ses souvenirs :

— Je ne crois pas, non...

— Alors, je suis contente d'être la première à le faire !

Il me sourit tendrement avant de rejoindre Logan au salon.

Je retournai à la cuisine et souris en ouvrant le frigo. Les entrées avaient été préparées à l'assiette, elles n'avaient plus qu'à être servies. Will avait décidément tout prévu. J'attendis un peu avant de les emmener à table, je voulais d'abord servir un apéritif à mes invités.

Par chance, Franck me connaissait plutôt bien. Il savait que je ne buvais pas d'alcool, il avait donc anticipé le problème en apportant quelques bouteilles.

De mon côté, je sortis quelques olives de leur bocal et des biscuits salés pour accompagner nos verres. Une fois tous installés autour de la table, nous nous mîmes à évoquer les dernières nouvelles et mes autres projets pour la maison. J'étais distraite. J'essayais du mieux que je pouvais de suivre la conversation mais mes oreilles étaient attentives à ce qui se passait un peu plus loin dans le salon. J'entendais des éclats de rire et quelques bribes des répliques échangées entre Will et Logan. En retournant à la cuisine pour prendre un ouvre-bouteille, je tendis le cou pour les observer à la dérobée. J'étais ravie de constater que leur rivalité enfantine avait laissé place à des rires et des échanges de paroles sympathiques. Je voyais le fantôme prodiguer quelques conseils au garçon. Difficile de se dire qu'il venait d'une autre époque en le voyant si à l'aise avec les nouvelles technologies.

Je me préparais à rejoindre les autres quand ma tête se mit à tourner. Je m'appuyai contre le plan de travail pour garder l'équilibre et fermai les yeux un instant en respirant profondément dans l'attente que le malaise se dissipe.

— Est-ce que ça va ? me demanda ma mère en me rejoignant.

Je me redressai et lui souris en hochant la tête.

— Oui, bien sûr ! Pourquoi est-ce que tu me demandes ça ?

— Je me fais du souci pour toi…

— Pour quelles raisons ? tout va bien, je t'assure.

— Justement. C'est difficile à expliquer. Tu as l'air tellement heureuse ici. Je ne suis pas sûre de t'avoir déjà vue aussi épanouie.

Je m'esclaffai :

— C'est ça, le problème ? Je suis trop heureuse ?

— Non, bien sûr que non. Mais... Malgré tout, je trouve que tu as mauvaise mine...

— Tu ne vas pas t'y mettre toi aussi ! m'exclamai-je en repensant à la conversation que j'avais eue avec Will la veille.

Ma mère fronça les sourcils, confuse :

— Quelqu'un d'autre t'a fait la remarque ?

— Non ! Oui... Anna me trouve fatiguée ! mentis-je pour me sortir de ce faux pas.

— Ah ! Alors, tu vois. J'ai raison. Tu as l'air épuisée et tu as maigri... tu devrais prendre davantage soin de toi.

— Maman, tout va bien, lui répondis-je en lui caressant le bras affectueusement. Je suis fatiguée, c'est vrai. Mais c'est parce que je passe beaucoup de temps à travailler. Et j'ai parfois du mal à dormir. Je manque de sommeil, je ne vais pas le nier, mais il n'y a pas de quoi s'alarmer.

Elle acquiesça, l'air rassurée. Elle m'aida à servir les assiettes des entrées, non sans me complimenter sur leur présentation et en m'interrogeant sur le temps que j'avais dû passer à préparer tout ça. Puis, nous nous installâmes enfin pour commencer le déjeuner. Anna appela Logan pour qu'il se joigne à nous et mon neveu vint prendre place près de moi à table. Je lui ébouriffai les cheveux pour le taquiner. Je savais qu'il détestait ça.

Will nous avait rejoint lui aussi ; appuyé contre le mur en face de moi, il observait la scène en gardant une certaine distance. Je me sentais désolée pour lui, mais aussi pour moi. J'aurais tellement aimé l'inviter à notre table, qu'il puisse partager ce moment avec nous, converser avec mes parents, débattre des sujets du quotidien. Il aurait sans doute pu discuter de voile avec mon père qui en avait fait chaque été lorsqu'il était enfant. J'étais frustrée de le savoir là, si près de nous, mais pourtant si loin. Je lui adressai un regard complice qu'il me rendit accompagné d'un sourire.

Mon père continua la discussion en abordant le comportement curieux des gens de la région. Je lui demandai pourquoi. Il m'expliqua qu'ils s'étaient arrêtés dans une petite épicerie juste avant d'arriver à la maison. Après avoir eu connaissance de leur destination, les habitants ne s'étaient pas gardés de leur parler des rumeurs de fantôme qui circulaient autour de la maison. Cela amusait visiblement beaucoup mon père.

— Alors, c'est vrai ? demanda ma sœur. Un esprit vit dans la maison ?

Elle prit un air mystérieux en attendant ma réponse. Je jaugeai Will en souriant avant de répondre avec une voix pleine de mystère et une pointe de taquinerie :

— C'est vrai, un fantôme vit ici...

Il me regarda, surpris, mais devina à mon sourire que je savais ce que je faisais.

— Il est plus têtu qu'une mule et a un caractère difficile à vivre. Nos débuts n'ont pas été faciles mais, finalement, nous sommes devenus plutôt complices. Nous terrorisons les gens ensemble quand ils viennent sonner à notre porte...

Ma sœur éclata de rire. J'étais persuadée qu'elle ne me croyait pas. Si elle avait su que c'était pourtant la vérité… Elle aurait nettement moins ri. Elle entra dans mon jeu en continuant :

— Et ce fantôme… est-il beau garçon ?

Je haussai les sourcils en répondant avec malice :

— Plutôt, oui… je crois qu'il le sait d'ailleurs…

Je regardai Will qui affichait un sourire ravi derrière ma sœur.

— En effet, dit-il avec fierté. Mais c'est tout de même bon de l'entendre !

— Il ne faudrait pas lui faire trop de compliments. Il est déjà très sûr de lui… Tu ne penses pas, tante Amy ?

Je lui donnai un léger coup de pied sous la table pour lui rappeler que personne ne devait savoir.

— Aïe ! s'exclama-t-il en se massant le mollet.

— Oups, désolée, je ne l'ai pas fait exprès.

Mes gros yeux suffirent à lui faire comprendre qu'il ne devait pas en dire davantage.

Personne ne rétorqua à la remarque du garçon à part Will, qui répondit la voix pleine d'ironie :

— Le moucheron devrait se taire avant de mettre en péril le secret de mon existence !

Je vis Anna prendre la salière.

— Tu sais ce qu'on dit ? me dit-elle en versant du sel dans le creux de sa main. Pour éloigner le mauvais esprit, il faut en jeter par-dessus son épaule.

Et elle joignit le geste à la parole. Le sourire du fantôme se transforma en une moue mécontente lorsque le sel vient maculer sa belle veste noire, et d'un geste lent, il épousseta son vêtement pour le débarrasser du minéral.

— Raté! dit-il. Je suis toujours là…

Je gloussai en voyant son air renfrogné. J'ajoutai à l'attention de ma sœur:

— Oui… Je ne suis pas certaine de la véracité de cette tradition… et encore moins de son efficacité!

— Oh, dit-elle en haussant les épaules. Tant pis, au moins, j'aurai essayé.

Nous éclatâmes de rire toutes les deux. Par la suite, Will et Logan retournèrent tous les deux au salon et la conversation dériva sur la politique. Je détestais aborder ce sujet lors des repas de famille. Je ne partageais pas les opinions de mes proches et, souvent, la discussion prenait des allures de dispute. Je m'esquivai donc discrètement en prétextant que j'allais préparer le café. Ils étaient tellement accaparés par leurs échanges qu'avec un peu de chance, ils ne remarqueraient même pas ma disparition.

## 29

## Will

### *Moment de complicité*

Je n'avais jamais été très à l'aise avec les enfants. D'abord parce que je n'avais pas eu de nombreuses occasions de les fréquenter de mon vivant et ensuite parce que je ne savais pas comment agir avec eux. Depuis ma mort, je n'avais fait que les effrayer. Pourtant, ce gamin était différent. En de nombreux points, il me rappelait Amy. Comme elle, il ne se laissait pas faire et avait une repartie à toute épreuve. De plus, le fait d'avoir un fantôme en face de lui ne semblait pas l'impressionner le moins du monde. Pourtant, il n'avait que 6 ans ! Il s'exprimait avec une facilité et une maturité déconcertantes. C'était assez troublant de pouvoir converser avec un enfant aussi facilement qu'on peut le faire entre adultes.

J'étais ravi d'avoir pu rencontrer la famille de mon amie. Enfin, si la rencontre à sens unique peut vraiment être considérée comme une rencontre… Je n'avais pas eu besoin de discuter avec eux pour les cerner et deviner leur personnalité. Les parents d'Amy formaient un couple aimant qui appréciait les moments en famille et respirait la gentillesse. Ils me rappelaient mes propres parents. Sa sœur Anna me rappelait la mienne, Martha. Toujours prête à s'amuser, dynamique et toujours de bonne humeur. Franck était plus effacé, restant dans l'ombre de sa femme mais les regards qu'il lui lançait ne trompaient pas sur l'affection qu'il lui portait. Au milieu de tout ça, il y avait Amy. Et malgré le monde présent dans la maison, je ne voyais qu'elle. Je faisais de mon mieux pour garder mes distances en restant au salon avec Logan mais j'avais beaucoup de mal à me tenir éloigné et à ne pas aller voir ce qui se passait dans la pièce à côté. Même à distance, je gardais un œil sur elle. Je la trouvais fatiguée et commençais à me demander si avoir invité autant de monde à la maison malgré son état était une bonne idée. Mais elle paraissait tellement épanouie au milieu de ses proches…

Je discutais avec Logan de la meilleure façon d'éliminer des zombies lorsqu'elle apparut dans le salon avant de s'affaler dans le canapé entre nous deux en soupirant.

— Tout va bien ? lui demandai-je, soucieux.

Elle acquiesça d'un signe de tête.

— Laisse-moi deviner, intervint Logan. Ils parlent politique et tu te caches ?

— Toujours aussi perspicace à ce que je vois ! lui répondit-elle en riant.

— Oh, je connais ça tu sais, continua-t-il, sûr de lui. Tu n'imagines pas le nombre de fois où j'ai trouvé vos conversations barbantes…

— Eh ! Mais comment tu parles, toi ? s'exclama-t-elle en lui donnant une petite tape sur le bras. À quoi vous jouez ?

— À zigouiller des zombies ! répondit le garçon, plein d'entrain.

— O.K., je t'affronte, dit-elle à son neveu en me prenant des mains la manette de jeu.

J'hésitai un instant.

— Tu es vraiment sûre de toi ? parce qu'il se débrouille pour un gosse de 5 ans !

— J'ai 6 ans, me corrigea Logan.

— Oh, mais ne t'inquiète pas pour moi... j'ai de l'entraînement, répondit-elle avec une lueur d'espièglerie dans le regard.

La partie ne dura pas très longtemps. Logan et Amy menaient un combat acharné mais finalement mon amie prit l'avantage et parvint à gagner la partie. Je devais l'admettre, j'étais surpris. J'ignorais son talent pour tuer les morts-vivants, je devrais sans doute ne jamais trop l'énerver...

— Qu'est-ce que tu croyais ? me demanda-t-elle avec assurance. Je maîtrise dans ce domaine...

— Je vois ça, répondis-je tendrement en laissant glisser ma main le long de son dos.

J'ignorais pourquoi je faisais ça. Ce geste n'était pas volontaire et encore moins maîtrisé. Il était instinctif et en voyant le regard qu'elle me lança, je compris que ça ne lui déplaisait pas. Je me ressaisis en posant mon bras sur le dossier du canapé derrière elle mais elle vint s'asseoir dans le fond du divan en posant sa tête sur mon épaule, tout en continuant de discuter avec Logan, comme si c'était naturel. Elle ne me rendait pas la tâche facile. Je sentais son parfum et l'odeur enivrante de ses cheveux me faisait perdre toute attache avec la réalité.

— Tu as apporté ton jeu de danse ? demanda-t-elle au garçon.

Ce dernier hocha activement la tête en fouillant dans son sac avant d'en sortir une boîte de jeu qu'il brandit comme une coupe après une victoire :

— Je l'ai !

Sans tarder, il mit le disque dans la console et lança le jeu. À mon grand regret, Amy se leva du canapé et aida le jeune garçon à pousser la table basse pour faire de la place. Je les regardais avec curiosité en me demandant bien ce qu'ils étaient en train de préparer.

— Vous faites quoi, au juste ?

— De la danse ! s'exclama mon amie.

— C'est drôle, répondis-je en riant, je croyais que tu ne savais pas danser !

— Je confirme ! intervint Logan. Heureusement, on n'a pas besoin de savoir danser pour ce jeu… sinon, elle aurait perdu d'avance !

Je m'esclaffai à la repartie du garçon pendant qu'Amy le saisissait dans ses bras avant de le chatouiller.

— Dis donc toi, lui dit-elle au milieu des éclats de rire, je ne te permets pas de dire de telles choses sur ta tante !

Leur complicité faisait plaisir à voir. Elle ne mentait pas lorsqu'elle disait qu'elle était proche du garçon. Ils parcoururent le menu du jeu ensemble en choisissant l'une des chansons parmi celles proposées, puis chacun prit une manette dans une main et ils s'installèrent face à face en attendant que la mélodie commence. Alors ils se mirent à regarder l'écran de télévision en essayant de suivre les mouvements indiqués. Mais, en réalité, ce fut une succession chaotique de gestes saccadés, interrompus par de courts moments d'observation et d'analyse du tutoriel et des éclats de rire. La chorégraphie qu'ils étaient en train de réaliser était complètement décousue et n'avait pas grand-chose à voir avec le modèle présenté à l'écran. Les gestes étaient approximatifs, disgracieux et maladroits et finirent pas être totalement improvisés par les deux danseurs hilares. Je m'amusais comme un gosse à les regarder se déhancher comme deux diablotins. Je n'étais pas sûr d'avoir déjà autant ri, même de mon vivant. J'en avais les larmes aux yeux. Mon amie n'avait pas menti non plus lorsqu'elle avait dit qu'elle ne savait pas danser, c'était une vraie catastrophe ! À la fin de la chanson, le jeu déclara Logan vainqueur. Ce ne fut pas une grande surprise, il fallait l'admettre. Amy simula une expression déçue avant de reprendre sa place près de moi dans le canapé. Elle était essoufflée mais continuait à rire en regardant Logan faire un salut théâtral pour célébrer sa victoire. Puis peu à peu, tous les deux retrouvèrent leur calme, épuisés par leur petite démonstration. Logan taquina sa tante en lui répétant que ces jeux ne comportaient aucun suspense lorsqu'il y jouait avec elle.

Elle encaissa les moqueries sans rien dire, en posant simplement sa tête dans le creux de mon épaule, comme si elle n'entendait plus le garçon, totalement isolée du reste du monde, dans une bulle où il n'y avait plus qu'elle et moi. Elle ferma les yeux en se serrant un peu plus contre moi. Malgré ma raison qui me criait haut et fort de rétablir immédiatement une distance de sécurité, je l'entourai de mon bras pour la serrer contre moi.

Elle attrapa ma main avant d'entremêler ses doigts aux miens. Puis elle se tourna vers moi en me lançant un regard résigné. Elle savait aussi bien que moi qu'un tel rapprochement nous conduirait bientôt à un autre, puis à un suivant jusqu'à ce qu'on ne puisse plus revenir en arrière. Mais je comprenais aussi que, comme moi, elle ne parvenait pas à faire taire l'attirance qu'il y avait entre nous. Nous étions comme deux aimants. Irrésistiblement attirés l'un vers l'autre et difficiles à séparer une fois collés.

Je fermai les yeux à mon tour en posant ma tête contre la sienne et en respirant le doux parfum de ses cheveux.

Logan, qui farfouillait dans son sac à la recherche d'un nouveau jeu, regarda furtivement dans notre direction avant de secouer la tête avec une moue d'incompréhension. Incroyable. Même cet enfant de 6 ans avait conscience que notre comportement était déraisonnable.

— Ah, te voilà ! Je me demandais où tu étais passée ! dit Anna à Amy en faisant irruption dans la pièce.

Mon amie se redressa avec précipitation, surprise par l'arrivée soudaine de sa sœur.

— Oui… répondit-elle en bafouillant. Désolée. Je… vous parliez politique, tu sais que j'ai horreur de ça…

— Oui, eh bien, la discussion est close, tu peux revenir à présent. Nous allons passer au café.

— Oui, j'arrive dans une minute, lui répondit Amy alors qu'Anna quittait la pièce.

Elle me lança un regard suppliant, signifiant qu'elle serait bien restée là la journée entière.

— Va profiter de ta famille, lui soufflai-je tendrement à l'oreille pour l'inciter à rejoindre ses proches.

Elle acquiesça. Je desserrai mon étreinte à contrecœur puis elle se leva en soupirant avant de quitter la pièce. Son enthousiasme faisait peur à voir et me fit sourire.

J'observai sa silhouette élégante quitter la pièce dans cette belle robe moulante qui mettait ses formes en valeur. C'était vraiment une belle femme.

— Toi, tu es amoureux de ma tante ! s'exclama Logan.

Sa remarque me sortit de mes pensées comme une gifle en pleine figure.

— Je te demande pardon ?

— Oh ça va, ne fais pas l'ignorant avec moi. Je suis peut-être un gamin mais je ne suis pas stupide.

— Un gamin ? C'est drôle que tu dises ça. Tu prétendais le contraire il y a dix minutes.

— Ne change pas de sujet. Je ne suis pas aveugle. J'ai vu la façon dont vous vous regardiez et dont vous vous comportiez.

— Je ne suis pas sûr que ça te concerne.

— Eh bien, je crois que si. J'adore ma tante et je veux la protéger.

— Alors, sois rassuré. Je n'ai pas l'intention de lui faire du mal.

— Je crois pourtant que c'est bien parti. Il n'est peut-être pas inutile que je te rappelle une chose importante : tu es mort.

Sa remarque fut comme une piqûre en plein cœur. Bien sûr que je le savais mais mes nouvelles capacités avaient tendance à me le faire oublier. Cependant, il avait raison. J'avais sûrement laissé les choses aller trop loin avec Amy. Les sentiments étaient déjà présents. La situation nous échappait. Tôt ou tard, nous finirions par en souffrir. Il fallait arrêter ça au plus vite. J'en avais parfaitement conscience mais il avait fallu qu'un enfant m'ouvre les yeux.

Quelqu'un sonna à la porte. D'abord, personne ne répondit puis je vis mon amie, dans le couloir près du salon, qui se dirigeait vers la porte d'entrée. Je compris qu'elle avait dû entendre toute ma conversation avec Logan, cachée derrière le mur de la pièce.

Je reconnus la voix de l'homme qui la salua quand elle ouvrit la porte : Zac. Je me levai sans tarder pour voir de plus près ce que cet homme avait à dire après presque deux mois de silence. De toute évidence, Amy était étonnée de le voir. À moins qu'elle ne soit encore un peu troublée par ce qu'elle venait d'entendre de ma conversation avec Logan.

— Zac ? Salut, dit-elle aimablement.

Sûrement plus qu'il ne le méritait. Un silence s'installa entre les deux interlocuteurs, bientôt interrompu par Anna qui vint glisser sa tête dans l'embrasure de la porte :

— Bonjour, dit-elle tout sourire en regardant alternativement Zac puis sa sœur.

Elle lança à Amy un regard lourd de sous-entendus, obligeant cette dernière à faire les présentations.

— Anna, je te présente Zac. Zac, voici Anna, ma sœur. Zac est mon voisin. Il habite la maison juste à côté, précisa-t-elle en désignant l'habitation en question.

Anna hocha la tête sans se défaire de son sourire en serrant la main du lascar.

— Enchantée, dit-elle. Vous tombez à pic, nous allions passer au dessert.

Elle dévisageait Amy avec un regard lourd de sens, suggérant qu'il serait peut-être bienvenu d'inviter Zac à se joindre à eux.

Je trouvais son comportement légèrement déplacé mais me gardai bien de tout commentaire. Je me contentai d'observer sans faire de vagues. Bien qu'en revoyant le visage du malotru, l'envie de lui mettre de nouveau mon poing dans la figure me revînt comme un boomerang en plein visage.

— C'est gentil, répondit Zac à Anna, mais j'ai déjà des projets. Une autre fois peut-être.

Je doutais de la véracité de ses paroles et pensais plutôt que c'était une façon polie de refuser l'invitation devant l'embarras évident d'Amy. Cette dernière suggéra à sa sœur d'aller vérifier si le café était prêt. Anna s'exécuta en comprenant qu'il était peut-être temps de les laisser discuter seuls.

— Qu'est-ce que tu fais ici ? Est-ce que tout va bien ? demanda mon amie au voisin, voulant connaître la raison de cette visite inattendue.

— Oui, répondit-il mal à l'aise. Je voulais… je suis désolé, j'ignorais que tu avais de la visite, je n'avais pas l'intention de déranger.

— Ce n'est rien, dit-elle pour le rassurer.

— Je voulais m'excuser… J'ai vraiment mal agi avec toi. Cela fait deux mois que je n'arrive plus à me regarder en face… J'étais soûl… je ne savais pas ce que je faisais…

— Zac, l'interrompit-elle. Arrête. C'est oublié. Tu avais bu, tu n'étais pas toi-même. Je ne t'en veux pas...

Je commençais à bouillir sur place. Peut-être avait-elle oublié mais pas moi. Je repensais à son comportement grossier et à ses gestes déplacés et de nouveau, je ressentis la furieuse envie de le frapper. Pourtant, je devais l'admettre, son comportement actuel n'avait rien à voir avec celui qu'il affichait lors de leurs précédentes rencontres. Il avait mis sa fierté de côté pour venir s'excuser et ses yeux trahissaient une profonde culpabilité. Il était sincère. J'admis à contrecœur qu'il était courageux de mettre son ego de côté pour demander pardon. Il parut soulagé par la réponse de mon amie et continua :

— Il faut que je te parle d'une chose importante...

— Ce n'est pas vraiment le moment. Ma famille est ici et...

— Non, bien sûr, répondit-il. Je sais bien. Je ne pensais pas t'en parler maintenant, je n'ai pas l'intention de déranger plus longtemps mais... j'aimerais que tu m'accordes un peu de temps pour me laisser la chance de t'expliquer ce qui se passe...

J'observai la réaction de la jeune femme. Elle semblait sincèrement intriguée par les paroles de Zac, et moi aussi. Je me demandais bien ce qu'il avait de si important à lui dire. Mon amie, d'abord hésitante, finit par lui dire qu'elle passerait le voir le lendemain, chez lui.

Je sentis mon cœur se serrer lorsqu'elle lui proposa ce rendez-vous et la remarque de Logan me revint comme un coup de fouet en pleine figure. J'étais mort. Je devais cesser d'imaginer que quoi que ce soit était possible avec elle et accepter qu'elle vive sa vie, même si je devais en être exclu. Zac avait visiblement changé et, même si c'était très difficile pour moi de le reconnaître, il avait une qualité que je ne posséderais plus jamais : il était vivant. Par conséquent, il pourrait apporter à Amy ce que je ne pourrais jamais lui offrir : un avenir.

L'homme accepta la proposition de mon amie et s'éloigna avec un sourire reconnaissant.

— Zac, l'interpella la jeune femme.

Ce dernier se retourna pour l'écouter.

— Je te souhaite un joyeux Noël, poursuivit-elle avec gentillesse.

— Joyeux Noël à toi aussi. Profite des moments passés avec tes proches. Ils sont importants…

Je n'aimais pas ce que je voyais : cet échange de politesses et ces sourires reconnaissants laissant entrevoir une amitié naissante. J'étais jaloux des possibilités dont disposait cet homme. Elle referma la porte et se retourna vers moi, surprise de me trouver là. J'avais certainement beaucoup de mal à dissimuler mes sentiments à cet instant car je vis son regard changer lorsqu'il se posa sur moi, et elle murmura mon nom si doucement que je l'entendis à peine. Je ne répondis rien. Je ne savais pas quoi dire. Je me retournai et rejoignis le bureau, laissant la jeune femme seule dans le hall, confuse.

## 30

### Amy
*Une lutte intérieure*

J'eus le cœur brisé en voyant l'expression sur le visage de Will. Il affichait tellement de tristesse, de frustration et de résignation. Je le connaissais suffisamment pour savoir à quoi il pensait à ce moment précis. Les paroles de Logan devaient se répéter dans sa tête comme une chanson qui tourne en boucle. Je connaissais l'acharnement avec lequel il luttait contre ses sentiments, puisque je menais le même combat. Ce n'était pas quelque chose de facile à ignorer même si nous savions tous les deux qu'y céder ne nous mènerait nulle part. Je l'observais sans savoir quoi lui dire. Je ne trouvais pas les mots. Et ce n'était pas nécessaire. Il savait que je partageais le même fardeau. Il finit par tourner les talons avant de se diriger vers le bureau. Je ne pouvais pas le laisser partir de cette façon. J'allais le retrouver quand ma sœur sortit de la cuisine pour m'indiquer que le café était prêt et que le reste de ma famille m'attendait. J'eus une hésitation. Je ne pensais qu'à une seule chose : aller parler à Will. Notre relation commençait à prendre trop de place sans qu'on puisse pour autant la définir. Nous devions en discuter… Mais je n'avais pas vu mes proches depuis presque deux mois. Ils avaient fait un long voyage pour passer une seule journée avec moi et je les avais déjà trop négligés. Je les rejoignis dans la salle à manger, tourmentée par ce qui venait de se passer. Anna m'interrogea sur Zac d'une voix remplie de sous-entendus. Cependant, elle dut comprendre que je n'étais pas d'humeur et cessa toute interrogation quand elle remarqua la lassitude avec laquelle je répondais à ses questions. La discussion dériva sur un autre sujet. J'aurais été bien incapable de dire lequel car, même si j'étais physiquement présente à la table, mon esprit, lui, était ailleurs. Je ressassais moi aussi la remarque de Logan. Will était mort, c'était vrai. Rien n'était envisageable. Alors pourquoi, chaque fois que quelque chose était censé nous éloigner, me sentais-je encore plus proche de lui ? Je devais le voir. Lui parler. Maintenant. Je m'excusai auprès de ma famille en prétextant maladroitement un coup de fil important que j'avais oublié de passer au propriétaire de la maison. Ils me regardèrent curieusement avant de reprendre leur discussion. Je savais bien qu'ils sentaient que quelque chose clochait. Mon comportement était inhabituel. Pourtant, ils ne disaient rien. Je pris mon téléphone pour rendre mon excuse plus crédible et quittai la table.

Je poussai discrètement la porte du bureau, que je pouvais qualifier à présent de bibliothèque puisque plus aucun bureau ne s'y trouvait. La baie vitrée était ouverte, il faisait un froid de canard dans la pièce. Will était debout, appuyé contre l'encadrement de la porte-fenêtre, regardant la mer. Il me tournait le dos. Il ne bougea pas d'un pouce lorsqu'il m'entendit refermer la porte. Il savait que c'était moi. Je m'approchai lentement de lui dans l'attente d'une quelconque réaction. Après notre rencontre, je l'avais vu bien souvent taciturne mais jamais à ce point. Il était figé, les yeux rivés sur le large.

— Will? murmurai-je pour tenter de le faire réagir.

Il inclina légèrement la tête sans rien répondre. Je ne supportais pas de le voir souffrir en silence sans savoir que faire, ni que dire. Je m'approchai encore de lui et, bien que ma raison me hurlât d'ignorer mes désirs, je posai tendrement la tête contre son dos en lui entourant la taille de mes bras. Je le sentis se crisper, d'abord surpris par mon étreinte, puis il se détendit et posa ses mains sur les miennes avec hésitation.

— Parle-moi, soufflai-je en fermant les yeux, profitant de chaque instant passé si proche de lui.

Il prit mes mains dans les siennes et se retourna enfin pour me faire face. La tristesse que je lus dans ses yeux me serra le cœur. Il tentait de sourire mais je voyais bien que ce n'était qu'une illusion.

— Je crois que je me suis trompé, dit-il en remettant une mèche de cheveux derrière mon oreille.

— À quel sujet? demandai-je avec curiosité.

— Au sujet de Zac. Il n'est peut-être pas aussi crétin qu'il en a l'air... Il lui a fallu du courage pour venir s'excuser.

Je compris aussitôt où il voulait en venir mais continuai pourtant de simuler l'incompréhension : je voulais savoir jusqu'où il était prêt à aller...

— C'est vrai. Mais contrairement à toi, j'ai toujours pensé que c'était quelqu'un de bien...

Je le sentis se crisper.

— Tu devrais peut-être lui laisser une autre chance... sortir une nouvelle fois avec lui.

— Qu'est-ce que tu fais ? lui demandai-je pour l'inciter à exprimer le fond réel de sa pensée.

Je connaissais la réponse à ma propre question mais je voulais qu'il me parle.

— Rien. Je pense simplement qu'il serait bon pour toi de sortir davantage avec les vivants et d'éviter les morts...

Je soupirai de lassitude.

— Je suis suffisamment grande pour savoir et décider moi-même de ce qui est le mieux pour moi... pourquoi est-ce que tu me demandes de faire ça ?

— Tu le sais très bien, toi qui écoutes aux portes...

Touchée. Il savait que j'avais entendu toute sa conversation avec Logan. Bonjour l'embarras !

— Je n'écoutais pas aux portes ! m'exclamai-je pour me défendre.

Mais en voyant son regard perplexe, je compris qu'il n'en croyait pas un mot.

— Oui, bon d'accord, j'ai peut-être écouté aux portes...

Il sourit malgré lui :

— Je me disais aussi...

— Tu sais, commençai-je en lui prenant les mains. Logan a raison, je le sais...

— Je dois admettre... Il est perspicace, le moucheron !

Sa remarque me fit rire. Le surnom qu'il avait donné à mon neveu sonnait comme un terme affectueux dans la bouche de mon ami.

— Malgré son jeune âge, continuai-je, Logan voit le monde différemment... avec beaucoup de maturité. Il m'a remise à ma place plusieurs fois aussi et m'a ouvert les yeux sur pas mal de choses... il n'en reste pas moins que, même s'il remarque et comprend beaucoup de choses, il ignore tout des sentiments qui peuvent lier deux personnes...

— Amy... murmura-t-il en voulant m'interrompre.

Mais je ne le laissai pas faire :

— Sache que ce n'est pas facile pour moi non plus. Tu es la seule personne au monde dont je devrais me tenir éloignée, parce que je sais pertinemment qu'il n'y a pas d'issue heureuse. Pourtant, tu es aussi la seule personne avec qui j'ai envie d'être. Depuis le début, notre relation n'est faite que de paradoxes. Je n'ai jamais cru au hasard. Je suis persuadée qu'une raison particulière m'a amenée ici. Pourtant, je n'arrive pas à comprendre à quoi joue le destin... J'ai essayé. Je te jure que j'ai essayé de me raisonner. Toute la journée, j'ai essayé d'ignorer mes envies, mais je n'y arrive pas... chaque parcelle de mon corps me pousse à être près de toi. Si vraiment je dois rester loin de toi, il va falloir que tu m'aides. Dis-moi de rester loin et je le ferai. Repousse-moi car, seule, j'en suis incapable.

Je laissai courir mes doigts le long de son bras et remontai jusqu'à son visage, lui effleurant la joue du revers de la main. Il ferma les yeux sous la douceur de mes caresses et m'attira contre lui pour me serrer dans ses bras.

— Tu ne me rends pas la tâche facile, me dit-il en me caressant les cheveux.

— Toi non plus… répondis-je en me laissant bercer par ses bras forts où je me sentais en parfaite sécurité.

Il s'écarta de moi et instaura une distance de sécurité entre nous en me tenant par les épaules.

— Je suis sérieux, continua-t-il. Tu devrais fréquenter davantage le monde des vivants.

Je soupirai, lasse d'entendre la même rengaine.

— Tu apprécies Zac, pas vrai ? me demanda-t-il avec une certaine appréhension.

— Oui, j'ai beaucoup d'affection pour Zac et, pour une raison que j'ignore, je me sens liée à lui… d'une certaine façon.

Ma réponse ne semblait pas lui convenir du tout. Il me lâcha et se redressa en fronçant les sourcils. Il était jaloux. Sa réaction m'amusa :

— Tu espères que me jeter dans les bras d'un autre t'aidera ? demandai-je en le taquinant. Parce que d'après les premières constatations, ça ne semble pas être une grande réussite…

— Tu viens de dire que tu avais de l'affection pour lui… me répondit-il d'un air agacé. Je ne vois donc pas ce qui pose problème !

— En effet… de l'affection AMICALE. Je n'ai pas l'intention de sortir avec Zac.

— Et donc ?

— Donc quoi ?

— Que fait-on ?

— Quoi, « que fait-on » ?

— Nous sommes dans une impasse, il me semble...

— En effet... Je n'ai pas de solution au problème.

— Moi non plus.

Nous nous regardâmes un long moment, les bras croisés sur la poitrine, dans l'attente de savoir qui aurait le dernier mot. Je retournais la situation dans ma tête encore et encore mais n'y trouvais aucune issue. Devions-nous prendre sur nous et faire de notre mieux pour ne pas céder à la tentation ou bien succomber en sachant d'avance que nous finirions par en souffrir ?

Fatiguée de songer à tout cela, je me laissai choir dans le canapé en soupirant.

— Nous ne sommes peut-être pas obligés de prendre une décision aujourd'hui, dis-je avec langueur.

Il sourit en venant s'asseoir près de moi. Il passa son bras autour de mon épaule et m'attira contre lui.

— Non, tu as raison. Rien ne nous oblige à prendre une décision ce soir...

Nous restâmes un long moment blottis l'un contre l'autre sans rien dire. À simplement profiter de la présence de l'autre. Je ne pensais plus à rien, juste au moment présent et à la sérénité que je ressentais à cet instant. J'en avais oublié ma famille qui attendait toujours mon retour dans la salle à manger. Soudain, j'entendis la porte du bureau s'ouvrir. Je me redressai et pris machinalement mon téléphone pour le coller à mon oreille comme si j'étais en plein milieu d'une conversation téléphonique. Ma réaction fit rire Will. Ma mère entra timidement dans la pièce, craignant de déranger.

Je prétextai une livraison tardive auprès de mon interlocuteur imaginaire et le besoin de nouveau matériel pour la fin des travaux, et finis par raccrocher le téléphone.

— Excuse-moi, dis-je à ma mère. Je ne pensais pas que ça durerait si longtemps. J'avais des détails à régler avec le propriétaire…

— Ne t'inquiète pas, ma chérie, je comprends. Je venais simplement voir si tout allait bien…

— Oui, bien sûr. Ça va.

C'était tellement troublant de se dire que Will se trouvait à quelques pas d'elle sans qu'elle en soupçonne l'existence. Je suis sûre que si la situation avait été différente, elle l'aurait adoré.

Je me levai du canapé.

— Allons rejoindre les autres! dis-je à ma mère en la poussant vers la sortie.

En quittant la pièce, je lançai un regard rempli de malice à Will qui me répondit par un ricanement amusé.

Notre problème n'était pas résolu, certes, mais au moins, nous avions pu discuter clairement de ce que nous ressentions et de la façon dont nous voyions les choses. Nous verrions bien de quoi l'avenir serait fait. Je n'aurais pas su en expliquer la raison, mais en quittant la pièce, j'étais intimement convaincue que j'obtiendrais bientôt les réponses à de nombreuses questions.

Je passai le reste de la journée avec ma famille à discuter de tout et de rien. Au fil des heures, la fatigue se fit ressentir. Cet après-midi avait été pour le moins mouvementé. Il était presque 8 heures du soir lorsqu'ils rassemblèrent leurs affaires pour reprendre la route. Logan s'était endormi sur le canapé. Franck le prit dans ses bras pour l'emmener dans la voiture. Le garçon dormait si bien qu'il ne se réveilla même pas. Je lui déposai un baiser sur le front en chargeant son père de lui dire au revoir pour moi lorsqu'il se réveillerait. Je saluai ma sœur en la serrant dans mes bras et embrassai à leur tour mes parents et mon beau-frère. Je les remerciai pour cet agréable moment passé avec eux et les raccompagnai jusqu'à leur véhicule. Ils firent de grands gestes de la main lorsque la voiture s'éloigna.

Tout sembla bien calme tout à coup. Je me sentis soudainement exténuée. Je regagnai la maison d'un pas lourd et retrouvai Will qui attendait patiemment sous le porche.

— Dure journée, pas vrai ? dit-il en riant.

— Je ne sais pas comment te remercier... lui répondis-je sincèrement. Rien ne pouvait me faire plus plaisir que la venue de mes proches pour Noël.

— Je suis ravi si tu es heureuse, dit-il en me suivant dans la maison. Et puis, je suis content d'avoir pu les rencontrer même si c'est un peu à sens unique. Rien que pour Logan, ça valait le coup !

— Il est génial, pas vrai ? lui demandai-je avec fierté.

— Oui, il est... unique en son genre ! répondit-il en repensant au phénomène qu'était mon neveu.

Je parcourus la maison du regard et soupirai de lassitude en voyant le désordre qui régnait partout. La table devait être débarrassée, la vaisselle débordait de l'évier... il y avait du travail. Will devait lire mes pensées puisqu'il ajouta :

— Tu devrais aller te reposer, je vais m'occuper de tout ça.

Pourtant, même si la fatigue me rattrapait rapidement, je ne voulais pas aller me coucher. Je voulais passer plus de temps avec lui.

Malgré les protestations de mon ami, je commençai à débarrasser la table de la salle à manger. J'avais une pile d'assiettes dans les mains lorsqu'un nouveau vertige me gagna. Ma tête se mit à tourner. Je perdis l'équilibre et les assiettes m'échappèrent pour aller se briser sur le sol, en mille morceaux. Je m'appuyai contre le mur pour ne pas m'effondrer mais j'avais comme un voile devant les yeux. Je me sentis vaciller. J'entendis Will crier mon nom et sentis ses mains venir me soutenir fermement alors que je m'effondrais sur le sol. La suite de la soirée resta très floue dans mes souvenirs. Je me rappelais simplement de mon ami me portant jusqu'à la chambre et plus rien.

## 31

## Amy

*De troublantes révélations...*

Quand je rouvris les yeux, je mis un peu de temps avant de retrouver mes esprits. La première chose que je remarquai était que je me trouvais dans ma première chambre. Celle que j'avais occupée à mon arrivée. Mon regard se posa sur la fenêtre. Dehors, il faisait jour. Je me redressai lentement dans le lit en me tenant la tête. Une migraine me frappait le front comme un marteau tambourinant sur une planche. La douleur était si vive qu'elle me donna la nausée. Mon ami était assis dans le fauteuil, près de la porte-fenêtre. Il avait les coudes appuyés sur les genoux et tapait nerveusement du pied. Il affichait une expression soucieuse. Il était inquiet.

— Will ? Qu'est-ce qu'il y a ? demandai-je en essayant de remettre mes souvenirs en ordre. Pourquoi te caches-tu là-bas ? Viens par ici, lui dis-je en tapotant le matelas à côté de moi.

— Je ne peux pas, répondit-il froidement.

— Quoi ? Pourquoi ? Qu'est-ce que tu as ? J'ai eu un petit étourdissement à cause de la fatigue, pas de quoi s'inquiéter…

— Pas de quoi s'inquiéter ? répéta-t-il, agacé. Amy, tu es restée inconsciente plus de vingt-quatre heures. J'ai cru que tu ne te réveillerais jamais.

— Vingt-quatre heures ?

Je devais admettre que j'étais assez étonnée d'entendre ça. Je n'avais pas l'impression d'avoir dormi si longtemps même s'il était vrai que je me sentais reposée.

— Ne me dis pas que tu penses encore que c'est de ta faute…

— Non seulement je le pense, mais j'en suis de plus en plus persuadé.

— C'est ridicule, dis-je en secouant la tête. Je me sens bien maintenant. Je veux dire en dehors de ce mal de tête atroce…

— Il y a ce qu'il faut sur la table de nuit.

Je regardai la console. Un verre y était posé avec un cachet pour calmer la douleur. Je ne perdis pas de temps pour l'avaler et entrepris de me lever.

— Ce n'est pas une bonne idée… dit nerveusement mon ami en se levant à son tour.

— Je me sens bien, arrête de jouer les infirmiers ! J'ai juste besoin de prendre une douche…

— Zac est passé, dit-il avec irritation… plusieurs fois.

Ma dernière discussion avec mon voisin me revint alors en mémoire.

— Ah c'est vrai, m'exclamai-je. Je devais aller le voir ce matin. Il a dû s'inquiéter en ne me voyant pas arriver…

Puis, je me mis à penser à Zac venant frapper à ma porte alors que j'étais endormie. J'espérais que Will n'avait rien fait de stupide. Je lui lançai un regard lourd de sens qu'il comprit aussitôt.

— Je n'ai rien fait, je te le jure, dit-il avant même que je lui aie posé la question.

— Je dois aller le voir, dis-je en me dirigeant vers la salle de bains. Il m'attend…

Will ne répondit pas. Il savait que quoi qu'il dise, rien ne me ferait changer d'avis.

Je pris une douche rapide et me préparai à la hâte avant de descendre. Il attendait au salon, l'air toujours aussi contrarié.

— Je persiste à dire que ce n'est pas une bonne idée, dit-il en me voyant enfiler ma veste.

— Je trouve étrange que tu dises cela aujourd'hui alors qu'hier, tu étais prêt à me jeter dans ses bras dans l'unique but de me tenir éloignée de toi, tu te rappelles ?

Il ouvrit la bouche pour répondre mais se résigna. J'avais raison, il le savait. Il était simplement jaloux que je me retrouve seule avec Zac et quelque part, son comportement m'amusait. Je constatai avec agacement qu'il restait encore très attentif à maintenir une certaine distance entre nous. Je n'aimais pas ça mais surtout, je trouvais ça ridicule.

— Je ne devrais pas en avoir pour très longtemps, dis-je en quittant la maison.

Il ne répondit rien, se contentant d'afficher une mine renfrognée.

Je traversai la pelouse pour rejoindre la maison voisine et frappai à la porte. Zac apparut dans l'encadrement, l'air soulagé.

— Amy ! Salut. Est-ce que ça va ? Je suis passé plusieurs fois chez toi, personne ne répondait… Tout va bien ?

— Oui, dis-je d'un air mal assuré. Je… je ne me sentais pas très bien. Probablement quelque chose que je n'ai pas digéré lors du repas d'hier… Je suis restée couchée toute la journée avec des nausées…

— Mince, répondit-il en paraissant sincèrement inquiet. Et est-ce que ça va mieux ? Tu veux un verre d'eau ? Ou autre chose ?

— Ça va mieux oui, je te remercie. Un verre d'eau suffira.

Il s'exécuta. Je l'observai avec attention. Il paraissait nerveux. Tout dans son comportement trahissait une certaine appréhension. J'ignorais de quoi il voulait me parler mais je m'attendais à quelque chose de sérieux. Il désigna le canapé pour m'inviter à m'asseoir.

— De quoi voulais-tu que l'on discute ? lui demandai-je en voyant qu'il ne savait pas de quelle façon aborder le sujet.

— Je sais que ça n'excusera pas le comportement que j'ai eu envers toi mais je tenais à te raconter mon histoire. Je me disais que ça t'aiderait peut-être à comprendre…

— À comprendre quoi ?

— Mon intérêt pour les rumeurs qui courent autour de ta maison.

— Explique-moi… Où veux-tu en venir ?

Il prit une profonde inspiration avant de commencer son monologue :

— Il y a presque cinquante ans, un accident a eu lieu sur la route près d'ici, qui relie Bénodet à Quimper…

Je compris que Zac était lié d'une façon ou d'une autre à ce fameux accident. J'aurais dû m'en douter. Je l'écoutai avec un intérêt décuplé.

— C'était le soir de la Saint-Sylvestre, continua-t-il le regard perdu dans le vide. Cette nuit-là, une femme a perdu la vie et celle du bébé qu'elle portait, renversée par un chauffard.

Je tiquai en entendant Will être traité de chauffard. Selon Victor Castelli, ce n'était pas ce qui s'était passé. Je le laissai poursuivre néanmoins.

— Elle a laissé derrière elle un mari et un fils de quatre ans...

Je fus surprise d'entendre ça. J'ignorais que Christine, la victime, avait déjà un fils au moment de l'accident.

— Ce dernier ne s'est jamais remis de la perte et de l'absence de sa mère. Il a passé sa vie entière à vouer une haine féroce à l'homme responsable de sa mort. Il voulait comprendre ce qui s'était passé. Il l'a recherché... partout. Il voulait avoir des explications. Mais l'homme a disparu quelques jours après son procès. Plus personne ne l'a revu...

— Qu'est-ce que tout ça a à voir avec toi ? demandai-je avec curiosité.

Je ne voyais pas le lien qu'il pouvait y avoir entre lui et cette vieille histoire.

— Cet homme qui a tant souffert de l'absence de sa mère... c'est mon père.

J'étais sous le choc. Le raisonnement se fit très vite dans ma tête : Zac était donc le petit-fils de la victime de l'accident. Reparler de cette histoire faisait remonter de mauvais souvenirs à la surface, je le voyais dans ses yeux. Ses yeux… ils me rappelaient ceux d'une autre personne. Je n'aurais su dire qui, mais j'avais déjà vu ce regard.

— Je suis désolée… sincèrement, lui dis-je, comprenant la souffrance qu'il avait dû endurer plus jeune.

— L'homme qui a causé cet accident m'a enlevé ma grand-mère, mais il m'a aussi enlevé mon père d'une certaine façon. Il a toujours ressenti un manque en grandissant. Plus tard, il a sombré dans l'alcool et n'a jamais cessé de haïr le responsable. C'est mon grand-père qui m'a quasiment élevé tant mon père était obsédé par cette histoire… Tu vis dans la maison de celui qui conduisait, Amy.

Je ne pouvais plus supporter d'entendre Will être accusé d'horreurs dont il n'était pas responsable. Je devais rétablir la vérité.

— Zac… je suis au courant.
— Tu savais ? me dit-il, l'air contrarié.
— Lorsque j'ai fait vider la maison, j'ai trouvé un carton rempli d'affaires. Des photographies et une coupure de journal. Cet accident m'a intriguée et je me suis renseignée. J'ai mené mon enquête. Les choses ne se sont pas réellement passées comme tu le décris. L'homme dont tu parles n'a pas sciemment tué ta grand-mère. C'était un accident… Les jurés eux-mêmes, lors du procès, ont reconnu la pluie diluvienne et la mauvaise visibilité comme les raisons principales du drame. L'homme en question n'était pas ivre et il ne roulait pas de façon excessive. Il a tout essayé pour la sauver…
— Je sais tout cela…
— Alors pourquoi lui vouer une haine si féroce…

— Ce n'est pas le cas. Mon père le détestait car il lui fallait un responsable. En ce qui me concerne, ce n'est pas le cas. Mais quand des rumeurs ont commencé à se répandre selon lesquelles la maison qu'il avait habitée était hantée, je n'ai pas pu me résoudre à les ignorer. Il fallait que je vienne ici pour en savoir davantage. Je voulais avoir une chance de lui faire face. Pas pour lui faire des reproches mais pour pardonner… Cet accident a changé la vie de ma famille entière et ce, sur plusieurs générations. Je pensais que me confronter à l'homme à l'origine de tout cela m'aiderait enfin à obtenir des réponses à mes questions et à tirer un trait sur cette histoire pour passer à autre chose…

— Mais les fantômes n'existent pas, Zac…

Il rit nerveusement en se mordant la lèvre d'agacement :

— Tu persistes à me dire qu'il n'y a aucun esprit errant dans cette maison ?

— Parce que c'est la vérité.

— Tu mens. J'ignore pourquoi. Je ne sais pas pourquoi tu cherches autant à le protéger mais je sais que tu mens. Je sais ce que j'ai vu le soir où nous sommes sortis toi et moi…

— Tu étais soûl…

— Soûl mais pas fou ! Amy, dit-il plus calmement en s'asseyant face à moi, je ne cherche pas à lui faire de mal. Je veux simplement lui parler.

— J'aimerais pouvoir t'aider, Zac… vraiment. Mais je ne peux rien faire, je suis désolée.

Il sourit mais je voyais qu'il était sincèrement déçu.

— De toute évidence, tu t'es liée d'affection avec ce… fantôme. Tu ne me fais pas suffisamment confiance pour m'en parler. Après mon comportement, je peux le comprendre… je l'ai sans doute mérité…

— Ce n'est pas ça mais…

— Lui fais-tu confiance, à lui ? Que t'a-t-il dit au sujet de l'accident ?

Toutes ces questions ne faisaient que raviver ma migraine… et mes doutes. Même si j'avais voulu, je n'aurais pas pu répondre à ses questions. Ces dernières me faisant simplement réaliser que Will ne m'avait toujours pas dit un seul mot des dures épreuves qu'il avait dû traverser. Il ne me faisait peut-être pas suffisamment confiance lui non plus. Je sentis une douleur me nouer le ventre, pas une douleur physique mais celle d'une blessure plus profonde, émotionnelle.

— Je ferais peut-être mieux d'y aller, finis-je par répondre en me levant du canapé.

— Je suis désolé, me dit-il tristement.

— De quoi es-tu désolé ?

— Une fois encore, je te fais fuir…

— Ce n'est pas vrai, dis-je pour le rassurer. Ça n'a rien à voir avec ça. Je ne sais pas quoi te dire, voilà tout. J'aimerais te venir en aide mais je ne peux pas…

Il resta silencieux un moment et sembla chercher ses mots avant de poursuivre :

— Il est chanceux… Je comprends, en voyant avec quelle ferveur tu le protèges, que je n'ai jamais eu aucune chance avec toi…

— Zac…

— Ce n'est rien. Toi et moi serons amis, je l'ai bien compris.

Je lui souris en signe d'approbation. Bien sûr que nous serions amis. J'avais de l'affection pour lui et je n'avais pas l'intention de l'ignorer.

— Malgré tout, j'aimerais que tu sois prudente...

Je secouai la tête en fronçant les sourcils. Je ne voyais pas à quoi il faisait allusion. Il éclaira bientôt ma lanterne :

— Ne laisse pas tes sentiments t'envahir pour une histoire perdue d'avance. Il n'en sortira rien de bon. Vis ta vie, au sein des vivants. Vivre entouré des morts n'est qu'une source de peine et de souffrance. J'en parle en connaissance de cause...

Tout ça, je le savais déjà, mais l'entendre était un rappel difficile qui ne faisait que me serrer davantage le cœur. Je ne niais même pas ce qu'il prétendait. Il était tellement persuadé de l'existence de Will que je ne voyais plus l'intérêt de le contredire. Je me contentai de garder le silence. Je lui déposai un baiser sur la joue en gage de mon amitié, avant de le rassurer en lui expliquant qu'il n'avait pas à s'inquiéter, que je savais prendre soin de moi-même. Puis, je quittai la maison, le cœur lourd et l'esprit tourmenté. J'étais sous le choc de toutes ces révélations. J'avais l'impression que l'étau autour des mystères de cet accident était en train de se resserrer. Pourtant, il me manquait des réponses. J'aurais aimé pouvoir aider Zac. Mais je devais déjà parler à Will.

Lorsque je rentrai à la maison, mon ami était assis dans le canapé du salon, un livre à la main. Il leva les yeux pour me regarder et posa l'ouvrage sur la table lorsqu'il vit ma mine déconfite.

— Que se passe-t-il ? demanda-t-il avec inquiétude.

Je m'assis près de lui et voulus poser ma main sur la sienne mais il se releva aussitôt et resta debout à l'autre bout de la pièce en me demandant une nouvelle fois ce qui s'était passé et si Zac m'avait fait du mal. Il avait la mâchoire crispée et ses yeux lançaient des éclairs.

— Non, Zac s'est très bien comporté. Je t'ai dit qu'il n'était pas mauvais. Il avait simplement besoin de parler…

— Oh, je vois…

La jalousie se lisait sur son visage. Je ne savais pas quoi faire. Devais-je lui parler du passé de Zac et de l'accident ? Devais-je lui dire que je savais tout sur ce drame, y compris son implication ? Ou bien devais-je relater l'histoire de mon voisin en faisant comme si j'ignorais tout de la catastrophe ? Will ne me le pardonnerait peut-être pas s'il comprenait que je connaissais la vérité depuis le début. Et puis, j'aurais aimé qu'il me fasse suffisamment confiance pour me parler lui-même de cet événement tragique. J'optai donc pour la seconde option et commençai à lui raconter ma rencontre avec Zac :

— Il m'a parlé de son passé, de sa jeunesse difficile…

— Pourquoi t'avoir raconté ça ?

J'hésitai avant de continuer. Mais il était temps d'aborder enfin le sujet :

— Il y a eu un accident, il y a longtemps, un soir de réveillon… sur une route proche d'ici.

Je le vis se crisper mais je continuai :

— Ce soir-là, une femme a perdu la vie...

J'observai attentivement sa réaction. Je vis ses traits se durcir et son regard se vider de toute émotion.

— Je ne vois pas bien le rapport avec Zac, dit-il froidement.

— La femme qui est morte ce soir-là avait déjà un fils de quatre ans...

Son regard se réveilla subitement. Il me regarda les sourcils froncés. De toute évidence, il ignorait ce détail. Je poursuivis mon histoire :

— ... Et ce garçon a eu lui-même un fils : Zac.

— Tu essaies de dire que Zac est le petit-fils de la... victime ?

Il dit ce dernier mot comme s'il était douloureux à prononcer. J'acquiesçai avant de lui demander s'il avait entendu parler de cet accident. J'en avais assez de tourner autour du pot, je voulais des réponses et le provoquer était la meilleure façon de le décider enfin à parler. Pourtant, à ma grande déception, il me regarda droit dans les yeux lorsqu'il me répondit que non, il n'avait pas entendu parler de cette histoire. Je ne comprenais pas. Pourquoi refusait-il de me dire la vérité ? J'étais blessée de ne pas avoir sa confiance et commençai à perdre patience :

— C'est drôle que tu ne saches rien à ce sujet, continuai-je avec ironie pour dissimuler la colère qui prenait lentement source au fond de moi, parce que Zac dit que cette maison appartenait à l'autre automobiliste impliqué dans l'accident.... Il a ajouté que les rumeurs selon lesquelles cette maison était hantée ont commencé peu de temps après la disparition de cet homme...

Mon ami restait muré dans le silence. Ses yeux ne quittaient pas les miens, comme s'il essayait de connaître le fond réel de mes pensées, mais aucun mot ne sortit de sa bouche. Je ne supportais plus toutes ces questions qui me torturaient l'esprit et la sensation nouvelle d'avoir un étranger face à moi. Ces deux derniers jours, notre relation avait tellement évolué que je pensais qu'il me ferait suffisamment confiance pour me parler de son passé. Je m'étais trompée. Je ne savais plus quoi penser, plus quoi faire. La colère monta en moi. Il fallait que je sorte. Je le fixai à mon tour dans le dernier espoir d'une réponse. Rien.

— J'ai besoin de prendre l'air, dis-je en me levant du divan et en me dirigeant vers l'escalier.

Je passai devant lui précipitamment sans lui accorder un regard. J'étais en colère après lui, après moi, après Zac, après le monde entier, j'avais juste besoin d'un moment seule. Il me retint par le bras en me demandant où j'allais.

— Je vais courir, lui répondis-je en me dégageant de son emprise. J'ai envie d'être seule.

Il parut dévasté par ma réponse. Je voyais toute la tristesse dans ses yeux. Mais il savait que je ne plaisantais pas et il ne chercha pas à me retenir davantage ; il savait que je ne le laisserais pas faire. Je montai en hâte dans ma chambre, enfilai rapidement mes vêtements de sport, pris mon téléphone, mes écouteurs et redescendis l'escalier avant de sortir par la baie vitrée du bureau. Je commençai alors ma course sur la plage en direction de la ville.

J'avais rarement couru à une allure aussi soutenue mais j'étais submergée par tellement de sentiments et d'émotions différents qu'il fallait que je trouve une façon de les évacuer. Rapidement, je me sentis épuisée, à bout de souffle. Malgré le vent froid, ma salive me brûlait la gorge, je ne parvenais plus à souffler correctement, mes poumons étaient en feu. Je m'arrêtai et appuyai mes mains sur mes genoux pour tenter de reprendre mon souffle. Je me sentais épuisée. Pas seulement physiquement. J'étais fatiguée de lutter contre mes sentiments grandissants pour un homme avec lequel il n'y avait aucun avenir, fatiguée d'attendre qu'il me parle de sa vie, fatiguée d'être entourée de mystère, fatiguée de me poser des questions qui ne trouvaient pas de réponses, fatiguée de réfléchir à un moyen de délivrer mon ami sans trouver de solution. Je ne parviendrais pas à trouver comment le libérer tant que je ne saurais pas ce qui le retenait prisonnier de cette maison. C'était un cercle vicieux. Je me demandais quelle issue il pouvait y avoir à cette histoire. Je me sentais oppressée. J'avais besoin de faire avancer les choses sans savoir comment m'y prendre. Je devais obtenir des réponses sans tarder, sans quoi je finirais par devenir folle. Je pris mon téléphone, à la recherche d'une adresse que j'avais enregistrée il y avait quelque temps. Je regardai sur Internet si je me trouvais loin de l'endroit que je recherchais. Par chance, je n'étais qu'à quelques kilomètres. Je repris ma course à une allure plus raisonnable en longeant la plage pendant encore un moment. Je passai la pointe de Saint-Gilles et continuai le long de la corniche jusqu'au port de plaisance. Là, je levai les yeux pour observer les alentours. Sur le talus, face aux pontons, se trouvaient quelques maisons qui surplombaient les navires de pêche et de plaisance et qui offraient une vue imprenable sur le pont de Cornouaille. J'empruntai un sentier pentu pour rejoindre les habitations et me retrouvai dans une sorte de petit lotissement. Je regardai les numéros sur les boîtes aux lettres et trouvai celui que je cherchais. Je m'approchai lentement en observant la maison. C'était une charmante demeure entourée d'un jardin fermé par un petit muret en pierre parfaitement fleuri avec des plantes de saison. Une femme était accroupie par terre, devant les massifs, un outil de jardinage à la main. Je m'approchai timidement avant de demander :

— Martha ?

La vieille femme se retourna, surprise qu'on l'interpelle. Alors, je répétai :

— Vous êtes Martha Le Gwenn ?

— Cela fait bien longtemps qu'on ne m'a pas appelée par ce nom, me répondit-elle en souriant, mais oui, c'est moi.

Je l'observai, en restant sans voix. Bien sûr que c'était elle. Malgré son âge, ce regard, cette lueur dans les yeux, cette expression à la fois malicieuse et audacieuse... je les connaissais. Will avait les mêmes. C'en était troublant. Ma surprise devait se lire sur mon visage car elle me regarda avec curiosité en me demandant qui j'étais.

— Je m'appelle Amy. J'habite une maison sur la plage à quelques kilomètres d'ici. Une maison en bois blanche... je crois que nous devrions discuter...

## 32

## Amy

*Une rencontre touchante*

Le sourire agréable de Martha disparut de son visage lorsque j'évoquai la maison de la plage. De tout évidence, elle savait pourquoi j'étais ici. Sans chercher à en savoir davantage, elle me proposa aimablement de rentrer à l'intérieur. Sa maison était très jolie. Les pièces n'étaient pas très grandes mais chaleureuses. Aux murs et sur les meubles étaient installées de nombreuses photos de famille représentant ceux que je présumais être son mari, ses enfants et ses petits-enfants. Au milieu de tous ces souvenirs heureux se trouvait une photo plus ancienne, jaunie par les années. Je reconnus Will tout de suite. Le cliché avait été pris à bord d'un bateau. On y voyait Martha et son frère qui s'esclaffaient. J'adorai cette image de mon ami avec l'air si heureux. Mon hôtesse m'indiqua le salon. J'entrai alors dans la pièce la plus grande de la maison qui donnait accès à une terrasse avec une vue imprenable sur le port de plaisance en contrebas et le pont de Cornouaille.

— Cette vue est vraiment magnifique, observai-je, ébahie.

— C'est vrai, acquiesça la veille femme en souriant. Mais pas autant que celle de la maison de la plage…

— Ainsi, vous y êtes déjà allée ?

Elle acquiesça sans se départir de son sourire :

— Mon frère vivait là-bas. Mais je suppose que vous le savez déjà. Sinon, vous ne seriez sans doute pas ici…

Elle entrait dans le vif du sujet. J'en fus assez surprise mais cela me rendit service, moi qui ne savait pas comment aborder la conversation.

— En effet… admis-je. Ma visite doit sans doute vous surprendre. Je…

— En réalité, pas vraiment.

Elle me désigna le canapé pour m'inciter à y prendre place et retourna à la cuisine ouverte sur la salle.

— Vous prendrez une tasse de thé ? me proposa-t-elle en ouvrant un placard.

— Avec plaisir, merci. Martha… commençai-je avec hésitation. Ma question va sans doute vous sembler bizarre, mais avez-vous déjà entendu les bruits qui courent autour de la maison de la plage ?

— Vous parlez des rumeurs de fantôme ? demanda-t-elle en versant de l'eau dans une bouilloire. Qui n'en a pas entendu parler ?

— Est-ce que vous y croyez ?

Elle me rejoignit sur le divan et me scruta un long moment avant de répondre :

— Vous êtes venue me parler de mon frère, n'est-ce pas ? William.

— Oui.

— Vous pensez qu'il hante cette maison ?
— En réalité, j'en suis certaine.
— Comment ? demanda-t-elle curieusement en fronçant les sourcils.
— Parce que je le vois comme je vous vois en ce moment.

Martha parut sincèrement étonnée par ma réponse. Elle resta sans voix un instant. Ses yeux semblaient remplis de questions. Elle commença par la première :
— Comment est-ce possible ?
— Je l'ignore. C'est une question à laquelle j'aimerais beaucoup trouver une réponse…
— Alors les rumeurs sont fondées… dit-elle pour elle-même, le regard dans le vide.

Elle semblait très affectée par cette nouvelle. Je me dis tout à coup que ce n'était peut-être pas une bonne idée de venir réveiller de mauvais souvenirs…
— Je me suis posé des questions en entendant les ragots mais…

La fin de sa phrase s'évanouit. Elle était vraiment touchée d'apprendre que son frère était encore là. D'une certaine façon. Je regrettais de lui causer autant de peine. Je me relevai en m'excusant du dérangement, je n'aurais pas dû venir l'importuner avec mes questions mais elle me prit par le bras pour m'inciter à me rasseoir.
— Je vous en prie, restez, me demanda-t-elle la voix pleine de gratitude. Cela fait bien longtemps que je n'ai pas parlé de mon frère. Je serais ravie de le faire avec vous. Je pense que vous êtes venue pour avoir des réponses. Dites-moi ce que vous savez et je vous dirai à mon tour ce que je sais.

Cette femme était vraiment adorable. Je ne voyais dans ses yeux que de la gentillesse et l'amour qu'elle portait à son frère, rien qu'en évoquant son nom. Je m'assis de nouveau dans le canapé en lui répondant par un sourire discret mais sincère.

— Il y a tellement à dire. Je ne sais pas par où commencer...

— Commencez simplement par le début, mon ange, me dit-elle en me tapotant le genou.

J'appréciai l'affection avec laquelle elle s'adressait à moi. J'avais un sentiment très étrange en sa présence. Comme si je la connaissais depuis longtemps. Dès le premier regard, je m'étais sentie à l'aise avec elle. Ce genre de rencontre était si rare. Instantanément, j'avais su que nous allions nous entendre. Je m'installai confortablement dans le sofa avant de commencer mon récit :

— Très bien... Je suis arrivée dans la région il y a presque deux mois. Je ne vis dans la maison que temporairement, le temps d'effectuer des travaux de rénovation. Le propriétaire souhaite la vendre au plus vite. Le soir de mon arrivée, le propriétaire était accompagné. Du moins, c'est ce que je croyais. Il y avait deux hommes mais j'étais la seule à voir le second. J'ai très vite compris ce que j'avais en face de moi... nos premiers jours n'ont pas été faciles. Will a un fichu caractère !

Martha s'esclaffa :

— Je confirme. Il peut parfois se montrer très entêté !

— Exactement, m'exclamai-je. C'était insupportable ! Il a tout essayé pour me faire partir de la maison. Il ne voulait pas que je trouble sa tranquillité. Je vous passerai les détails des différentes méthodes employées, et d'une certaine irruption dans la salle de bains… Bref! Nous avons passé beaucoup de temps à nous disputer, je l'admets. Mais au fil des jours, il a dû comprendre que j'étais sûrement aussi bornée que lui et que je ne me laisserais pas faire aussi facilement. Je crois que peu à peu, il a abandonné l'idée.

Je riais en me rappelant cette période où il avait un tel don pour m'énerver.

— Finalement, nous avons appris à nous connaître et à nous supporter, continuai-je plus sérieusement.

Je ne souhaitais pas trop en dire sur nos sentiments actuels de peur que cela paraisse complètement insensé.

— En rangeant la maison, j'ai trouvé un carton rempli d'affaires lui appartenant. Il y avait quelques photographies mais c'est surtout une coupure de journal qui a retenu mon attention. Il y était fait mention d'un accident de la route survenu il y a cinquante ans et ayant entraîné la mort d'une femme et de l'enfant qu'elle portait…

Je vis le regard de Martha se remplir de tristesse à l'évocation de ce souvenir.

— C'était une période bien sombre, me dit-elle, les yeux toujours perdus dans le vide. Continuez!

— Je me suis doutée que Will était lié d'une façon ou d'une autre à cet accident. J'ai effectué quelques recherches et mené ma petite enquête. J'ai retrouvé le journaliste ayant écrit le papier et je l'ai rencontré, afin de savoir ce qui s'était réellement passé ce soir-là. Il m'a tout raconté. J'ai compris que Will était le conducteur, celui ayant renversé cette femme…

Je m'interrompis en voyant la douleur dans les yeux de mon interlocutrice.

— Sait-il que vous êtes au courant ?

Je repensai à ma dernière conversation avec le fantôme avant de lui répondre :

— Je crois que maintenant, oui. J'aimerais l'aider, Martha. Sincèrement. Il erre, prisonnier de ces murs depuis cinquante ans ! Il a perdu tout espoir de rejoindre un endroit meilleur. Je voudrais l'aider, le libérer, mais il ne me parle pas de l'accident et ne dit rien sur ce qui le fait profondément souffrir. Quelque chose le retient ici mais je n'arriverai pas à l'aider s'il ne veut pas l'être… Il y a autre chose que la culpabilité.

Elle acquiesça tristement avant d'ajouter :

— Vous pensez qu'il a mis fin à ses jours ? Dans la maison ?

Je hochai lentement la tête :

— Pourtant, je suis dans cette maison depuis deux mois. J'y ai fait des travaux mais je n'ai trouvé aucun corps.

— Je connais mon frère, dit-elle en se passant la main sur le visage, lasse. Il devait sans doute penser qu'il méritait une éternité de damnation après ce qui s'était passé. S'il s'est vraiment suicidé, il a dû faire en sorte de ne pas être retrouvé…

Évoquer cette scène me serra le cœur et me donna la nausée. Je ne pouvais pas imaginer Will commettant un tel acte. Pourtant, je devais me rendre à l'évidence. C'était la seule explication possible à sa présence dans la maison.

— Vous pensez sincèrement que c'est ce qui s'est passé ? demandai-je à Martha, espérant secrètement qu'elle répondrait par la négative.

Elle se leva pour aller chercher nos tasses de thé et les posa sur la table basse devant nous avant de poursuivre :

— Vous savez, lorsque j'ai eu vent de toutes ces rumeurs autour de la maison, j'ai souvent eu envie d'y aller. Je me disais que si mon frère était encore là, je devais lui parler…

— Pourquoi ne l'avoir jamais fait ?

— Après le procès, bien que les jurés l'aient reconnu non coupable, il a disparu de la circulation. Nous l'avons recherché pendant des mois mais je savais… Je savais dès le départ que nous ne le retrouverions pas. William était quelqu'un de foncièrement gentil. Il n'aurait jamais fait de mal à quelqu'un. En tout cas, pas volontairement. Il ne pouvait pas vivre avec une telle culpabilité sur la conscience. J'ai su qu'il avait mis fin à son supplice, même sans en avoir la preuve. Pourtant, quelque part, tout au fond de moi, il me restait un dernier espoir : j'imaginais qu'il était simplement parti loin, explorer de nouveaux horizons en naviguant vers le large. Je l'imaginais essayant de se reconstruire, en trouvant la liberté en mer comme il l'avait si souvent cherchée… C'était plus facile de l'imaginer heureux quelque part que malheureux et mettant fin à ses jours… J'ai eu vent de ces rumeurs, oui. Mais je savais que si je retournais dans cette maison, je ressentirais sa présence aussi précisément que lorsqu'il était vivant. Alors, cela aurait voulu dire que j'avais raison dès le départ et que mon seul espoir de l'imaginer heureux ailleurs s'effondrerait. Je n'étais pas prête pour cela. J'ai donc simplement ignoré tous ces ragots en lui gardant une place dans mon cœur…

— Je suis désolée, Martha. Je suis désolée de débarquer ici et de briser le seul espoir qu'il vous restait.

Je me sentais coupable. Sincèrement. Je comprenais le raisonnement de cette femme et la raison qui l'avait poussée à créer un endroit sûr pour son frère au fond de son cœur. Mais la réalité était tout autre… Elle vit ma détresse et me prit la main pour me rassurer.

— Ne vous excusez pas. C'est le ciel qui vous envoie. Il est peut-être temps que j'arrête de me voiler la face. Si William est toujours là, je suis déterminée à vous aider…

Je lui souris avec affection en la remerciant.

— Comment était-il ? demandai-je avec curiosité, déterminée à parler de choses moins funestes pour l'instant.

Son sourire réapparut sur son visage.

— Comment est-il avec vous ? Je vous dirai si le Will que j'ai connu est resté le même !

Je ris en acceptant son petit jeu.

— Il est… buté, têtu, parfois lunatique et peut paraître froid au premier abord mais au fond, il est drôle, gentil, prévenant et… surprenant.

Je m'égarais au milieu de tous ces qualificatifs flatteurs concernant mon ami. L'affection que je lui portais ne passait certainement pas inaperçue. Le sourire malicieux de Martha ne fit que confirmer mes soupçons.

— Il est aussi très hautain et possède un ego surdimensionné ! ajoutai-je sur un ton de reproche pour éloigner la suspicion d'un sentiment amoureux. Je suis presque sûre que c'était un véritable don Juan !

Martha éclata de rire. Je gardai mon sérieux, ne voyant pas ce qu'il y avait de si drôle.

— Will n'avait rien d'un don Juan. Il était très beau et beaucoup de filles lui couraient après mais il ne recherchait pas ce genre d'histoire. Il ne rêvait que de voyages et d'aventures. Il voulait parcourir les mers du globe. Il a eu des petites amies mais leurs histoires ne duraient jamais vraiment longtemps. Elles finissaient par se lasser de ne passer qu'en second après son bateau...

J'étais surprise d'entendre ça. Je l'avais imaginé coureur de jupons, collectionneur de conquêtes. Une fois de plus, il m'étonnait.

— Je peux vous poser une question ? demandai-je timidement.

— Bien sûr, répondit mon amie.

— Qu'est devenu le *Colibri* ?

— Il vous a parlé de son bateau ? me demanda-t-elle, étonnée.

— Oui. Il m'a raconté à quel point il avait adoré le retaper et sortir en mer avec vous malgré l'interdiction formelle de vos parents !

Je souris en me rappelant cette conversation.

— Que vous a-t-il dit d'autre ?

— Des tas de choses. Nous avons passé tellement de temps à parler de nos vies, de nos enfances, que je ne saurais pas par où commencer. La seule chose dont il ne parle jamais, c'est l'accident et ce qui s'est passé ensuite...

— Je suis surprise, je l'admets...

— De quoi ?

— Will ne se livrait jamais facilement. Il n'aimait pas parler de sa vie. Il gardait les choses pour lui, c'était difficile de savoir ce qu'il ressentait vraiment. Il doit vraiment tenir à vous pour oser vous parler de sa vie.

Ses paroles me touchaient sincèrement. Je souhaitais qu'elle ait raison et quelque part, je SAVAIS qu'elle avait raison mais alors, pourquoi refusait-il de me parler ?

— Suivez-moi ! me dit-elle en se levant du canapé pour se diriger vers la porte.

Nous sortîmes dans la cour. La nuit commençait à tomber. Il ne faudrait pas que je tarde à rentrer. Je la suivis dans le jardin jusqu'à un vieux garage en bois dissimulé derrière la maison. Un cadenas maintenait la porte close. Elle prit les clés cachées au dos d'une des vieilles planches de la bâtisse et ouvrit la porte.

Je fus stupéfaite en entrant à l'intérieur. Il était là. Le *Colibri*. Le bateau de Will. Posé sur cales, il était démâté mais paraissait dans un parfait état de conservation. Je ne pus dissimuler mon émerveillement devant ce magnifique navire qui devait faire une quinzaine de mètres de long.

— Je n'arrive pas à le croire, dis-je en touchant l'étrave du voilier du bout des doigts. Vous l'avez gardé... après tout ce temps ?

— Je n'ai jamais pu me résoudre à m'en débarrasser. J'ai passé tellement de bons moments sur ce bateau avec mon frère et il y tenait tellement. J'aurais eu l'impression de le trahir si j'avais ne serait-ce que songé à le vendre !

— C'est incroyable ! Il est...

— ... Neuf, m'interrompit-elle pour terminer ma phrase. Oui. Il est dans l'état exact où William l'a laissé... vous a-t-il dit pourquoi il l'avait appelé *Colibri* ?

Je secouai la tête, curieuse de connaître la raison de ce choix.

— Il vient d'une histoire que nous lisait souvent notre mère lorsque nous étions jeunes. C'était une légende en réalité. Elle parlait d'une forêt et des animaux qui l'habitaient. Un jour, il y eut un orage et la foudre frappa un arbre, déclenchant un incendie. Tous les animaux fuirent aussi vite qu'ils le pouvaient. À l'exception du petit colibri qui remplissait son long bec fin de quelques gouttes d'eau et faisait les allers et retours pour tenter de venir à bout des flammes. Les autres animaux se moquèrent de lui en lui faisant remarquer qu'il ne parviendrait pas à éteindre l'incendie de cette façon. Le colibri répondit qu'il le savait mais que, au moins, il aurait fait sa part… Alors tous les animaux se mirent à l'imiter…

— Ont-ils réussi à éteindre l'incendie ?

— La légende ne précisait pas le dénouement de cette histoire mais elle racontait que depuis ce jour, quelque chose avait changé entre les animaux.

— C'est une belle histoire…

— Oui. Will l'adorait. Il répétait sans cesse que si on faisait tous notre part, nous pourrions arriver à changer les choses. Il disait que si chacun faisait peu, ça serait déjà beaucoup. C'était devenu son mantra en quelque sorte, un symbole…

Je réfléchis un instant à ce que représentait ce symbole pour lui et la conversation que nous avions eue au sujet de son bateau me revint en mémoire.

— Je le surprends souvent les yeux rivés sur l'océan. Une fois, il m'a dit qu'il surveillait chaque jour l'horizon en rêvant de voir de nouveau les voiles de son bateau voguer en direction du large…

Je gardai le silence en observant la silhouette fuselée du navire et demandai :

— Il n'a jamais plus navigué ? Depuis cinquante ans ?

— Jamais, dit Martha en secouant la tête.

— Vous n'avez plus fait de voile après sa disparition ?

— Non. C'était une passion que je partageais avec lui. J'ai perdu goût à ce sport après son départ.

— Et votre famille ?

— Je n'ai jamais encouragé mes enfants, ni mes petits-enfants dans cette voie. Je crois que mes parents avaient finalement réussi à déteindre sur moi et à me communiquer leur crainte qu'un accident arrive. Je suis peut-être devenue surprotectrice à mon tour après l'arrivée de mes enfants.

— Je trouve ça dommage... dis-je en laissant courir mes doigts le long de la coque du navire. Vous n'avez jamais pensé qu'il était peut-être temps de redonner ses ailes au *Colibri* ? Will dit que les bateaux ont une âme. Ce qui fait de ce voilier un prisonnier, tout comme son propriétaire. Il serait peut-être bien de le libérer de ses cales et de lui rappeler ce qu'est la liberté.

Elle observa le navire comme si elle le redécouvrait.

— C'est vrai, je me souviens que William répétait ça souvent. Il avait sans doute raison...

Elle me regarda avec tendresse avant d'ajouter :

— Vous êtes un ange tombé du ciel, Amy.

Je m'esclaffai :

— Je crois que vous exagérez un peu !

— Non, je suis sincère. Ça fait tellement de bien de parler de mon frère avec quelqu'un qui le connaît aussi bien que moi, sinon mieux... J'ai toujours rêvé qu'il rencontre un jour quelqu'un comme vous. Je regrette qu'il ne vous ait pas connue avant l'accident. Cela lui aurait peut-être donné une raison suffisante de vivre.

J'étais touchée par ce que j'entendais. Mais cela me rendait triste. Ça ne faisait que me rappeler que lui et moi nous étions rencontrés cinquante ans trop tard.

L'air frais du dehors vint me glacer le sang. Martha me vit frissonner et me suggéra de retourner à l'intérieur. Elle referma le garage et je la suivis jusqu'à la maison. Je m'arrêtai une nouvelle fois devant les photos disposées sur un meuble près de l'entrée.

— C'est votre famille ? demandai-je en lui montrant un cliché de groupe où une dizaine de personnes de toutes générations posaient avec le sourire.

Elle prit le cadre dans sa main et se mit à me présenter les membres de sa petite famille en les désignant un par un. Elle commença par l'homme debout à côté d'elle sur la photo.

— C'est Vincent, mon mari. Nous nous connaissons depuis toujours...

— Oh, je vois ! Le grand amour !

— Ce n'était pas évident au départ, me répondit-elle en riant. C'était le meilleur ami de Will.

— C'est vrai ?

— Oui ! Et je ne le portais pas dans mon cœur. Je le trouvais hautain et arrogant. Il affichait toujours un petit air audacieux que je trouvais insupportable !

Je souris malgré moi. Cela me rappelait en tous points mes premiers moments avec le fantôme.

— Qu'est-ce qui vous a fait changer d'avis ? demandai-je avec curiosité.

— Après la disparition de mon frère, il a toujours été très présent. Il n'a jamais cessé de se soucier de mes parents et de moi. Je l'ai découvert sous un nouveau jour. Il a beaucoup souffert de la perte de son meilleur ami, lui aussi. Nous nous sommes vus régulièrement et je suis tombée amoureuse. Nous ne nous sommes plus jamais quittés.

— C'est romantique… remarquai-je avec émotion. Est-ce qu'il est… ?

Je n'osais pas demander, de peur de connaître déjà la réponse. Après tout, cela faisait une bonne heure que j'étais près de Martha et je n'avais vu aucun signe de son mari.

— Non, dit-elle en devinant ma pensée. Vincent est toujours là. Il est simplement parti pêcher.

Je soupirai de soulagement. J'avais eu peur d'avoir réveillé un nouveau mauvais souvenir.

Elle continua la présentation des autres membres de sa famille : ses deux enfants, Luc et Agathe, ses cinq petits-enfants et ses arrière-petits-enfants. J'étais heureuse de voir que malgré un passé difficile, elle avait réussi à se construire une vie heureuse et épanouie, entourée de personnes qui l'aimaient sincèrement.

Je jetai un œil à la pendule accrochée au mur puis à la baie vitrée : il était 18 heures passées et il faisait déjà nuit noire.

— Je devrais y aller. Je suis venue à pied et il fait déjà nuit…

— N'y comptez pas, me dit-elle en me prenant par le bras pour m'entraîner dans la cuisine. Il est déjà trop tard pour rentrer à pied. Vous allez rester dîner et je vous ramènerai en voiture.

J'acceptai sa proposition avec plaisir, en sachant pourtant qu'il y en avait un qui devait commencer à s'inquiéter de ne pas me voir rentrer...

J'aidai Martha à préparer le dîner. Nous passâmes la soirée à parler de nos vies, de nos familles, à rire aux larmes. J'avais l'impression de converser avec une amie que je connaissais depuis toujours. J'appréciais cette personne et ses nombreuses qualités : sa bonne humeur permanente, sa sincérité, son amabilité et sa force de caractère. Après le dîner, nous passâmes encore un peu de temps à discuter, installées dans le canapé. Nous parlions des présents légués de génération en génération quand, soudain, elle s'excusa et s'absenta un court instant. Quand elle revint, elle tenait une petite boîte dans la main. Elle me la tendit et je l'ouvris avec délicatesse. À l'intérieur se trouvait un magnifique colibri en argent rempli d'ambre verte et orange. Un petit mousqueton permettait au bijou d'être accroché à un bracelet ou à un pendentif. J'étais en admiration devant cette petite merveille.

— C'est un bijou magnifique ! dis-je en l'observant en détail.

— Il appartenait à ma mère. Will le lui avait offert. J'aimerais que vous le lui rendiez...

Je quittai l'objet des yeux, surprise par sa demande.

— Vous êtes sûre ?

Elle acquiesça avant d'ajouter :

— Je serais vraiment heureuse qu'il l'ait. Il lui appartient, après tout...

— Pourquoi ne pas le lui donner vous-même ?

— S'il refuse de vous parler de ce qui s'est passé, je doute qu'il soit prêt à me revoir...

Elle n'avait pas tort. Will n'était pas prêt à affronter ses démons ni son passé et encore moins à faire face à sa sœur…

— Je devrais y aller, dis-je en me levant. Il est tard maintenant et il va s'inquiéter… Nous nous sommes quittés à moitié fâchés, il faut que je lui parle…

Martha m'observa longuement sans rien dire, un sourire étirant ses lèvres :

— Soyez prudente, Amy. Lorsque je vous écoute, je perçois l'affection que vous lui portez. Prenez garde à vos sentiments, ils ne vous conduiront que dans une impasse et risqueront de vous faire souffrir.

C'était déjà le cas, je ne pouvais plus le nier. Je tombais chaque jour un peu plus amoureuse. Discuter avec sa sœur ne fit que renforcer mon attachement pour lui. Chaque minute qui passait ne faisait que m'embarquer pour un voyage sans destination.

— Vous êtes la deuxième personne à me dire ça aujourd'hui…

— Si c'est le cas, c'est qu'il est peut-être déjà trop tard… Je connais mon frère. Je sais à quel point il est facile de s'attacher à lui. J'ai beaucoup d'affection pour vous, je ne veux pas vous voir souffrir.

— J'apprécie, répondis-je sincèrement.

Elle me caressa le bras affectueusement avant d'aller prendre sa veste et ses clés de voiture, me laissant seule dans le salon face à mes ruminations et mes craintes qu'il soit déjà trop tard pour éviter les complications.

Elle gara la voiture devant l'allée. Will était assis sur les marches du porche à m'attendre et, de toute évidence, il était en colère. Je soupirai en me disant qu'une dispute se profilait à l'horizon. J'étais fatiguée, je n'étais pas d'humeur mais le moment de se confronter à la vérité était peut-être enfin arrivé.

— Il est là ? me demanda Martha.

— Oui, lui répondis-je sans enthousiasme. Et il n'a pas l'air ravi…

— Il est peut-être temps que vous ayez une conversation sérieuse, tous les deux…

— Je crois, oui.

Je me préparais à descendre de la voiture quand elle me retint par le bras.

— Amy. N'en voulez pas à Will. Parfois, lorsqu'il est en colère, les mots dépassent sa pensée et il les regrette aussitôt. Il cherche avant tout à se protéger…

Je lui souris, la remerciant du conseil.

— Merci pour cet après-midi. J'ai passé un très bon moment avec vous… lui répondis-je avec sympathie.

— J'espère qu'il y en aura d'autres. Revenez me voir quand vous voulez. C'était un réel plaisir de discuter avec vous.

— Pour moi aussi.

Puis, je descendis du véhicule et me dirigeai vers la maison avec une certaine appréhension.

## 33

## Will

*Une vérité qui blesse...*

Cela faisait des heures qu'Amy était partie. Je ne savais pas où elle était, ni quand elle reviendrait. J'avais l'impression de devenir complètement fou en m'imaginant les pires choses qui avaient pu lui arriver, elle qui était si faible dernièrement. Et puis, elle paraissait tellement en colère lorsqu'elle avait quitté la maison... Le moment que je redoutais tant était finalement arrivé. Elle savait pour l'accident. Je ne pourrais plus garder secret ce fardeau. J'étais obligé de lui en parler au risque de la perdre.

Il faisait nuit à présent et mon inquiétude ne fit que grandir. Elle était partie à pied. À cette heure-ci, la plage n'était qu'une étendue obscure de sable avec, pour seul éclairage, les reflets de la lune sur l'eau. Elle reviendrait certainement par la route. Je décidai d'aller attendre sous le porche. Je m'assis sur les marches du perron en tapant nerveusement du pied. Mille émotions me traversaient en même temps. L'inquiétude était la première. Mais je me sentais aussi complètement impuissant et perdu. En revenant de chez Zac, elle m'avait demandé si j'avais entendu parler de l'accident. J'avais répondu non. J'avais menti. Je me demandais ce qui m'avait poussé à faire ça. Je m'en voulais et éprouvais de véritables regrets. Je me demandais de quelle façon je pourrais me rattraper. Je lui devais des excuses, si toutefois elle acceptait de me reparler un jour…

Une voiture s'arrêta devant l'allée. À mon grand soulagement, Amy se trouvait à l'intérieur. J'observai à son tour le conducteur et mon sang se glaça dans mes veines. Je ne l'avais pas vue depuis cinquante ans mais je l'aurais reconnue même si cent ans nous avaient séparés : ma sœur. Une douleur fugace me traversa la poitrine : celle de la culpabilité. J'avais dû lui causer tant de peine dans le passé. Que faisait-elle donc avec Amy ? Je compris rapidement de quoi il retournait. Mon amie savait pour l'accident. Pas seulement depuis ce matin. Elle savait depuis longtemps… Sinon, comment aurait-elle pu connaître Martha ? Même si je lui avais parlé d'elle, je ne lui avais pas donné assez de détails pour qu'elle la retrouve. Elle avait dû faire des recherches… sans m'en parler. Je repensai à sa réaction lorsque je lui avais parlé d'elle. Elle n'avait pas paru surprise que j'aie une sœur, même si elle avait tenté de le cacher. Je repensais à toutes ces fois où elle m'avait parlé de rédemption comme si elle cherchait la moindre occasion de me donner une chance d'aborder le sujet. Je n'avais pas réalisé toutes ces choses au moment où elles s'étaient produites mais maintenant… En la voyant en compagnie de ma cadette, comme si elles se connaissaient depuis des années, je me sentis trahi. Depuis combien de temps était-elle au courant ? Et pourquoi ne m'avait-elle rien dit ? Je sentis la colère naître en moi. Elle et moi allions devoir nous expliquer. Et vite.

Elle descendit du véhicule et salua Martha en claquant la portière. Puis elle se dirigea vers moi en remarquant bien mon air contrarié.

— Pas ici, dit-elle en passant à côté de moi sans s'arrêter.

Je me levai pour la suivre. Elle entra dans la maison et attendit que j'aie fermé la porte pour commencer :

— Je crois qu'il faut qu'on…

Je ne lui laissai par le temps de terminer en lui faisant remarquer sèchement qu'elle était partie depuis des heures.

— Je peux savoir ce que tu faisais avec ma sœur ? lui demandai-je, maîtrisant difficilement ma colère.

— Je vais t'expliquer. Je…

— Tu sais depuis combien de temps ?

Comme elle gardait le silence, je répétai :

— Tu sais pour l'accident, Amy. Depuis combien de temps ?

— Depuis presque deux mois. Lors de mon séjour chez mes parents…

J'étais soufflé par sa réponse. Deux mois qu'elle me mentait, qu'elle faisait semblant.

— Comment as-tu su ?

— J'ai découvert une boîte remplie d'affaires t'appartenant lors du vide-maison. Il y avait cette coupure de journal…

— Tu as fouillé dans mes affaires ? demandai-je, outré.

— Tu ne me disais rien, Will. Je savais que tu dissimulais quelque chose. J'avais besoin de savoir quoi... je voulais simplement comprendre...

— Comprendre quoi ? demandai-je en haussant le ton. Il n'y a rien à comprendre.

Elle ne répondit pas tout de suite. Elle m'observait, interloquée.

— Je voulais savoir ce qui te rendait si...
— Si aigri ? Égocentrique ?
— Malheureux ! dit-elle en me coupant la parole et en haussant le ton à son tour. Je voulais savoir ce qui te rendait si malheureux. Ce qui t'empêchait d'avancer. Je voulais connaître la raison qui te retenait prisonnier ici.

— Oh ! et je suppose que tu as été ravie de ce que tu as découvert, et que tu as finalement compris que mon châtiment était justifié, pas vrai ?

Toutes ces années passées à errer dans cette maison... je pensais que c'était cela ma punition mais je me trompais. Cet instant, cette dispute... ma pire crainte devenait finalement réalité. J'étais assailli par tant de sentiments contradictoires que je ne contrôlais plus rien. J'étais en colère après elle, qu'elle ait agi dans mon dos et pourtant, je comprenais ses agissements, je me montrais méchant et cruel alors que je voulais juste la prendre dans mes bras et partager avec elle la misère que j'avais traversée.

— Comment tu peux dire ça ? demanda-t-elle, profondément blessée.

— Ça serait compréhensible, je ne suis qu'un assassin après tout ! dis-je, vaincu.

C'en était fini. Plus jamais elle ne me verrait comme le Will qu'elle avait appris à connaître et à apprécier. Il en était peut-être mieux ainsi. Cette mascarade ne pouvait pas durer éternellement.

— Arrête, je refuse de t'entendre dire ça, répondit-elle avec hargne. C'était une erreur, un accident. Cela pourrait arriver à n'importe qui. Ça ne fait pas de toi un assassin !

Il n'y avait aucun mépris dans sa voix ou dans ses yeux, aucun dégoût, aucune colère. Elle éprouvait juste une profonde tristesse pour moi et cela me brisa le cœur. Je lui inspirais de la pitié, la pire chose que je redoutais.

— Tu n'avais pas le droit de fouiller dans mon passé, dis-je en me détournant.

Je ne pouvais soutenir son regard, la pitié que je lisais dans ses yeux m'était insupportable.

Je faisais les cent pas dans le hall pour tenter de me calmer.

— Arrête de me crier dessus, répondit-elle en se mettant à son tour en colère. Je n'avais peut-être pas le droit de m'immiscer dans ta vie mais toi, tu n'as pas le droit de m'en vouloir de l'avoir fait !

C'était la meilleure, elle me reprochait de lui faire des reproches. Cette dispute semblait mal engagée. Entêtés comme nous l'étions tous les deux, nous lui trouverions difficilement une issue.

— Je rêve ! dis-je en me passant la main sur le front, éberlué.

— Je n'ai aucun secret pour toi, Will. Pendant toutes ces heures que nous avons passées à discuter, je t'ai parlé de ma vie. Je t'ai dit des choses que je n'avais dites à personne avant toi. Je t'ai accordé ma confiance alors que j'ai tant de mal à le faire habituellement. Tu sais tout de moi. Et toi, qu'as-tu fait ?

Elle avait la voix tremblante en prononçant ces mots. Je compris alors à quel point cette conversation la touchait. Elle semblait sincèrement blessée. Aussitôt, je me sentis mal. Ce qu'elle venait de dire était vrai. Étais-je en train de me montrer trop injuste ?

— Je ne t'ai pas parlé de ce que je savais parce que j'espérais que tu le fasses en premier, continua-t-elle en tentant de maîtriser sa voix.

Mais je voyais toute la difficulté avec laquelle elle retenait ses larmes.

— J'espérais que tu me fasses suffisamment confiance pour me parler de ce qui t'était arrivé. J'ai attendu pendant deux mois. Tout ça pour quoi ? Tu m'as menti ce matin... tu m'as regardée droit dans les yeux en me jurant ne pas avoir entendu parler de cet accident.

Elle m'en voulait. À cet instant, elle devait me trouver injuste et elle avait raison.

— Je t'ai tout donné, poursuivit-elle plus calmement, semblant profondément blessée. Je t'ai offert mon amitié, ma confiance... et même mon cœur. En retour, je ne reçois que des non-dits et des mensonges...

Du revers de la main, elle essuya une larme qui coulait le long de sa joue. J'avais le cœur brisé de la voir comme ça. Pourtant, c'était ma faute. Tout ce qu'elle venait de dire était vrai. J'en avais parfaitement conscience. À ce moment, j'aurais simplement voulu disparaître, ne jamais être entré dans sa vie pour ne jamais la faire souffrir. Alors, avant même de réaliser ce que je disais, je répondis :

— Il aurait mieux valu que tu ne mettes jamais les pieds ici…

Je regrettai aussitôt mes paroles mais c'était trop tard. Elle eut un mouvement de recul tant elle fut abasourdie par ma remarque. Je vis ses épaules s'affaisser sous le poids de la douleur. Les larmes lui montaient aux yeux. Elle détourna le regard, blessée, mais resta là, silencieuse pendant plusieurs secondes, avant de se retourner et de partir dans sa chambre en claquant la porte.

Quel crétin je pouvais être ! Je venais de briser le cœur de la seule personne au monde que je voulais protéger par-dessus tout. Mes paroles étaient sorties sous l'effet de la colère mais je n'en pensais pas un mot. Je compris tout à coup que ce n'était pas contre elle que j'étais en colère, mais contre moi. Je me laissai choir sur les marches de l'escalier, là où je l'avais rencontrée pour la première fois, la tête entre les bras. Je repensais à ce soir d'octobre, il y avait à peine plus de deux mois mais qui semblait si loin. À cette époque, je n'imaginais pas à quel point Amy allait tout changer dans ma vie (si je puis dire), comme dans ma vision des choses. Je venais de tout gâcher en l'espace de cinq petites minutes. J'avais donné le coup de grâce. Elle devait me détester à présent. Et je ne supportais pas cette idée mais finalement, c'était peut-être la meilleure chose à faire. Mes sentiments pour elle m'avaient rendu naïf, je devais être réaliste. J'étais mort. Et même si ce que je ressentais pour elle me rendait plus vivant que jamais, cela ne changeait en rien mon état. Nous nous étions déjà trop rapprochés. Cette dispute intervenait peut-être au bon moment, finalement. Elle devait rester loin de moi. Elle avait la vie devant elle, la mienne était derrière moi. J'en voulais au monde entier de l'avoir mise sur ma route cinquante ans trop tard. Si la situation avait été différente, elle aurait été la personne avec qui j'aurais eu envie de tout partager. Je restai assis là de longues minutes à me haïr d'être responsable de son chagrin, et en me battant comme un diable contre la seule envie que je ressentais à cet instant présent : la retrouver et lui dire à quel point elle comptait pour moi.

## 34

## Amy

*Quand les dernières barrières s'effondrent...*

Je laissai l'eau brûlante couler sur ma peau. J'ignorais depuis combien de temps j'étais là, dans l'espoir qu'une douche chaude me remette les idées en place mais cela restait sans effet. Les dernières paroles de Will tournaient en boucle dans ma tête. J'étais malheureuse. Je ne savais pas ce que je devais faire ou ce que je devais dire. J'étais complètement perdue et anéantie. Pendant un court moment, j'eus envie de rassembler mes quelques affaires, de faire ma valise et de partir. Pourtant, je savais que j'en étais incapable. Je m'étais finalement résolue à rester et à attendre que nous soyons prêts tous les deux pour une conversation plus calme, entre adultes. Il n'en restait pas moins que j'étais profondément blessée. Ses paroles m'avaient fait du mal et je ne parvenais pas à les oublier. Au bout d'un très long moment, je décidai finalement de sortir de la douche. La salle de bains était complètement embuée. Je m'habillai sans enthousiasme en ressassant notre dispute, puis descendis au bureau.

J'avais besoin de prendre l'air. Cette journée avait été particulièrement épuisante émotionnellement.

Assise sur les marches de la véranda qui conduisaient sur la plage, je contemplais la lune se refléter sur l'océan. Le bruit des vagues venant s'écraser sur le sable m'apaisait mais l'air venu du large était glacial. Je frissonnai de tout mon être. Je ne cessais de songer aux dernières paroles de Will. Pensait-il vraiment ce qu'il disait ?

Ces derniers mois avaient été à la fois les plus vrais et les plus irréels de toute ma vie. Qui peut prétendre cohabiter avec un fantôme et en tomber amoureuse ? Parce que j'étais à présent certaine de mes sentiments à son égard. Je l'avais compris au moment où ses paroles m'avaient fait si mal. Elles avaient été comme un coup de poignard en pleine poitrine et l'espace d'un court instant, j'en avais perdu le souffle. Je réalisais que j'avais laissé les choses aller trop loin. J'aurais dû me douter que cela finirait par se retourner contre moi et me faire souffrir. Zac et Martha m'avaient prévenue. Je m'en voulais de ne pas avoir su maîtriser davantage mes sentiments. Mais près de lui, je ne pensais pas à tout cela : à l'impossibilité d'être ensemble, à mes craintes et mes doutes et aux conséquences que le simple fait d'être ensemble engendreraient. Je tremblais et grelottais de froid mais refusai de rentrer. Je ne me sentais pas prête pour une nouvelle dispute.

J'entendis le sol en bois de la véranda craquer derrière moi sous ses pas, puis je sentis la chaleur d'une couverture me recouvrir les épaules.

— Tu vas attraper la mort en restant ici, dit-il doucement en s'asseyant près de moi.

Je ne le regardais pas, je ne voulais pas qu'il voie à quel point j'étais triste.

— Amy… dit-il si calmement. Je suis désolé, je ne pensais pas un mot de ce que je disais.

Je restai silencieuse, craignant qu'il ne comprenne à quel point ses paroles m'avaient fait du mal.

— Tu es la meilleure chose qui me soit arrivée, continua-t-il en murmurant presque. J'ai su au moment où tu as franchi cette porte que tu allais tout changer. Et c'est ce qui s'est passé. Je ne te reproche rien…

J'avais la gorge serrée. Entendre des reproches était difficile mais la révélation de ses sentiments était sans doute ce qu'il y avait de pire.

— Mais tu avais raison, finis-je par répondre sans le regarder. J'aurais dû te dire ce que je savais et te parler de mon intention de rendre visite à Martha. Mais j'espérais sincèrement que tu m'en parles le premier.

— Je suis désolé.

— Pourquoi tu ne l'as pas fait ? Je croyais que tu me faisais confiance…

J'avais besoin de savoir.

— Bien sûr que je te fais confiance, dit-il en me prenant la main.

Sa chaleur enveloppa mes doigts glacés et un frisson me parcourut.

— Je craignais que les choses changent… que tu me voies différemment, se justifia-t-il tristement.

Je commençais à comprendre son raisonnement. Il avait peur que je le perçoive comme un assassin.

— Tu te trompes, ça n'aurait rien changé… ça ne change rien. J'aime la personne que tu es. Tes erreurs ont fait de toi ce que tu es aujourd'hui. Je sais que c'est facile à dire, mais il est temps que tu te pardonnes, Will. Tu ne penses pas avoir payé assez cher ? Tu erres ici sans but depuis cinquante ans. Tu dois passer à autre chose…

— Il y a encore quelques mois, j'aurais rêvé de pouvoir enfin quitter cet endroit et passer à autre chose.

— Qu'est-ce qui a changé ? demandai-je sans comprendre.

— Tout a changé, dit-il en me caressant la joue.

Ses yeux bleus étaient plongés dans les miens. Je sentais ce qui était sur le point de se passer mais ça ne devait pas arriver…

Je me détournai à contrecœur. Je mourais d'envie de me laisser aller mais c'était impossible. Je luttais corps et âme contre l'irrésistible impulsion de l'embrasser. Ma tête et mon cœur me donnaient des ordres opposés, je suffoquais, perdue et hors de contrôle. Je ne pus réprimer un sanglot.

— Je m'en veux tellement, dis-je en m'enroulant davantage dans ma couverture, espérant maintenir une distance raisonnable entre nous.

— De quoi ? demanda-t-il en posant son front contre le mien.

Il ne me rendait pas la tâche facile et il devenait impossible pour moi de le repousser à nouveau. Je sentais sa peau chaude contre la mienne et son souffle glacé me caresser le visage. Je fermai les yeux en savourant simplement l'instant, tout en continuant de lutter.

— Je m'en veux d'éprouver tout ça. Je m'en veux d'apprécier chaque seconde passée avec toi et de vouloir croire que quelque chose est possible alors que je sais pertinemment que ce n'est pas le cas. Et par-dessus tout, je m'en veux d'être aussi terrifiée…

— De quoi es-tu terrifiée ? me demanda-t-il en posant ses doigts sous mon menton pour me forcer à le regarder dans les yeux. Amy, de quoi as-tu peur ?

— Que tu partes… À chaque seconde, quand tu es près de moi, j'ai peur que tu disparaisses et que tu ne reviennes pas. Tu dis toi-même que cet état est inhabituel… Qui sait combien de temps cela va durer ?

— Je n'ai pas l'intention de te laisser, souffla-t-il à mon oreille pour me rassurer. Jamais je ne t'abandonnerai. Dans cette vie ou dans l'autre, peu importe, je serai toujours là.

Il était sincère, je le lisais dans ses yeux. Il m'embrassa sur le front et je sentis mes dernières barrières s'effondrer. Je savais que c'était une erreur et pourtant, je ne pouvais plus lutter.

— J'ai pris ma décision… murmurai-je en me serrant un peu plus contre lui.

— Quelle décision ?

— Je veux être avec toi. Peu importe le temps qu'on aura. Je préfère passer un mois, une semaine… ou même un seul jour dans tes bras plutôt que de passer le temps qu'il nous reste à nous éviter en sachant pertinemment que ça ne changera pas des sentiments déjà existants…

Ses yeux étudièrent les miens pendant un long moment. Je voyais qu'il réfléchissait. Il faisait de son mieux pour chercher une excuse, trouver une parade pour me raisonner mais il n'arrivait pas à se raisonner lui-même, et je sus, en le voyant sourire, qu'il abandonnait la partie lui aussi. Il déposa un baiser sur mon front, un deuxième sur le coin de mes lèvres et plongea ses yeux dans les miens comme pour demander mon approbation pour le suivant. Bien sûr qu'il l'avait. Il m'attira contre lui avant de poser ses lèvres douces et chaudes sur les miennes. Je n'étais pas sûre d'avoir déjà ressenti cela. J'étais complètement déconnectée de la réalité. À cet instant, il n'y avait plus que lui et moi. Je sentis sa langue goûter la mienne et la chaleur de son haleine m'envahir. Je ne maîtrisais plus rien. Il avait le contrôle total de tout mon être. Quelque chose bouillonnait en moi. Une étrange sensation me tortillait le ventre, une sorte d'appréhension mêlée de fougue et de désir. Ses baisers me rendaient complètement ivre mais j'en voulais encore plus. Lorsqu'il se détacha de moi, nous étions tous les deux essoufflés. Je l'attirai à mon tour, je ne voulais pas que ça s'arrête. Je passai mes bras autour de son cou, l'invitant à me rejoindre sous ma couverture. Je n'eus plus si froid tout à coup. J'oubliais absolument tous mes doutes, mes craintes de l'avenir, je ne pensais qu'à l'instant présent. J'avais tort, je le savais, et je le regretterais peut-être plus tard, mais je ne voulais pas y penser pour l'instant.

— Rentrons, murmura-t-il à mon oreille en détachant son visage du mien.

Il se leva en me prenant la main et m'entraîna à l'intérieur. Une fois dans le bureau, il referma la porte-fenêtre derrière moi avant de me regarder avec une telle intensité que je me sentis défaillir. Il hésitait, je le voyais. Il brûlait d'envie de reprendre où nous nous étions arrêtés mais sa raison lui faisait obstacle. J'enroulai mes bras autour de sa nuque pour l'attirer contre moi et l'embrassai à nouveau. Je le sentis d'abord réticent puis il finit par lâcher prise. Il ne pouvait plus lutter lui non plus. Sa main glissa jusque dans le creux de mes reins pour m'attirer fermement contre lui puis il me força à reculer jusqu'à ce que mon dos touche le mur. J'avais l'impression d'être sous son emprise totale, sans aucune échappatoire, mais ça me plaisait. Nous mîmes bientôt plus d'ardeur dans nos baisers, nous laissant facilement emporter par le désir qui montait lentement entre nous. N'y tenant plus, je me détachai de lui et, sans rien dire, je lui pris la main pour l'entraîner dans l'escalier puis dans notre chambre. Là, nous reprîmes nos échanges. Pourtant, même si je sentais le désir qu'il éprouvait à travers ses baisers, il était hésitant. Je le connaissais suffisamment pour savoir qu'il s'inquiétait des conséquences que cela pourrait avoir.

— Amy, soupira-t-il en me repoussant sans conviction. Ce n'est pas une bonne idée… il n'y aura pas de retour en arrière possible…

— Ça m'est égal, répondis-je machinalement. Je ne veux penser à rien, juste à ce moment…

Dans ses yeux, je vis ses dernières réticences s'envoler. Il me caressa la joue puis, avec des gestes remplis de tendresse, il commença à déboutonner mon chemisier et laissa le vêtement glisser lentement le long de mes épaules. Il embrassa mon cou et mes épaules nus en enroulant son bras autour de ma taille. À mon tour, je fis passer son tee-shirt par-dessus sa tête et laissai courir mes doigts sur son corps élancé et musclé. Je posai la main sur son cœur, là où j'aurais dû percevoir des battements, mais je ne sentais rien. Il me regarda tristement avant de me lâcher et de s'asseoir sur le bord du lit, l'air pensif. Je m'assis près de lui en lui murmurant à l'oreille de ne pas s'arrêter. Alors, il me fit basculer sur le matelas et reprit ses caresses sans plus retenir ses envies. Je le laissai, allongé sur moi, explorer mes courbes avec un intérêt certain et couvrir mon corps de baisers qui me brûlaient la peau. La fièvre grimpa et nos vêtements se mirent à voler dans la pièce. La chaleur de son corps contre le mien me donna l'impression que mon sang bouillonnait dans mes veines. Notre attirance mutuelle se transforma bientôt en un désir et une faim insatiables. Je ne me lassais pas de le sentir si proche de moi après avoir passé tant de temps à l'éviter. Nos deux corps étaient comme deux aimants parfaitement accordés, incapables de résister à l'attraction qu'ils exerçaient l'un sur l'autre. Ses gestes étaient tendres et passionnés à la fois. Après de longues minutes à nous deviner, nous chercher et nous étreindre, je sentis monter en moi une chaleur nouvelle et bientôt, nous nous retrouvâmes tous les deux à bout de souffle, submergés par nos sentiments et un appétit satisfait. Rassasiés, nous nous allongeâmes l'un contre l'autre, son bras protecteur enroulé autour de moi. J'avais imaginé des dizaines de fois, même si je l'avais gardé secret, m'endormir dans ses bras. À cet instant, je me sentis détendue, sereine et calme. Et c'est épuisée, mais comblée, que je sombrai dans le sommeil, bercée par la respiration lente de Will qui me caressait doucement les cheveux.

## 35

## Amy

*Une douce alchimie*

Je sortis de mon sommeil avec difficulté, attirée par le contact d'une main chaude qui me caressait la joue. Lentement, mon esprit s'accrocha à la réalité et j'ouvris doucement les yeux, gênée par la lumière du jour qui envahissait la pièce. Will était allongé à côté de moi et m'observait avec un sourire tendre. Je me rappelai instantanément notre nuit, où lui et moi ne faisions plus qu'un en oubliant tout ce qui nous entourait, y compris les obstacles censés nous séparer. Il me dévisageait avec malice :

— Tu te décides finalement à refaire surface !

Je ne voulais pas sortir du lit. Je voulais rester là, avec lui, la journée entière. Je vins me pelotonner contre lui en marmonnant que nous n'étions pas obligés de nous lever. Il rit en posant son menton contre mon front et enroula son bras autour de moi.

Il me fallut très peu de temps pour m'endormir à nouveau.

Plus tard, je fus réveillée par l'air frais de la pièce s'immisçant dans les draps. J'avais froid. Je me réveillai avec une sensation désagréable et réalisai que mon ami n'était plus là. Prise de panique, je me redressai dans le lit pour parcourir la pièce des yeux. Personne. Je me levai en hâte en enfilant rapidement mes vêtements de la veille et descendis l'escalier avec précipitation pour rejoindre la cuisine. Je m'arrêtai au seuil de la pièce avec un soupir de soulagement en le voyant s'activer devant le plan de travail.

— Bonjour, mon ange ! dit-il avec un grand sourire en me voyant arriver. Est-ce que ça va ? Tu as l'air…

— … Paniquée ? continuai-je à sa place en le rejoignant.

J'enroulai mes bras autour de sa taille et posai ma tête contre lui en répondant :

— Tu n'étais pas là quand je me suis réveillée. J'ai eu peur que tu sois… parti.

Il me regarda avec un sourire qui se voulait rassurant mais qui trahissait une profonde tristesse. Il savait que ce moment finirait un jour par arriver. Nous le savions tous les deux.

Je sentis tout à coup une odeur familière qui, pourtant, n'était pas celle que je préférais le matin au réveil.

— Ne me dis pas que tu as fait des œufs ? lui demandai-je avec la conviction de connaître déjà la réponse.

— J'ai bien peur que si… répondit-il, ravi.

Je soupirai en faisant une moue écœurée :

— Tu sais que j'ai horreur de ça…

— Peut-être bien, dit-il en approchant son visage du mien, mais tu as besoin de reprendre des forces.

Il m'embrassa et je sentis mes jambes se dérober sous moi. Je n'étais pas sûre de pouvoir m'habituer un jour à la sensation de ses baisers. Ils me rendaient complètement folle et chaque fois que ses lèvres effleuraient les miennes, je perdais tout contrôle.

— Je crois que tu as raison, murmurai-je, encore hypnotisée par sa démonstration de tendresse, je vais devoir prendre des forces.

Il se mit à rire en enlevant la poêle du feu et me servit une omelette bien baveuse qui, déjà, me donnait la nausée.

Après le petit déjeuner, nous nous installâmes dans le canapé du bureau. Nous restâmes là un long moment, ma tête posée sur ses genoux pendant qu'il jouait avec mes cheveux, à observer le ressac des vagues sur le sable. Malgré le sentiment de plénitude que je ressentais à ce moment, je ne pouvais pas m'empêcher d'éprouver une pointe de culpabilité. Je me disais que M. Maréchal ne serait sans doute pas ravi de savoir qu'il me payait si cher pour flirter avec le fantôme de la maison. Cependant, je me disais pour me rassurer que, grâce à l'aide de Will, les travaux avaient avancé plus vite que prévu et que quelques jours de relâche étaient finalement bien mérités. Il ne restait pas grand-chose à accomplir pour terminer la rénovation : quelques finitions, le montage des meubles et la mise en place de la nouvelle décoration. Ainsi, bien sûr, qu'un bon coup de ménage. Je laissais mes pensées divaguer quand elles furent interrompues par la voix de Will :

— Comment va-t-elle ? me demanda-t-il, la voix mélancolique. Martha...

Je me redressai pour lui faire face et lui pris la main avant de répondre avec enthousiasme :

— Elle va bien. Elle a su se construire une belle vie entourée d'une charmante famille. Elle vit dans une jolie maison qui surplombe le port, ça te plairait !

Il sourit avec nostalgie.

— D'ailleurs, je suis ravie de t'apprendre que tu es tonton ! poursuivis-je en riant.

— Sérieusement ? dit-il, surpris.

J'acquiesçai en hochant fermement la tête avant de poursuivre :

— Elle a eu deux charmants enfants : Luc et Agathe... tous deux âgés respectivement de... (je réfléchis en essayant de me rappeler ce que m'avait dit Martha)... 45 et 43 ans je crois !

Ses yeux devinrent ronds de surprise :

— Eh bien, dit-il éberlué, voilà qui ne me rajeunit pas... J'ai donc deux neveux plus âgés que moi, c'est... étrange !

Je ris en voyant sa réaction et me décidai à en remettre une couche :

— Oui, d'ailleurs, tu as également cinq petits-neveux et nièces. Mais pour ceux-là, ne me demande pas leurs noms, je n'ai pas pu tous les retenir.

Il rit à son tour, paraissant sincèrement soulagé que sa sœur ait pu construire une famille et être heureuse dans sa vie.

— Et qui est le gaillard qui a eu la chance d'épouser ma sœur ? demanda-t-il avec un intérêt soudain.

Je fis une moue indécise. Était-ce vraiment à moi de lui dire qu'elle s'était mariée avec son meilleur ami ?

Je savais comme il avait pu se montrer protecteur avec Martha. Il me l'avait souvent répété, et je n'étais pas certaine qu'il apprécierait la nouvelle. Je l'entendais d'avance vociférer des injures concernant son fidèle ami, le traitant de judas ou autre... Remarquant mon hésitation, il demanda de nouveau :

— Amy... qui a-t-elle épousé ? Je le connais ?

— Si peu..., murmurai-je ironiquement, plus pour moi-même qu'à sa réelle intention.

— Pardon ?

— Possible... répondis-je vaguement, ne sachant pas comment lui annoncer la nouvelle.

Il haussa les sourcils pour m'inciter à poursuivre.

— Je crois qu'il s'appelle... Vincent ?

Je fronçai les sourcils avec appréhension, me préparant à le voir se mettre en colère. Il rit nerveusement avant de me demander en se frottant le menton :

— Vincent ? Vincent comme... mon meilleur ami ? ce Vincent-là ?

— J'en ai bien peur...

Il resta sans voix un instant, interloqué par l'information qui, visiblement, lui faisait l'effet d'une douche froide, avant de s'exclamer avec ardeur :

— Non mais je rêve ! L'espèce de salopard ! Il s'est bien foutu de moi, toutes les fois où il passait son temps à se plaindre d'elle !

Sa réaction m'amusait et malgré mes efforts, je ne pus retenir un rire sincère.

— Ça te fait rire ? Il m'a trahi, le judas !

Et bingo ! J'étais certaine que ce moment viendrait.

— Will, répondis-je en retenant un gloussement. Ils sont heureux ensemble, il n'y a pas de quoi en faire tout un plat...

— Mais ils se détestaient ! dit-il avec une voix qui montait dans les aigus. Qu'est-ce qui a bien pu changer ?

— Après ta disparition, il s'est montré très présent…

— Tu m'étonnes ! marmonna-t-il. Il en a bien profité !

— Arrête ! dis-je en riant. Ils ont passé beaucoup de temps ensemble, ils ont appris à se connaître et voilà !

— Voilà ? Non, voilà pas ! Je ne suis pas d'accord… Comment des sentiments aussi contradictoires peuvent-ils se rejoindre ?

Je le regardais sans rien dire en attendant qu'il réfléchisse un moment à notre situation. Voyant qu'il ne répondait pas, j'insistai :

— Ça ne te rappelle pas quelqu'un ? Nos débuts n'ont pas été faciles non plus, je te rappelle.

— Pour nous, c'est différent ! répondit-il, sûr de lui.

— Qu'est-ce qu'il y a de si différent ?

Il ouvrit la bouche pour répondre mais ne trouva rien à dire. Il prit un air renfrogné qui ne fit que m'amuser davantage puis je décidai de changer de sujet en reprenant plus sérieusement :

— Je l'ai vu, tu sais… le *Colibri*.

Une nouvelle fois, ses yeux trahissaient la surprise. Mais cette fois, j'y voyais ressurgir tous les souvenirs de ce qu'il avait vécu avec son bateau.

— Où ? me demanda-t-il avec intérêt, oubliant toute sa colère envers Vincent. Où est-il ?

— Il est chez ta sœur, dans un garage près de sa maison. Et il est magnifique !

Il n'en revenait pas.

— Elle l'a gardé ? Après cinquante ans ? dit-il, sincèrement étonné.

J'acquiesçai avant de continuer :

— Elle n'a jamais pu se résoudre à le vendre. Il était trop précieux à tes yeux.

Je voyais à quel point il était touché et cela me serra le cœur. Je lus toute la reconnaissance dans ses yeux.

— Je n'arrive pas à le croire… dit-il finalement, heureux de savoir ce qu'était devenu son cher voilier.

Subitement, je me rappelai le charme en argent que m'avait donné Martha la veille. Je levai l'index devant lui en lui demandant d'attendre une petite seconde avant de me lever, de monter dans la chambre et de prendre l'objet que j'avais rangé dans le tiroir de la table de nuit. Je revins m'installer près de lui en lui tendant la boîte qu'il regarda curieusement.

— Qu'est-ce que c'est ? demanda-t-il avec suspicion en secouant l'objet pour écouter ce qui s'y promenait.

— Ouvre, tu verras, répondis-je avec impatience. Martha m'a demandé de te le donner…

Il fronça les sourcils, curieux, avant d'ouvrir la petite boîte avec délicatesse.

Il me regarda avec surprise lorsqu'il en découvrit le contenu. Il sortit le colibri en argent de son coffret pour l'observer de plus près.

— Je n'aurais jamais imaginé revoir cette breloque, dit-il avec le sourire. C'est un cadeau que j'avais fait à ma mère. Elle nous lisait souvent une histoire…

Il vit mon petit sourire et comprit que je savais déjà.

— … Mais j'imagine que Martha t'a déjà tout raconté ! continua-t-il, pas vraiment surpris. Je ne suis pas étonné, elle a toujours été un vrai moulin à paroles…

Je ris en l'entendant décrire sa sœur. Ces faux reproches reflétaient toute l'affection qu'il portait à sa cadette. Il me dévisagea un instant avant de prendre mon poignet dans sa main et d'attacher le charme à la gourmette en argent que je n'enlevais jamais.

— Qu'est-ce que tu fais ? lui demandai-je, étonnée par son geste.

— Cette vieille breloque ne m'est d'aucune utilité. Je préfère que tu l'aies. De cette façon, quoi qu'il arrive, tu auras toujours quelque chose qui te fera penser à moi…

J'étais touchée. Mais son cadeau me laissait un sentiment doux-amer. Je n'aimais pas l'entendre mentionner son absence. Je préférai éviter ce sujet :

— Je n'ai pas besoin de ça pour penser à toi, dis-je en touchant le petit bijou accroché à mon poignet.

Je l'adorais, cette petite breloque comme il disait.

— Merci… ajoutai-je avant de l'embrasser.

Je posai ma tête contre lui et il enroula son bras autour de mes épaules avant de me demander avec hésitation :

— Il n'a jamais plus navigué ?

Je secouai la tête en lui expliquant que Martha n'avait plus jamais mis les pieds sur un voilier après sa disparition et je vis son regard se remplir de tristesse.

— Je n'ai pas pensé aux conséquences lorsque j'ai choisi de… Avec le recul, je réalise à quel point c'était égoïste. On ne sait pas à quel point nos actions, nos décisions et nos actes peuvent influer sur la vie des personnes qui nous entourent. Je l'ai appris trop tard…

Je voyais tous les regrets dans son regard. C'était la première fois depuis notre rencontre qu'il mentionnait son suicide. J'y vis l'opportunité d'en savoir davantage.

Alors, avec réserve, je lui demandai s'il voulait bien me parler de sa mort.

Je le vis hésiter. Il n'osait pas me regarder dans les yeux. Son regard était tourné vers le large, je le sentais loin tout à coup... Pourtant, j'avais besoin de savoir, alors j'insistai :

— Tu as réellement mis fin à tes jours ?

Il acquiesça d'un signe de tête avant de se justifier :

— J'étais malheureux... Vivre avec le poids de l'accident était trop difficile. Je n'arrivais plus à me regarder dans la glace. J'avais l'impression de ne pas mériter la vie alors que je l'avais prise à une innocente et à son enfant.

Je comprenais son raisonnement. N'importe quel être humain ayant un minimum de cœur aurait sans doute réagi de la même façon. Moi la première. Je lui fis part de mon opinion, après quoi il me regarda avec tendresse. Il appréciait la compréhension dont je faisais preuve, je le voyais, même si ça n'enlevait rien au poids de sa culpabilité.

— Comment... De quelle façon tu as mis fin à ton calvaire ?

Je le vis s'agiter. De toute évidence, il n'était pas à l'aise avec le sujet.

— Je sais que tu n'as pas envie d'en parler, Will, continuai-je, mais si tu es prisonnier de ces murs, c'est que ton corps est ici... où ? Je voudrais t'aider. Je...

— Je n'ai pas envie de parler de ça maintenant, me coupa-t-il subitement.

Il fronçait les sourcils d'agacement, à moins que ça ne soit les mauvais souvenirs qui refaisaient surface. Il n'était pas prêt à en parler.

— D'accord, répondis-je sans insister même si je devais faire de gros efforts pour masquer ma déception. Mais j'espère que tu le feras un jour...

Il me sourit et me caressa la joue en promettant qu'il le ferait.

Un silence s'installa pendant lequel je vis de nouveau ses yeux se perdre dans le vide. Puis, il dit avec la gorge serrée :

— J'ignorais qu'elle avait déjà un fils... la femme de l'accident... Je pensais avoir pris sa vie et gâché celle de son mari, mais je réalise en plus que j'ai détruit celle d'un enfant. Il a grandi sans sa mère... à cause de moi... Il a dû me détester... C'est pour ça que Zac est ici ? Il a entendu les rumeurs sur la maison. Il veut me détruire et damner mon âme pour l'éternité pour me punir ?

— Non, rétorquai-je aussi sec. Non, tu te trompes. Zac croit dur comme fer que tu hantes les lieux, c'est vrai. Et ce, malgré mes nombreuses tentatives pour le convaincre du contraire... Mais il faut dire que ton crochet du droit, il y a deux mois, ne m'a pas facilité la tâche... Bref, je m'égare. Zac veut simplement te parler. Il a souffert toute son enfance de l'obsession de son père pour l'accident. Il veut simplement mettre un terme à tout cela. Boucler la boucle, te rencontrer, savoir ce qui s'est réellement passé et... pardonner. Et si tu veux mon avis, je pense que l'écouter pourrait t'aider à te pardonner toi aussi... Vous en avez besoin tous les deux...

Il ne me contredit pas. Je le voyais réfléchir, il savait que j'avais raison.

— Je vais y penser... me dit-il en me prenant la main et en commençant à tracer des cercles avec le bout de ses doigts dans le creux de ma paume.

Il était captivé par ce qu'il faisait. Quant à moi, je sentis un frisson me parcourir l'échine. Toutes les cellules de mon corps se réveillèrent, comme électrisées, sous le contact de sa peau. Je sentis le désir revenir lentement et se loger dans le creux de mon ventre. Sans plus attendre, je posai mes lèvres sur les siennes et l'embrassai avec tendresse. Notre baiser devint plus fougueux et j'eus bientôt beaucoup de mal à refréner mes ardeurs. Emportée par le désir, je m'assis à califourchon sur lui et le regardai avec amusement, les mains posées sur mes hanches.

— Tu as des projets aujourd'hui ? lui demandai-je, la voix remplie de sous-entendus.

Il comprit tout de suite où je voulais en venir :

— Peut-être bien… me répondit-il d'un air espiègle avant de mettre sa main derrière ma nuque pour m'attirer à lui et m'embrasser.

Nous nous esclaffâmes tous les deux lorsqu'il essaya, non sans difficulté, de se lever du canapé en me portant, puis il se dirigea vers la chambre où nous restâmes une bonne partie de la journée.

## 36

## Will

*Un bonheur doux-amer*

Les jours suivants furent à la fois les plus heureux et les plus malheureux que j'avais connus depuis bien longtemps. On pense souvent qu'éprouver des sentiments contraires au même instant est impossible. Pourtant, j'étais passé maître dans le domaine. Je redécouvrais des émotions et des sensations que j'avais oubliées depuis longtemps. C'était comme une renaissance. Chaque instant que nous partagions nous faisait oublier les obstacles qui nous séparaient. D'ailleurs, depuis la première nuit que nous avions passée ensemble, nous n'avions jamais parlé de l'avenir. Probablement parce que nous savions que nous n'en avions aucun. Nous avions décidé de profiter pleinement du présent en cessant d'avoir peur du futur. Notre complicité était plus forte que jamais. Nous étions deux âmes sœurs, partageant les mêmes opinions, les mêmes idées et les mêmes centres d'intérêts. J'avais l'impression de la connaître depuis des années. J'admirais cette force qu'elle avait en elle et la compréhension dont elle faisait preuve lorsque je lui parlais des événements sombres de mon passé. Elle m'acceptait tel que j'étais. J'en vins à me dire que mes cinquante années d'errance n'avaient finalement pas été vaines. Sans elles, je n'aurais jamais pu la rencontrer. C'était comme si ma vie s'était mise en suspens en attendant qu'elle me trouve. Mes démons étaient toujours là, bien présents au fond de moi, et ils ne me quitteraient sans doute jamais mais, depuis son arrivée, ils se faisaient plus discrets. Ils étaient auparavant nourris par ma solitude, mes remords et ma mélancolie, autant de sentiments qui s'étaient lentement éteints à mesure que mon affection pour Amy grandissait. Ainsi délaissés, ils s'étaient peu à peu endormis, me faisant néanmoins ressentir une forte culpabilité dès que quelque chose me rappelait l'accident. Ainsi, ils me démontraient qu'ils étaient là, prêts à se réveiller. Je ne pourrais jamais les faire disparaître totalement, je devais simplement apprendre à vivre avec et découvrir comment les maîtriser. Amy me rendait les choses plus faciles. Ses paroles de réconfort m'apaisaient et, pour la première fois depuis le drame, je ne me voyais plus comme un monstre ayant commis un acte irréparable mais comme un simple humain, capable de faire des erreurs.

Elle m'avait demandé de l'initier à la cuisine. Chaque jour, nous passions donc beaucoup de temps devant les fourneaux à essayer des recettes pourtant simples qui se terminaient le plus souvent en véritable fiasco. Je devais l'admettre, malgré toute sa bonne volonté, les spécialités culinaires n'étaient pas ancrées dans ses gènes. Parfois, elle perdait patience face à l'échec et s'en allait bouder dans la pièce d'à côté en laissant tout en plan et en s'apitoyant sur son sort. Elle marmonnait qu'elle était bonne à rien. Son comportement m'amusait et le plus souvent, après quelques mots de réconfort, elle se ressaisissait avant de tenter une nouvelle fois l'expérience. Elle était têtue, je ne me l'étais jamais caché mais sa détermination était une qualité que j'admirais par-dessus tout chez elle. Quelquefois, nos essais partaient à la dérive pour une tout autre raison. Les jours où elle se sentait d'humeur joyeuse, il lui arrivait de commencer à jouer avec la nourriture, de me tartiner le visage comme si elle beurrait une vulgaire biscotte. Dans ce cas, la situation dégénérait très rapidement et, en règle générale, nous passions l'heure suivante à récurer la cuisine – beaucoup moins réjouissant, c'était certain.

Le reste de la journée, nous bouquinions chacun de notre côté, mais installés l'un contre l'autre dans le canapé du bureau. Il nous arrivait aussi de feuilleter sans conviction les catalogues de meubles pour savoir lesquels nous allions commander afin de terminer l'installation de la maison. Pendant ces moments, le manque d'enthousiasme se faisait très vite ressentir. Nous n'étions pas pressés de terminer la rénovation car cela signifiait qu'elle devrait partir.

Nous passions chaque seconde de notre temps ensemble, comme si nous voulions remplir nos mémoires de souvenirs avant l'inévitable. Curieusement, elle ne m'avait plus jamais chassé de la salle de bains comme elle avait pu le faire avec tant de véhémence lors de nos premiers jours ensemble. Je m'amusais pourtant à la taquiner et je réalisais, avec plaisir, que cela fonctionnait toujours à merveille. J'aimais l'air contrarié qu'elle affichait lorsqu'elle ne trouvait pas réponse à mes sarcasmes et j'aimais par-dessus tout la voir se mettre en colère après moi pour des choses à propos desquelles je savais pertinemment que j'avais raison. Mon sourire narquois ne faisait que la fâcher davantage, mais je savais qu'au fond elle appréciait de retrouver les joutes verbales de nos débuts. Et puis, elle ne restait jamais très longtemps fâchée. Elle finissait toujours par me retrouver en marmonnant des excuses ou en faisant simplement comme si rien ne s'était passé avant de venir se serrer contre moi. Lorsque je me sentais responsable, c'est moi qui faisais le premier pas mais, quoi qu'il en soit, notre affection mutuelle était bien trop forte pour que nous restions en froid trop longtemps. Tous ces moments me comblaient de bonheur et pourtant…

J'étais face à un constat qui ne faisait qu'accroître mon inquiétude. Je sentais que ces moments à deux prendraient fin très rapidement et ce, pour plusieurs raisons : la première étant qu'Amy s'affaiblissait… de jour en jour. Elle passait de plus en plus de temps à dormir. Au début, les grasses matinées étaient ponctuelles mais rapidement, elles devinrent une habitude. Elle avait de plus en plus de mal à se réveiller et à trouver la motivation pour se lever. Bientôt, ses nuits furent aussi longues que ses jours et, même lorsque nous étions installés dans le canapé du salon ou du bureau, elle s'endormait rapidement dans mes bras, le livre qu'elle tenait finissant par lui échapper. Des cernes se creusaient sous ses yeux, elle maigrissait, et son teint était souvent très pâle. Elle se plaignait régulièrement de fortes migraines et prétendait que c'était elles qui la fatiguaient autant. Notre rapprochement y était sans doute pour quelque chose mais, lorsque je voulais aborder le sujet, elle niait tout en bloc, refusant de croire en cette « théorie fumeuse » comme elle disait. Je me sentais impuissant. La seule façon pour qu'elle aille mieux aurait sans doute été de nous séparer. Or, je ne pouvais pas quitter la maison, j'y étais prisonnier et elle, elle ne le voulait pas. Elle y serait pourtant bientôt obligée. Nous ne pourrions pas repousser éternellement les derniers détails des travaux. M. Maréchal l'appelait régulièrement pour en connaître l'avancée. Il commençait à s'impatienter. Tôt ou tard, elle serait contrainte à partir. Elle le savait.

Le soir de la Saint-Sylvestre était arrivé et nous étions tous les deux d'humeur mélancolique. Cela faisait cinquante ans jour pour jour que ma vie avait perdu tout son sens. Et il n'avait fallu que quelques secondes pour que ça arrive. Cette date me rappelait forcément de mauvais souvenirs, mais Amy avait insisté pour que nous la célébrions afin d'y associer des souvenirs meilleurs et plus joyeux. Elle avait revêtu l'une des très belles robes du dressing. Son choix s'était arrêté sur une toilette bleu foncé qui lui arrivait aux genoux, et dont le drapé rappelait le style gréco-romain. Elle était superbe, comme à son habitude. Je réalisai en la voyant à quel point je regrettais de ne pas pouvoir lui offrir une vie normale.

Nous passâmes la soirée à nous voiler la face. Nous faisions de notre mieux pour paraître heureux mais ce n'était que mascarade. Nous savions que cette nouvelle année ne serait pas une célébration pour nous, mais la fin de notre relation. Ce n'était qu'une question de temps. Nous ne savions pas quand, ni comment, mais c'était une certitude.

Nous étions tous les deux assis dans le canapé du salon, sa tête posée contre moi, à regarder à la télévision le feu d'artifice tiré de la tour Eiffel, quand elle me dit subitement qu'elle pourrait acheter la maison.

Je craignais d'avoir bien entendu. Je lui demandais de répéter en sentant déjà mon cœur se briser en mille morceaux, lorsqu'elle se redressa pour me regarder les yeux remplis d'espoir :

— Mon boulot dans ma région ne me plaît plus, je n'y suis pas heureuse. Et j'ai adoré rénover cette maison… je pourrais peut-être trouver un emploi ici… ou monter une boîte pour la décoration d'intérieur… Je pourrais acheter cette maison et m'y installer… définitivement…

Ce que je craignais le plus finit par arriver. Cela faisait presque une semaine que nous vivions comme si tout était normal, en décidant d'ignorer la réalité et en nous forgeant un univers dont nous étions les seuls acteurs. Pendant tout ce temps, nous n'avions pas pensé à l'avenir. Il allait, tôt ou tard, finir par nous rattraper.

— Amy… soupirai-je en fermant les yeux.

Ce que je m'apprêtais à dire allait lui briser le cœur, je n'étais pas certain de le supporter…

— Arrête, m'interrompit-elle en posant son index sur mes lèvres. Je sais ce que tu vas dire et je sais déjà tout ça. J'avais juste besoin de le dire à voix haute et de voir ta réaction pour réaliser que ce n'était qu'un rêve, un leurre… que ce n'était pas réalisable.

Je vis alors ses yeux devenir humides et je me sentis profondément malheureux.

— Je suis désolé... répondis-je en l'attirant contre moi.

— Je sais. Mais j'ai besoin de savoir... Si nous nous étions rencontrés cinquante ans plus tôt. Qu'est-ce qui se serait passé ?

Je n'eus pas besoin de beaucoup de temps pour réfléchir et lui répondis :

— Je serais tombé amoureux de toi. Grâce à toi, ma vie n'aurait pas perdu tout son sens et je n'aurais peut-être pas mis fin à mes jours. Nous serions partis tous les deux faire le tour du monde à la voile et découvrir des endroits où trop peu de gens sont allés...

— J'aime cette idée...

— Alors garde-la dans ta tête. Quoi qu'il arrive, quand tout sera fini, dis-toi simplement qu'il existe un monde, quelque part, où toi et moi sommes en train de naviguer en chassant l'horizon sans jamais en trouver l'origine.

Elle se pelotonna contre moi en essuyant une larme du revers de la main et, très vite, elle s'endormit. C'est le cœur lourd que je la portai jusque dans la chambre pour la coucher. Son sommeil était agité, elle tournait et virait dans le lit, en sueur. Je posai ma main sur son front, elle n'avait pas de fièvre même si tout portait à le croire. Elle finit par ouvrir les yeux, le regard hagard et se redressa dans le lit, essoufflée.

— Un cauchemar ? lui demandai-je inquiet en lui caressant le dos pour la calmer.

Elle secoua la tête.

— Non… la migraine. Je vais aller prendre quelque chose, dit-elle en repoussant les draps pour sortir du lit.

Je la retins par le bras, lui disant que j'allais m'en charger mais elle insista en me précisant qu'elle mourait de faim et qu'elle se rapporterait quelque chose à manger en même temps.

Soucieux, je la regardai quitter la pièce en me disant qu'il fallait trouver une issue à notre situation au plus vite, avant que sa santé n'en pâtisse davantage…

## 37

## Amy

*Une macabre découverte*

Je descendis l'escalier avec la sensation d'avoir la tête dans un étau tant cette migraine me faisait souffrir. J'ouvris le placard de la cuisine où j'avais rangé les médicaments et constatai que la boîte était presque vide. Cela n'avait rien d'étonnant vu les maux de tête à répétition dont j'étais victime dernièrement. Je me servis un grand verre d'eau et avalai le cachet. Puis je fouillai dans le frigo à la recherche de quelque chose à grignoter. Je me servis une part de gâteau et entrepris de rejoindre Will. Avant de monter l'escalier, je perçus un courant d'air froid venant du bureau. Je me rendis dans la pièce et constatai que la baie vitrée était entrouverte. Nous avions probablement oublié de la refermer plus tôt dans la journée. J'en profitai pour regarder en direction du large. Il faisait nuit mais la lune éclairait nettement l'océan et je voyais des flocons voltiger de façon éparse. Je regrettai que la neige ne soit pas arrivée une semaine plus tôt. Petite, je me réjouissais à l'idée d'avoir un Noël tout blanc.

Je fermai la porte-fenêtre mais au moment de quitter la pièce, j'eus un léger vertige et, en voulant me retenir à la petite table installée à côté du canapé, je fis tomber la lampe qui s'y trouvait. Elle se brisa sur le sol dans un bruit fracassant qui résonna sous le plancher. J'en fus surprise. Je posai mon assiette sur la petite table, m'accroupis et tapai du poing sur les planches du parquet. Je m'aperçus que mon geste résonnait dans le vide. Il y avait quelque chose là-dessous. Je fis le tour des lattes avec mes doigts à la recherche d'une prise me permettant de les soulever, mais rien. Je pris un morceau de la lampe brisée sur le sol près de moi et tentai de faire levier. Une des planches finit par se déloger et lorsque je tirai dessus, je découvris une trappe qui s'ouvrait sur un escalier donnant probablement accès à une cave.

Je m'aperçus qu'une ficelle pendait sur le côté. Je tirai dessus et des ampoules se mirent à éclairer la descente en grésillant. Cela devait faire bien longtemps qu'elles n'avaient pas fonctionné.

Avec prudence, je descendis les marches abruptes et me retrouvai dans un vaste sous-sol aménagé et cloisonné. J'avançai dans le couloir, le cœur battant. Je regardai autour de moi. Sur ma gauche se trouvait une cave abritant de nombreuses bouteilles de vin qui avaient dû se bonifier ou, au contraire, s'abîmer avec le temps. Sur ma droite, il y avait un établi où étaient entreposés de vieux outils recouverts de poussière. Parmi eux, une vieille lampe à dynamo. Je la pris et soufflai dessus pour la dépoussiérer. Le fond du sous-sol semblait bien sombre… Elle me serait alors bien utile. Je tournai la petite manivelle et constatai avec étonnement qu'elle fonctionnait toujours. Je continuai mon avancée. Des toiles d'araignées s'étendaient du sol au plafond, venant parfois me chatouiller le visage. J'arrivai au fond du sous-sol, non éclairé. Du faisceau de ma lampe, j'éclairai les murs, en sentant mon cœur battre jusque dans mes oreilles. J'avais peur. Peur de ce que je m'apprêtais à découvrir.

Je me trouvais dans un vaste espace qui, de toute évidence, avait servi de salle de jeux. Un billard blanchi par la poussière trônait au milieu de la pièce, un baby-foot était entreposé un peu plus loin. Le long du mur, de vieux flippers étaient installés et des étagères étaient remplies de vieux disques et de livres anciens. Je continuais de faire courir le rayon lumineux de ma lampe à travers la pièce quand, tout à coup, ce que je découvris me glaça le sang. J'eus un mouvement de recul et me retrouvai dos au mur, complètement paniquée. À côté des étagères se trouvait un vieux canapé et sur ce canapé, un corps. Ou plutôt, ce qu'il restait d'un corps. Il était en position assise, l'un de ses bras tombant dans le vide. Par terre, près de sa main, il y avait une arme... J'étais bouleversée et complètement tétanisée. J'avais l'impression d'étouffer. Je retins un cri en mettant ma main devant ma bouche mais mes jambes se dérobèrent sous moi et lentement, je me laissai choir sur le sol, le dos toujours appuyé contre le mur. Je ne pouvais détacher mes yeux de lui, même si le voir comme cela me rendait malheureuse. Malgré moi, je sentis des larmes froides couler le long de mes joues. Je ne maîtrisais plus rien. J'avais l'impression d'être vide, anéantie. Puis, je sentis Will s'asseoir près de moi, sans rien dire. Il n'y avait rien à dire. J'avais voulu savoir. Maintenant, je savais. Je ne saurais dire combien de temps nous restâmes là tous les deux, simplement assis côte à côte sans dire un mot, sans aucune réaction. Puis, au bout d'un long moment, je sentis la chaleur de son bras entourer mes épaules, il m'attira contre lui en déposant un baiser sur le sommet de ma tête. Alors, je me mis à pleurer sans retenue dans ses bras, jusqu'à ce que l'épuisement arrête mes larmes. Le moment était arrivé. Nous savions que cette découverte marquait la fin de notre histoire. Pourtant, elle venait à peine de commencer et ni lui ni moi n'étions prêts à y mettre un terme.

# 38

## Will

*La fin se profile à l'horizon*

Il neigeait à gros flocons depuis la veille au soir. Sur la plage, le sable était dissimulé sous un épais manteau blanc. Seul le ressac des vagues repartant vers le large venait balayer la poudre blanche, en laissant de nouveau apparaître la grève. Tout était calme, serein. Amy était assise depuis presque une heure sur les marches de la véranda à observer la scène en silence. Cela semblait l'apaiser mais je savais que son esprit avait pris le large lui aussi, emporté par de sombres pensées qui n'appartenaient qu'à elle. Ses yeux fixaient l'horizon, comme si elle y cherchait des réponses. Après la découverte de mon corps, elle avait beaucoup pleuré. Seule la fatigue avait réussi à venir à bout de ses larmes. Je l'avais ramenée jusqu'à la chambre où elle s'était endormie de courtes minutes avant de se réveiller pour ne plus trouver le sommeil. Elle s'était serrée contre moi si fort que j'avais compris à quel point elle avait peur. Peur que je disparaisse… Au petit matin, lasse de lutter contre l'envie de s'assoupir, elle s'était levée sans enthousiasme et s'était installée sous la galerie, une couverture sur les épaules, pour regarder le jour se lever sur un paysage nouveau. Il régnait une atmosphère si paisible à ce moment. Le ciel était presque aussi blanc que les flocons qui s'en échappaient et la ligne d'horizon se mêlait au blizzard du large, qui la faisait peu à peu disparaître. Le ciel et l'océan ne faisaient plus qu'un. Ce spectacle rare était magnifique.

Je restai en retrait, appuyé contre la porte-fenêtre qui était ouverte. J'observais mon amie. Elle avait l'air si malheureuse. Mon cœur se serra dans ma poitrine. Comment pouvait-il être si douloureux alors qu'il avait cessé de battre depuis cinq décennies ? Je pensais que la laisser seule lui ferait peut-être du bien. Pourtant, je devenais fou à la regarder rester immobile dans le froid, comme si elle s'était éteinte… N'y tenant plus, je la rejoignis et m'assis derrière elle sur la marche supérieure de l'escalier en enroulant mes bras autour de ses épaules pour la réchauffer. Elle laissa retomber sa tête contre ma poitrine, appréciant cette soudaine chaleur qui venait l'envelopper.

— Tu es glacée, remarquai-je en la serrant un peu plus fort contre moi.

Elle ne répondit rien, semblant réfléchir à la meilleure façon d'aborder le sujet que nous redoutions tous les deux.

— Tu as souffert ? finit-elle par demander.

Ainsi, nous y étions. Cette fois, je n'avais plus rien à lui cacher. Plus aucun secret.

— Non, répondis-je franchement. Je n'ai aucun souvenir de ce qui s'est passé après avoir pris cette arme dans la main. J'étais vivant et l'instant d'après, je me déplaçais dans la pièce en me demandant ce qui s'était passé... Jusqu'à ce que je me retourne et découvre mon corps. J'ai tout de suite compris ce que j'étais devenu...

Elle hocha machinalement la tête :

— Tu as une idée de ce qui va se passer maintenant ?

Je réfléchis. Je n'y avais pas encore songé.

— Pas vraiment. Je ne sais rien de ce qui est censé arriver après ça...

— Moi, je crois que je le sais...

Elle était si pleine de sagesse que j'attendais avec impatience sa réponse. Elle me rassurerait peut-être car, je devais l'admettre : j'avais peur. On a tous peur de ce qui nous est inconnu. Encore plus quand il s'agit de faire le dernier grand saut. Je n'avais jamais réellement cru à un « après » mais sa vision des choses m'avait donné de l'espoir. J'espérais juste qu'il soit justifié.

Elle poursuivit :

— Tu vas rencontrer Zac... Il a besoin de te parler pour passer à autre chose. Et je crois que tu en as besoin toi aussi. Le fait qu'il te pardonne t'aidera peut-être à te pardonner à toi-même.

Elle avait raison une fois de plus, je ne pouvais la contredire. Alors, elle continua :

— Ensuite, Martha viendra ici. Tu as une chance de lui dire au revoir... pour de bon. Vous en avez besoin tous les deux.

Sur ce point encore, je ne pouvais qu'approuver. Je voulais voir ma sœur... une dernière fois. Lui dire combien je regrettais...

— Et ensuite ? demandai-je avec appréhension.

Sa gorge se serra et elle répondit :

— Ensuite… plus rien ne te retiendra ici. C'est la culpabilité, le sentiment d'avoir laissé quelque chose d'inachevé et ton corps qui te retenaient enchaîné à cette maison. Je le sais maintenant. Une fois que tout cela sera terminé, nous organiserons des funérailles. Alors, tu seras enfin libre… et tu pourras partir.

Là où je me tenais, je ne voyais pas ses yeux mais je devinais ce qu'ils reflétaient : la mort dans l'âme. Ses paroles étaient sincères même si au fond, elle aurait préféré que la situation soit différente. Elle n'était pas la seule.

— Je ne veux pas te quitter… soufflai-je en lui déposant un baiser dans le cou.

Je la sentis frissonner. Elle se retourna et enroula ses bras autour de ma nuque en approchant son front du mien.

— Moi non plus, répondit-elle au bord des larmes. Mais tu mérites d'être libre, d'aller dans un endroit meilleur… Nous savions, pas vrai ? Nous savions que ça allait arriver. Je t'ai dit que je préférais passer une seule journée près de toi plutôt que de rester éloignée. Nous avons eu une semaine. C'est plus que ce qu'on espérait…

Elle était si forte. Comment réussissait-elle à être aussi convaincante en ayant l'air anéantie. J'admirais cette femme, pour tout ce qu'elle représentait, tout ce qu'elle était et tout ce qu'elle faisait.

— Je t'aime, murmurai-je enfin à son oreille.

Ma déclaration lui arracha un sourire malgré le chagrin. Elle prit mon visage entre ses mains avant de m'embrasser. Un baiser doux-amer au goût salé de ses larmes qui coulaient sans qu'elle puisse les retenir.

— Je t'aime moi aussi, dit-elle la gorge nouée.

Je déposai un baiser sur son front avant de la serrer de nouveau contre moi. Nous restâmes un moment silencieux face au paysage immaculé devant nos yeux. Puis, nous commençâmes à discuter de la façon de procéder. Nous étions d'accord sur le fait qu'il ne servait à rien de retarder l'échéance. Le temps passé ensemble ne ferait que rendre la séparation plus difficile. Elle s'annonçait déjà bien douloureuse. Nous nous mîmes d'accord pour prévenir Martha au plus vite et commencer l'organisation des obsèques. Quant à Zac, Amy arrangerait une rencontre le lendemain. Tout semblait réglé comme une horloge, pourtant je m'inquiétais. Pas pour moi mais pour elle. Que se passerait-il pour elle lorsque je serais parti ?

— Quels sont tes projets ? finis-je par lui demander, sincèrement soucieux de son avenir.

— Je n'ai pas envie d'y penser pour l'instant…

— Il le faut ! Ce sont nos rêves qui nous donnent une raison de nous lever chaque matin. En tout cas, c'était mon cas. Tu dois te fixer de nouveaux objectifs et te donner les moyens de les atteindre. Garde l'esprit occupé et ne regarde jamais en arrière…

— Tu parles en connaissance de cause, on dirait ! dit-elle en souriant, contente de changer de sujet.

Mais je n'étais pas dupe.

— Je suis sérieux, Amy. Qu'as-tu l'intention de faire ?

Je savais à quel point il était dur pour elle de me parler d'un avenir dont je ne faisais pas partie, mais il fallait qu'elle accepte le fait que je ne serais bientôt plus là. Et je craignais que mon absence ne l'affecte plus qu'elle ne le laissait paraître. Ce n'était pas une question de fierté ou d'orgueil masculin. Je le savais simplement parce que je ressentais la même chose. Je faisais de mon mieux pour la persuader que tout irait bien alors qu'au fond, je savais qu'elle deviendrait mon plus grand regret.

— Je vais terminer ce que j'ai commencé ici, finit-elle par me répondre. Ensuite, je repartirai chez moi et je réfléchirai à un autre métier… J'avais pensé prendre des cours de voile…

Je m'esclaffai en écoutant sa dernière remarque :
— Sérieusement ?
— Sérieusement, confirma-t-elle avec un sourire discret mais franc. J'ai envie de savoir ce que l'on ressent, seule face à l'immensité des océans et l'infinie possibilité des destinations… Je veux ressentir cette liberté moi aussi…

Je l'observai le regard rempli de tendresse et laissai courir mes doigts le long de sa joue.
— Si la mort ne nous avait pas séparés, je t'aurais épousée…

Je regrettai aussitôt mes paroles. Pas parce que je ne les pensais pas, au contraire, mais simplement parce qu'elles ne rendraient pas les choses plus faciles. Pourtant, elle ne s'en formalisa pas.
— J'aurais eu beaucoup de chance alors… répondit-elle une lueur espiègle dans le regard.

Puis, elle se leva en frissonnant dans sa couverture.
— Je suis gelée, dit-elle en se frottant les mains. Je vais prendre une douche bien chaude avant d'aller rendre visite à Martha.

Elle s'éloigna en silence, me laissant seul face à l'océan et à mes réflexions maussades. Les prochains jours risquaient d'être difficiles émotionnellement, et c'était avec une appréhension certaine, mêlée d'incertitude que je les envisageais...

## 39

## Amy

*Le passé refait surface*

Il neigeait toujours à gros flocons lorsque je pris la route pour me rendre chez Martha. La poudreuse tenait au sol et les voies commençaient à peine à être dégagées. Il n'y avait pas âme qui vive dans la ville. J'avais l'impression de parcourir les rues d'une cité fantôme. Probablement inhabitués à ce climat, les habitants s'étaient cloîtrés chez eux pour échapper au froid et au blizzard. J'arrivai finalement à destination et me garai devant la maison de mon amie en prenant une forte inspiration pour me donner un peu de courage. La conversation qui allait suivre n'allait pas être facile. Puis, je sortis de ma voiture et allai frapper à la porte de la maison. Martha apparut bientôt dans l'encadrement.

— Amy ! Bonjour, s'exclama-t-elle, d'abord ravie de me voir.

Mais elle remarqua rapidement mon air morne et taciturne. Elle comprit alors que je ne venais pas lui annoncer une bonne nouvelle. Son sourire s'effaça et laissa place à une certaine anxiété.

— Entrez, je vous en prie, venez vous mettre au chaud !

Je la suivis dans la maison. Il y faisait bon. Un feu brûlait dans la cheminée. Je m'en approchai pour me réchauffer les mains et elle me débarrassa de mon manteau avant de me proposer une tasse de thé que j'acceptai bien volontiers. Pendant qu'elle le préparait, je m'approchai de la baie vitrée pour admirer la vue. Les bateaux amarrés aux pontons étaient recouverts de neige et les flocons qui tombaient encore venaient se perdre dans les eaux du port. Le pont de Cornouaille avait disparu derrière la grisaille environnante et le ciel était si bas qu'il se mêlait aux eaux claires de l'Odet. Mes sombres pensées prenaient le large en observant un décor qui semblait si calme et paisible, en opposition avec le chaos et la tristesse qui régnaient au fond de moi depuis la veille au soir. Mon esprit était parti si loin que j'eus un léger sursaut lorsque Martha s'approcha de moi en me tendant ma tasse de thé. Je lui souris mais ses yeux étaient remplis de questions.

— Je l'ai trouvé, Martha... finis-je par lui dire. J'ai retrouvé le corps de Will.

Je vis ses épaules s'affaisser et son regard se remplir de tristesse. Elle s'assit dans le canapé en posant sa tasse sur la table basse devant elle. Elle prit un instant avant de me répondre :

— Je me doutais que vous étiez venue pour m'annoncer cela en voyant l'expression sur votre visage lorsque je vous ai ouvert la porte.

— Je suis désolée… répondis-je tristement.

— Non, dit-elle en prenant ma main dans la sienne. Ne soyez pas désolée. Je savais que ce moment finirait par arriver. C'est peut-être une bonne chose finalement…

Je sentis une boule me nouer la gorge.

— Où ? me demanda-t-elle avec appréhension.

— Il y avait un sous-sol dans la maison, vous le saviez ?

Elle fronça les sourcils en secouant la tête :

— Je l'ignorais, m'affirma-t-elle.

— Il y avait une trappe dissimulée dans le parquet du bureau. Je ne l'avais jamais remarquée auparavant mais hier, j'ai fait tomber quelque chose sur le sol et je me suis aperçu que le son résonnait dans le vide. J'ai découvert un escalier qui donne accès à un sous-sol… C'est là que je l'ai trouvé…

— Et comment a-t-il…

Elle n'osait pas poser la question mais je devinai son interrogation.

— Il y avait un revolver près du corps…

— Je vois, dit-elle, paraissant sincèrement touchée. A-t-il souffert ?

— Non. Il dit qu'il n'en a aucun souvenir.

— Bien, répondit-elle, légèrement apaisée.

— Il veut vous voir…

La vieille femme me regarda avec des yeux ronds :

— Vraiment ?

— Oui. Il va partir, Martha… J'ai compris qu'il y avait trois choses qui le retenaient ici : la culpabilité de l'accident, le remords de vous avoir laissée sans vous dire au revoir, et son corps… Il doit achever sa rédemption et accomplir ce qu'il n'a pas réussi à terminer de son vivant pour enfin être libre…

Je parlais sans enthousiasme. Le désarroi devait se lire sur mon visage. Mon amie sembla le remarquer puisqu'elle me demanda :

— Et vous, que pensez-vous de tout cela ?
— Je suis heureuse qu'il puisse être bientôt libre…
— Mais ?

Je la regardai sans répondre. Elle savait :

— Vous êtes tombée amoureuse de lui…

Je sentis l'émotion me submerger. Ma vision se troubla, les larmes me montaient aux yeux. Je tentai de me maîtriser mais cela devenait très difficile. Je ne pouvais le nier. Sans rien dire, elle posa la main sur mon épaule et m'attira contre elle pour me serrer dans ses bras.

— Oh mon ange, je suis désolée… je vous avais dit de faire attention la première fois que nous nous sommes vues… Je craignais que vous ne vous brûliez les ailes.

— Je crois qu'il était déjà trop tard, lui répondis-je en me laissant bercer par ses bras amicaux.

— Je regrette tellement… me dit-elle, la voix pleine de sincérité.

J'étais confuse. Je me détachai d'elle pour la regarder avec curiosité :

— Qu'est-ce que vous regrettez ?

Elle me sourit avec tendresse avant de poursuivre :

— J'ai su, en vous voyant l'autre jour, que vous étiez celle que mon frère attendait. Je regrette tellement que le temps se soit trompé ! J'aurais aimé avoir une chance de le voir heureux avec quelqu'un…

Ce qu'elle disait me touchait sincèrement. Devais-je lui dire que nous avions été heureux malgré le peu de temps que nous avions passé ensemble ? Je pensais qu'elle était en droit de le savoir.

— Il l'était. Nous l'étions. Nous n'avons pas eu beaucoup de temps, mais ces deux derniers mois ont été les meilleurs de ma vie. Will est la meilleure chose qui me soit arrivée…

Je voyais de la confusion dans ses yeux. Comme elle ne comprenait pas où je voulais en venir, je lui expliquai la condition particulière de Will. Je lui racontai qu'il était devenu plus fort au fil des semaines jusqu'à se matérialiser comme n'importe quel être humain. Elle comprit, sans qu'il soit nécessaire que je lui explique en détail, que nos relations avaient alors évolué. Je voyais la surprise dans ses yeux, mais j'y vis également une pointe de malice et un sourire se dessina au coin de ses lèvres.

— Au vu de la situation, je comprends ce que vous devez ressentir. Je sais à quel point ça doit être difficile pour vous de lui dire au revoir. Et je ne vous remercierai jamais assez du rôle que vous avez joué dans sa vie. Vous ignorez à quel point je suis heureuse de savoir que mon cher frère quittera ce monde en ayant connu l'amour…

Je sentis de nouveau l'émotion me submerger et déviai la conversation pour éviter de craquer à nouveau :

— Will pense qu'il puise ses forces dans les miennes. Il croit qu'il siphonne involontairement mon énergie… pensez-vous que cela soit possible ?

Elle me regarda avec attention :

— Je ne sais pas grand-chose des esprits, mais Will a toujours été une personne pragmatique... s'il en est convaincu, c'est que des raisons suffisantes le poussent à le croire. Je pense qu'il pourrait avoir raison. Vous, qu'en pensez-vous ?

Je réfléchis avant de répondre :

— C'est vrai que je suis faible... Mon état n'a cessé d'empirer depuis mon arrivée ici. J'ai nié pendant des semaines qu'il puisse y être lié. Je ne VOULAIS pas qu'il y soit lié. Ça n'aurait été qu'un obstacle supplémentaire au fait que nous puissions être ensemble... Je crois que je me suis longtemps bercée d'illusions en pensant que toute cette histoire pouvait avoir une fin heureuse... Mais aujourd'hui, ça n'a plus d'importance... Il sera bientôt parti... Je crois qu'il a peut-être raison... Je ne comprends pas la vie. J'ignore ce qu'elle attend de nous : je n'ai jamais cru au hasard. Alors pourquoi le destin nous a-t-il fait nous rencontrer tout en créant autant d'obstacles pour nous séparer ?

Je la voyais impuissante face à mes questions. Pourtant, elle se montrait si compréhensive.

— Je n'ai jamais cru au hasard moi non plus, dit-elle avec un sourire qui se voulait rassurant. Et je ne pense pas que votre rencontre soit vaine. Grâce à vous, Will va finalement pouvoir être libre après cinquante années d'errance. Rien que pour cela, je remercie le ciel de vous avoir envoyée. Et puis, on ne sait jamais de quoi demain sera fait...

Je voulais vraiment la croire et elle n'avait peut-être pas tort : sans ma venue dans la maison, Will aurait peut-être erré cinquante ans de plus, mais ça ne soulageait en rien ma propre peine. Lorsqu'il serait parti, il ne me resterait rien. Seulement des souvenirs douloureux et un trou béant dans la poitrine avec, pour seul réconfort, l'idée qu'il puisse être heureux dans un endroit meilleur…

— Nous allons devoir organiser des funérailles… dès qu'il sera prêt, dis-je pour continuer la conversation.

— Bien sûr. Ne vous inquiétez pas pour ça, je m'occuperai de tout.

— Si vous avez besoin de mon aide, je…

— Amy ! m'interrompit-elle en posant sa main sur la mienne. Vous m'avez déjà beaucoup aidée. Vous m'aidez en aidant mon frère. Il ne vous reste que quelques jours à passer ensemble. Profitez de chaque instant, je m'occupe de la cérémonie. Je lui dois bien cela. En revanche, si moi je peux faire quelque chose pour vous, je serai ravie de vous rendre service…

Cette femme était vraiment adorable. Elle était d'une gentillesse extrême et d'une compréhension sans égale. J'espérais de tout cœur que nous resterions en contact, même une fois que tout serait terminé.

— Il y a bien quelque chose que vous pourriez faire…

— Bien sûr. Dites-moi !

— Je crois que le *Colibri* aimerait à nouveau déployer ses ailes !

Elle comprit aussitôt ce que je lui demandais.

— Je crois que vous avez raison, me répondit-elle avec le sourire. Après tout, la place d'un bateau n'est pas dans un garage !

Nous étions d'accord sur ce point. Nous discutâmes encore quelques instants avant de convenir ensemble de la visite de Martha le lendemain matin à la maison.

— Je ne vous cache pas que cette rencontre me rend un peu nerveuse... me confia-t-elle timidement alors que j'enfilais mon manteau avant d'affronter de nouveau la neige.

— Je pense qu'il le sera autant que vous. Mais il reste votre frère. Vous aurez des tas de choses à vous dire, j'en suis certaine.

Elle me serra dans ses bras en me remerciant une fois de plus. Puis nous nous saluâmes et je sortis, en courant, jusqu'à ma voiture pour m'y mettre à l'abri et rentrer à la maison.

## 40

## Will

### *Le chemin du pardon*

Amy rentra épuisée de sa visite chez Martha. Elle referma la porte derrière elle et s'y appuya en soupirant, lasse. Je l'attendais, assis dans l'escalier, un peu nerveux à l'idée de ce qu'elle avait annoncé à ma sœur.

— Comment ça s'est passé ? lui demandai-je avec appréhension.

Elle sursauta, surprise de me trouver là.

— Plutôt bien, répondit-elle en venant s'asseoir près de moi. Elle viendra demain.

— Demain ? répétai-je interdit. C'est… rapide !

J'étais forcé de le reconnaître : je redoutais cette rencontre. Je n'avais pas parlé à Martha depuis si longtemps. Il était étrange de me dire que j'allais de nouveau pouvoir m'adresser à elle, mais dans l'unique but de lui dire au revoir. J'avais tellement de questions à lui poser sur sa vie, des excuses à lui faire pour mon départ brutal et des souvenirs communs à évoquer. Amy ferait l'intermédiaire entre elle et moi et, quelque part, cela me rassurait. J'appréciais le fait qu'elle et ma sœur s'entendent si bien. Au cours de cette dernière semaine, mon amie avait évoqué Martha à de nombreuses reprises avec affection. Elle ne l'avait vue qu'une seule fois mais une profonde amitié s'était tout de suite créée entre les deux femmes. Cela m'apaisait de savoir qu'elles pourraient être là l'une pour l'autre après mon départ.

— Elle est nerveuse elle aussi, tu sais ? me dit mon amie en posant sa tête dans le creux de mon cou.

D'instinct, j'enroulai mon bras autour de ses épaules pour la serrer contre moi. Elle s'abandonna complètement à notre étreinte en fermant les yeux et en me laissant jouer avec une mèche de ses cheveux.

— Tu es certaine que ce soit une bonne idée ?

— Bien sûr ! me répondit-elle ahurie. Tu dois lui dire au revoir pour te libérer de ce qui te retient prisonnier ici...

— Je ne parlais pas de ça, lui répondis-je, amusé par sa réaction. Je parlais de nous. Et de notre dangereuse proximité qui me donne une furieuse envie de t'embrasser...

Un sourire triste se dessina sur ses lèvres, elle mit sa main dans la mienne avant de répondre :

— Je ne vais pas te quitter, Will. Toi et moi, nous sommes ensemble. Jusqu'à la fin... je t'ai attendu pendant trente ans, je ne te laisserai pas... en tout cas pas avant que la mort nous sépare. Je veux passer chaque seconde qu'il nous reste avec toi.

Je la regardai longuement, admiratif de la femme qu'elle était : à la fois forte et fragile, douce et déterminée. Elle incarnait tout ce que j'avais toujours recherché chez une femme. Sa présence avait eu tellement d'impact sur ma vie, dans le bon sens du terme. Deux mois lui avaient suffi pour tout changer et me rappeler qui j'étais.

— Tu es mon ange gardien… lui dis-je en lui caressant la joue avec mon pouce.

Elle laissa échapper un petit rire.

— Qu'est-ce qui t'amuse autant ? lui demandai-je, curieux.

— Je n'ai rien d'un ange gardien.

— Pourtant, avec tout ce que tu fais pour moi, tout le laisse à penser…

— Ce ne sont que les actions désespérées d'une femme amoureuse, qui essaie de faire de son mieux pour que l'homme qu'elle aime obtienne enfin ce qu'il mérite…

Ses paroles me serraient le cœur. Je pris son menton entre le pouce et l'index pour la forcer à me regarder. Je regardai au fond de ses yeux noisette où je lus toute la sincérité de ses paroles.

— Je t'aime moi aussi, lui dis-je avant de l'embrasser.

Un baiser langoureux et doux-amer à la fois qui nous laissa tous les deux à bout de souffle.

L'instant d'après, nous étions installés dans le salon à voir, sans réellement le regarder, un vieux film qui passait à la télévision. Amy était allongée sur le canapé, la tête posée sur mes genoux pendant que je passais lentement la main dans ses cheveux. Je savais qu'elle adorait ça. Nous étions là depuis un long moment quand on sonna à la porte. Mon amie soupira en annonçant d'un air décidé qu'elle laisserait sonner. Qui que ce soit, la personne reviendrait plus tard. Pourtant, la sonnette retentit une deuxième et une troisième fois. Elle finit par se lever en râlant après l'intrus, ce qui m'arracha un sourire amusé. J'entendis la porte d'entrée s'ouvrir et la voix de mon amie saluer Zac... Intrigué, je me levai à mon tour pour assister à la discussion.

— Je voulais m'assurer que tout allait bien, dit le voisin à mon amie. Cela fait une semaine que je ne t'ai pas vue sortir de la maison, je commençais à m'inquiéter...

— C'est gentil, Zac. Tout va bien.

— Tu en es certaine ? Tu as l'air... fatiguée. Je ne veux pas être désagréable, mais tu n'as pas bonne mine...

— Oui, c'est vrai, je suis un peu fatiguée mais je t'assure que ça ira...

Le jeune homme ne paraissait pas vraiment convaincu mais il comprit qu'elle n'avait pas l'intention de s'attarder.

— Bien, finit-il par dire, résolu. Je te laisse. N'hésite pas si tu as besoin de quoi que ce soit...

Elle le remercia aimablement puis il tourna les talons pour rentrer chez lui. Amy se retourna vers moi. Je savais à quoi elle pensait. Elle se disait que c'était peut-être l'occasion d'avoir une conversation avec lui. Elle chercha mon regard comme si elle attendait mon approbation. Je lui répondis par un léger signe de tête, après quoi elle s'adressa de nouveau à son interlocuteur :

— Zac ! l'interpella-t-elle pour qu'il revienne. En réalité, tu tombes plutôt bien... il y a quelqu'un ici à qui tu devrais parler...

Il s'approcha en fronçant les sourcils, confus, avant de comprendre. Une lueur éclaira son regard.

— Oh... dit-il à défaut d'autre chose.

Il se sentit soudainement mal à l'aise.

— Tu parles de...

— ... William Le Gwenn. Oui.

Entendre mon nom complet dans la bouche d'Amy me surprenait. Elle ne m'avait encore jamais appelé William, préférant utiliser mon diminutif.

— Je croyais qu'il n'y avait pas de fantôme... que j'avais tout inventé...

— J'ai menti, confirma-t-elle sans attendre. J'en suis désolée. Je voulais juste...

— ... Le protéger ?

— Oui. Mais je pense qu'il est grand temps d'arrêter tous ces mystères et de reparler de ce qui s'est passé. Histoire d'y mettre un terme. Et que chacun puisse passer à autre chose...

Je vis les yeux de Zac parcourir le hall d'entrée et l'escalier, à la recherche d'une présence. Durant une seconde, son regard passa sur moi mais il ne me voyait pas.

— Est-ce qu'il est ici ? demanda-t-il en chuchotant presque, comme s'il craignait que je l'entende.

Elle me jeta un œil avant d'acquiescer. Zac déglutit, tout à coup très nerveux. Un silence pesant s'installa qu'Amy finit par rompre, pensant sans doute que cela devenait embarrassant :

— Tu devrais peut-être entrer...

— Oui, bien sûr, répondit notre voisin en s'exécutant.

Il avança dans le hall avec prudence, s'attendant peut-être à être surpris par des claquements de portes, des courants d'air ou des objets qui se déplacent tout seuls. C'est sans doute ce qui se serait passé quelques semaines plus tôt. Cependant, j'étais devenu plus sage. Je m'abstins donc de toute manifestation surnaturelle.

Elle l'invita à rejoindre le salon et à s'installer dans le fauteuil pendant que nous prenions place tous les deux dans le canapé. Un malaise palpable s'installa. Voyant que personne ne prenait la parole, Amy brisa la glace en commençant :

— Tout d'abord, je te dois des excuses, Zac. C'est vrai que je t'ai menti. Je n'aurais peut-être pas dû. Mais je ne connaissais pas tes intentions envers Will. Je voulais juste le protéger…

J'appréciais la détermination avec laquelle elle avait pris ma défense auprès de lui depuis le début. Je me sentais chanceux de l'avoir à mes côtés.

— Je m'excuse, moi aussi, répondit le voisin. J'aurais dû te parler dès le départ des raisons de mon questionnement au sujet de la maison. Cela aurait sans doute évité des malentendus… et une situation pour le moins… embarrassante.

Amy accepta ses excuses puis me regarda avec insistance, attendant que je fasse à mon tour amende honorable. J'hésitai un instant avant de déclarer, à contrecœur :

— Je suis désolé moi aussi… Je l'admets, il est probable que je sois allé un peu loin… Mais je pense clairement que ce crochet du droit était amplement mérité !

— Will ! me sermonna Amy.

— Quoi ? c'est la vérité ! Il s'est comporté comme un goujat et en aucun cas, il n'avait le droit de poser ses sales pattes sur toi. J'ai encore du mal à le digérer, vois-tu ?

— Je vois oui, répondit-elle en maugréant.

Zac la regarda parler toute seule, l'air soucieux, presque paniqué. Il devait se demander ce qu'il faisait là, en présence d'une fille qui parlait à un fantôme qu'elle seule pouvait voir. J'étais prêt à parier que s'il avait pu, il se serait faufilé par un trou de souris pour échapper à cette situation grotesque.

— Tu peux lui dire ça... insistai-je auprès de mon amie.

— Non, je ne vais pas lui dire ça !

— Bien sûr que si, tu as promis que tu transmettrais mes paroles. Ce sont mes paroles. Je veux qu'il sache qu'une distance de sécurité est à respecter entre lui et toi.

— C'est ridicule !

— Sans doute. Je t'écoute...

— Bien, répondit-elle vaincue.

Elle se tourna vers Zac qui s'enfonçait de plus en plus dans son fauteuil et tapait du pied avec nervosité.

— Que dit-il ? demanda-t-il avec impatience.

— Il dit que tu méritais amplement ce coup de poing et que tu n'avais pas à, je cite : « poser tes sales pattes sur moi ».

— Oui... eh bien, il a probablement raison, répondit-il, gêné.

Transmettre mes paroles semblait mettre Amy mal à l'aise, alors elle tenta de se justifier :

— Il faut l'excuser, il est d'un naturel jaloux...

— Quoi ? m'exclamai-je, surpris. Je ne suis pas jaloux !

— Si, tu l'es ! Tu n'as qu'à voir ta tête en ce moment !

— Ma tête va très bien. Je suis peut-être juste un peu en colère...

— Oh, et pourquoi d'après toi ?

J'allais répondre quelque chose quand je réalisai que je ne savais pas quoi dire. Une fois de plus, elle avait raison. Je gardai le silence, l'air renfrogné.

— Excusez-moi, intervint timidement Zac, mais pourrions-nous en venir au fait ? Je veux dire... vous pourriez régler vos problèmes plus tard ? C'est un peu étrange de te voir t'énerver seule et regarder dans le vide tout en t'adressant à quelqu'un...

— Bien sûr, répondit Amy, confuse. Je comprends...

Puis, elle se tourna vers moi avant d'ajouter :

— Will, que voulais-tu dire à Zac ?

Je devins tout à coup plus sérieux, submergé par les souvenirs de l'accident et la prise de conscience des conséquences qu'il avait eues sur la vie de chacun.

— C'est vrai que je lui dois des excuses, commençai-je, nerveux à l'idée d'aborder un sujet qui m'était si pénible. J'ai conscience maintenant que ces quelques secondes de mon existence ont eu des répercussions sur plusieurs générations. J'imagine que sa vie n'a pas dû être facile... par ma faute.

Amy répéta mes paroles à Zac. Ce dernier répondit que, contrairement à son père, il ne me tenait pas rigueur du drame qui s'était produit à l'époque. Il ajouta qu'il n'était pas venu ici pour me faire des reproches mais simplement pour avoir une chance de savoir ce qui s'était réellement passé ce soir-là. Il voulait trouver des réponses à ses questions et tourner la page.

— Tout s'est passé tellement vite, répondis-je en faisant appel à des souvenirs douloureux. Vingt minutes plus tôt, je faisais la fête avec mes amis pour célébrer une nouvelle année et la perspective de nombreux projets qui devaient aboutir. La seconde d'après, je me retrouvai avec le poids de la vie d'une femme et de son enfant sur la conscience. À partir de là, tout a changé. Rien n'a plus jamais été comme avant. Je ne pouvais pas sourire sans culpabiliser. Les remords ne m'ont jamais quitté. Mais je pensais les mériter…

Amy transmit ma réponse.

— Personne ne mérite d'endurer un tel fardeau. Un accident est tellement vite arrivé. Personne n'est à l'abri d'être un jour impliqué dans une telle catastrophe. La vie ne tient qu'à un fil. Il en faut si peu pour la faire basculer…

Ce qu'il disait était vrai. Je ne pouvais que le confirmer. J'expliquai que je n'avais appris que quelques jours plus tôt que Christine, la victime, avait déjà un fils et que ce fils avait lui-même eu un fils. Je lui demandai à quoi avait ressemblé sa vie.

Une nouvelle fois, mon amie posa la question à ma place. Zac répondit qu'il n'avait jamais réellement vécu avec son père :

— D'aussi loin que je me souvienne, dit-il, c'était un homme buté et obsédé par l'accident. Désigner un coupable rendait peut-être sa peine plus supportable. Il s'était juré de vous retrouver et de vous le faire payer. Il n'a jamais su combler le manque affectif de sa mère en grandissant. Pourtant, mon grand-père a toujours fait de son mieux pour qu'il ne manque de rien. Les drames ont des conséquences plus ou moins importantes sur la vie de chacun. Certains arrivent à oublier ou, au moins, à passer à autre chose. D'autres ne parviennent pas à poursuivre leur vie avant d'obtenir des réponses ou la justice. Ils passent alors leur existence à chercher quelque chose qu'ils ne trouveront peut-être jamais en oubliant de vivre leur vie. Il a fini par sombrer dans l'alcool. Un jour, nous l'avons retrouvé chez lui, sans vie. Ce n'est pas l'alcool qui l'a tué mais la haine qui l'habitait…

— Et ton grand-père dans tout ça ? demanda Amy avec curiosité. Comment vivait-il la situation ?

— Mon grand-père est toujours resté fort, même après l'accident. Il voulait offrir une bonne vie à son fils. Il a fait de son mieux. Il disait toujours que le pardon valait mieux que la haine et la rancune. Il a toujours été un homme sensé et raisonnable. Il n'était pas du genre à rejeter la faute sur quelqu'un dans le seul but de déverser sa colère sur un responsable…

— Il est venu une fois… dis-je subitement en interrompant le discours de Zac. Je me souviens maintenant…

Amy me regarda avec étonnement. Je continuai :

— Deux ou trois ans après l'accident, un homme est venu ici. La maison était inhabitée à cette période. J'avais fait fuir de terreur les précédents propriétaires. Il est entré en s'adressant à moi comme s'il était capable de m'entendre. Il s'est présenté en disant être venu pour discuter. Mais je ne voulais rien entendre. Je ne pensais mériter aucun pardon. Je me suis rendu invisible ce jour-là sans lui donner de réponse. Il a fini par partir et n'est plus jamais revenu… Je me suis toujours demandé ce qu'il espérait, et ce qui lui faisait penser qu'il serait capable de communiquer avec moi...

Quand Amy lui eut répété mes paroles, Zac répondit que son grand-père possédait un don. Un don spécial. Il prétendait pouvoir communiquer avec les esprits. Il ne pouvait pas les voir, seulement les entendre. Le jeune homme ajouta qu'il l'avait surpris à de nombreuses reprises s'adressant à Christine comme si elle était près de lui, un peu comme Amy et moi quelques minutes plus tôt.

— Tu veux dire que ton grand-père peut parler avec les morts ? demanda mon amie avec intérêt.

Zac hocha la tête :

— Il ne l'a jamais fait ouvertement devant moi. Il voulait sans doute me préserver et ne pas passer pour un fou mais je l'ai souvent vu faire à son insu. Je crois que parler avec elle lui a permis de mieux vivre son deuil. Il savait qu'elle était dans un endroit meilleur et ça le rassurait. Je pense aussi que c'est elle qui l'a incité à tant vouloir pardonner.

— Alors pourquoi ne pas avoir insisté davantage ? l'interrogea Amy.

— Mon grand-père pensait que Will n'était pas prêt. Il devait accepter de se pardonner avant d'accepter le pardon des autres...

— Tu m'as dit un jour que tu étais revenu ici pour te rapprocher de lui. Est-ce que c'est vrai ? Est-il toujours...

— Vivant ?

Mon amie hocha la tête.

— Oui, répondit-il. Je ne t'ai pas menti. Il m'a élevé comme un fils. Je voulais être plus présent...

— C'est tout à ton honneur, répondit-elle, la voix pleine d'admiration.

Je n'aimais pas ça. Je n'étais pas certain d'avoir déjà ressenti de la jalousie mais cela s'en rapprochait sans doute beaucoup.

— Où est-il à présent ?

— Il mène une retraite paisible dans une petite maison pas loin d'ici.

— Parlez-vous souvent de l'accident ?

— Nous en parlons quand nous en ressentons le besoin. Mais nous n'avons pas de secrets. Mon grand-père m'a confié tout ce qu'il savait. Je voulais simplement avoir la version de Will...

Amy me regarda une nouvelle fois pour m'inciter à entrer davantage dans les détails. Elle lui répéta alors ce que je lui confiais avec une grande émotion :

— Will dit qu'il faisait sombre cette nuit-là et qu'il pleuvait à torrents. Il ne roulait pas très vite, mais il a vu une femme sur la route surgir devant ses phares. Il a donné un coup de volant pour l'éviter, mais la chaussée était détrempée. Il a perdu le contrôle du véhicule qui a fini sur le toit dans le champ d'en face. Mais il était trop tard, il l'avait déjà heurtée. Il essayait de se hisser par la fenêtre lorsque son meilleur ami est arrivé lui aussi sur les lieux. Il lui a crié d'aller chercher des secours, ce qu'il a aussitôt fait. Lorsqu'il a enfin réussi à se dégager, il a couru vers la victime. Elle était encore consciente. Il lui a pris la main en s'excusant et en la priant de rester en vie. Et c'est ce qu'elle a fait. En tout cas, jusqu'à l'arrivée des secours. Ils ont tenté de la réanimer mais il n'y avait plus rien à faire...

— Tu veux dire qu'il est resté avec elle ?
— Jusqu'à la fin, confirma mon amie.

L'émotion sembla gagner Zac. Il prenait sur lui pour se maîtriser mais je voyais ses yeux éviter ceux de mon amie. Il ne souhaitait pas se montrer trop vulnérable. Il n'avait rien appris de plus que ce qu'il savait déjà, mais entendre ces paroles venir de moi l'aidait peut-être à les accepter davantage.

— Merci… dit-il avec sincérité. J'avais besoin d'entendre ça…

— J'aurais aimé pouvoir faire plus pour elle, dis-je à son intention. Je ne me suis jamais senti aussi impuissant qu'en la regardant mourir dans mes bras sans pouvoir rien faire…

Amy lui transmit mes paroles, ce à quoi il répondit qu'au moins, elle n'était pas morte seule et que quelqu'un avait été là pour lui tenir la main…

— Il faut que je rentre, ajouta-t-il en se levant. Je dois passer voir mon grand-père. Il sera sûrement ravi de savoir que j'ai pu m'entretenir avec vous et vous dire ce que nous avions sur le cœur tous les deux au sujet de cet accident…

Puis, il ajouta avec sincérité :

— C'est vrai que j'ai souffert de l'absence de mon père. Mais j'imagine ce que vous avez dû endurer vous aussi, à quel point il a dû être insoutenable de vivre avec autant de remords, de culpabilité… Sachez que je vous pardonne. Tout comme mon grand-père. Vous devriez vous pardonner aussi. Je sais que c'est sans doute plus facile à dire qu'à faire, mais vous avez mérité d'être enfin en paix…

Amy me regarda, observant ma réaction. J'étais sincèrement touché par les paroles de Zac mais je ne savais pas quoi lui répondre, je ne trouvais pas les mots.

Mon amie s'en chargea pour moi en disant à notre voisin que ses paroles m'allaient droit au cœur et que je lui en étais reconnaissant. C'était précisément ce que je pensais. J'avais parfois l'impression qu'elle lisait dans mes pensées, qu'elle me comprenait d'un simple regard. C'était sans doute le cas.

Elle demanda alors à Zac si cette conversation l'avait aidé. Il lui sourit avant d'affirmer qu'il avait l'impression d'avoir enfin mis un terme à un passé trop encombrant et que chacun pourrait à présent vivre sa vie et passer à autre chose. Personne ne pourrait oublier la catastrophe mais il fallait apprendre à vivre avec les blessures qu'elle avait laissées et regarder vers l'avenir.

Puis le regard du jeune homme parcourut la maison :

— Je ne sais pas à quoi ressemblait cet endroit avant ton arrivée ici, mais j'aime beaucoup ce que tu en as fait...

— C'est gentil, merci. Mais je n'étais pas toute seule, répondit-elle en me lançant un regard malicieux.

— Les travaux seront bientôt terminés, observa-t-il. Que comptes-tu faire ensuite ?

Je vis le visage de mon amie se durcir. Évoquer l'avenir n'était pas au centre de ses préoccupations. Elle répondit sans conviction :

— Je vais rentrer chez moi et reprendre ma vie...

— Comme si rien ne s'était passé ?

Elle réfléchit un instant avant de répondre :

— Je ne pourrai jamais faire comme si rien ne s'était passé. Ces deux derniers mois ont été tellement surprenants… ils m'ont changée.

— Je sais, dit-il, comprenant parfaitement où elle voulait en venir. En tout cas, sache que je suis heureux de t'avoir rencontrée. Sans toi, rien de tout cela n'aurait été possible. J'espère que nous resterons en contact…

Mon cœur se serra en entendant l'homme parler de leur relation à venir. Je n'avais pas la chance de faire de tels projets avec elle. Bientôt, je ferais partie de son passé. Lui pouvait être son avenir. La jalousie fit son retour, plus poignante que jamais. Elle me saisissait en plein cœur à chaque fois que je pensais à sa famille, à ses amis, à ses futurs petits amis qui entreraient dans sa vie pour y rester alors que je n'y avais fait qu'une brève apparition.

Zac la serra dans ses bras. Elle en fut d'abord surprise mais se laissa finalement aller et l'étreignit amicalement elle aussi.

— J'ai parlé il y a quelques minutes de distance de sécurité à maintenir entre vous deux, il me semble, pestai-je à l'intention de mon amie en regardant la scène sans pouvoir intervenir.

Ma remarque lui arracha un sourire même si elle préféra l'ignorer.

— C'est un au revoir ? demanda-t-elle à Zac, émue.

— Non, affirma-t-il. C'était ma façon de te remercier. Je suis sûr que nous nous reverrons…

— Je l'espère.

Il la salua avant de quitter la maison pour regagner la sienne.

Amy se tourna alors vers moi et, devant mon air un peu confus, vint m'enlacer et m'embrasser, comme si elle cherchait à me rassurer.

— Comment tu te sens ? me demanda-t-elle, soucieuse.

— Soulagé, répondis-je avec honnêteté. J'ignorais à quel point j'avais besoin d'entendre ces paroles... jusqu'à ce que je les entende...

— Tu avais besoin de savoir que les personnes qui étaient proches de Christine te pardonnaient, c'est normal... Tu te sens prêt à partir, à présent ?

Je fixai le fond de ses yeux. J'y voyais le chagrin. Elle voyait sans doute le mien.

— Je ne suis pas sûr de l'être un jour, lui dis-je en lui caressant la joue. Tu ignores à quel point j'aurais préféré rester ici avec toi...

— Si, je le sais...

— J'en doute.

— Je le sais, Will, insista-t-elle en me forçant à la regarder. Parce que je ne suis pas prête, moi non plus...

## 41

### Amy

*Parce qu'il faut songer à l'avenir...*

Allongée sur le lit à côté de Will, je ne parvenais pas à trouver le sommeil. Face à face, nous nous regardions sans rien dire comme si chacun essayait de deviner les pensées de l'autre. Je repensais à notre conversation avec Zac. Elle semblait l'avoir apaisé. Il avait l'air plus serein et moins tourmenté. Les traits de son visage étaient plus détendus mais ses yeux reflétaient toujours une profonde tristesse. J'en connaissais l'origine. À cet instant, il devait lire la même chose dans les miens.

— Je sais à quoi tu penses... lui dis-je en murmurant.

— J'en doute, répondit-il sûr de lui.

— J'ai vu ta réaction tout à l'heure face à Zac...

— Excuse-moi pour ça, m'interrompit-il. Je n'aurais pas dû m'agacer... mais je n'aime pas beaucoup voir ce type rôder autour de toi...

— Tu n'as aucune raison d'être jaloux, Will.

— Bien sûr que si... Il a la vie devant lui. Une vie que vous pouvez partager.

— Et tu ne crois pas que j'ai mon mot à dire à ce sujet ? Encore faudrait-il que j'en aie envie... Pourquoi penses-tu tellement que mon avenir est avec Zac ?

— Avec Zac ou un autre, peu importe... répondit-il d'un air triste.

— C'est ça, le problème ? l'interrogeai-je en comprenant l'origine de son malaise. Tu crains que je t'oublie et rencontre quelqu'un comme si rien ne s'était passé ? Comme si tu n'avais jamais existé ?

Il garda le silence, je compris alors que je voyais juste.

— Laisse-moi te raconter une histoire, dis-je en commençant mon récit. Adolescente, j'avais un vrai problème pour accorder ma confiance. Je manquais déjà de confiance en moi alors imagine lorsqu'il s'agissait de se fier aux autres... Mes craintes m'ont posé problème toute ma vie et dans toutes mes relations. Chaque fois qu'un homme m'approchait, je fuyais. La peur de souffrir peut-être, ou bien la crainte d'être déçue, je ne saurais pas le dire exactement. Quand je voyais que les choses devenaient sérieuses, je trouvais une excuse pour tout arrêter. J'ai toujours ressenti comme un vide au fond de moi que je n'arrivais pas à combler... Tu es la première personne qui y parvient. Avec toi, j'ai l'impression d'être simplement moi-même alors que, jusqu'à présent, j'ai toujours fait en sorte d'être la personne qu'on voulait que je sois. C'était épuisant à la longue. Tu es la meilleure chose qui me soit arrivée... Et même si tu n'as fait qu'une apparition de deux mois dans ma vie, ces deux mois ont tout changé. Je n'avais jamais ressenti ça pour personne... Je suis terrifiée, tu sais ? Terrifiée à l'idée de poursuivre sans toi, terrifiée à l'idée de retrouver ce vide qui m'a…

Il m'interrompit en se penchant sur moi pour m'embrasser. Un baiser tendre et passionné à la fois.

— Si tu voulais me faire taire, il suffisait de me le dire, lui dis-je d'un air taquin.

— Je ne voulais pas t'arrêter en si bon chemin mais j'ai eu une subite envie de t'embrasser, je n'ai pas pu résister. Où tu en étais ?

Je ris.

— Je crois que j'avais terminé. Tu es rassuré ?

— Oui et non, dit-il en haussant les épaules. Je suis assez satisfait de savoir que je ne suis pas qu'une petite passade insignifiante dans ta vie mais…

— Mais quoi ?

Il retrouva son sérieux avant de continuer d'un ton grave :

— … Mais je crains que tu refuses d'accorder de nouveau ta confiance à quelqu'un. Et que tu t'empêches d'être à nouveau heureuse…

Il avait raison. Dans mon état d'esprit actuel, je ne voulais même pas songer à l'éventualité de rencontrer quelqu'un d'autre.

— Rien ne sera plus jamais comme avant lorsque tu seras parti, c'est vrai… Est-ce qu'on peut juste ne pas parler de tout ça maintenant ? Je ne veux pas imaginer l'avenir sans toi pour l'instant…

Il laissa son pouce courir le long de mes lèvres avant de les embrasser une fois encore.

— Tu es mon plus grand regret, dit-il en me regardant droit dans les yeux. Celle avec qui j'aurais voulu tout partager. Mon amour. Mon ange…

Je souris en entendant tous ces mots sortir de sa bouche. Il les disait avec tellement de sincérité et de tendresse. Nous nous étions trouvés. Je n'avais jamais imaginé rencontrer quelqu'un qui puisse me correspondre autant et je savais d'avance que ça n'arriverait plus. Des rencontres comme celle-là ne se produisaient qu'une fois dans une vie, j'en étais certaine. Pourtant, le destin se jouait de nous. La vie pouvait parfois être cruelle, nous en ferions bientôt les frais. Mais pour l'heure, tout ce que nous voulions, c'était profiter du peu de temps qui nous restait à passer ensemble.

Je passai la main derrière sa nuque et l'attirai vers moi pour l'encourager à m'embrasser à nouveau.

## 42

## Amy

### *Touchantes retrouvailles*

— Tu as peur ? demandai-je à Will qui était appuyé contre la baie vitrée du bureau, les yeux rivés sur le large.

Il était là depuis vingt bonnes minutes. Nous attendions Martha d'un moment à l'autre et je savais que son humeur taciturne avait un lien avec la visite imminente de sa sœur.

L'observant depuis l'entrée de la pièce, je le vis se tourner vers moi, un sourire anxieux sur les lèvres :

— Je crois que oui. Je ne l'ai pas vue depuis cinquante ans... j'ignore ce qu'elle pense de moi.

Je le rejoignis en enroulant mes bras autour de sa taille et lui répondis :

— Rien de négatif, crois-moi sur parole. Même après cinquante longues années, l'affection qu'elle te portait est restée intacte. Elle ne t'en veut pas. Elle comprend pourquoi tu as agis de cette façon. Et si ça peut te rassurer, elle est sans doute aussi nerveuse que toi...

— Tu as sans doute raison... finit-il par répondre, convaincu.

— Bien sûr que j'ai raison.

La sonnette retentit tout à coup à travers la maison. Je sentis Will se crisper, anxieux malgré lui.

— Tout va bien se passer, tu verras, dis-je pour le rassurer avant d'aller accueillir notre invitée.

Il me suivit avec agitation. Je lui lançai un regard complice avant d'ouvrir la porte.

Sur le seuil, Martha me serra brièvement dans ses bras pour me saluer.

— Bonjour Amy, je suis heureuse de vous voir.

— Moi aussi, répondis-je en lui faisant signe d'entrer.

Je la débarrassai de son manteau avant de l'inviter à rejoindre le salon.

— Je suis un peu nerveuse, m'avoua-t-elle en chuchotant, comme si elle ne voulait pas être entendue.

— J'en connais un autre... lui répondis-je en souriant avant de lancer un regard entendu à mon compagnon.

— Oh, c'est vrai ? me demanda-t-elle, étonnée. Will n'a jamais été d'un naturel très angoissé pourtant...

— Peut-être, mais les circonstances sont un peu particulières... répondis-je avec politesse.

— C'est vrai, admit-elle avant de parcourir la pièce du regard à la recherche d'un quelconque indice indiquant la présence d'un esprit.

Comme elle ne voyait rien, elle me demanda s'il était ici. J'avais l'impression de revivre la scène de la veille lorsque Zac m'avait posé la même question.

— Oui, répondis-je en tentant de ne pas la brusquer.

Will, qui jusqu'à présent avait gardé le silence en détaillant sa sœur des pieds à la tête, intervint finalement :

— Elle n'a pas changé, c'est incroyable !

— Il trouve que vous n'avez pas changé, répétai-je à mon invitée.

Cette dernière se mit à rire :

— Oh, je crois bien avoir pris quelques rides depuis notre dernière rencontre ! J'ai vieilli de plusieurs décennies et elles n'ont pas été en ma faveur ! J'imagine que toi, tu es resté figé dans ta jeunesse, toujours aussi beau !

Elle s'adressait directement à lui. Cela sembla d'abord le surprendre. Je voyais dans son regard la frustration qu'il éprouvait de ne pas pouvoir lui parler face à face. Je lui demandai si elle désirait prendre une tasse de thé et elle accepta. Je filai rapidement à la cuisine pour faire bouillir de l'eau tout en gardant un œil sur ce qui se passait dans la pièce d'en face. Je voyais Will l'observer avec curiosité pendant qu'elle murmurait des paroles trop doucement pour que je puisse les entendre. J'étais curieuse d'en connaître l'objet. Elles faisaient sourire mon ami qui me lança un regard sans équivoque sur le contenu des remarques lorsque je regagnai le salon avec un plateau chargé de deux tasses de thé. Lui et moi parlerions de cela plus tard. Un sourire malicieux étirait les lèvres de Martha lorsque je m'assis face à elle.

— Tout va bien ? lui demandai-je intriguée.

— Oui, très bien, je vous remercie.

Je lui tendis sa tasse et vis qu'elle regardait avec intérêt le bracelet que je portais autour du poignet et, plus particulièrement, le petit colibri fait d'ambre et d'argent que Will y avait attaché. Je me sentis soudainement très mal à l'aise. Je ne voulais pas qu'elle pense que je m'étais approprié l'objet. Ce n'était pas le cas.

— Will me l'a offert, lui dis-je en devançant sa question.

— Amy...

— Je ne veux pas que vous pensiez que je l'ai gardé égoïstement pour moi. Je le lui ai rendu comme vous me l'aviez demandé. Il a tenu à...

— Amy ! m'interrompit-elle en posant sa main sur mon bras pour me rassurer. Je n'ai jamais rien pensé de tel. Je suis heureuse de le voir à nouveau porté. Et pour être honnête, lorsque je vous l'ai remis, j'étais à peu près certaine qu'il finirait à votre poignet...

— Vraiment ? Qu'est-ce qui vous a fait penser ça ? demandai-je avec curiosité.

— Eh bien, en vous entendant parler de lui, j'ai très vite compris qu'il se passait quelque chose entre vous et je connais mon frère... Il vous restera au moins une chose pour vous rappeler de lui...

Appuyé contre la cheminée, Will me fixait avec une intensité dans le regard qui me serrait toujours le cœur. Il vint s'asseoir près de moi dans le canapé sans me quitter des yeux et prit ma main dans la sienne. Il enroula ses doigts autour des miens, m'offrant une agréable sensation de chaleur sur ma peau toujours froide. Je ne me lasserais jamais du contact de sa peau contre la mienne. Vivre sans allait être très difficile. Martha observa avec attention ma main posée sur le divan à côté de moi.

— Comment va-t-il ? finit-elle par me demander avec une tristesse certaine dans les yeux.

Je répondis pour mon ami :

— Il va bien. Il est heureux d'avoir une chance de pouvoir parler avec vous. De pouvoir s'excuser et de vous faire part de ses remords…

— Tu n'as pas de remords à avoir, William, dit-elle en secouant la tête. Je ne t'en ai jamais voulu. Je te connaissais trop bien pour savoir que tu devais être vraiment désespéré pour en arriver là… et je l'ai compris.

Will exprima alors son regret de ne pas avoir pris le temps de dire au revoir. J'en fis part à sa sœur.

— Ne pas t'avoir dit au revoir m'a laissé espérer… espérer que tu étais simplement parti ailleurs pour changer de vie, oublier le passé et repartir de zéro. Même si j'ai toujours su que je me leurrais, c'était plus facile de t'imaginer de cette façon que d'admettre que tu nous avais réellement quittés.

— Il pense que faire votre deuil aurait été plus facile s'il vous avait dit au revoir, dis-je en écho à mon compagnon.

— Peut-être, répondit-elle le regard dans le vide. Mais on ne peut pas changer le passé. Et nous avons une chance de le faire aujourd'hui : nous dire adieu…

Je sentis Will se crisper. Ses doigts serraient les miens très fort. Je compris à quel point il était difficile pour lui de se retrouver face à sa sœur en se sentant malgré tout si impuissant. S'il avait pu, il l'aurait sans doute serrée dans ses bras en lui disant qu'il était là, juste à côté d'elle et que, quelque part, il ne la quitterait jamais vraiment.

— Je veux que tu saches, poursuivit-elle, que malgré tout ce qui a pu se passer, et même après l'accident, tu es resté un modèle pour moi... La personne que j'ai le plus admirée et l'exemple que j'ai toujours essayé de suivre.

Ses paroles me nouaient la gorge et me fendaient le cœur. Leur relation était tellement forte, tellement sincère. J'imaginais la peine qu'elle avait dû ressentir séparée de son frère. Will, de son côté, était sincèrement ému. Ses beaux yeux bleus devenaient humides et il luttait pour se contenir. Je posai ma main libre sur les nôtres déjà liées, afin de lui montrer mon soutien.

— J'ai cru prendre la bonne décision en mettant fin à mes jours, finit-il par dire à son tour. Mais le temps passé à errer entre ces murs m'a donné l'occasion de réfléchir. Je me suis rapidement rendu compte que j'avais peut-être agi de façon égoïste, sans penser aux conséquences que mon acte aurait sur vos vies à toi et à nos parents. Les choses ont été si brutales... Je suis tellement désolé pour ça...

Je répétai avec le cœur lourd ses paroles à Martha. Cette dernière répondit qu'après l'accident, il lui avait été insupportable de lire la souffrance dans ses yeux.

— Je voyais à quel point la culpabilité te rongeait, expliqua-t-elle la voix tremblante. Cela me rendait malheureuse de te voir si mal, si désespéré. Tu n'étais plus toi-même... Je n'en ai jamais parlé à personne, pas même à papa et maman car je ne voulais pas qu'ils me prennent pour une folle mais, lorsque tu as disparu et que le suicide a été évoqué, j'ai été malheureuse pour moi mais... soulagée pour toi !

Elle dit ces dernières paroles avec difficulté. Ses souvenirs étaient douloureux mais elle devait les partager avec son frère. Les larmes lui montaient aux yeux, suscitant les miennes par la même occasion.

— Je m'en suis voulu d'éprouver un tel soulagement ! Tu ignores à quel point ! Je t'aimais tellement que je préférais te savoir dans un endroit meilleur loin de tous ces remords, plutôt que dans ce monde à essayer de vivre avec un fardeau qui t'avait enlevé une part de toi et te rendait si malheureux… J'ai eu l'impression d'être un monstre de penser une chose pareille. Alors, pour soulager ma conscience, j'ai préféré imaginer que tu étais parti changer de vie et explorer de nouveaux horizons comme tu l'avais toujours rêvé…

L'émotion devint bientôt trop forte. Elle ne pouvait plus retenir ses larmes. Elle se mit à pleurer en prenant sa tête entre ses mains. Will ne put réprimer sa frustration plus longtemps. Sans attendre, il se leva et vint poser sa main sur l'épaule de sa sœur.

Je me rappelai alors ce qu'il m'avait dit deux mois plus tôt : que les émotions fortes donnaient de la force aux esprits : la peur, l'amour… le chagrin…

Lentement, Martha releva la tête en me fixant avec des yeux ronds. Elle porta sa main à son épaule. Elle pouvait le sentir, je le voyais dans ses yeux. J'observai la scène avec une émotion certaine, les larmes aux yeux. Je lui souris pour lui signifier qu'elle n'était pas en train de tout imaginer, et regardai Will qui semblait heureux de pouvoir enfin se sentir plus proche de sa sœur.

— C'est lui, pas vrai ? me demanda-t-elle en connaissant déjà la réponse. Il est juste là, près de moi ?

J'acquiesçai d'un signe de tête.

— Il dit qu'il comprend, dis-je en répétant ce que Will disait. Il comprend que vous ayez pu ressentir ça. Il pense que vous étiez suffisamment proches pour que vous sachiez à quel point il avait besoin de mettre un terme à cette culpabilité qui le dévorait. Mais il ne pensait pas que ses démons le retiendraient prisonnier ici...

— J'ai été bête de nier les rumeurs au sujet de la maison... dit-elle. Je les entendais et, au fond de moi, je savais que c'était toi l'esprit qui hantait les lieux, mais je me disais que si c'était vraiment le cas, alors mes espoirs selon lesquels tu étais tranquillement allongé sur une plage en train de siroter un cocktail ne seraient qu'illusoires. Et ç'aurait été trop difficile à accepter...

— Je me serais bien vu siroter des cocktails sur une plage à longueur de journée ! répondit Will avec humour.

Je savais ce qu'il faisait. Il comprenait qu'il n'était pas le seul à se sentir coupable. Sa sœur aussi avait des regrets. Il essayait de dédramatiser la situation et de rendre l'ambiance du moment un peu plus joyeuse. Le ton enjoué avec lequel il disait cela me fit rire. Alors, notre invitée me regarda curieusement, un peu confuse que je puisse plaisanter dans une telle situation. Je lui fis donc part de la remarque de Will, ce qui la fit rire à son tour. Profitant d'une atmosphère plus détendue, il aborda le sujet de Vincent. Je levai les yeux au ciel. J'aurais probablement dû parier qu'il y viendrait. Il avait encore beaucoup de mal à accepter que son meilleur ami ait épousé sa sœur... Il se tourna vers moi en me disant :

— Je serais curieux de connaître les raisons qui l'ont poussée dans les bras de ce judas, me dit-il en insistant sur le dernier mot. Tu pourrais peut-être l'interroger à ce sujet, histoire d'éclairer ma lanterne…

— Tu es certain de vouloir parler de ça ? lui demandai-je en haussant les sourcils.

— Absolument certain, confirma-t-il en croisant les bras sur sa poitrine.

Je soupirai avant de poser la question à Martha. Cette interrogation la fit rire.

— Il faut que vous sachiez que j'ai été obligée de lui dire ! me justifiai-je avec entrain. Quand je lui ai parlé de vous et de votre famille, il a absolument tenu à connaître l'identité de votre mari… Je n'ai rien pu faire, je ne sais pas mentir…

— Ce n'est pas tout à fait vrai… rétorqua Will en faisant allusion aux nombreux mensonges que j'avais dû prononcer depuis mon arrivée, dans l'unique but de préserver son existence.

C'était d'ailleurs un tel soulagement de pouvoir enfin cesser toutes ces mascarades et révéler les vérités au grand jour. J'ignorai sa remarque en lui lançant un regard courroucé avant de continuer :

— Il ne l'a pas très bien pris, pour être honnête…

Elle se mit à rire franchement en entendant cela.

— Je ne vois vraiment pas ce qu'il y a de si drôle, observa le fantôme d'un air renfrogné. Ils se détestaient ! C'est un revirement de situation pour le moins… étonnant !

— Ça n'a rien d'étonnant, dit Martha à son tour. William a toujours fait de son mieux pour tenir éloignés de moi tous les garçons qui croisaient ma route, quels qu'ils soient ! Il me surprotégeait.

— C'est parce que je sais comment les hommes raisonnent ! s'exclama ce dernier avec ferveur.

Ils me faisaient rire tous les deux. Même après cinquante ans, leur complicité était toujours là.

— Il faut que tu saches que ce n'était pas prémédité, continua la vieille femme en s'adressant à son frère. C'est arrivé, c'est tout. L'amour peut parfois surprendre. Il n'arrive pas toujours là où on l'attendait. Tu dois le savoir mieux que personne...

Will ne répondit rien, il savait qu'elle avait raison. Nous nous regardâmes tous les deux, mélancoliques. Nous pouvions effectivement en témoigner : l'amour ne prévenait pas. Il pouvait parfois surprendre en surgissant là où on l'attendait le moins.

— Quoi qu'il en soit, poursuivit-elle, je suis heureuse qu'Amy soit entrée dans ta vie...

J'étais touchée. Je lui souris avec tendresse.

Mon compagnon vint se rasseoir près de moi et reprit ma main dans la sienne en confirmant la remarque de sa sœur.

— ... Grâce à elle, j'ai eu l'occasion de te parler à nouveau et tu vas enfin pouvoir être libre, conclut-elle, l'air sincèrement soulagée.

Elle se réjouissait de cette nouvelle. Nous ne pouvions pas en dire autant. Même si c'était la meilleure chose à faire, l'idée de la séparation nous laissait à tous les deux un goût amer.

Je passai encore un bon moment à faire l'intermédiaire entre le frère et la sœur pendant qu'ils évoquaient la vie de cette dernière. Elle lui parla de ses enfants et de ses petits-enfants en lui expliquant ce qu'ils faisaient dans la vie, quelles étaient leurs passions, leurs caractères… Il était sincèrement heureux de voir que sa sœur était entourée d'une famille aimante et unie. Ils se remémorèrent ensuite de nombreux souvenirs, essentiellement liés à la voile. Will la remercia d'avoir pris soin de son bateau pendant toutes ces années mais il ne cacha pas son désir de le revoir naviguer. Avant de partir, la vieille femme manifesta son envie de faire le tour de la maison pour y admirer les travaux réalisés dernièrement. J'acceptai avec grand plaisir et commençai la visite. Elle ne tarit pas d'éloges sur la nouvelle décoration marine des lieux en parfaite adéquation avec les goûts de son frère, et admira la clarté qui avait été apportée à la maison en repeignant simplement les murs et en faisant disparaître toutes les boiseries. Mais comme son frère, c'est le bureau qu'elle appréciait le plus.

— Je me souvenais à quel point cette vue était sublime, dit-elle en s'approchant de la baie vitrée, mais mes souvenirs ont sous-estimé la réalité… J'aime ce que vous avez fait de cet endroit. On s'y sent bien. Comme à la maison…

Je la remerciai. Je ne pouvais qu'approuver son ressenti. Je me sentais chez moi ici, même si je devrais bientôt libérer les lieux… Elle resta un court instant, les yeux rivés sur le large, perdus sur la ligne d'horizon. Il y avait tellement de choses chez elle qui me rappelaient son frère. Leurs regards, leurs petites manies et même leur façon de s'exprimer. C'était déroutant.

— J'ai contacté les pompes funèbres, finit-elle par dire sans enthousiasme. Une cérémonie sera organisée dans deux jours à l'église qui se trouve près des docks…

— Deux jours ? répétai-je, sonnée.

Je savais qu'il nous restait peu de temps mais pas à ce point. Je commençai à réaliser ce qui allait se passer et je sentis une douleur venir m'oppresser la poitrine. Mon regard croisa celui de Will. Je savais qu'il pensait la même chose. Il s'approcha derrière moi avant de m'enlacer dans ses bras protecteurs.

— J'ai contacté toutes les personnes encore en vie que Will appréciait, continua Martha. D'anciens amis et camarades de lycée... Ils étaient surpris de voir ressurgir une si vieille histoire, mais ils seront tous présents pour lui dire au revoir...

— C'est bien, répondis-je en souriant d'une façon sans doute pitoyable. C'est une bonne nouvelle...

— Je sais ce que vous ressentez en ce moment. Je suis vraiment désolée pour vous... Je vous aurais souhaité un avenir si différent à tous les deux...

— Je sais, répondîmes Will et moi en même temps.

— J'espère de tout cœur que tu trouveras enfin la paix, mon frère. Je prie pour cela chaque jour depuis la première visite d'Amy à la maison. Tu le mérites.

Puis elle se tourna vers moi en poursuivant :

— Quant à vous, vous êtes une vraie bénédiction. Sachez que pour moi, vous faites partie de la famille. Je n'aurai pas assez de la vie qu'il me reste pour vous remercier. Mais je serai toujours là si vous en avez besoin. Vous pourrez toujours compter sur ma famille et moi.

Ses paroles m'allaient droit au cœur. J'étais touchée de savoir que je serais toujours la bienvenue dans la famille de Will même après son départ. Mon ami resserra son étreinte pour me faire sentir qu'il était là. Que jusqu'à la fin, il serait avec moi.

Je raccompagnai notre invitée jusqu'à la sortie en discutant des derniers détails des funérailles. Avant de quitter les lieux, elle s'adressa pour la dernière fois à son frère :

— Le *Colibri* sera remis à l'eau après-demain. Il reprendra le large pour la première fois depuis cinquante ans, le matin des funérailles. Surveille la ligne d'horizon... Il se peut qu'un oiseau y déploie de nouveau ses ailes...

Puis elle quitta la maison et partit sans se retourner. Je devinai qu'elle pleurait et ne souhaitait pas que son frère ait le visage rempli de larmes de sa sœur comme dernier souvenir d'elle. Will resta sur le seuil, sans dire un mot, à la fois ému par ces dernières révélations, touché et triste de la voir partir.

## 43

## Amy

### *L'envol du* Colibri

Notre dernier jour ensemble fut à la fois magique et amer. Nous savions tous les deux que nous partagions nos derniers moments, mais j'avais besoin de lui, de son amour et de ses bras où je me sentais en sécurité. D'abord hésitants, nous avions finalement laissé aller nos cœurs brisés en oubliant l'espace de quelques heures que nos routes se sépareraient bientôt. Je savais que la journée du lendemain allait me briser, mais je voulais profiter de chaque seconde qui me restait à passer avec lui.

Je ne parvins pas à fermer l'œil de la nuit. La tête posée sur son torse, je sentais sa cage thoracique se lever et se baisser doucement au rythme lent de sa respiration. Cela m'apaisait. Ses doigts caressaient délicatement mes cheveux et redescendaient parfois le long de mon épaule, provoquant un frisson qui me parcourait l'échine. Je ne voulais pas que ce moment s'arrête. Je refusais que le jour se lève. Je souhaitais simplement arrêter le temps et rester figés dans notre présent. Pourtant, l'obscurité de la nuit laissa bientôt place à un ciel plus clair qui, au fil des minutes, se mit à éclairer la pièce avec plus d'intensité. La lumière inonda bientôt la chambre, nous forçant à nous rendre à l'évidence : le moment était venu. C'était la dernière fois que nous voyions le jour se lever ensemble.

— Tu n'as pas fermé l'œil, murmura-t-il à mon oreille.

— Non, répondis-je tristement en le regardant dans les yeux.

Une question me brûlait les lèvres, il le savait. Je le vis à ses sourcils froncés.

— Est-ce que tu as peur ? lui demandai-je avec curiosité.

Il réfléchit un instant avant de me répondre :

— Je n'ai pas peur de ce qui se passera pour moi après. J'ai peur pour toi…

— Pour moi ? m'étonnai-je. Pour quelles raisons ?

— J'ai peur que tu perdes l'envie… l'envie de vivre et de tomber de nouveau amoureuse… Je ne veux pas que tu renonces…

Ses paroles étaient difficiles à entendre. Je ne voulais pas songer à cela pour l'instant. Mais je voyais où il voulait en venir.

— Will, ne me demande pas de te promettre quoi que ce soit… Je n'en ai pas envie…

— Je ne te demanderai pas ça. J'espère juste que tu arriveras à faire face à ton chagrin et que tu essaieras de vivre pleinement ta vie. Je ne serai jamais bien loin…

— Pourquoi est-ce que tu me dis ça ? demandai-je tristement.

Ça me faisait du mal de l'entendre parler comme ça.

— Parce que c'est la vérité. Même si j'ignore comment les choses vont se passer pour moi, il y a une chose dont je suis certain, je ne te quitterai jamais complètement. Je ne t'abandonnerai pas...

Ses mots me touchaient mais ils n'étaient pas suffisants pour soulager ma peine. Sa présence me rassurerait, mais ne plus le voir, lui parler ou l'embrasser serait un véritable supplice.

— Je pensais que tu ne croyais pas à tout cela... Que tu imaginais qu'il n'y avait que le néant après la vie...

— Il faut croire que j'ai changé d'avis. Tu m'as donné une raison d'espérer. Tu y crois tellement fort !

— Alors j'espère que je ne me suis pas trompée... où que tu ailles, garde-moi une place.

Il sourit en faisant glisser le dos de son index le long de ma joue :

— Je t'ai attendue pendant cinquante ans, je t'attendrai cinquante ans de plus...

Je lui souris en retour, presque soulagée de l'entendre évoquer nos retrouvailles.

— C'est précisément ce que j'avais besoin d'entendre, lui répondis-je en me penchant au-dessus de lui avant de l'embrasser.

Nous prolongeâmes notre étreinte jusqu'à ce qu'on ne puisse plus repousser l'échéance. L'heure tournait. La journée serait chargée. Nous ne devions plus perdre de temps. Je filai prendre une douche pendant qu'il préparait le petit déjeuner. Lorsque je descendis à la cuisine, tout était installé sur l'îlot mais Will n'y était pas. Je pris ma tasse de thé fumante et me dirigeai vers le bureau. Il était devant l'escalier qui descendait à la plage, les pieds dans le sable et regardait le large avec une attention particulière. Je m'approchai de lui et lui entourai la taille de mes bras avant de poser ma tête contre son dos.

— Tu as vu ce soleil ? me dit-il l'air sincèrement surpris. Il n'y a pas un seul nuage. Je ne suis pas sûr d'avoir déjà vu un ciel aussi bleu…

Je relevai la tête pour observer à mon tour la clarté du jour.

— C'est vrai, acquiesçai-je. On a du mal à croire qu'hier encore, le sable était recouvert d'une épaisse couche de neige… Tout a fondu…

Je regardai alentour. C'était vrai. La pellicule blanche qui recouvrait le paysage la veille avait presque totalement disparu. Seuls les toits encore à l'ombre des maisons offraient refuge aux derniers flocons.

— C'est sans doute un bon présage… continuai-je, pensive.

Il se retourna vers moi et me regarda au fond des yeux.

— Tu crois ça ? demanda-t-il avec un sourire discret sur les lèvres.

— Tu sais bien que je n'ai jamais cru au hasard. Le temps est morne et triste depuis que je suis arrivée. Et comme par enchantement, juste le jour où le *Colibri* doit reprendre la mer et où tu dois partir, le soleil revient comme pour annoncer le début d'une vie nouvelle, un peu comme les premiers beaux jours du printemps annoncent le renouveau et la renaissance de la nature...

Il rit en m'écoutant avec intérêt.

— J'adore ta façon de voir les choses et ton optimisme, murmura-t-il à mon oreille avant de m'embrasser tendrement.

J'enroulai mes bras autour de sa nuque et calai ma tête dans le creux de son cou, en respirant à pleins poumons son parfum qui ne serait bientôt qu'un lointain souvenir. Quand je rouvris les yeux, ils furent attirés par une silhouette noire voguant à l'horizon.

— Will, dis-je en me détachant de lui, regarde!

Il se retourna et je vis toute l'émotion dans ses yeux lorsqu'il reconnut son bateau. Bientôt, une voile immense se hissa le long du mât du navire, laissant apparaître le dessin très distinct d'un colibri en plein vol. C'était magnifique.

Will se laissa choir sur les marches de la véranda sans quitter le voilier des yeux. Je m'assis à côté de lui en lui prenant le main. Il entremêla ses doigts aux miens et nous restâmes là, assis en silence, à observer le navire défiler devant nos yeux admiratifs comme un spectacle dont nous étions les deux seuls spectateurs. Bientôt, la silhouette du bateau se fit de plus en plus petite jusqu'à ce qu'elle disparaisse derrière la ligne d'horizon.

— Nous allons devoir nous préparer maintenant, lui soufflai-je à l'oreille.

Il se retourna vers moi, en me demandant avec émotion:

— Remercie Martha pour moi. Maintenant, je crois que je suis prêt...

Ses derniers mots me brisèrent le cœur mais je ne devais pas le lui montrer. Je devais rester forte devant lui. Main dans la main, nous rentrâmes dans la maison pour aller nous changer et revêtir nos costumes. Ceux que nous porterions pour la cérémonie, où je serais forcée de dire au revoir à l'homme que j'aimais…

## 44

## Amy

*Une séparation douloureuse*

J'arrivai à l'église les mains moites. J'étais nerveuse. La bâtisse en pierre, construite avec charme, se trouvait sur la rive de l'Odet, le long du quai qui permettait aux vedettes d'emmener les touristes jusqu'à l'archipel des Glénan. À cette période de l'année, tout était paisible. Le soleil, qui brillait encore très fort dans le ciel, se reflétait dans les eaux calmes de la rivière, aveuglant presque ceux qui observaient son éclat. Une cinquantaine de personnes étaient présentes sur le parvis de l'église. Je m'étonnai qu'il y ait autant de monde après toutes ces années. J'observai les visages qui m'entouraient et me sentis tout à coup très mal à l'aise. Ces gens m'étaient étrangers. Je ne connaissais personne. Pas un seul visage familier. Je sentis la panique monter lentement en moi. Ils avaient tous près de 70 ou 80 ans et étaient probablement des connaissances de Will ou des amis de collège ou de lycée. J'entrais dans l'église avec hésitation à la recherche de Martha quand, tout à coup, j'entendis résonner mon nom entre les murs épais de la nef. Mon amie s'approcha de moi entourée de plusieurs personnes que je reconnus aussitôt. Presque instantanément, je sentis une main chaude prendre la mienne et me murmurer à l'oreille que tout se passerait bien. Je me sentis soudainement plus apaisée de savoir Will près de moi pour affronter cette dernière épreuve. Je souris sans conviction à sa sœur en la saluant.

— Amy, me dit-elle en se tournant vers l'homme qui se tenait debout derrière elle, je vous présente Vincent…

— AH! s'exclama Will derrière moi. En voilà un que je serais ravi d'aller saluer.

Il s'approcha de son meilleur ami en l'observant des pieds à la tête, les mains croisées dans le dos comme s'il menait une inspection. J'étais prête à parier qu'il s'apprêtait à faire quelque chose de stupide. Il avait ce petit air carnassier qu'il affichait à notre rencontre lorsqu'il cherchait une façon de me tourmenter.

— Enchantée, répondis-je en serrant la main de l'intéressé. J'ai beaucoup entendu parler de vous…

— Vraiment? me demanda-t-il un peu surpris.

Il observa autour de lui avant de se pencher vers moi en murmurant:

— Martha m'a dit que Will ne voyait pas notre mariage d'un très bon œil… est-ce que c'est vrai?

Je n'étais pas vraiment étonnée de l'entendre mentionner Will. Je présumais que Martha lui avait parlé de la situation. Ils étaient mariés après tout, ils ne devaient pas avoir de secrets l'un pour l'autre.

— C'est le moins qu'on puisse dire, judas, marmonna le fantôme en lui donnant une pichenette sur le lobe de l'oreille.

— Aïe, cria Vincent en frottant instantanément la zone douloureuse. C'était quoi, ça ?

Malgré moi, je ris en lui expliquant :

— Je crois que c'était sa façon de vous montrer qu'il avait un peu de mal à digérer la nouvelle...

Il me regarda avec des yeux ronds :

— Vous voulez dire qu'il est ici en ce moment ?

Je hochai la tête avant d'ajouter :

— En effet, juste derrière vous...

Je le vis se figer sur place, tétanisé, et Will se mit à glousser de satisfaction. La réaction de son mari amusa Martha puis elle poursuivit les présentations : ses enfants, ses petits-enfants... Ils semblaient tous très heureux de me rencontrer et cela me touchait sincèrement. Will les observait tous avec émotion en réalisant qu'il s'agissait de sa famille. Nous discutâmes un moment jusqu'à ce qu'ils reconnaissent parmi les présents des visages familiers. La vieille femme s'excusa alors auprès de moi et s'éloigna pour aller saluer ses connaissances. Je me retrouvai de nouveau seule, entourée d'inconnus. Will ne me quittait pas d'une semelle et il était difficile d'ignorer sa présence alors qu'il se trouvait si près de moi. Je parcourus les allées de bancs à la recherche d'une place où m'installer. Il circula entre les présents, en observant attentivement leurs visages et en essayant de remettre une identité sur leurs traits qui avaient pris quelques rides depuis la dernière fois qu'il les avait vus.

— Harold ? s'exclama-t-il exagérément en tournant autour d'un homme bedonnant qui discutait avec deux autres personnes. Ça alors ! On ne peut pas dire que les années soient allées en sa faveur. J'ai failli ne pas le reconnaître. C'était un de mes concurrents de régate… Il n'a pas toujours été très sympathique, la vie le lui a bien rendu on dirait !

Il s'esclaffa, ravi de sa plaisanterie. Mais je n'étais pas dupe, je savais ce qu'il essayait de faire. Il tentait de rendre ce moment moins pénible en essayant d'être drôle. Ça ne fonctionnait pas. Je n'étais pas d'humeur à rire, il le voyait bien. Pourtant, il poursuivit son manège en continuant à faire le tour des invités. Il reconnut la plupart d'entre eux, m'expliquant rapidement d'où il les connaissait et faisant des remarques sur leur évolution physique. Je ne me sentais pas à ma place au milieu de toutes ces personnes qui m'observaient comme une bête curieuse, se demandant bien ce que je pouvais faire ici, moi, si jeune, alors que je ne pouvais pas avoir connu Will. Je me sentis soudain angoissée et oppressée. Ma tête se mit à tourner et je manquai d'air. Tous ces visages me hantaient. Ces gens n'étaient pas tristes. Ils avaient perdu Will il y avait bien longtemps, ils avaient eu le temps de faire leur deuil. Aujourd'hui, ils étaient simplement réunis pour lui rendre un dernier hommage. Ce n'était pas mon cas. Moi, je m'apprêtais à lui dire adieu et à renoncer par la même occasion à passer ma vie avec l'homme que j'aimais. Je le réalisais maintenant. Je n'y arriverais pas. Je me sentis vraiment mal. J'étais à bout de souffle, j'étouffais. Il fallait que je sorte. Sans plus attendre, je regagnai précipitamment la sortie alors que tout le monde prenait place sur les bancs, de chaque côté de la nef où était installé le cercueil, en attendant le début de l'éloge funèbre.

Je sortis sur le parvis avant de traverser la rue en courant pour m'arrêter le long des barrières installées sur la rive. Je respirai à pleins poumons en tentant de retrouver mon calme mais je n'y parvenais pas. Au contraire, un sanglot s'empara de moi. Je ne le maîtrisais pas. Il fallait que ça sorte. Je n'arrivais plus à garder toutes ces émotions enfouies en moi depuis trop longtemps. Je n'étais pas aussi forte qu'il le prétendait. En réalité, à ce moment précis, je me sentais même très faible, prête à renoncer. La bise glacée du large venait me fouetter les joues mais je ne ressentais rien. Une douce chaleur recouvrit mon dos puis enserra ma taille.

— Je t'en prie, arrête de pleurer mon ange, je ne supporte pas de te voir comme ça... murmura-t-il à mon oreille.

— Je n'y arriverai pas, Will, dis-je entre deux sanglots. J'ai essayé. Je te jure que j'ai essayé mais je n'arrive pas à te laisser partir. J'ai encore besoin de toi. J'aurai toujours besoin de toi.

— Je ne partirai pas, Amy. Je t'ai dit que je serais toujours là. C'est une promesse. Je ne t'abandonnerai jamais, tu m'entends ?

Il se détacha de moi pour me faire face et prit mon visage entre ses mains pour me forcer à le regarder.

— J'ai peur..., poursuivis-je, je suis terrifiée de découvrir ce que sera la vie sans toi. Je serai perdue quand tu me laisseras seule. J'ai l'impression de rouler dans un cauchemar auquel je ne peux échapper, en priant sans relâche pour que la lumière ne s'éteigne pas, pour que tu ne partes pas... Je ne veux pas abandonner, mais je sais que je n'ai pas cette force. Je veux juste t'entendre dire « mon ange, rentrons à la maison », je veux juste que tu me ramènes à la maison…

Il plongea ses beaux yeux bleus dans les miens, impuissant face à mon chagrin.

— Je t'aime, me dit-il au bord des larmes lui aussi. Ne l'oublie jamais.

Je hochai la tête en fermant les yeux et il déposa des baisers sur mon front, mes joues, mes lèvres comme pour laisser sa trace sur chaque parcelle de moi. Puis il me serra fort dans ses bras. Si fort que mon souffle en fut coupé. Mais ça m'était égal. Je voulais juste passer nos dernières minutes comme cela, à me sentir une dernière fois en sécurité dans ses bras. La cloche de l'église se mit à sonner. Nous relâchâmes notre étreinte avant de nous fixer encore une fois.

— Je crois que c'est le moment, dit-il en me tendant sa main.

— Amy ? appela la voix frêle de Martha.

Je me retournai vers la vieille femme qui s'approcha doucement de moi.

— Est-ce que tout va bien ?

J'essuyai mes larmes du revers de la main en lui répondant :

— C'est plus difficile que ce que j'imaginais… mais ça ira…

Mon amie me regarda avec tendresse et compréhension.

— Alors nous devrions y aller. Je vous ai gardé une place près de moi au premier rang…

Je lui souriais par politesse, même si je ne pensais qu'à fuir en courant. Je me tournai vers Will, saisis la main qu'il me tendait et nous rentrâmes tous les trois dans l'église, enfin prêts à nous dire au revoir.

Je m'installai sur le banc en bois, à côté de Martha, nerveuse, ne sachant pas très bien comment les choses allaient se dérouler. Will s'assit près de moi et prit ma main posée sur mon genou. Jusqu'au bout, il serait près de moi. J'en ferais autant, je le lui avais promis.

Le prêtre apparut derrière le pupitre et commença son sermon. Il dit quelques mots sur Will et sa vie et remercia toutes les personnes présentes dans l'église ayant fait le déplacement pour lui dire au revoir. Plusieurs de ses connaissances se rendirent près de l'autel pour échanger avec les autres des souvenirs et anecdotes qu'ils avaient partagés avec lui. À plusieurs reprises, cela le fit sourire et je sentis sa main serrer davantage la mienne. J'entendais tout ce qu'ils disaient mais je ne les écoutais pas. J'étais là, sans y être vraiment. Mon esprit était ailleurs. Il divaguait, concentré sur la chaleur qui enveloppait ma main en ce moment et qui disparaîtrait bientôt. J'oubliai tout le reste, et malgré les quelques dizaines de personnes présentes dans l'église, j'avais l'impression qu'il n'y avait que lui et moi. Les chants religieux résonnèrent bientôt dans la nef, provoquant un frisson qui me parcourut tout le corps.

Je vis les yeux de Martha s'arrêter sur ma main, posée sur mon genou. Elle comprit que son frère était là tout près de moi, ses doigts entrelacés aux miens. Je regardais avec regret le cercueil qui trônait à quelques mètres de moi, au centre de la nef, en ayant du mal à croire qu'il contenait le corps de l'homme qui me tenait actuellement la main. Bientôt, le prêtre installa un récipient rempli d'eau bénite sur une petite table près du sarcophage et y trempa un goupillon avant de faire un signe de croix, puis il invita les personnes présentes à se recueillir une dernière fois en bénissant le corps. L'assemblée se leva à l'unisson et commença à quitter les rangs pour rejoindre l'allée centrale. Will se leva à son tour et me lâcha la main à contrecœur. Debout devant moi qui ne trouvais pas la force de me lever, il me regarda les yeux remplis de tendresse, de tristesse et de regrets. Un sourire s'esquissa sur ses lèvres. Il me disait au revoir. Ma respiration s'accélérait, je n'étais pas prête. J'avais les larmes aux yeux. Cette fois, c'était le moment. Je sentais mes dernières forces se briser. Il s'éloigna à regret vers la sortie de l'église, à contresens du flot de personnes se dirigeant vers le chœur. Je me levai à mon tour sans le quitter des yeux, en l'observant progresser vers sa nouvelle vie. La lumière du soleil, qui entrait par les grandes portes, envahit l'église et m'aveugla par son rayonnement puissant. L'astre brillait si fort qu'on ne distinguait pas l'extérieur de la bâtisse, ne percevant que ce halo venu nous éblouir comme les phares d'une voiture dans la nuit. Will s'arrêta avant d'y pénétrer et se retourna vers moi avec un sourire me laissant penser que tout irait bien. J'étais émerveillée par toute cette beauté émanant à la fois de la luminosité éclatante de l'extérieur et de son visage parfait qui, pour la première fois depuis que je le connaissais, semblait réellement détendu et dénué de tout regret. Après un court instant, il se retourna à nouveau et sa silhouette s'engouffra dans la lumière du jour, ne formant plus qu'une ombre qui disparut bientôt telle une illusion dans la nuit.

Tout à coup, je me sentis vide. Vide de toute force, de tout sentiment et de toute volonté. Je sentis la main froide de Martha prendre la mienne. À mes yeux, elle comprit que c'était terminé. Elle me lança un regard rempli de compassion et m'entraîna à sa suite pour que nous puissions à notre tour bénir le corps de l'être qui nous était si cher. J'avais l'impression d'être une machine, effectuant des gestes par obligation et sans conviction. Nous fûmes les dernières à quitter l'église et lorsque nous sortîmes sur le parvis, je ne pus m'empêcher de scruter la foule, à la recherche du visage qui m'était tant familier et qui, déjà, me manquait. J'espérais au fond de moi que, malgré sa liberté retrouvée, je puisse continuer à le voir mais je ne vis personne. Et pour la première fois depuis plus de deux mois, je me sentis réellement seule et abandonnée. Je ne ressentais plus sa présence, plus sa chaleur. Il n'était plus là.

## 45

## Will

*Des sensations nouvelles*

Ce fut une belle cérémonie qui avait été organisée pour me rendre hommage. C'est assez étonnant de parler de ses propres funérailles mais, aussi étrange que cela puisse paraître, j'y avais assisté. J'avais revu des personnes importantes de mon passé. J'avais vu les traces qu'avait laissées le temps sur leurs visages et ce qu'elles étaient devenues après tant d'années. J'avais eu la chance de les voir une dernière fois avant de partir. C'était comme si je terminais un voyage. J'éprouvais de la nostalgie à l'idée de laisser derrière moi tout ce que j'avais connu, mais le mystère qui me faisait face m'intriguait et m'offrait la perspective de quelque chose de nouveau et de paisible. Pourtant, partir était la chose la plus difficile que j'avais eu à faire. Je ne pouvais lâcher la main d'Amy lorsque j'étais assis près d'elle sur ce banc. Me résoudre à la laisser seule avec son chagrin me brisait le cœur et l'idée de ne plus me réveiller chaque matin à ses côtés me tourmentait. Puis, j'avais eu ce sentiment étrange lorsque tout le monde s'était levé pour aller bénir mon cercueil. La sensation que le moment était arrivé. Une sorte de pressentiment, d'instinct. Je ne pourrais pas expliquer comment, mais à cet instant, je savais exactement quoi faire. Je m'étais levé à mon tour. La lumière du soleil qui inondait l'église m'attirait et m'invitait à y entrer. Mais mon cœur, lui, saignait et luttait. Il ne pouvait cependant pas grand-chose contre le destin. Je la regardai pour ce que je croyais être la dernière fois avant de finalement quitter l'église. Je fus un instant ébloui par l'éclatante luminosité qui s'engouffrait par les grandes portes, puis une douce chaleur m'envahit. Je me retrouvai sur le parvis de la bâtisse. Là, tout fut à la fois pareil et différent. Je me sentais différent. C'était comme si toute la culpabilité qui m'habitait encore quelques secondes plus tôt s'était envolée. Je sentais mon esprit soulagé du poids de tous ces maux, c'était comme s'il n'y avait jamais eu d'accident. J'avais l'impression de regarder le monde avec des yeux nouveaux. Tout ce qui m'entourait m'était connu, comme si j'avais eu connaissance de toute chose, que plus rien n'avait eu de secret pour moi. J'eus l'impression que mes sens m'offraient un spectacle auquel je n'avais jamais assisté auparavant : le chant des oiseaux marins, le bruit des vagues venant s'écraser sur le sable, le son des gréements des bateaux, la clarté du ciel, la beauté d'un paysage sans pareil. Toutes ces choses existaient déjà lorsque j'étais vivant. J'avais pourtant la sensation de les redécouvrir en en comprenant enfin toute la beauté. Mais ce qui me surprit le plus, c'était ce sentiment de liberté qui m'envahissait.

Je me trouvais là, sur le parvis de l'église en ayant, pour la première fois depuis bien longtemps, le choix de ma destination. Je regardais autour de moi en évaluant toutes les directions possibles. Je pouvais aller où je voulais, le monde n'avait plus de limite, plus de frontière. Pourtant, au fond de mon cœur, je ne pouvais me résoudre à m'éloigner. Elle était toujours là, dans mon esprit. Elle ne me quitterait jamais. Et je lui avais fait une promesse que j'avais l'intention de tenir. Les cloches de l'église se mirent à sonner et les personnes présentes commencèrent bientôt à sortir de la bâtisse. J'observais en retrait ce flot de gens tous réunis pour moi, en guettant le visage de celle qui me manquait déjà. Elle sortit en dernier, accompagnée de ma sœur et de sa famille. Mon cœur se serra quand je vis le chagrin dans ses yeux. Son regard parcourut l'assemblée, elle me cherchait. Un instant, ses yeux regardèrent dans ma direction mais elle ne me voyait pas. J'étais redevenu un simple fantôme à ses yeux. Invisible. Je sentis mon cœur se serrer à nouveau dans ma poitrine. Il était réellement difficile d'être si étroitement lié à une personne tout en se sentant si loin d'elle. Je savais qu'elle avait besoin de moi mais je ne pouvais plus rien faire. Je me sentais impuissant.

Quelques minutes plus tard, ma famille la plus proche était réunie au cimetière pour me conduire jusqu'à ma dernière demeure. C'était un espace vaste et arboré qui surplombait la mer, offrant aux défunts qui y reposaient une vue définitive et imprenable sur l'océan. L'atmosphère y était calme et paisible. Appuyé contre le tronc d'un arbre, j'observais à distance ma famille me dire adieu. Le prêtre prononça quelques mots, puis les agents des pompes funèbres descendirent à l'unisson mon cercueil au fond de la fosse. Chacun passa ensuite tour à tour devant ma tombe pour y déposer une rose avant de quitter les lieux. Amy et Martha, elles, restèrent encore un moment à se recueillir. Elles se tenaient par le bras comme deux amies de longue date. Je me sentais rassuré à l'idée qu'elles seraient là l'une pour l'autre afin de se soutenir mais je restais inquiet pour Amy. Martha s'était fait une raison depuis longtemps sur mon sort mais elle, elle aurait besoin de temps...

Je m'approchai, espérant leur faire ressentir ma présence, leur montrer que je tiendrais ma promesse, mais rien ne se produisit. J'avais simplement l'impression d'être le spectateur d'une scène que je ne pouvais que regarder sans interférer.

— Vous croyez qu'il est dans un endroit meilleur ? demanda ma sœur à Amy.

Cette dernière sembla réfléchir un instant avant de répondre :

— J'en suis persuadée...

J'entendis toute l'émotion dans sa voix. Si seulement j'avais pu la serrer dans mes bras pour la rassurer et lui montrer que j'étais là, tout près d'elle. Je me sentais frustré de ne pas pouvoir faire plus pour elle. J'avais l'impression de l'avoir lâchement abandonnée avec sa peine. Elle faisait de son mieux pour la contenir devant Martha, mais je la connaissais bien, elle était malheureuse, je le savais.

— Qu'allez-vous faire maintenant ?

— Je vais partir. Je ne peux plus rester ici. La maison est presque terminée. Je vais finir ce que j'ai commencé et rentrer chez moi…

— Vous êtes certaine que c'est ce que vous voulez ?

— Absolument. Je n'ai plus aucune raison de rester ici…

— Même si vous partez, sachez que vous pourrez toujours compter sur moi. Vous faites partie de la famille à présent.

Mon amie prit la main de ma sœur dans la sienne avant de la regarder avec tendresse.

— Merci, Martha. Vos paroles me vont droit au cœur.

— Elles sont sincères.

— Je sais.

Une question sembla lui brûler les lèvres. Elle hésita avant de demander :

— Vous croyez qu'il est ici ?

Martha releva la tête, observant autour d'elle avant de répondre qu'elle n'en avait aucune idée même si elle aimait le croire. Elle lui posa ensuite la même question.

— J'aimerais dire que oui. Mais je ne ressens pas sa présence. Rien.

Je m'approchai d'elle en tentant de lui effleurer la main mais je ne fis que passer au travers sans rien ressentir et elle non plus. J'aurais voulu lui crier que j'étais là mais je savais que ça ne servirait à rien.

— Je suis sûre que là où il est, il veille sur nous, dit ma sœur avec sagesse.

Elle avait raison. J'aurais simplement aimé le leur prouver.

Bras dessus, bras dessous, elles posèrent une dernière fleur sur mon cercueil avant de quitter le cimetière.

Impuissant, je restais là sans savoir quoi faire, ni où aller. J'ignorais comment commencer cette nouvelle vie. C'est à cet instant qu'elle apparut... une vieille femme s'approcha de moi avec le sourire. Elle avait les cheveux gris et longs attachés en queue-de-cheval. Son visage dégageait une réelle confiance et une profonde sympathie. C'était le genre de personne qu'il était facile d'apprécier, même sans la connaître réellement. Elle me regarda avec curiosité. Je fus d'abord surpris qu'elle puisse me voir mais je compris rapidement qu'elle était morte elle aussi. Son visage m'intriguait. J'avais l'impression de la connaître. J'observai ses traits délicats qui me rappelaient ceux d'Amy... Alors, je réalisai subitement qui se trouvait en face de moi.

— Bonjour, Will, me dit-elle avec enthousiasme. Je m'appelle Jocelyne...

Elle me tendit sa main pour que je puisse la saluer, mais je sentais que cela signifiait beaucoup plus. C'est là que ma nouvelle vie commençait. Je n'étais pas seul dans ce nouveau monde qui m'était encore inconnu. Et avec quelqu'un pour me guider, je me sentais prêt à le découvrir...

## 46

## Amy

### *Les passeurs d'âmes*

Je quittai le cimetière avec Martha en me sentant vide et seule. Will n'était pas là. J'ignorais où il se trouvait à présent. J'espérais simplement qu'il ait trouvé la paix. Une voiture se gara devant les grilles de la nécropole. Deux hommes en costume de deuil en sortirent. Je ne prêtai pas davantage attention à eux jusqu'à ce qu'ils s'approchent de nous.

— Zac ? dis-je en reconnaissant mon ami. Qu'est-ce que tu fais ici ?

Sa présence m'étonnait mais ce qui me surprit le plus, c'était l'identité de l'homme qui l'accompagnait :

— Monsieur Castelli ?

Je me demandais ce que le journaliste faisait là, en présence de mon ami. Je regardai les deux hommes tour à tour, sans comprendre :

— Vous vous connaissez, tous les deux ?

Ils échangèrent un regard à la dérobée avant que Zac réponde, l'air mal à l'aise :

— Amy, je te présente Victor... mon grand-père.

J'eus un choc. Je restai sans voix un long moment, sidérée. Mes pensées défilaient très vite dans ma tête. J'étais perdue...

Je me tournai vers le journaliste avant de continuer :
— Vous êtes le mari de Christine, la victime de l'accident ?

Le vieil homme acquiesça avant d'ajouter :
— Il y a beaucoup de choses dont nous devrions discuter. Pourrions-nous le faire autour d'un café ?

Je regardai Martha qui m'informa qu'elle devait retrouver sa famille. Elle m'embrassa sur la joue en me demandant de passer la voir avant de repartir dans ma région. Puis elle s'éloigna pour rejoindre ses proches qui l'attendaient un peu plus loin.

Quelques minutes plus tard, je me retrouvai à une table, dans un café sur la promenade, en compagnie de Zac et de son grand-père. J'avais encore du mal à digérer la nouvelle. Je les regardai l'un après l'autre. J'avais souvent eu l'impression que mon voisin me rappelait quelqu'un, mais je ne parvenais pas à savoir qui. Maintenant, je savais. En les voyant assis côte à côte, leur lien de parenté devenait une évidence. Comment avais-je pu ne pas le remarquer ? Ils possédaient tous les deux des yeux identiques et la même expression sur le visage.

Tant de questions venaient m'assaillir que je ne savais pas par où commencer. Voyant mon embarras, Victor commença :
— Je suis désolé pour votre ami Will...

Évoquer son nom me faisait mal, comme une piqûre de rappel en plein cœur.

J'acquiesçai tristement d'un signe de tête :

— Vous saviez, lui dis-je. Lorsque je suis venue vous voir il y a deux mois, vous saviez que je venais pour lui. Pourquoi ne pas m'avoir dit qui vous étiez ?

— Les souvenirs de cet accident sont douloureux. Ils font ressurgir en moi des choses que j'aurais préféré oublier. Je travaillais tard cette nuit-là. J'étais resté au bureau au lieu de passer le réveillon avec ma femme. Je m'en suis voulu. Je me suis souvent demandé ce qui se serait passé si j'avais été avec elle ce soir-là. Les choses auraient peut-être été différentes. Ce que je veux dire, c'est qu'il est moins difficile de parler de cette histoire du point de vue du journaliste que du mari de Christine...

— Vous avez donc réellement écrit cet article ?

— Oui, confirma-t-il après avoir avalé une gorgée de son café. Je sais que cela peut paraître étrange mais j'ai tenu à le faire. J'avais l'impression d'être le seul à pouvoir l'écrire. Il le fallait. Mais ce fut mon dernier. J'ai quitté le journal après ça...

Je jetai un œil à Zac qui était resté silencieux jusqu'à présent.

— Pourquoi ne m'as-tu rien dit ? lui demandai-je, intriguée. Lorsque tu nous as parlé de ton grand-père, tu aurais pu me dire que c'était Victor Castelli...

— Je l'aurais fait si j'avais su que vous vous connaissiez. Je ne me doutais pas que vous vous étiez déjà rencontrés. Il ne m'en a parlé que lorsque je lui ai rendu visite il y a deux jours. Je venais lui dire que j'avais pu parler avec Will. Alors, il m'a tout raconté...

— Tout ? demandai-je, surprise. Il y a d'autres choses que je devrais savoir ?

Je vis les deux hommes échanger un regard gêné, ce qui ne fit qu'accentuer ma curiosité.

— En effet, dit Victor. Mais n'allons pas trop vite. Vous aurez les réponses à toutes vos questions...

— Oh, vraiment ? le coupai-je, perdant patience. Écoutez, j'apprécie la délicatesse avec laquelle vous essayez de me préserver, mais je suis fatiguée. Il y a deux mois, je suis arrivée ici en espérant simplement me vider la tête, voir du pays. Finalement, je me suis retrouvée à cohabiter avec un fantôme dont je suis tombée amoureuse et que j'ai perdu dans la foulée. Je me suis aperçue que je voyais les morts sans jamais en trouver d'explication, je me suis affaiblie de semaine en semaine sans en connaître la vraie raison... Je n'ai jamais cru au hasard... Il y a une raison pour que je sois venue ici mais j'ignore laquelle. J'ai beau chercher encore et encore, je n'en trouve aucune. J'ai aidé Will à retrouver sa liberté, mais ça ne peut pas être suffisant ! Qu'est-ce que j'y ai gagné, moi ? Un cœur brisé et une santé sur le déclin. Où est l'intérêt de toute cette mascarade ? Qu'est-ce que j'ignore ? Je ne suis plus une enfant, je suis capable d'entendre les choses. Ces deux derniers mois l'ont prouvé, il me semble...

Il me semblait avoir usé mes dernières forces dans cette tirade qui reflétait bien mon anxiété et mon agacement face à tous ces secrets. J'étais essoufflée et j'avais les larmes aux yeux. Je ne voulais qu'une seule chose : rentrer, m'endormir et tout oublier. Mais pas avant de connaître la vérité. Toute la vérité.

— Amy, calme-toi, s'il te plaît, me dit Zac en posant tendrement sa main sur la mienne.

Je me dégageai en répondant avec colère :

— Non, je ne me calmerai pas ! J'ai passé la pire journée de ma vie. Je veux juste qu'elle se termine. Alors, êtes-vous décidés à me parler ou bien je peux rentrer ?

Après un court silence, Victor soupira et m'annonça avec calme :

— Posez-moi toutes les questions que vous voulez. Je tenterai d'y répondre pour le mieux...

Il y en avait tellement. J'ignorais par où commencer. J'essayai alors de procéder par ordre.

— J'aimerais savoir... Zac a dit que vous parliez avec les morts, vous aussi. Est-ce que c'est vrai ?

Le vieil homme prit une profonde inspiration avant de répondre :

— C'est vrai... Peu de temps après la mort de Christine, j'avais l'impression qu'elle était toujours là. J'ai d'abord pensé que c'était une étape normale du deuil. Mais rapidement, je me suis mis à l'entendre, aussi distinctement que je vous entends maintenant...

— Que disait-elle ? Je veux dire... si ce n'est pas indiscret...

— Non ! Non, je peux vous le dire. Les premières semaines qui ont suivi l'accident, je n'étais pas moi-même. J'étais très en colère après la terre entière et William en particulier. Je le tenais pour responsable. Je l'étais tout autant que lui, pour la simple et bonne raison que j'aurais dû être présent pour ma femme un soir de fête. Mais il était plus facile de rejeter la faute sur quelqu'un. Lorsque j'ai commencé à l'entendre, elle m'a fait réaliser que j'avais tort. Elle me disait que la haine et la colère ne résoudraient aucun problème et me mèneraient à ma perte, qu'il fallait que je pardonne. Elle disait que celui qui souffrait le plus, c'était William. Elle ne lui en voulait pas. Elle lui était reconnaissante d'être resté près d'elle jusqu'à la fin. Elle paraissait heureuse là où elle se trouvait. Ses paroles m'ont apaisé. Je me suis résolu à l'écouter et j'ai bien fait. J'ai réussi à faire mon deuil en suivant ses conseils. Malheureusement, je n'ai pas pu faire changer mon fils et il a filé droit dans le mauvais chemin sans que je puisse faire quoi que ce soit pour l'aider…

— Est-ce que Christine était un esprit errant ? Une âme prisonnière de notre monde ?

— Non, répondit-il en secouant la tête. Les esprits errants restent enracinés dans ce monde tant qu'ils n'ont pas accompli les choses importantes qu'ils avaient commencées, ou lorsqu'un fardeau est trop lourd à porter, comme ce fut le cas pour Will. Il leur faut trouver la rédemption pour qu'ils puissent se libérer. Mais ils y parviennent rarement seuls. C'est la raison pour laquelle il existe des personnes comme nous…

— Qu'est-ce que vous voulez dire par « comme nous » ? demandai-je de plus en plus intriguée par son discours.

Où voulait-il en venir ?

— Des personnes capables de communiquer avec les esprits… des passeurs d'âmes.

— Des passeurs d'âmes ? Mais de quoi est-ce que vous parlez ?

— Pour se libérer, les esprits sollicitent parfois notre aide. Nous sommes leur seul lien avec le monde des vivants, leur seul espoir de rétablir le dialogue pour les aider à partir. C'est ce que vous avez fait avec votre ami, sans peut-être le savoir. Sans vous, William serait toujours coincé entre deux mondes…

J'étais soufflée par tout ce que j'entendais. Prétendait-il que j'étais l'une de ces personnes qu'il appelait «les passeurs d'âmes»? Tout cela me paraissait tellement grotesque et surréaliste. En même temps, ma vie entière était insensée depuis deux mois. Une question restait en suspens malgré tout.

— Il y a tout de même quelque chose que je ne parviens pas à comprendre : pourquoi certaines personnes ont-elles cette capacité et d'autres pas ?

Je le vis s'agiter sur sa chaise. Il semblait tout à coup mal à l'aise. Son comportement me semblait étrange, je ne le comprenais pas. Zac lui posa la main sur le bras en signe d'encouragement et le vieil homme se racla la gorge avant de continuer :

— La plupart du temps, c'est un don héréditaire… qui se transmet de génération en génération… bien qu'il soit tout à fait possible que certains maillons de la chaîne ne possèdent pas cette capacité… Y a-t-il d'autres personnes dans votre famille qui présentent cette particularité ?

Je pensai tout de suite à Logan :

— Mon neveu.

— Vos parents ?

— Non. En tout cas, je ne crois pas. Ils ne m'en ont jamais parlé.

Il hocha la tête en gardant le silence. Ses yeux étaient dans le vague. J'aurais voulu connaître le fond de ses pensées. À cet instant, elles m'intriguaient sincèrement…

Voyant qu'il ne poursuivait pas, je continuai à lui poser les questions qui me taraudaient depuis plusieurs semaines :

— Vous savez pourquoi je suis ici, pas vrai ? Ce n'est pas dû au hasard, je me trompe ?

Il chercha bien ses mots avant de poursuivre :

— Je vous disais tout à l'heure que, parfois, les esprits ont besoin d'un coup de pouce pour passer de l'autre côté du voile mais ce qu'on ignore, c'est qu'ils ne disparaissent jamais complètement. La frontière entre nos deux mondes est si fine qu'elle se limite le plus souvent à ce qu'on veut bien voir et croire. Même après nous avoir quittés, nos proches ont une influence sur nos vies. Ils sont présents pour apaiser nos peines dans les moments difficiles, pour nous montrer du doigt la bonne direction quand on se retrouve à la croisée des chemins, ou simplement pour donner un coup de pouce au destin en faisant en sorte qu'une personne apparaisse dans notre vie pour y laisser une empreinte indélébile…

— Je doute que les morts soient capables de ça… répondis-je, sceptique.

— Vous seriez surprise…

— J'aimerais l'être ! Mais avez-vous une seule preuve de ce que vous avancez ?

Il sourit en lançant un regard à la dérobée à Zac, qui lui fit un petit signe de tête pour l'encourager à continuer.

— Vous vouliez savoir la raison qui vous a poussée à venir ici… elle s'appelle Jocelyne.

Une nouvelle fois, je restai sans voix en l'entendant évoquer ma grand-mère mais, surtout, je me demandais bien ce que mon aïeule venait faire dans cette histoire. Elle était morte il y avait plus d'un an. Comment pouvait-elle avoir joué un rôle dans ma venue ici ? Je restai confuse.

— Elle est venue me rendre visite après sa mort, continua le vieil homme. Elle avait quelque chose de très important à me dire. Une chose qu'elle aurait dû m'avouer il y a bien longtemps et qui l'empêchait de trouver la paix…

Je commençais sérieusement à défaillir. Je me souvenais de ma première conversation avec le journaliste, et du fait que ma grand-mère et lui s'étaient connus dans leur jeunesse. J'avais compris, en écoutant le vieil homme parler d'elle, qu'ils avaient été proches. J'étais certaine qu'il s'apprêtait à me dire quelque chose d'important et ça me faisait peur. J'avais raison. Ce qu'il me révéla par la suite apporta les réponses à nombre de mes questions mais me laissa sous le choc. Il me faudrait du temps pour accuser le coup. Mais ce qui m'effrayait le plus, c'était que je n'étais pas la seule visée par cette révélation et j'ignorais si je devais en parler à mes proches. Cela risquait de tout changer, en tout cas pour l'un d'entre eux. Pour autant, une question restait pour moi une véritable énigme : Victor n'entra pas dans les détails concernant les raisons qui avaient poussé ma grand-mère à m'amener ici. Il dit simplement qu'elle pensait que j'étais la seule à pouvoir apporter à Will la paix qu'il méritait, que nos caractères semblables aideraient le fantôme à faire face à ses démons. Je la soupçonnais d'avoir tout prévu, y compris le fait que nos sentiments évolueraient rapidement en quelque chose de plus fort qu'une simple amitié. La réponse du vieil homme fit naître en moi de nouvelles questions. Je ne comprenais pas l'intérêt de tout cela si c'était pour en souffrir autant maintenant. Je connaissais parfaitement ma grand-mère et elle n'aurait jamais souhaité que je sois si malheureuse. À cela, Victor me répondit que je découvrirais bien vite la réponse à cette ultime question mais qu'il ne pouvait rien me dire à ce sujet. Le mystère planait toujours, j'étais curieuse de savoir ce qu'il sous-entendait. Je n'étais pas certaine que ce soit un bon présage mais je décidai d'ignorer la question, au moins pour aujourd'hui. Ces révélations avaient été comme le coup de grâce d'une journée particulièrement éprouvante. J'avais besoin d'être seule pour penser à tout cela, prendre du recul, trier toutes les informations emmagasinées au cours de l'heure qui venait de s'écouler. Je voulais juste rentrer et faire mon deuil. Les deux hommes proposèrent de me raccompagner. J'acceptai en les remerciant. Quelques minutes plus tard, la voiture s'arrêta devant l'allée. J'observai la maison avec appréhension. Je n'allais y trouver que le silence et la solitude. Une angoisse me serra la gorge mais je fis de mon mieux pour l'ignorer.

Zac me retint par le bras au moment où je m'apprêtais à descendre du véhicule :

— Je vais déposer mon grand-père chez lui, je reviens après. Veux-tu que je reste avec toi ?

— C'est gentil mais je préfère rester seule...

— Je comprends... dit-il sans insister. N'hésite pas si tu as besoin de quoi que ce soit.

— Merci, Zac.

Je me retournai pour saluer Victor en le remerciant de m'avoir aidée à éclaircir une partie de mes interrogations. Compte tenu de ce qu'il m'avait dévoilé plus tôt, j'étais certaine que nous serions amenés à nous revoir très bientôt.

Je descendis de la voiture et me tournai vers la maison, exactement comme le soir de mon arrivée où je m'étais demandé ce que me réservaient les prochains jours. J'étais alors loin de me douter qu'ils me transformeraient à ce point et que deux mois suffiraient à ce que je sois la plus heureuse du monde avant d'être la plus malheureuse. Je pris une profonde inspiration et entrai...

## 47

## Amy

*La vie continue pour ceux qui restent*

Je déambulais dans la maison comme Will avait pu le faire avant moi : sans but. J'avais un trou béant à la place du cœur et je ne ressentais plus rien. Je n'avais plus aucune défense. Je recherchais inlassablement une lumière pouvant me guider, me donner un peu d'espoir, mais ce soir, les lumières étaient toutes éteintes. Je ne trouvais pas d'issue. Le chagrin avait comme anesthésié chaque parcelle de mon corps. Il n'était plus là mais son souvenir, lui, était omniprésent. Il hantait chaque pièce de la maison. La cuisine me rappelait nos matins à deux, lorsqu'il me préparait le petit déjeuner et ses œufs absolument dégoûtants. J'aurais donné n'importe quoi pour qu'il me cuisine encore ces fameux œufs. Le salon me rappelait Noël, lorsque nous avions décoré ensemble notre sapin et dansé pour la première fois. Aujourd'hui, l'arbre n'avait plus aussi fière allure. Il avait perdu la plupart de ses aiguilles et sa verdure ne serait bientôt plus qu'un lointain souvenir. Il se laissait dépérir lui aussi. C'était comme si, depuis le départ de Will, le temps nous avait rattrapé. J'errai dans le couloir jusqu'au bureau. Tout était calme, silencieux. Je me sentais oppressée, mal à l'aise. J'avais l'impression d'être une étrangère entre ces murs, de ne pas retrouver ma place. Alors, je compris que ce qui me faisait me sentir chez moi, ce n'était pas la maison, mais Will. Sans lui, j'avais perdu mon foyer, mon repaire, mon refuge. Je ne savais plus qui j'étais, ni où je devais aller. J'observai le calme de la pièce. Dehors, le soleil avait depuis longtemps amorcé sa descente. Il s'apprêtait maintenant à se dissimuler derrière la ligne d'horizon en laissant dans son sillage des nuances rose orangé qui formaient comme le bouquet final d'une journée sans nuage. Le paysage était magnifique mais je n'y trouvais aucun réconfort. J'ouvris la baie vitrée, espérant que l'air froid et le parfum des embruns me ramèneraient doucement à la dure réalité et réveilleraient mes sens endormis. Je saisis la couverture laissée sur la petite table, m'enroulai dedans et m'installai dans le canapé en observant le ressac des vagues sur la plage. Leur mouvement était un éternel recommencement. Cette routine avait un côté rassurant. Mes yeux s'égarèrent bientôt dans le vague et je perdis la notion du temps. Je ne sais pas combien de temps je passai là, immobile, le regard perdu vers le large, mais, lorsque je repris mes esprits, la ligne d'horizon s'était noyée dans l'obscurité, tout comme la pièce dans laquelle je me trouvais. Seule la lune, presque pleine, éclairait l'océan et le sable d'une douce lumière argentée. Il faisait froid et j'étais épuisée. Mes joues étaient gelées et des frissons me parcouraient l'échine. Il fallait à tout prix que j'essaie de dormir. Je décidai de me lever mais perdis l'équilibre. Je me retins à la table posée près du divan pour ne pas tomber. Je ne tenais plus debout. J'avais besoin de sommeil, même si je n'étais pas certaine de le trouver avec facilité. D'un pas lourd, je montai l'escalier et entrai dans la chambre. Habituellement, c'était la seule pièce de la maison où je n'étais pas gelée. Pourtant, il y faisait froid ce soir. Sans prendre la peine de me déshabiller, je m'engouffrai sous les couvertures et tentai de trouver le sommeil, sans y parvenir. Ma nuit fut agitée. Je tournais et virais dans le lit, à demi consciente, en retrouvant les cauchemars qui avaient accompagné mes nuits avant que Will partage mon lit. Il n'était plus là pour apaiser mes angoisses et éloigner mes démons. Tout à coup, je me réveillai en sursaut, couverte de sueur. J'avais le souffle court, le cœur qui palpitait et les yeux remplis de larmes. Ce fut alors comme si la journée qui venait de s'écouler me rattrapait. J'avais fait de mon mieux pour paraître forte, ne pas craquer et ignorer mon chagrin. Après lui avoir dit adieu sur le parvis de l'église, j'avais revêtu une carapace. Je voulais me montrer forte face à lui. Je tenais à ce qu'il parte en paix, sans avoir à se soucier de ce qu'il adviendrait de moi. Je m'en étais plutôt bien sortie. Je m'étais très vite rendu compte que ce mur que j'avais érigé rendait les choses plus faciles, même s'il me plongeait dans un état de léthargie qui n'était pas moi. Combien de temps peut-on dissimuler des émotions si fortes avant qu'elles reprennent le dessus et finissent par nous submerger ? Je connaissais maintenant la réponse. Tout ce que j'avais refoulé au cours de ces douze dernières heures me rattrapait et me revenait en plein visage comme un boomerang lancé à toute vitesse. Assise au milieu du lit, je ne parvenais plus à retenir mes larmes. J'avais mal au ventre, je n'arrivais plus à respirer. J'avais l'impression d'étouffer. Il fallait que je sorte de cette maison, que je remplisse mes poumons d'oxygène. Je me levai avec précipitation et descendis les escaliers en me tenant fermement à la rampe. Puis, je sortis par la porte-fenêtre du bureau et marchai jusqu'au rivage. Je ne m'arrêtai que lorsque je sentis l'eau venue du large me recouvrir les orteils. Il devait faire froid à cette période de l'année en pleine nuit, mais je ne sentais rien. Je tentais de reprendre mon souffle mais mes larmes, elles, ne cessaient de couler. Ma grand-mère, Jocelyne, disait toujours que nous avons tous un endroit qui nous fait nous sentir libre et heureux, qui a le pouvoir d'apaiser nos douleurs et de guérir nos blessures. En temps normal, c'est en regardant la mer, en respirant l'air salé du large et en sentant l'eau fraîche me caresser les pieds que je parvenais à trouver la paix. Pourtant, cette fois, cela ne me procura aucun réconfort, aucun apaisement. J'entendis une voix crier mon nom mais elle me paraissait loin. Trop loin pour être réelle. Pourtant, elle se répéta et bientôt, je sentis quelqu'un me saisir fermement par les épaules.

— Amy ! tonna la voix qui ne pouvait dissimuler son inquiétude. Qu'est-ce que tu fais ?

Je sentis mon interlocuteur me secouer pour essayer de me ramener à la réalité. Alors, doucement, je pris conscience de tout ce qui m'entourait. Je sentais la bise froide me caresser les épaules et s'insinuer dans mes vêtements avant de me glacer le sang. J'avais froid. Seules deux mains chaudes me tenant vigoureusement les épaules contrastaient avec la fraîcheur qui régnait dehors. Peu à peu, je retrouvai mon calme et mon souffle devint plus régulier. Je regardai la personne qui se trouvait face à moi. Zac me fixait avec des yeux ahuris et terrifiés. Son regard reflétait son inquiétude.

— Amy, qu'est-ce que tu fais dehors par un froid pareil ?

Je tentai de trouver les mots entre deux sanglots, mais j'étais complètement désorientée, comme réveillée après un très long sommeil. Je grelottais en me frottant énergiquement les bras.

— Je... Je ne pouvais plus... Il fallait que je sorte... Je n'arrivais plus à respirer...

— O.K., dit-il en m'entourant l'épaule de son bras. Ne restons pas là. Rentrons.

Puis il me conduisit jusqu'à la maison. Il ferma la baie vitrée derrière nous, me posa la couverture sur les épaules et partit dans la cuisine préparer une boisson chaude pendant que je retrouvais lentement mes esprits. Lorsqu'il revint, il s'assit près de moi sur le canapé en me tendant une tasse fumante d'une infusion qui sentait bon la camomille. La chaleur de la tasse contre mes doigts gelés me procura instantanément une sensation de bien-être. Je voyais Zac m'observer, l'air soucieux.

— Comment tu te sens ? me demanda-t-il avec inquiétude.

— Mieux, merci, répondis-je sans détacher mon regard de la mousse qui s'était formée à la surface de ma boisson.

Je me sentais confuse et mal à l'aise. Je ne savais pas ce qui m'avait pris de sortir comme ça en pleine nuit. Je pensais être réveillée mais je devais me trouver dans un état second, proche du somnambulisme. J'étais reconnaissante que Zac soit intervenu et m'ait sortie de cette transe.

— Qu'est-ce qui s'est passé ? me demanda-t-il, confus.

Je pris le temps avant de répondre. C'était difficile à expliquer :

— Je crois que… j'ai refoulé beaucoup d'émotions lors de la cérémonie. J'ai essayé d'être forte mais… je me suis retrouvée seule et tout m'a soudainement rattrapé. Je crois que j'ai réalisé ce qui se passait. Will est parti. Tout est terminé…

Le reconnaître à voix haute me faisait plus de mal que je ne l'aurais cru.

— Je comprends, me dit-il le regard rempli de compassion.

Il posa sa main sur la mienne en signe de réconfort. Je me disais que si Will avait été là, ce geste l'aurait probablement énervé mais je savais maintenant quel était le lien qui me reliait à Zac. La relation qui nous unissait n'avait rien de sentimental. C'était davantage un profond lien fraternel qui se développait un peu plus à chacune de nos rencontres.

— Je ne sais pas quoi faire, Zac, lui dis-je la voix tremblante. Je dois terminer cette maison et partir. Mais je suis fatiguée… J'ai l'impression d'être à bout de forces. Je ne suis pas certaine d'y arriver toute seule…

— Tu ne seras pas seule, dit-il en me serrant dans ses bras. Je serai là, je t'aiderai, je te le promets.

Je me laissai aller en m'appuyant contre lui et en fermant les yeux. Ce n'était pas Will. Il ne le remplacerait jamais. Mais ça faisait du bien de trouver un peu de réconfort et de sentir qu'on pouvait compter sur quelqu'un dans les moments difficiles.

— Tu devrais aller dormir, murmura-t-il à mon oreille en voyant que je commençais à sombrer. Je sais que ça doit être difficile à imaginer pour toi, mais le temps finira par rendre les choses plus faciles. Demain sera un nouveau jour…

Zac avait raison. J'ouvris lentement les yeux et la lumière du jour vint agresser mes pupilles. La veille, j'avais l'impression que mon monde s'effondrait et que le ciel me tombait sur la tête. Pourtant, le jour s'était levé comme si rien ne s'était passé. La vie suivait son cours. J'avais pourtant l'impression qu'elle continuait son chemin sans moi, me laissant derrière sans que je parvienne à la rattraper. C'était un peu comme vouloir sauter à bord d'un train en marche. Quoi que l'on décide, il continuera son chemin, avec ou sans nous. Tout ce que nous avons à faire, c'est saisir le bon moment pour le rattraper, sans quoi il nous laisserait sur le bord de la route avec nos regrets et nos doutes, dans l'attente de son prochain passage. Certains sont prêts à saisir leur chance, à prendre le risque de s'accrocher fermement au wagon dans l'espoir de se réveiller avec de nouvelles perspectives pour l'avenir et le sentiment que quelque chose de bien peut encore arriver. J'étais très loin de cet état d'esprit. Je ne me sentais pas prête à sauter, et encore moins à tourner la page. Il me faudrait plus de temps. Néanmoins, j'étais déterminée à tout faire pour m'occuper l'esprit et cesser de me remémorer chaque seconde passée avec Will. Je me levai sans force. Je n'avais rien mangé depuis plus de vingt-quatre heures, il fallait que je retrouve un peu d'énergie. Je descendis à la cuisine où je trouvai Zac en train de prendre son petit déjeuner. Il me salua, l'air mal à l'aise.

— Bonjour, me dit-il. Est-ce que ça va mieux ?
— Je commence à avoir la migraine mais je crois que ça va, répondis-je en me massant le front espérant soulager la douleur qui se réveillait doucement.
— J'espère que ça ne te dérange pas que je sois encore là. J'étais inquiet. J'ai préféré rester pour m'assurer que tout irait bien.
— Ne t'inquiète pas, lui répondis-je en esquissant un sourire. J'apprécie ce que tu fais, merci.

Je remplis un grand verre d'eau que je bus d'une traite en avalant un cachet, après quoi il continua :
— J'étais sérieux, tu sais, hier ?
— À quel propos ?

La soirée restait confuse dans ma tête. Je n'étais pas vraiment moi-même la veille au soir et je ne savais pas à quoi il faisait allusion.

— À propos du fait de t'aider pour la maison. Je sais que tu es impatiente de quitter cet endroit. Je t'aiderai à la terminer. J'ai fait le tour ce matin. Il ne reste que de petites finitions à peaufiner, quelques meubles à monter et faire un brin de ménage. Ça ne devrait pas prendre plus de deux jours…
— Je ne veux pas t'ennuyer avec ça…

— Tu ne m'ennuies pas, je te le propose. Je serai heureux de pouvoir t'aider.

Je l'observai un court instant. Il était sincère. Il voulait vraiment m'aider. J'acceptai son aide avec gratitude puis nous prîmes ensemble le petit déjeuner en discutant de la meilleure façon de nous organiser.

Will et moi avions déjà sélectionné le mobilier que nous souhaitions acheter pour habiller la maison. J'appelai le magasin pour passer commande en essayant de fixer une date de livraison aussi proche que possible. J'obtins un rendez-vous pour l'après-midi même. Il me restait encore à téléphoner à M. Maréchal afin de l'informer de la situation. Je devais convenir d'une rencontre afin de lui faire faire le tour du propriétaire et de lui rendre les clés. Je lui rappelai également qu'un rafraîchissement de la façade serait bienvenu. Il m'informa qu'il contacterait une entreprise au plus vite pour s'en charger. Pendant que je réglais les derniers détails, Zac s'était armé d'un pot de peinture et s'était attaqué aux finitions. Pour la plupart d'entre elles, il s'agissait d'apporter une couche supplémentaire à un encadrement de porte ou d'enduire les plinthes des cloisons. Après réception des meubles, nous passâmes l'après-midi à les installer et monter ceux qui étaient arrivés en pièces détachées, une minorité heureusement. Je me félicitai du bon goût dont nous avions fait preuve, Will et moi, en observant le résultat final. Le mobilier, choisi dans des teintes cérusées, s'accordait parfaitement aux pièces de la maison que nous avions recolorées dans des tons clairs et pastel. En fin d'après-midi, nous allâmes faire un tour chez l'antiquaire afin d'acheter quelques objets de décoration. J'en rapportai la magnifique maquette du voilier que j'avais vue la première fois que j'avais mis les pieds dans cette boutique. Arrivée à la maison, je l'installai sur le manteau de la cheminée. Cette fois, c'était terminé. Mes yeux parcoururent la pièce, puis la suivante. Nous avions réussi à créer ce climat que je cherchais dès le départ. Une atmosphère sereine et paisible qui nous donnait l'impression d'explorer les mers rien qu'en observant la décoration. De magnifiques paysages marins et des photographies de phares en pleine tempête habillaient les murs de part et d'autre. Des étoiles de mer et du corail étaient posés sur les meubles et de belles lampes fabriquées à partir de bois flotté ornaient la petite table près du canapé du salon. Je me sentais proche de cet univers que j'avais créé. J'y avais mis beaucoup de moi-même et le résultat final me donna entière satisfaction. Tout était exactement comme je l'avais imaginé. Zac et moi échangeâmes un regard satisfait. Il commençait à se faire tard. Il me demanda si je souhaitais qu'il reste mais je répondis que je préférais être seule pour préparer mes bagages et passer ma dernière nuit entre ces murs. J'avais sincèrement apprécié sa compagnie au cours de cette journée. Il avait rendu les choses plus faciles ou, en tout cas, moins difficiles. Nous convînmes qu'il reviendrait le lendemain matin pour m'aider à apporter la touche finale en faisant un peu de ménage et il me souhaita bonne nuit avant de quitter la maison. Tout à coup, je me trouvai à nouveau seule. Je ne m'effondrai pas comme j'avais pu le faire la veille, je crois que je n'avais plus assez de larmes pour ça. Je pris mon téléphone pour appeler

Martha. Je l'informai que je partirais le lendemain et que je passerais lui dire au revoir juste avant de prendre la route. Je la sentis émue. Elle n'avait visiblement pas très envie que je m'en aille. Cela me touchait. Elle aussi me manquerait, comme à peu près tout ce qui se trouvait ici. J'appelai ensuite mes parents pour les prévenir de mon arrivée tard dans la journée du lendemain. Eux, au contraire, semblaient ravis que je rentre à la maison. Pourtant, ils n'étaient pas dupes et, au son de ma voix, ils me demandèrent à plusieurs reprises si tout allait bien. Je mentis en leur assurant que oui et ils n'insistèrent pas. Je passai le reste de la soirée dans le bureau, les yeux une fois encore fixés au large, comme si je cherchais à remplir ma mémoire de ce souvenir et mes poumons de l'air sain venu de l'océan. J'avais l'espoir d'en ramener un peu avec moi et d'en profiter le plus longtemps possible. Je repensai à ce que me disait Will… que, quelque part, il existait un monde où nous voguions tous les deux sur le *Colibri* en parcourant les mers et les océans sans aucune limite et sans aucun interdit. Cette pensée me fit sourire et me réchauffa le cœur. J'aimais cette idée et je priais en mon for intérieur pour qu'il ait enfin pu toucher à cette liberté qu'il recherchait tant. Au fond de moi, j'en étais persuadée. Je ne ressentais plus sa présence. Cela ne pouvait que signifier qu'il était occupé ailleurs, libre d'aller et venir où bon lui semblait. Je ne pouvais pas lui en vouloir, même si j'avais le regret de ne plus surprendre son regard protecteur sur moi.

Je passai une nuit étonnamment calme. Je me réveillai cependant sans avoir l'impression d'être reposée. Je ne comprenais pas. Will était sûr de lui lorsqu'il affirmait que je retrouverais mes forces après son départ. Pourtant, je ne voyais aucune amélioration. Peut-être était-il encore trop tôt. Je me levai, habitée par une étrange nostalgie. Je m'apprêtai à dire au revoir à tout ce qui m'entourait. Je n'étais arrivée que deux mois et demi plus tôt mais j'avais l'impression de m'être installée ici depuis des années. Je réalisai alors que ce n'est pas le temps qui passe qui détermine l'importance qu'ont les choses à nos yeux, mais simplement ce que l'on vit et comment nous le vivons. Je pris une douche avant d'empaqueter mes affaires et boucler ma valise. J'avais la sensation de revenir des semaines en arrière lorsque j'avais posé mes yeux pour la première fois sur la maison, mon paquetage à la main. Tellement de choses avaient changé depuis ça. J'avais changé. La boucle serait bientôt bouclée. J'étais venue pour un travail, il était accompli. Non sans l'aide de personnes qui avaient à jamais changé ma vie. Mon regard mélancolique parcourut les murs de la chambre où je possédais tant de souvenirs et s'arrêta sur la photographie du *Colibri*. Alors, avec précaution, je détachai le sous-verre du mur et l'enveloppai dans un drap usé pour éviter qu'il se brise pendant le transport. Si je ne devais rapporter qu'un seul souvenir de cet endroit, c'était celui-là.

J'entendis la voix de Zac m'appeler du bas de l'escalier. Je lui signifiai où j'étais en lui indiquant qu'il pouvait monter. Il me proposa son aide pour charger ma voiture et ensemble, nous débarrassâmes les lieux des dernières affaires m'appartenant.

Nous passâmes ensuite une bonne partie de la matinée à nettoyer la maison. Quand nous eûmes terminé, nous nous installâmes sur les marches de la galerie, les pieds dans le sable. Le moment de se dire au revoir était proche et, chez lui comme chez moi, je sentis une profonde mélancolie.

— Tu vas me manquer, me dit-il sincèrement. Je regrette que nous ayons appris à réellement nous connaître si tard... Si nous avions su que...

— Zac, l'interrompis-je en posant ma main sur son épaule. Il n'est jamais trop tard. Je quitte la Bretagne, pas le pays. Nous serons amenés à nous revoir plus tôt que nous ne le pensons, tu verras...

Il me sourit avant de me serrer dans ses bras avec tendresse.

— Que vas-tu dire à tes parents ?

Je réfléchis un instant. Je n'en savais rien. Je n'avais pas songé à la question. Pourtant, j'allais devoir m'en inquiéter. Je serais bientôt de retour chez eux et je devais les informer de ce que j'avais appris.

— Je n'en ai aucune idée. Je ne sais pas de quelle façon aborder le sujet. Je pense que lorsque l'opportunité se présentera, je la saisirai.

— N'attends pas trop longtemps. Tous ces secrets ont déjà couvé bien trop d'années...

— Tu as raison. Je leur parlerai, ne t'inquiète pas. J'attendrai simplement le bon moment pour le faire...

— Je sais que tu feras ce qu'il faudra.

Je gardai le silence un instant.

— Toi aussi, tu vas me manquer, tu sais ?

Je le vis sourire avant de déposer un baiser amical sur mon front. Alors la sonnette retentit. C'était sans doute M. Maréchal. Nous échangeâmes un regard complice signifiant que le moment était venu de nous quitter et je le raccompagnai jusqu'à la porte, derrière laquelle attendait patiemment le propriétaire. Je ne l'avais pas revu depuis notre première rencontre, nos échanges ayant eu lieu exclusivement par téléphone, mais il était exactement comme dans mes souvenirs. Il affichait un air austère. Ses joues creuses et son teint pâle lui donnaient un aspect taciturne, sans sympathie.

— Je vois que vous avez de la compagnie... observat-il sans la moindre émotion sur le visage ou dans la voix.

— Monsieur Maréchal, je vous présente Zac. Il habite la maison juste à côté. Il est venu m'aider à remettre un peu d'ordre avant votre arrivée.

Les deux hommes se serrèrent la main sans un sourire. Zac se tourna vers moi avec un regard qui en disait long sur ce que dégageait cet homme triste.

— Fais bon voyage, Amy, me dit-il en m'embrassant la joue. Et surtout, appelle-moi quand tu seras arrivée.

— Promis, lui répondis-je avec un sourire amical.

Puis il s'éloigna et regagna sa maison sans se retourner. Je me retrouvai alors seule face au propriétaire et à son allure qui correspondait tout à fait au stéréotype d'un agent des pompes funèbres.

— Entrez, dis-je en faisant un signe de la main pour l'inciter à me suivre.

Je lui fis faire le tour du propriétaire en lui expliquant les travaux et aménagements qui avaient été effectués dans chaque pièce. Durant tout le temps de la visite, il ne prononça pas un mot, ne s'exprimant même pas sur ses impressions ou son ressenti quant aux modifications apportées. J'avais le sentiment de monologuer et, au bout d'un certain temps, je commençai à me sentir mal à l'aise. Quand nous eûmes terminé de faire le tour des lieux, j'étais à court d'arguments. Je gardai le silence, guettant la moindre réaction de sa part. Il finit par hocher lentement la tête en faisant la moue :

— Vous avez fait du très bon travail...

Je soupirai de soulagement en entendant son compliment.

— Merci, monsieur. J'espérais que ça vous plaise...

— Grâce à vous, je peux maintenant espérer en tirer un bon prix.

— J'espère que vous trouverez un acheteur. Cette maison a une histoire, un vécu et un énorme potentiel.

Il fouilla dans la poche intérieure de sa veste et sortit une enveloppe.

— Tenez, me dit-il en me la tendant. C'est votre dernier salaire. J'y ai ajouté une prime. Je me doutais que je ne serais pas déçu par le travail accompli.

— J'ignore comment vous remercier...

— C'est à moi de vous remercier. J'avais perdu tout espoir concernant cette vieille bicoque. Il faut croire que l'espoir n'est jamais vraiment perdu.

Ses dernières paroles me firent réfléchir. Peut-être qu'il avait raison. Après tout, on dit souvent que l'espoir fait vivre, que c'est sur lui que repose toute chose : l'espoir de réussir ce qu'on a entrepris, l'espoir de faire le bon choix, l'espoir de revoir un jour les personnes qui nous ont quittés...

Il était temps pour moi de partir. Je laissai une dernière fois mes yeux parcourir le hall avec une émotion qui me serra le cœur puis je sortis sous le porche en saluant le propriétaire. Il me souhaita bonne chance pour la suite et un bon retour. Je montai dans ma voiture le cœur lourd puis je démarrai et quittai l'allée. Dans mon rétroviseur, je voyais s'éloigner la maison qui avait abrité mon histoire ces derniers mois, et avec elle, tout ce qui me raccrochait à Will. Dorénavant, les seules choses qui me restaient de lui étaient ce colibri en argent qui ne quittait jamais mon poignet, la photographie de son voilier et les souvenirs qui, eux, ne me quitteraient jamais…

Plusieurs voitures étaient déjà stationnées devant chez Martha lorsque je me garai devant la maison. J'espérais ne pas tomber au mauvais moment. Pourtant, lorsque je l'avais eue au téléphone la veille, elle avait accepté avec grand plaisir que je vienne la voir avant mon départ.

Je sonnai à la porte et son visage familier apparut, orné d'un sourire à la fois tendre et amical.

— Bonjour, dis-je avec un sourire timide.

— Bonjour Amy, me répondit-elle avec enthousiasme. Je suis contente de vous voir. Entrez, nous vous attendions.

J'entendais plusieurs voix venir de la salle à manger et je ne souhaitais pas m'imposer.

— Je ne veux pas déranger, lui dis-je, un peu mal à l'aise. Je ne savais pas que vous aviez du monde.

— Oh, je vous en prie, ce sont mes enfants et petits-enfants. Ils vous sont reconnaissants autant que moi de ce que vous avez fait. Ils attendaient avec impatience de vous rencontrer dans d'autres circonstances qu'un éloge funèbre.

J'acquiesçai en souriant et la suivis dans la pièce principale. Tous les regards se tournèrent vers moi à mon arrivée. Des regards de sympathie, de reconnaissance, de compassion, de bienveillance et d'amitié. Ils me saluèrent tous avec enthousiasme et se levèrent pour m'embrasser. La bonne humeur semblait être au rendez-vous. J'enviais leur joie et leur gaieté, émotions qui semblaient m'avoir lâchement abandonnée ces derniers jours. Martha fit rapidement un tour de table pour me présenter une nouvelle fois sa famille et j'essayais tant bien que mal de mémoriser les prénoms au fur et à mesure qu'elle les énonçait. Nous échangeâmes des banalités avant que la maîtresse de maison m'apporte une chaise pour que je prenne place au milieu de cette charmante assemblée. Elle m'invita à rester pour le déjeuner. J'hésitai, une longue route m'attendait mais, en la voyant insister, je ne pus refuser l'invitation. C'était une famille très unie et au sein de laquelle je me sentis tout de suite à l'aise. J'avais l'impression de déjà les connaître. Nous discutâmes de divers sujets, de la pluie, du beau temps, en passant par les actualités dont je n'étais absolument pas au courant et des projets de chacun pour l'avenir. Les plus jeunes avaient des tas d'ambitions et leurs motivations me laissaient penser qu'une telle détermination les mènerait loin. Ils étaient tous soucieux du devenir de chacun et s'encourageaient dans leurs projets, même les plus farfelus. Nous parlâmes bien sûr de Will ou plutôt de son souvenir. Ses neveux et nièces ne l'avaient pas connu mais ils se montraient très curieux de savoir comment il était, quels étaient sa personnalité, ses passions, ses projets…

J'en profitai pour remercier mon amie pour la sortie en mer du *Colibri*, comme Will me l'avait demandé. Je compris en les écoutant que cette sortie avait été réalisée en famille. Tous avaient pris le départ, et pour certains qui n'avaient jamais mis les pieds sur un voilier, une seconde nature s'était révélée. Je fus ravie de l'entendre, car ça signifiait que le bateau prendrait à nouveau la mer. Peut-être même qu'un jour, il finirait par parcourir le globe et faire le tour du monde auquel il était destiné. Je l'espérais très fort. Je ne vis pas le temps passer en si bonne compagnie. Cette visite m'avait fait le plus grand bien mais lorsque mon regard s'arrêta sur l'horloge accrochée au mur, je réalisai que je ne pouvais plus repousser mon départ. Nous étions déjà en plein milieu de l'après-midi. Je devais prendre la route, même si c'était à regret. Je les saluai un à un en les remerciant pour ce moment passé avec eux. J'espérais au fond de moi les revoir très bientôt et j'en avais la très ferme intention. Je n'aimais pas les adieux, je préférais dire au revoir. Ils me souhaitèrent tous une bonne route et une bonne continuation après quoi Martha me raccompagna jusqu'à ma voiture.

— Merci, lui dis-je avec une profonde sincérité. Passer du temps avec vous tous m'a fait du bien. L'espace de quelques heures, je me suis sentie plus proche de lui…

— Je suis sûre qu'il est encore là, quelque part…

— Je ne sais pas. Je n'ai rien senti depuis son départ, pas un signe. Je crois qu'il est vraiment parti…

— Il ne partira jamais totalement. Il vit en chacun de nous, dans nos cœurs, mais aussi dans nos souvenirs.

— J'aimerais que ça soit suffisant... répondis-je la gorge serrée.

— Je sais qu'il vous manque et que vous vous demandez quel était l'intérêt de tout cela. Je suis certaine que tôt ou tard, vous aurez la réponse.

Je repensai à ma dernière conversation avec Victor Castelli. Il m'avait dit exactement la même chose. Peut-être qu'ils avaient raison, l'avenir me le dirait.

Martha me serra dans ses bras un long moment en me remerciant d'être entrée dans sa vie. Je n'avais pas l'impression de mériter un tel honneur mais elle m'émut sincèrement. Nous avions les larmes aux yeux toutes les deux. Plus qu'une simple amie, c'était une véritable seconde sœur que j'avais rencontrée lors de mon séjour ici. La différence d'âge importait peu ; intérieurement, nous n'étions pas si différentes...

— Pourquoi est-ce que j'ai le sentiment que c'est la dernière fois que nous nous voyons ? lui demandai-je en essuyant une larme du revers de la main.

Elle en fit autant en répondant :

— J'ai cet étrange pressentiment moi aussi. C'est peut-être l'émotion.

— Peut-être.

Un silence s'installa pendant lequel nous échangeâmes un regard complice. Puis, je me décidai à monter enfin dans ma voiture. Je lui fis la promesse de l'appeler rapidement avant de démarrer. C'est encore une fois le cœur lourd et les yeux embués que je m'éloignai. Dans le rétroviseur, Martha me faisait des signes de la main jusqu'à ce que sa silhouette disparaisse peu à peu de mon champ de vision. Je longeai la corniche en observant une dernière fois l'océan et quelques kilomètres plus loin, je passai le panneau «Bénodet» m'informant de façon officielle que je laissais derrière moi les trois mois les plus extraordinaires de ma vie pour retrouver ma routine quotidienne. La route fut difficile. La fatigue me rattrapait plus vite que je ne l'aurais cru. Je sentais ma nuque se raidir et mes yeux papillonner. Je m'arrêtai à plusieurs reprises sur des aires de repos pour prendre l'air et boire quelque chose d'un peu énergisant. Je luttais pour ne pas m'endormir et je sentais que mes reflexes étaient diminués. La nuit et la pluie qui se mirent à tomber n'arrangeaient pas la visibilité de la route. Les feux des voitures qui venaient de la voie d'en face m'aveuglaient et ne tardèrent pas à provoquer une intense migraine. Je n'étais plus qu'à quelques kilomètres de chez mes parents lorsque je sentis ma vision se brouiller et ma tête se mettre à tourner. Tout mon corps semblait engourdi et je sombrai peu à peu dans un état de semi-conscience. Je sentis mes mains glisser doucement le long du volant, sans aucune énergie. Je ne maîtrisais plus rien. Je ne vis pas ce qui se passa par la suite. Le son terrifiant d'un klaxon se rapprochait de moi à vive allure. J'ouvris alors les yeux, alarmée, mais il était trop tard, une voiture fonçait droit sur moi. La dernière chose dont je me souviens est d'avoir ressenti un choc brutal avant d'être ballottée dans tous les sens en ayant l'impression que ça n'en finirait jamais. Puis, tout était devenu très calme. Alentour, je n'entendais rien. Pas le moindre bruit… aucun signe de vie. Seulement le silence…

## 48

## Amy

*Tout devient plus clair*

Un sifflement aigu et désagréable venait m'engourdir les oreilles. Je percevais une voix au loin. Si loin que je ne distinguais pas les paroles. C'était comme être plongée sous l'eau quand quelqu'un s'adresse à vous. On peut alors entendre chaque mot, sans en comprendre pour autant la signification. Et puis, mon esprit se concentra davantage sur ce qu'il entendait. Je me sentais lentement émerger d'une profonde atonie et la voix se fit plus précise jusqu'à ce que je la distingue à la perfection. Cette voix, je l'aurais reconnue entre mille :

— Amy, réveille-toi mon ange, ouvre les yeux...

— Will ? balbutiai-je en reprenant doucement contact avec la réalité.

Une main chaude vint envelopper la mienne, achevant de me réveiller. Tous mes sens se mirent alors en éveil. J'entendis d'abord la respiration rapide d'une personne assise au bord de mon lit, la chaleur de sa main qui serrait la mienne comme si elle avait peur de me perdre, puis je pris conscience d'autres voix, plus lointaines et inconnues, venant d'une autre pièce, que je ne parvenais pas à distinguer.

De nouveau, j'entendis la voix m'appeler, mais ce n'était plus la même :

— Amy, ma puce, réveille-toi.

J'ouvris lentement les yeux. Mon père se trouvait près de moi, l'air inquiet, mais un sourire timide se dessinant sur ses lèvres. Il semblait sincèrement soulagé que je me réveille. Mes yeux hagards parcoururent la pièce à la recherche de celui que j'avais entendu plus tôt, et à qui je devais mon réveil, mais il n'était pas là. Je l'avais entendu pourtant. Je n'avais pas rêvé, il était là, je l'avais reconnu. Confuse, je me frottai les yeux avant d'observer de nouveau l'endroit où je me trouvais : une chambre d'hôpital, froide et lugubre.

— Papa ? Qu'est-ce que je fais ici ? Que s'est-il passé ? demandai-je en me redressant contre le dossier du lit.

Mon père attrapa mon autre main pour essayer de me rassurer et m'expliqua calmement :

— Tu as eu un accident… mais tout va bien. TU vas bien…

Je ne comprenais rien à ce qu'il me racontait. J'avais l'esprit complètement embrumé. Je tentai de faire le tri de mes pensées pour faire appel à mes souvenirs. Quelle était donc la dernière chose dont je me souvenais ? J'avais trouvé la route du retour longue et épuisante, m'arrêtant à plusieurs reprises jusqu'à… jusqu'à ce que je me sente défaillir… j'avais eu un étourdissement alors que je conduisais. Je me souvenais de cette impression de somnolence involontaire alors que mon subconscient luttait pour rester éveillé mais surtout, je me souvins des phares m'éblouissant et se dirigeant droit sur moi. Alors, je fus prise de panique :

— L'autre voiture… dis-je à mon père avec des yeux ronds de terreur. Il y avait un autre véhicule. Comment vont les passagers ?

Il me rassura en me demandant d'une voix douce de me calmer, puis il répondit :

— Ils vont bien. Ils ont réussi à t'éviter juste à temps. Tu as fait une sortie de route… et quelques tonneaux. Ce sont eux qui ont appelé les secours…

Puis une ombre passa sur son visage et il parut soudain plus inquiet :

— Que s'est-il passé ? Est-ce que tu t'es endormie ? Ça ne t'arrive jamais d'habitude au volant…

— Je ne sais pas… J'ai accumulé beaucoup de fatigue ces dernières semaines. J'ai dû m'évanouir…

Ma réponse ne sembla le satisfaire qu'à moitié. Il garda ensuite le silence en passant d'un geste tendre la main sur mon front.

— Et ma voiture ? demandai-je en craignant de connaître déjà la réponse.

Il interrompit son geste et me regarda l'air embêté.

— Ta voiture ? répéta-t-il nerveusement. Eh bien… Il n'y a rien à faire, elle est fichue.

Je soupirai en fermant les yeux, triste d'apprendre la nouvelle.

— Le principal, c'est que toi tu ailles bien, me dit-il avec un sourire qui se voulait rassurant.

Puis, je vis ses yeux fuir les miens et il s'agita sur son siège en ayant l'air tout à coup mal à l'aise.

— Qui est Will ? me demanda-t-il l'air de rien, même si je savais que sa question dissimulait une grande curiosité.

Je fis mine de ne pas comprendre :

— Qui ?

Il reformula alors son interrogation, l'air franchement embarrassé :

— Tu as appelé un certain Will dans ton sommeil. Juste avant que tu te réveilles…

— Oh, j'ai probablement dû rêver… répondis-je vaguement en voulant éluder le sujet.

Sauvée par le gong ! La porte de ma chambre s'ouvrit pour laisser entrer Anna, Franck et Logan. Mon neveu se précipita sur mon lit en criant mon nom et me serra dans ses bras si fort que je crus qu'il allait m'étrangler.

— Logan ! le houspilla ma sœur. Fais attention, enfin ! Ta tante vient d'avoir un accident. Elle a probablement mal partout, ne va pas lui faire plus mal !

Je ris en entendant les remontrances dont le jeune homme n'avait cure.

— Nous avons eu très peur ! s'exclama-t-il. Ne refais jamais ça !

— Promis, lui répondis-je en lui embrassant la joue avant de le serrer à mon tour très fort dans mes bras.

— Comment tu te sens ? me demanda Anna avec inquiétude.

— Fatiguée. Mais plutôt pas trop mal compte tenu des circonstances, il me semble.

— Oui, me dit-elle. Il faut voir le côté positif des choses…

Sur ces paroles, ma mère fit son entrée dans la chambre, un gobelet fumant dans la main, qu'elle venait sûrement d'aller chercher dans un des distributeurs de boissons de l'hôpital. Ses yeux s'écarquillèrent quand elle me vit réveillée. Elle tendit son verre à mon père pour qu'il la débarrasse avant de me serrer à son tour dans ses bras.

— Je suis tellement soulagée de te voir réveillée.

— Ça va, maman, je vais bien.

— Mamie, intervint Logan, laisse-la un peu tranquille, tu veux ? Elle vient d'avoir un accident, elle a besoin de se reposer...

La réflexion du garçon me fit rire. Franck gloussa lui aussi avant d'ajouter :

— C'est l'hôpital qui se moque de la charité !

Le garçon ignora la remarque de son père et continua :

— Tante Amy, il faut que je te dise, je vais avoir une petite sœur !

Je jetai un regard complice à Anna avant de répondre à mon neveu :

— C'est vrai, ça ? C'est une excellente nouvelle ! Tu vas pouvoir lui apprendre plein de choses...

Il commença à énumérer tout ce qu'il avait l'intention d'enseigner à sa future cadette lorsque le médecin fit irruption dans la chambre.

— Il y a du monde, ici ! s'exclama-t-il. Je vais vous demander de sortir un instant, j'ai besoin de m'entretenir avec ma patiente. Les parents peuvent rester s'ils le souhaitent.

Ma sœur, mon beau-frère et Logan sortirent de la chambre en nous informant qu'ils attendraient dehors puis le médecin referma la porte derrière eux avant de se tourner vers moi, l'air grave :

— J'ai peur de ne pas avoir de bonnes nouvelles...

Son visage était placide. Il ne reflétait aucune émotion. Tout ce que je pouvais dire, c'est que ça ne présageait rien de bon. Je vis mes parents se décomposer. Ma mère devint blanche et s'assit sur le bord du lit pour se préparer à entendre ce que le docteur allait nous dire. Mon père resta imperturbable, appréhendant la suite. Le médecin poursuivit en s'adressant à moi :

— Le scanner qui a été fait lors de votre arrivée ne révèle pas de séquelles graves suite à l'accident, seulement quelques hématomes qui finiront par se résorber avec le temps. En revanche, nous avons décelé une grosseur importante dans votre cerveau…

Un silence de mort s'installa, que ma mère finit par briser :

— Vous voulez dire… une tumeur ? demanda-t-elle la voix tremblante.

Le médecin hocha la tête avant de poursuivre :

— Au vu de sa grosseur, elle doit être là depuis un bon moment déjà.

Il se tourna vers moi pour me demander :

— N'avez-vous pas eu de symptômes : migraines, nausées, étourdissements, fatigue… ?

En l'entendant énumérer tous ces signes, mon esprit fut assailli de souvenirs : mes douleurs, mes malaises, ma fatigue… Ils ne m'avaient pas inquiétée sur le moment mais mis bout à bout… comment avais-je pu ne pas le voir ? ne pas le deviner ?

— Si, répondis-je au médecin. J'ai déjà rencontré chacun de ces symptômes.

Mes parents me regardèrent avec des yeux ronds :

— Pourquoi tu ne nous as rien dit ?

— Parce que je ne me suis pas inquiétée, dis-je pour me défendre. Je mettais ça sur le compte de mon travail, de la fatigue...

— Je vois... dit le docteur, sceptique. Là où elle se trouve, il est possible que la tumeur provoque des hallucinations... en avez-vous déjà eu ?

Le mot « hallucinations » retint mon attention. Qu'entendait-il par là ? Je lui posai la question.

— Je parle de choses que vous auriez vues alors que vous n'étiez pas censée les voir...

J'eus l'impression que quelque chose se brisait en moi. Qu'était-il en train de me dire ? La seule chose que je voyais mais que je n'étais pas censée voir, comme il disait, c'était Will. Mais Will n'était pas une hallucination. Il était bien réel. Je ne pouvais pas avoir tout inventé. Pas après tout ce que nous avions vécu. C'était tellement sincère et authentique... Je pouvais le prouver. Je portai ma main à mon poignet à la recherche du colibri attaché à ma gourmette mais il n'y avait plus rien. Plus de gourmette, plus de colibri. Prise de panique, je commençai à m'agiter sur mon lit en regardant autour de moi si elle n'était pas tombée dans les draps. Ne la trouvant pas, je m'énervai davantage, proche de la crise de nerfs. Je devais retrouver cette gourmette, elle était la seule preuve que Will avait existé et que mes souvenirs n'étaient pas une illusion. Mes parents et le médecin me regardèrent, confus, ne comprenant pas ma réaction.

— Où est-elle ? dis-je, agacée.

— De quoi est-ce que tu parles ? me demanda ma mère, désemparée.

— Ma gourmette, où est-elle ? Je l'avais au poignet, je ne l'enlève jamais. Où est-elle ? répétai-je en perdant patience.

Ma mère ouvrit le tiroir de la petite table de nuit qui se trouvait à droite de mon lit avant d'en sortir l'objet de mes recherches.

— Elle est là, me dit-elle en me tendant le bijou. Nous avons dû te l'enlever à ton arrivée ici pour ton passage au scanner...

Je lui arrachai l'objet des mains et l'examinai. Il était là. Le petit colibri fait d'ambre et d'argent. Toujours fermement attaché à sa maille. Instantanément, je me détendis. J'en étais certaine à présent. Je n'avais rien inventé...

Mes parents semblaient bouleversés de me voir dans cet état. Quant au médecin, il attendait toujours la réponse à sa question :

— Amy, avez-vous été sujette aux hallucinations ou aux cauchemars ?

Cette fois, je répondis :

— Je fais régulièrement des cauchemars, oui. En revanche, je n'ai jamais eu d'hallucinations...

Je ne me souviens que très peu de la suite de la conversation car, déjà, mes pensées me conduisaient ailleurs, dans un espace où il n'y avait que moi et mes songes. C'était comme replonger la tête sous l'eau quand, tout à coup, le silence nous isole du reste du monde et nous oblige à faire face à nos réflexions. J'entendais mes parents poser des questions au docteur qui y répondait du mieux qu'il pouvait, mais je ne savais pas avec précision de quoi ils parlaient. En ce qui me concernait, j'avais l'impression que tout devenait plus clair dans ma tête comme, si lentement, j'assemblais les dernières pièces d'un puzzle et commençais enfin à apercevoir le résultat final. Je comprenais à présent pourquoi j'avais été si faible pendant mon séjour à Bénodet. Mon état n'avait cessé de s'aggraver le temps que j'étais là-bas. Will puisait peut-être sa force dans la mienne, mais ce n'était pas la seule raison de ma santé déclinante. Je comprenais mieux aussi quelles avaient été les intentions de ma grand-mère en m'envoyant dans cette maison. Elle savait que j'étais condamnée. Tout comme elle savait que Will était la personne que j'avais toujours recherchée. Elle avait tout prévu, dès le départ. Elle me connaissait suffisamment pour savoir que je tomberais facilement sous son charme, elle savait aussi que je ferais tout mon possible pour qu'il retrouve sa liberté. Ce stratagème était gagnant-gagnant, pour lui comme pour moi, car il nous permettait à tous les deux d'obtenir ce que nous recherchions depuis longtemps : la liberté et l'amour. Je m'étais longuement interrogée, me torturant l'esprit à essayer de savoir pourquoi elle m'avait envoyée près de lui si c'était pour m'en séparer seulement quelques semaines plus tard. Elle savait pertinemment que nous ne serions pas séparés très longtemps. Je repensais à ma dernière conversation avec Victor et au fait qu'il ne souhaitait pas m'expliquer les raisons qui avaient poussé Jocelyne à agir de la sorte. Je comprenais maintenant pourquoi. Il savait que j'étais malade lui aussi mais il avait jugé que ce n'était pas à lui de me le dire. Pour la première fois depuis des mois, j'eus l'impression d'obtenir enfin toutes les réponses à mes questions. Finalement, tout me paraissait si clair que je ne comprenais pas comment je n'avais pas pu deviner les choses par moi-même. Intérieurement, je m'étais moquée de Victor lorsqu'il m'avait dit que les morts ne nous quittaient jamais vraiment et qu'ils avaient un impact sur nos vies… pourtant, tout ce que Jocelyne avait eu à faire pour transformer la mienne, c'était lui demander de m'envoyer une annonce par e-mail. Le destin ne tient qu'à peu de chose…

Malgré les circonstances, j'eus envie de sourire. Je reconnaissais bien là ma grand-mère. Faisant toujours son maximum pour que sa famille soit heureuse. Quelque part, je trouvais rassurant de savoir que ceux qui nous ont quittés sont toujours là, quelque part, à veiller sur nous. Nous ne sommes peut-être pas assez attentifs aux signes qui nous prouvent leur présence mais ils sont là, tout près. Tout comme je savais que Will était là lui aussi. Je l'avais entendu. C'est sa voix qui m'avait sortie du sommeil, j'en étais certaine. Une fois que toutes mes idées furent remises en ordre dans ma tête, je retrouvai lentement le contact avec la réalité. Je regardai mes parents qui semblaient anéantis en écoutant attentivement les paroles du médecin qui faisait de son mieux pour annoncer les choses avec délicatesse. S'il était possible de faire une telle annonce avec délicatesse. Ma mère pleurait. Des larmes inondaient ses joues. Mon père prenait sur lui mais ses yeux étaient humides. Il caressait le dos de ma mère pour la réconforter. C'est en voyant leurs visages si douloureux que je réalisai réellement ce qui se passait : j'étais malade. Et en écoutant le médecin expliquer les solutions possibles, je compris qu'il n'y avait pas grand-chose à faire. La tumeur avait lentement pris sa place. Elle se trouvait maintenant dans un endroit de mon cerveau inopérable, sous peine de séquelles irréversibles. J'entendis le médecin parler d'un traitement permettant de diminuer sa taille mais cela ne me ferait gagner que quelques semaines, tout au plus, en ayant par ailleurs tous les inconvénients des effets secondaires. J'étais condamnée.

— Combien de temps ? demanda ma mère, la gorge serrée.

Le médecin hésita avant de répondre :

— Quelques semaines. Peut-être plus. Cela dépendra de votre décision...

Je réalisais avec difficulté que nous étions en train de parler de moi. Tout cela était tellement soudain et inattendu. Je ne savais pas comment réagir à cette nouvelle car je ne savais pas moi-même ce que je ressentais. Tout ce dont j'avais besoin, c'était prendre du recul.

Les regards de mes parents, comme celui du docteur, se tournèrent vers moi. Ils attendaient que je prenne une décision. Je n'en ferais rien aujourd'hui.

— Je voudrais rentrer à la maison, dis-je à mes parents.

— Amy, commença ma mère. Il faut que tu...

— Ramenez-moi à la maison, la coupai-je avant qu'elle n'insiste. C'est tout ce dont j'ai besoin pour l'instant.

Ils échangèrent un regard avant d'interroger le médecin.

— Je n'y vois pas d'inconvénient, répondit ce dernier... mais nous devrons nous revoir très vite, Amy.

J'acquiesçai d'un signe vague de la tête, n'ayant encore pris aucune décision. Il nous souhaita à tous bon courage avant de quitter la pièce, nous abandonnant dans une atmosphère glaciale et pleine de chagrin.

— Ne dites rien à Logan… c'est à moi de le faire… dis-je à mes parents au moment où ma sœur, Franck et mon neveu revenaient dans la chambre. Ils essuyèrent leurs larmes en toute hâte pour tenter de faire bonne figure mais cela n'échappa pas à Anna. Ma mère lui fit un signe de la tête pour qu'elle la suive dans le couloir, pendant que Logan s'asseyait de nouveau près de moi et reprenait son discours là où il s'était arrêté quelques minutes plus tôt. Sa joie de vivre et son innocence me faisaient du bien dans de telles circonstances. Car j'avais l'impression de ne plus pouvoir penser par moi-même. De nouveaux doutes et de nouvelles interrogations firent leur apparition dans mon esprit. Ne serais-je donc jamais tranquille ? Est-ce à cela que se résumait la vie : passer son temps à chercher des réponses ? à trouver quoi faire, à quel moment, avec qui et pour quelles raisons, en se demandant sans cesse quelles conséquences nos décisions auront sur la vie de nos proches ? C'était éreintant…

Quelques minutes plus tard, ma mère revint avec ma sœur. Elles avaient pleuré. Heureusement, Logan n'y prêta pas attention. Mon regard croisa celui d'Anna. J'y lus toute la douleur qu'elle éprouvait, et mon cœur se serra si fort que je sentis mes yeux me brûler. Les larmes montaient, je devais les retenir. J'évitai son regard pour ne pas être à nouveau submergée.

— Bien, finis-je par dire avec un enthousiasme qui ne servait qu'à dissimuler l'ambiance pesante de la chambre, si vous m'aidiez à rassembler mes affaires et que nous rentrions à la maison ?

## 49

## Amy

### *Un temps imparti*

Deux semaines s'étaient écoulées depuis mon accident. Après avoir quitté l'hôpital, mes parents avaient insisté pour que je revienne vivre chez eux et que je reprenne ma place dans mon ancienne chambre. Cela les rassurait de pouvoir garder un œil sur moi. Ils ne disaient rien mais je voyais à quel point ils étaient malheureux depuis l'annonce de ma maladie. Ils tâchaient du mieux qu'ils pouvaient de faire bonne figure mais je n'étais pas dupe. Le dialogue était difficile. Ma mère insistait lourdement chaque jour pour que je reprenne contact avec le médecin afin de commencer mon traitement le plus rapidement possible. Jusqu'à maintenant, j'étais parvenue à esquiver le sujet en changeant simplement de conversation ou en prenant la tangente, mais mon état empirait de jour en jour et cela devenait urgent. Elle se sentait impuissante, je le comprenais très bien. Cependant, j'avais pris ma décision depuis longtemps. En réalité, je crois que je savais avec certitude ce que j'avais l'intention de faire, dès lors que le médecin m'avait annoncé la mauvaise nouvelle. Je n'en avais pas encore parlé à mes parents. J'ignorais comment leur annoncer que j'avais décidé de ne pas suivre le traitement. Ce qu'ils espéraient, c'était garder leur fille le plus longtemps possible auprès d'eux. Ils ne comprendraient donc sans doute pas mon choix, même si j'étais convaincue que c'était le bon.

Je n'avais pas envie de mourir. Avant d'arriver à Bénodet, j'avais imaginé avoir la vie devant moi. Une vie pleine de projets, de rebondissements, de souvenirs à construire, de moments à partager… En quittant les lieux, même si toutes ces choses avaient perdu toute leur saveur, je n'avais pas songé qu'elles puissent être autant écourtées. Pourtant, j'acceptais ce qui m'attendait. Je n'avais pas peur de la mort car je savais à présent, de source sûre, qu'il y avait quelque chose après, que je ne disparaîtrais pas totalement et que quelque part, je pourrais toujours garder un œil bienveillant sur ma famille. Après l'annonce de ma tumeur, les paroles de Victor n'avaient cessé de résonner dans ma tête comme une chanson dont la mélodie est un éternel recommencement. En rentrant de l'hôpital ce jour-là, j'avais pris le téléphone pour appeler le vieil homme. J'avais besoin de lui parler. Il n'avait pas semblé étonné en entendant le son de ma voix. Je lui avais alors demandé s'il savait pour ma maladie. Il répondit que oui, mais que ce n'était pas à lui de me le dire, que je devais le découvrir par moi-même. Je ne lui en voulais pas, je le comprenais parfaitement. À sa place, j'aurais sans aucun doute fait la même chose. Il semblait sincèrement désolé pour moi et regrettait que nous n'ayons pas passé davantage de temps ensemble pour discuter de notre capacité mutuelle à communiquer avec les défunts. Il y avait tant à dire… Bien que nous possédions tous les deux ce don, il se manifestait de façon différente chez l'un et chez l'autre. Moi, je ne voyais que les esprits errants, prisonniers de notre monde. Une fois libérés de leurs chaînes, ils devenaient invisibles à mes yeux… à mon grand regret. Pour Victor, c'était différent. Il ne voyait pas les fantômes mais pouvait les entendre, qu'ils soient parmi les vivants ou au-delà. Il m'avait expliqué au téléphone que ce don pouvait être différent selon les personnes, leur sensibilité et leurs croyances. Je ne pus m'empêcher de lui demander s'il avait parlé à Will depuis ses funérailles. Je lui expliquai que je ne sentais plus du tout sa présence, comme s'il s'était simplement… envolé. Il ne s'attarda pas sur le sujet, se contentant simplement de dire que mon ami honorait sa promesse. Une vague de chaleur avait alors envahi mon cœur. Sa promesse… celle qu'il m'avait faite sur le parvis de l'église juste avant la cérémonie. Celle où il m'avait juré qu'il serait toujours là, tout près. Je me sentis rassurée en entendant cela. J'avais ensuite demandé à Victor si ce qui avait rendu Will si fort pouvait avoir un lien avec ma maladie. Il m'avait expliqué que les défunts trouvaient leur énergie dans celle des vivants mais que les corps faibles étaient les plus faciles à «siphonner». Il me fit comprendre que ma tumeur avait sans aucun doute facilité notre contact mais que ce dernier avait accéléré ma maladie en retour. Ce soir-là, le vieil homme et moi avions discuté pendant près de deux heures au téléphone. J'avais l'impression qu'il me comprenait, qu'il savait ce que je traversais et, même si je ne l'avais rencontré qu'à deux reprises, je me sentais proche de lui. C'était une oreille attentive, une personne à qui je pouvais parler librement de ce que je ressentais, sans craindre d'être jugée. Il me demanda si j'avais parlé à ma famille de ce qu'il m'avait révélé. Je lui avais alors répondu que mes proches n'étaient pas encore prêts à l'entendre, mais qu'ils ne resteraient pas dans l'ignorance très longtemps. Lorsque nous nous étions dit au revoir, l'émotion était palpable. Nous savions tous les deux que c'était probablement la dernière fois que nous discutions… en tout cas de mon vivant. J'avais raccroché, le cœur lourd, mais en même temps, rassurée. Je savais maintenant que Will tenait sa promesse et soudain, même si je ne sentais pas davantage sa présence physiquement, j'avais l'impression d'être moins seule. Il occupait toutes mes pensées. Pas une minute ne s'écoulait sans que je me rappelle les moments que nous avions partagés, le contact de sa peau contre la mienne, son parfum doux et agréable, son sourire, son regard espiègle et ses sarcasmes qui me manquaient plus que tout. Je pensais que le temps rendrait les choses plus faciles mais en réalité, chaque fois que je me rappelais son visage, une douleur venait me tordre le ventre et je sentais le vide en moi s'agrandir davantage. Je me sentais incomplète depuis mon retour ici. Et ce n'était pas simplement dû à ma maladie. En le laissant partir, j'avais renoncé à une partie de moi, celle qui me semblait être la meilleure. Mes parents l'avaient remarqué. Ils m'avaient souvent demandé ce qui me rendait si mélancolique, sachant pertinemment que ma tumeur n'était pas l'unique raison de mon humeur taciturne. Les jours passaient mais je perdais la notion du temps. Il aurait fallu que je regarde dans le journal pour être capable de dire quel jour nous étions. Je savais où je me trouvais, dans quelle ville je vivais. Cet endroit et tout ce qui m'entourait m'étaient familiers, je les avais toujours connus. Pourtant, je n'étais pas chez moi. Ou je ne l'étais plus. Will était la seule raison qui rendait ma condamnation moins pénible, car je savais que le chemin qui m'éloignait doucement de ma famille me ramenait aussi lentement vers lui. C'était comme une longue ligne droite où ils se trouvaient à chaque extrémité et moi au centre. Je savais que chaque pas que je ferais me rapprocherait de l'un tout en m'éloignant inévitablement des autres. Je me sentais déchirée entre le regret de quitter mes proches et l'impatience de retrouver prochainement l'homme que j'aimais.

Je pensais aussi beaucoup à Logan. Mon neveu ne savait pas encore que j'étais malade et j'ignorais comment le lui annoncer. Je voulais le protéger avant tout. J'avais ressassé des dizaines de fois les différentes façons possibles de lui faire comprendre, mais face à lui je me retrouvais désarmée. Il était si jeune. Et même si je savais que personne mieux que lui ne comprendrait mon choix, j'étais malheureuse à l'idée de lui briser le cœur. Il me restait tellement de choses à faire avant de partir. Il fallait aussi que je parle à mes parents de ce que m'avait appris Victor avant mon départ de Bénodet. Mais ils étaient si anéantis par ce qui m'arrivait que leur révéler la vérité n'aurait fait qu'aggraver la situation. Ce n'était pas le bon moment… Et je n'étais pas certaine de le trouver avant que tout ça prenne fin. J'avais donc commencé à écrire une lettre qui les informerait de tout ce que j'avais vécu au cours de ces derniers mois et de toutes les choses qu'ils devaient savoir. Il y avait tant à dire que je me perdais parfois dans mes explications. Je l'avais recommencée, encore et encore, jusqu'à ce qu'elle me convienne enfin.

À présent, j'étais allongée sur mon lit, le regard fixé sur la photographie du *Colibri*. Le verre s'était brisé en mille morceaux dans l'accident mais le cliché, lui, avait survécu. Et il avait trouvé sa place dans mon ancienne chambre, sur le mur face à mon lit, d'où je pouvais le contempler à longueur de journée sans jamais me lasser. J'étais épuisée. Durant les deux semaines qui s'étaient écoulées, malgré les recommandations de ma mère de rester allongée pour me reposer, j'étais beaucoup sortie pour revoir d'anciens amis et essayer de profiter du peu de vie qu'il me restait. Cela m'aidait à garder l'esprit occupé et à penser à autre chose. Je ne voulais avoir aucun regret. Ces excès me rendaient malade et chaque sortie était suivie d'une journée passée dans mon lit à tenter de récupérer quelques forces. Ce soir, plus que jamais, j'avais l'impression que déjà mon esprit prenait le large. Je ne me sentais plus connectée à cette vie. Je ne savais pas pour quelle raison, mais je sentais qu'il fallait que je parle à mes parents. Et très vite.

Je quittai la chambre pour rejoindre le salon, à leur recherche, mais ils n'y étaient pas. Seul Logan était confortablement installé dans le canapé, en train de jouer à la console. Avec tendresse, je lui ébouriffai les cheveux. Il se mit à râler en maugréant qu'il n'aimait pas être dérangé pendant ses jeux. J'entendis alors des chuchotements venant de la cuisine. Je m'y rendis et découvris mes parents et ma sœur assis autour de la table, les larmes aux yeux. Ils arrêtèrent leur conversation lorsqu'ils me virent entrer dans la pièce. Je savais d'avance que cette discussion n'allait pas être facile.

— Amy, s'exclama mon père. Viens t'asseoir. Nous devrions discuter...

— Tu as raison, dis-je en restant appuyée contre le chambranle de la porte. Cela fait longtemps que j'aurais dû vous parler...

— Amy..., me coupa ma mère. Cela a assez duré. Il faut que tu contactes le médecin au plus vite pour commencer ton traitement.

— Je n'ai pas l'intention de suivre ce traitement, maman.

Ça y est, c'était dit ! Je vis les yeux de ma mère et de ma sœur devenir ronds d'étonnement et de désespoir. Mon père, lui, ne réagit pas. Il ne semblait pas surpris par mon annonce.

— Mais enfin, qu'est-ce que tu racontes ? continua ma mère. Il faut que tu...

— Non ! m'exclamai-je fermement en perdant patience. Je ne suivrai pas ce traitement. C'est ma décision et j'aimerais que vous la respectiez...

— Mais... tu vas mourir ! dit ma mère au bord des larmes.

— Je mourrai de toute façon, maman. Tu as entendu le médecin ? Ce traitement ne me fera gagner que quelques semaines...

— Quelques semaines, c'est déjà beaucoup...

— Pas si je les passe encore plus malade…

Un silence lourd et pesant s'ensuivit. Ils savaient que j'avais raison. Mais ils voulaient me garder le plus longtemps possible près d'eux, je ne pouvais pas leur en vouloir.

— Alors, tu abandonnes ? me demanda ma sœur.

— Non ! Bien sûr que non. Abandonner, c'est lorsqu'il y a encore de l'espoir. Ce n'est pas mon cas. Je vais mourir quoi qu'il advienne. J'accepte simplement ce qui m'attend… Je sais à quel point c'est difficile pour vous de l'accepter. Ça l'est aussi pour moi mais tout ce que je vous demande, c'est de m'écouter, seulement quelques minutes.

L'émotion me rattrapa bientôt moi aussi. Je sentis ma gorge se serrer. Leur parler devenait un véritable supplice. Je les voyais retenir leur larmes du mieux qu'ils pouvaient. Parler de ma mort prochaine avec eux était la chose la plus difficile que j'avais eu à faire.

— Vous devez comprendre, dis-je en ignorant les larmes qui coulaient le long de mes joues, que si j'avais le choix, je choisirais la vie. Mais il n'y a rien que je puisse faire pour éviter ce qui va arriver. Il faut l'accepter…

Je vis tout à coup leurs trois visages se décomposer et devenir blêmes en me fixant avec des yeux ronds de terreur. Pourquoi me regardaient-ils de cette façon ? Que se passait-il ? Et puis, je sentis un liquide chaud couler lentement sous mon nez. Par réflexe, je tamponnai le dessus de mes lèvres du bout des doigts. Lorsque je regardai ma main, ils étaient maculés de sang. Anna fouilla avec agitation dans son sac à main avant d'en sortir un mouchoir en papier qu'elle me tendit avec inquiétude. Je la remerciai en essuyant le liquide rouge, puis continuai mon discours, pas découragée pour autant :

— J'ai une question à vous poser... Que feriez-vous à ma place ? Si vous aviez le choix... que choisiriez-vous ? Partir en tâchant de laisser un souvenir positif à vos proches ou gagner quelques semaines de plus en souffrant davantage et en devenant encore plus faible ?

Je les observai avec attention. En dehors de mon père qui me regardait avec tendresse, il n'y eut aucune réaction.

— Je suis certaine que vous feriez la même chose que moi. Je préfère mourir maintenant que vivre quelques jours de plus clouée à un lit d'hôpital...

— Tu vas mourir ??? cria la petite voix de Logan derrière moi.

Je me retournai et vis mon neveu, le visage déformé par la tristesse et la colère. Mon cœur, ou ce qu'il en restait, se brisa en mille morceaux. Mes parents détournèrent le regard. Ce qu'ils redoutaient le plus était en train d'arriver. Ma mère sortit par la porte de la terrasse, ne souhaitant pas assister à ce qui allait suivre.

— Logan, dis-je doucement en m'approchant de lui. Je suis désolée, je...

— Ne m'approche pas, hurla-t-il en se détournant. Je ne veux plus jamais te voir ! Je te déteste !

Puis il partit dans sa chambre en courant et claqua la porte. Ses paroles eurent l'effet d'un coup de poing dans le ventre, même si je savais avec certitude que c'était la colère qui parlait. Je regardai Anna, complètement désarmée. Ma sœur s'apprêtait à rejoindre son fils quand je l'arrêtai en la retenant par le bras :

— Laisse-moi y aller. C'est à moi de lui parler.
— Tu es sûre ?

J'acquiesçai, puis quittai la pièce pour rejoindre mon neveu. Je pris une profonde inspiration avant de pousser la porte de sa chambre. Il était recroquevillé sur son lit, dos à la porte, en pleurant. Je n'eus pas besoin de parler pour qu'il sache que c'était moi.

— Va-t-en, Amy ! vociféra-t-il sans même se retourner. Je ne veux pas te parler !

Malgré ses protestations, je m'approchai et m'assis sur le lit, près de lui.

— Très bien, tu ne seras pas obligé de me parler, tu peux juste m'écouter…

— Je ne veux pas te voir !

— Tu n'es pas obligé de me regarder non plus… mais Logan, il faut que je te parle. Ce que j'ai à te dire n'est pas facile. Et ce n'est pas le genre de chose qu'on raconte à un enfant de 6 ans. Mais je sais que, toi, tu comprendras…

Il resta muet. Au moins, il avait cessé de me hurler dessus, je pris cela comme un encouragement avant de continuer :

— Je suis malade… Très malade.
— Je sais, répondit-il entre deux sanglots.

Sa réponse me surprit.

— Quoi ? Comment ça ?
— J'ai entendu maman et papa discuter l'autre jour. Ils disaient que tu allais mal… J'ai bien vu moi aussi que tu étais fatiguée mais j'ai cru que…

Il se mit de nouveau à pleurer. Je m'allongeai contre lui en le serrant dans mes bras. Il me tournait toujours le dos mais je poursuivis :

— C'est une maladie grave, mon grand. Elle ne guérira pas...

Il se décida finalement à se retourner et me regarda les yeux remplis de larmes.

— Pourquoi tu ne m'as rien dit ? me demanda-t-il, l'air sincèrement vexé par mon silence. Je croyais qu'on se disait nos secrets ?

Ses larmes appelèrent bientôt les miennes. Face à ce petit bout d'homme, mes dernières défenses s'effondrèrent.

— J'ai essayé des dizaines de fois, mais c'était trop difficile. Je ne savais pas comment m'y prendre...

— Les docteurs ne peuvent pas te soigner ?

Je secouai la tête avant de poser mon front contre le sien.

— Il existe un traitement mais il ne me guérira pas. Grâce à lui, je pourrais rester quelques semaines de plus, mais il me rendrait encore plus malade, je n'ai pas envie de ça... tu comprends ?

Il ferma les yeux pour calmer un nouveau sanglot en hochant timidement la tête. Un silence s'installa entre nous pendant lequel il se calma et régula sa respiration, puis il me dit avec clarté :

— Je n'ai pas envie que tu meures...

Je le serrai un peu plus fort contre moi en lui caressant les cheveux et en lui expliquant que j'aurais préféré vivre si j'avais eu le choix. Mais ce petit bonhomme était le plus intelligent que je connaissais, il comprenait parfaitement tout ce que je lui disais et il acceptait ma décision, malgré le chagrin que cela lui causait.

— Amy, me dit-il en chuchotant. Il ne s'arrête donc jamais de parler ? Comment tu fais pour le supporter ?

Je fronçai les sourcils, ne sachant pas de quoi il parlait. J'étais confuse :

— De qui est-ce que tu parles ?
— De Will…

Mon cœur eut un raté.

— Tu veux dire que Will est ici ? lui demandai-je avec un intérêt soudain.

Il acquiesça avant de désigner d'un signe de tête l'endroit où se trouvait mon ami. Je ne voyais rien. Seulement le vide mais si Logan affirmait que Will était là, je le croyais sur parole.

— Il est tout le temps là… tu ne le vois pas ?

Avec regret, je secouai la tête en lui expliquant que je ne voyais plus le fantôme depuis la cérémonie en son honneur.

— Il n'arrête pas de jacasser depuis tout à l'heure, continua-t-il en murmurant, comme s'il ne voulait pas que le spectre l'entende. Il parle encore et encore, il ne s'arrête jamais ! C'est usant !

Sa remarque et sa façon de râler me firent sourire.

— Et que peut-il bien avoir à te raconter ?
— Ce n'est même pas à moi qu'il parle, c'est à toi ! Il dit que tout se passera bien et que tu ne dois pas t'inquiéter…

Les paroles rassurantes de mon ami me firent chaud au cœur. Je souris. Un sourire à la fois tendre et nostalgique. Je pouvais presque entendre sa voix résonner dans mon oreille. Il me manquait tellement !

— Est-ce qu'il a l'air heureux ? demandai-je à Logan.

Sans hésitation, mon neveu hocha la tête avec conviction.

— En revanche, il est toujours aussi casse-pieds !

Je m'esclaffai en écoutant la repartie de ce minuscule garçon et en imaginant la mine renfrognée que devait afficher Will à ce moment précis.

— N'importe quoi ! s'insurgea Logan en fixant le vide qu'il m'avait désigné quelques minutes plus tôt.

— Qu'est-ce qu'il y a ? demandai-je avec curiosité.

Je comprenais maintenant à quel point cela pouvait paraître étrange de se retrouver face à quelqu'un qui converse avec une autre personne que l'on ne voit pas... Zac avait vraiment dû trouver cela très bizarre quand il avait été confronté à cette situation.

— Il dit que je ne digère pas la défaite aux jeux vidéo qu'on a faits ensemble à Noël et que c'est pour ça que je me montre particulièrement incorrect avec lui ! Mais pas du tout ! Et puis, il n'arrête pas de m'appeler « le moucheron », je déteste ça !

— Et c'est sûrement la raison pour laquelle il persiste à t'appeler de cette façon ! Je constate que vous vous entendez toujours aussi bien, ça fait plaisir à voir ! m'exclamai-je ironiquement.

— C'est lui qui a commencé !

— Bon, les enfants ! Stop ! Arrêtez vos chamailleries.

Les plaisanteries devaient se terminer, je n'avais pas fini ma conversation avec Logan. Nous devions revenir, à regret, à des choses plus sérieuses.

— Tu sais ce que ça signifie ? demandai-je à mon neveu. Le fait que tu voies encore Will... tu sais ce que ça veut dire ?

— Est-ce que ça veut dire que je te verrai toi aussi quand tu seras partie ?

— J'espère de tout cœur que oui…

Le garçon parut soudain soulagé et plus serein. Alors, je continuai :

— Tu sais, Logan, les personnes comme toi et moi, qui voient les gens qui sont partis, sont rares. Ne considère jamais cela comme un fardeau. C'est un don que tu possèdes. Grâce aux personnes comme toi, les proches qui nous quittent ne disparaîtront jamais totalement, ils continueront à vivre à travers toi. Tu es une sorte de messager entre les vivants et ceux qui partent, et l'unique moyen pour les deux parties de communiquer ensemble. Il faut que tu saches que certaines personnes te jugeront, il y en a toujours qui sont effrayés par ce qu'ils ne connaissent pas. Mais tu devras les ignorer et ne jamais perdre confiance en toi, tu m'entends ?

Mon neveu hocha fermement la tête, déterminé à suivre mes conseils.

— Il existe quelqu'un… une personne importante que j'ai rencontrée pendant mon séjour en Bretagne. Il pourra t'aider et te guider car il possède la même faculté. Grâce à lui, tu pourras apprendre à vivre avec et à faire bon usage de ce don. Ça ne signifie pas pour autant que ta voie est toute tracée. L'objectif principal d'une vie, quelle qu'elle soit, est de suivre son instinct mais surtout son cœur. Tu es libre de faire ce dont tu as envie. Ne suis pas une voie qu'on a choisie pour toi. Suis ton propre chemin et maintiens le cap. C'est le secret pour être heureux…

— C'est ce que tu as fait ?

— Oui. Je ressentais le besoin de partir quelque temps. C'est la raison pour laquelle je suis allée à Bénodet. Et là-bas, j'ai rencontré Will. Il est la meilleure chose qui me soit arrivée. Et grâce à lui, j'ai rencontré des personnes géniales qui resteront à jamais dans mon cœur. Le temps que j'ai passé avec lui a été court mais ces deux mois et demi ont été les plus heureux de ma vie...

— Il dit que tu lui manques...

— Il me manque aussi...

— Bon, finit par s'exclamer le garçon en soupirant. Ça suffit maintenant, vos échanges de bons sentiments. Je suis encore trop jeune pour assister à ce genre de déclarations !

Je m'esclaffai en lui caressant à nouveau les cheveux.

— J'ai un service à te demander, lui dis-je avec un regard mystérieux. Tu crois que tu peux m'aider ?

Il acquiesça vivement, heureux que je lui confie une mission. Je lui dis de m'attendre une minute pendant que je retournais dans ma chambre prendre ce que je souhaitais. Je revins avec une enveloppe que je lui tendis lorsque je m'allongeai à nouveau près de lui.

— C'est une lettre... elle est destinée à toute la famille. Ils ne devront la lire que lorsque je serai partie. Elle risque de changer beaucoup de choses pour vous tous, mais dans le bon sens. J'espère en tout cas que c'est l'effet qu'elle produira... Peux-tu me promettre de la leur donner après mon départ ?

— Je te le promets.

Je lui souris en signe de remerciement. Je savais qu'il le ferait. J'avais une totale confiance en lui. Je mis la lettre dans le tiroir de sa table de chevet, après quoi il se pelotonna contre moi en posant sa tête contre ma poitrine.

— Je t'aime, tante Amy... dit-il en fermant les yeux.

Sa déclaration me brisa le cœur. Quelques larmes réussirent à échapper à ma résistance et je lui répondis à mon tour que je l'aimais de tout mon cœur. Puis, sa respiration se fit plus lente et régulière et, lentement, je le sentis sombrer dans le sommeil. Je restai quelques minutes près de lui, à profiter de ce moment.

Lorsque je quittai la chambre quelques minutes plus tard, le reste de la maison était calme. Je trouvai mon père assis sur le banc, sous la pergola de la terrasse. La nuit était tombée. Il faisait noir. Il avait le regard tourné vers le ciel pour observer les étoiles. Je l'imitai en m'asseyant près de lui et posai la tête sur son épaule. La nuit était froide et le ciel parfaitement dégagé offrait un spectacle de lumières sans pareil. Des millions de petits points lumineux scintillaient comme pour signifier qu'ils étaient là pour nous guider même dans les nuits les plus sombres.

— Comment va Logan ? me demanda-t-il en passant son bras autour de mes épaules.

— Il va bien. C'est un garçon intelligent. Il n'y a qu'à lui expliquer correctement les choses pour qu'il les comprenne. J'aurais dû lui dire plus tôt...

— Le principal, c'est qu'il le sache à présent et qu'il ne t'en veuille pas...

— Il ne m'en veut pas...

— Alors, tout va bien, répondit-il avec un léger sourire rassurant.

— J'aimerais qu'il en soit de même pour maman...

— Ne t'inquiète pas pour ta mère. Elle est malheureuse, mais au fond, elle comprend et approuve ta décision. Elle a simplement du mal à se faire à l'idée.

— Je m'inquiète pour elle...

— Tu ne devrais pas. Elle ne sera pas seule. Je serai là pour veiller sur elle, je te le promets...

C'était tellement simple de parler avec mon père. J'avais l'impression qu'il me comprenait parfaitement et qu'il était le seul à ne pas remettre mes choix en question. Un silence calme et paisible s'installa, nos quatre yeux étant rivés sur la voûte céleste. Le moment était bien choisi pour lui parler mais j'ignorais comment aborder le sujet. Je réfléchis un instant avant de lui demander:

— Je peux te poser une question?

— Bien sûr, je t'écoute...

— T'est-il déjà arrivé de voir ou d'entendre une personne qui ne devrait plus être là?

Il fronça les sourcils, ne voyant pas où je voulais en venir. Alors, je lui apportai plus de précisions:

— Ce que je veux dire, c'est... est-ce que tu as déjà ressenti la présence de quelqu'un qui nous a quittés?

— Tu parles d'un fantôme? d'un esprit?

Je hochai la tête. Il sembla réfléchir un instant avant de répondre par la négative:

— Non, pourquoi est-ce que tu me demandes ça?

— Lorsque j'étais à Bénodet, j'avais l'impression que Grand-mère était partout. Elle m'avait tellement parlé de cette ville et de ces différents endroits que, chaque fois que je visitais un des lieux qu'elle avait passé tant de temps à me décrire, j'avais le sentiment qu'elle était là, tout près. Un jour, à la pointe de Saint-Gilles, j'étais assise sur un banc, à observer l'océan. J'ai fermé les yeux un court instant en voulant profiter de chaque parcelle d'air venu du large. J'ai senti quelqu'un m'effleurer la main mais lorsque j'ai rouvert les yeux, il n'y avait personne...

Je voyais mon père m'observer avec attention, comme s'il cherchait à décrypter mes pensées. Je n'étais pas certaine qu'il croyait ce que je lui disais.

— Tu penses que je suis folle ? lui demandai-je en riant nerveusement.

— Non, pas du tout. En réalité, j'aime assez cette idée...

— Laquelle ?

— Celle qui voudrait que nos disparus soient encore là quelque part, près de nous...

— Moi, je sais que c'est le cas.

— Alors, je te crois sur parole, me dit-il en me donnant un petit coup d'épaule, d'un air taquin. Puis nous nous esclaffâmes tous les deux, sans raison apparente. J'aimais partager ces moments de complicité avec lui.

— Je sais qu'elle te manque. ta grand-mère.

— C'est vrai ! Tous les jours...

— À moi aussi... Ton grand-père aussi me manque...

Il parlait rarement de son père et le fait qu'il aborde le sujet me rendait service. Jacob était décédé lorsque j'avais environ 10 ans, je me souvenais très peu de lui, même si quelques bribes demeuraient intactes dans ma mémoire.

— Comment était-il ?

Il regarda de nouveau le ciel avec nostalgie. Faire appel à ses souvenirs semblait le projeter loin en arrière, à une époque où il était jeune et insouciant. Le sourire qui apparut sur son visage me laissa le loisir d'imaginer l'enfance heureuse qu'il avait dû avoir.

— C'était quelqu'un d'extraordinaire, ton grand-père ! Il ne vivait que pour sa famille. Quand j'étais petit, il passait le plus clair de son temps à jouer avec moi. Il m'emmenait pêcher, me balader et c'est même lui qui m'a appris à naviguer lorsque nous partions en vacances chaque été. Il était toujours heureux et souriant. C'était le genre d'homme déterminé qui n'abandonne jamais facilement. Il est l'exemple que j'ai voulu suivre toute ma vie…

— Tu y es plutôt bien arrivé !

— C'est gentil, me répondit-il, flatté. En fait, il était le père que tout le monde rêve d'avoir.

Il en parlait avec tellement d'admiration que je me résignai. Ce n'était pas encore le bon moment pour lui révéler ce que j'avais à lui dire. Je me pelotonnai contre lui, le froid commençant à me glacer le sang.

— Toi aussi, tu l'as été, tu sais ? Le père que tout le monde rêve d'avoir…

Il sembla sincèrement ému par mes paroles. Il m'attira contre lui avant de déposer un baiser sur mon front et de me serrer contre lui.

Nous restâmes ainsi un long moment, à observer le spectacle calme et immobile du scintillement des étoiles. Et lorsque je perdis toute sensation dans mes doigts et mes orteils, je compris qu'il était temps que j'aille me coucher. Avant, je pris une douche bouillante qui me réchauffa les os. Un liquide rouge se mêla tout à coup à l'eau qui coulait à mes pieds. Mon nez se mit une nouvelle fois à saigner et une migraine vint me tambouriner sur le crâne avec violence. Je me sentais vidée de toutes mes forces lorsque je revêtis mes vêtements de nuit. La fatigue, pourtant omniprésente, était cette fois assommante. En quittant la salle de bains, j'eus un étourdissement qui me fit perdre l'équilibre. Je m'appuyai, le front posé contre la porte, en attendant que ma tête cesse de tourner. C'est à ce moment que je sentis un souffle chaud venir me caresser la nuque. Un frisson de plaisir me parcourut l'échine, soulageant presque instantanément ma douleur. Ce frisson, une seule personne arrivait à le susciter. Will était là, je le sentais maintenant. Sa présence me procura une sensation de bien-être qui me donna envie de le taquiner :

— Je vois que tu as repris les mauvaises habitudes ! Tu fais de nouveau irruption dans la salle de bains ? Je croyais qu'on s'était mis d'accord ?

Quand je repensai à cette fois où il m'avait surprise à moitié nue sortant de la douche, je me mis à rire. Pourtant à l'époque, il m'avait mise hors de moi.

Je n'attendais aucune réponse de sa part. Pourtant, dans la buée qui recouvrait le miroir de la salle de bains, je vis des lettres se dessiner qui, mises bout à bout, se lisaient : « Les règles ont changé ! »

Je ris en lisant cela car j'imaginais parfaitement le sourire taquin et enjôleur qui habillait son visage à cet instant.

— Arrête de te rincer l'œil à mon insu, râlai-je comme s'il se trouvait face à moi.

Je descendis à la cuisine pour avaler un cachet et calmer ma migraine, et remontai dans ma chambre pour me glisser sous les couvertures chaudes. Je tentais d'ignorer les points colorés qui se dessinaient devant mes yeux comme à chaque fois que les migraines faisaient leur apparition. Je me sentais étourdie et nauséeuse, mais j'étais si épuisée que je comptais sur ma fatigue pour m'emporter rapidement dans un profond sommeil qui me ferait oublier tous ces désagréments causés par la maladie. Me retrouver dans l'obscurité sembla aussitôt m'apaiser. Près de moi, j'entendis une respiration lente et régulière qui n'était pas la mienne. J'avais attendu deux semaines, attentive au moindre signe me montrant qu'il était là, mais rien ne s'était produit. Pourquoi avait-il choisi aujourd'hui pour enfin se manifester ?

La réponse à la question m'importait peu. En définitive, la seule chose dont j'avais besoin, c'était de le savoir tout près. Je calai ma tête confortablement sur l'oreiller et fermai les yeux en ajustant ma respiration sur la sienne. Bientôt, je sentis tout mon corps se détendre et la douleur se dissiper jusqu'à disparaître totalement. Je perdis les notions de temps, d'espace et même de réalité. Je sombrai peu à peu dans un sommeil profond, laissant derrière moi mes doutes, mes peines et ma douleur pour ne ressentir qu'un bien-être absolu…

## 50

## Amy

*Le réveil*

La lumière du jour appela lentement mon corps à se réveiller. Je sentais la douceur des rayons du soleil venir me caresser la joue. Je me sentais bien. Cela faisait bien longtemps que je n'avais pas passé une nuit aussi reposante. Je m'étirai doucement en ouvrant les yeux. Le soleil qui inondait la pièce m'aveugla un instant mais, quand ma vision devint claire à nouveau, je réalisai que je ne me trouvais pas chez mes parents. J'étais dans la chambre de Will. Notre chambre. Sans comprendre, je me redressai sur les coudes en regardant tout autour de moi. Tout était exactement comme dans mon souvenir, à l'exception d'une chose : il faisait bon, presque chaud dans cette maison où il faisait d'habitude si froid. Je ne comprenais pas ce que je faisais là. J'étais à peu près certaine que rien de tout cela n'était réel et que mon imagination me jouait des tours. J'étais sans doute en train de rêver. Quoi qu'il en soit, j'étais heureuse de me retrouver ici. Je me sentais chez moi, à ma place.

En me réveillant à nouveau dans cet endroit, je réalisai à quel point il m'avait manqué. J'y avais mes marques à présent et mes plus beaux souvenirs…

Je me levai avec enthousiasme. C'était troublant, je me sentais moi-même, tout en ayant l'air différente. Je ne ressentais plus aucune fatigue, plus aucune douleur. Au contraire, j'avais l'impression d'être pleine d'énergie et que tous mes sens étaient décuplés. Je m'approchai de la fenêtre pour regarder dehors et perçus le son des vagues qui venaient chanter leur douce mélodie à mes oreilles, aussi précisément que si je me trouvais sur le rivage. La légère brise venue du large me donna le frisson lorsqu'elle vint s'infiltrer par tous les pores de ma peau. Je voyais le monde avec les mêmes yeux qu'auparavant en ayant l'impression pourtant qu'il était plus lumineux, plus coloré, plus joyeux… plus beau. C'était comme si je le redécouvrais. À première vue, c'était le matin, mais le soleil brûlait déjà fort dans le ciel. L'air glacial de l'hiver avait laissé place à la douceur d'une journée de printemps. Des gens se promenaient sur la plage et au loin, je voyais un petit groupe, rassemblé et assis sur une couverture autour de ce qui semblait être un petit déjeuner. Le bruit des casseroles qui s'entrechoquaient dans la cuisine détourna mon attention de cet agréable spectacle printanier. J'observai ma tenue avant de descendre et constatai que je portais un pantacourt en coton et un débardeur qui convenait tout à fait au climat de la journée. Je ne savais toujours pas comment je m'étais retrouvée ici, dans cette tenue et pourquoi tout paraissait si différent alors que c'était le même lieu que j'avais laissé quelques semaines plus tôt. Mon regard parcourut la chambre. Tout y était à sa place, y compris l'agrandissement du *Colibri*. Je l'avais pourtant décroché du mur avant de partir… Je ne cherchai pas davantage à comprendre… Tout ce qui m'importait, c'était ce sentiment de bien-être qui m'habitait depuis que j'avais ouvert les yeux. Je ne voulais pas que ça s'arrête. Surtout si j'avais une chance de revoir Will. De nouveaux bruits de gamelles m'interpellèrent. Je quittai la chambre et restai muette d'admiration devant les photographies encadrées sur le mur du couloir. Il y en avait de toutes sortes mais une seule chose était commune à tous ces clichés : la joie qu'ils représentaient. Je les regardais tous avec attention. J'y reconnaissais tous les moments marquants de ma vie : une photo de famille où chacun riait aux éclats, les anniversaires fêtés en compagnie de ma sœur, les grimaces faites avec Logan… Je me souvenais du moment où avait été pris chacun de ces clichés. Iann et Grand-mère étaient encore là. Cependant, ce qui me surprit le plus, c'étaient les photographies de Will et moi. Au cours des semaines passées ensemble, nous avions essayé à plusieurs reprises d'immortaliser les moments passés ensemble. Pourtant, à chaque fois que nous regardions le résultat final, Will demeurait invisible. Même lorsqu'il devenait plus fort et réussissait à se matérialiser davantage, nos tentatives n'aboutissaient qu'à des échecs. J'avais été déçue sur le moment et encore plus quand j'eus quitté la maison, car je n'avais alors aucun souvenir de lui. Je craignais même qu'au fil du temps, le souvenir de son visage disparaisse de ma mémoire. Pourtant, elles étaient toutes là.

C'est la première fois que j'avais un aperçu de ce à quoi nous ressemblions ensemble. Et pour être honnête, nous avions l'air très heureux. J'observai ces clichés un à un avec nostalgie, le cœur serré. Puis, j'entrepris de rejoindre la cuisine, non sans une certaine appréhension. Je m'attendais à y voir mon ami et j'ignorais comment je réagirais face à lui, étant donné que tout cela me semblait irréel...

Pourtant, quand j'arrivai dans la pièce, je restai muette et immobile, le souffle littéralement coupé par l'effet de surprise. Elle était là, face à moi : Jocelyne. Elle chantonnait gaiement tout en s'activant entre le plan de travail et les plaques de cuisson.

— Grand-mère ? demandai-je, comme pour être certaine que je n'étais pas en train de tout imaginer.

La vieille femme releva la tête, un sourire illumina son visage lorsqu'elle me vit.

— Ah, la marmotte s'est enfin décidée à se lever !

C'était bien elle, ça ne faisait aucun doute. Je reconnaissais sa façon de parler, sa façon de me regarder et son éternelle bonne humeur.

— Alors, dit-elle en tendant les bras dans ma direction, tu ne viens pas me dire bonjour ?

Je fus alors submergée par le bonheur de la retrouver. Je sentais les larmes me monter lentement aux yeux et quand je me rendis compte que je pouvais de nouveau bouger et respirer, je me précipitai dans ses bras en riant, heureuse.

— Je suis contente de te voir, ma grande... me dit-elle en me caressant doucement les cheveux.

Je m'écartai pour pouvoir la regarder.

— Je suis en train de rêver, pas vrai ? Tout ça n'est pas réel…

Elle m'observa avec un petit sourire avant de passer la main sur ma joue avec tendresse pour essuyer les quelques larmes qui s'y étaient perdues.

— Si c'est le cas, c'est un très beau rêve…

Je ne voyais pas ce qu'elle insinuait mais ça m'était égal. Je voulais profiter de chaque minute passée avec elle. Je la serrais de nouveau dans mes bras en lui disant combien elle m'avait manqué, quand j'entendis les aboiements d'un chien qui se rapprochait. J'avais déjà entendu ce jappement dans mon adolescence. Et j'avais été malheureuse comme les pierres le jour où j'avais compris que notre fidèle compagnon nous avait quittés. Un superbe golden retriever arriva alors en courant dans la cuisine et se précipita vers moi en me faisant la fête.

— Lucky ? dis-je, éberluée, en m'accroupissant pour accueillir le chien.

Il se rua sur moi avant de commencer à me débarbouiller le visage à grands coups de langue. Je riais aux éclats devant une telle démonstration d'affection. Il semblait aussi heureux que moi de nos retrouvailles.

— Ce chien va encore me mettre du sable partout dans la cuisine ! râla ma grand-mère, malgré tout attendrie par la scène.

— Tout cela est trop beau pour être vrai… dis-je en me relevant. Le réveil risque d'être difficile.

— Ici, rien n'est trop beau et tout est possible, tu le découvriras très vite… répondit ma grand-mère en retournant à ses fourneaux.

Je réfléchissais à ces paroles qui n'avaient aucun sens pour moi mais très vite, Lucky demanda plus d'attention. Le chien sauta sur moi pour réclamer des caresses que je lui offris sans retenue. Je lui parlais comme à un jeune enfant. Certains pouvaient trouver cela ridicule, mais pour moi, Lucky avait été un membre à part entière de la famille. Je m'assis sur le plan de travail, près des plaques de cuisson, en demandant à mon aïeule ce qu'elle était en train de préparer. C'était une habitude que nous avions elle et moi. Nous avions passé des heures à discuter comme cela, moi l'écoutant parler pendant qu'elle cuisinait. J'avais tout à coup l'impression de faire un bond dans le passé.

— Je fais des crêpes, je sais que tu adores ça ! me répondit-elle avec le sourire.

— Tout à fait exact, répondis-je en prenant la première de la pile qui se trouvait dans une petite assiette près de moi. Et je ne suis pas la seule…

Lucky était debout sur ses deux pattes postérieures, les deux autres posées sur mes genoux et attendait avec impatience que je lui tende un morceau de galette qu'il engloutit en moins de temps qu'il n'en faut pour le dire.

J'observai avec amusement la quantité qu'avait prévue ma grand-mère.

— Tu as convié un régiment pour le petit déjeuner ? remarquai-je en riant.

Elle ne répondit rien, se contentant de sourire mystérieusement. Puis elle goûta sa création avant de grimacer.

— Il manque quelque chose à ma recette. Ça t'ennuierait d'aller dans le bureau récupérer le livre de cuisine ?

— Pas du tout, répondis-je en sautant du plan de travail pour me remettre sur mes pieds. Lucky, viens avec moi, mon chien !

C'est avec enthousiasme que ce dernier m'emboîta le pas.

Je quittai la cuisine sous le regard malicieux de ma grand-mère pour rejoindre le bureau. Quand j'entrai dans la pièce, les souvenirs m'assaillirent. Il était arrivé tellement de choses ici. Will et moi passions le plus clair de notre temps installés là, dans le canapé, ou sous la véranda, à regarder l'océan. Rien n'avait changé. Tout était exactement à sa place. J'avais l'impression d'avoir quitté les lieux à peine cinq minutes plus tôt, tout en ayant l'impression que je n'étais pas revenue ici depuis des mois. Mes souvenirs me paraissaient à la fois parfaitement ancrés et lointains. C'était un nouveau paradoxe, qu'une fois encore je ne parvenais pas à expliquer. Je m'approchai de la porte-fenêtre et fit coulisser la baie vitrée pour l'ouvrir. Instantanément, l'air iodé s'engouffra dans la pièce. J'inspirai à plein poumons pour profiter pleinement de ses bienfaits. Cette journée s'annonçait vraiment magnifique. Le ciel était d'un bleu azur sans l'ombre d'un nuage à l'horizon. Le soleil qui se reflétait sur l'eau lui donnait une teinte que je n'aurais cru possible que dans les archipels du Pacifique. La vue offrait un éventail de couleurs inédit et d'une beauté inégalable. Cet endroit était un vrai paradis !

Je repensai à Jocelyne qui devait attendre son livre de recettes et me tournai vers la bibliothèque pour le rechercher. Lucky me suivit comme mon ombre et s'assit à mes pieds lorsque je me mis à parcourir les étagères des yeux, sans succès.

— Cette bibliothèque est bien plus fournie en livres que dans mes souvenirs, dis-je à voix haute. Dis-moi, mon chien, si tu étais un livre de cuisine, où te cacherais-tu ?

Le golden retriever me regardait fixement en penchant la tête d'un côté puis de l'autre comme pour m'avertir qu'il n'en savait rien et que de toute façon, ça lui était bien égal. Je ris en observant son comportement. Il ne lui manquait que la parole.

— Oui, c'est bien ce que je craignais... tu n'en as aucune idée toi non plus ! Nous voilà bien ! continuai-je en gloussant.

Je continuais mes recherches lorsque le chien se mit à aboyer à plusieurs reprises en fixant la baie vitrée.

— Lucky, qu'est-ce qu'il y a ? Pourquoi tu...

Mais l'animal se fichait pas mal de ce que je pouvais lui dire. Il se leva et se dirigea gaiement vers la porte-fenêtre. Je le suivis du regard. À cet instant, mon cœur eut un raté. Je me retrouvai complètement paralysée par la surprise. Il était là, juste devant moi : Will. Lucky venait se frotter contre lui en réclamant des caresses pendant qu'il le flattait en lui parlant comme à un enfant, lui aussi. Un grand sourire illuminait son visage. De toute évidence, il avait créé un lien fort avec l'animal.

— Je crois qu'il a fait son choix ! me dit-il fièrement. Ce chien m'adore... comme la plupart des gens d'ailleurs !

Il rit, content de lui, et m'observa d'un air espiègle. Je perdis alors l'usage de la parole, j'oubliai également de respirer. C'était comme si le temps s'arrêtait. Je ne savais pas s'il était réel ou simplement le fruit de mon imagination, mais il n'avait jamais été aussi beau. Ses yeux bleus rappelaient la couleur sans défaut du ciel d'aujourd'hui, les traits de son visage étaient parfaitement détendus. Je compris avec certitude que tous ses anciens démons, ceux qui avaient marqué son visage d'une douleur profonde, l'avaient enfin quitté. Il semblait parfaitement heureux. Voyant que je n'avais aucune réaction, il s'approcha lentement de moi, sans me quitter des yeux, avec un petit sourire au coin des lèvres, comme un prédateur tentant de charmer sa proie. Il savait l'effet qu'il avait sur moi. Je reconnaissais bien là son comportement. Il jouait avec mes sentiments mais surtout mes désirs, le bougre. Je restai statique, muette, complètement charmée, comme hypnotisée. Une fois tout près de moi, il regarda la bibliothèque, l'air de rien, comme si tout était normal.

— Étagère du haut à droite, me dit-il toujours avec cet air narquois qui me donnait envie de le gifler et de l'embrasser en même temps.

Sans attendre ma réaction, il saisit lui-même le livre dans la bibliothèque et me le montra en disant :

— C'est ça que tu cherches ?

Aucune réponse ne sortit de ma bouche. Mon corps non plus n'eut aucune réaction. Pas parce que je ne le voulais pas mais simplement parce que je ne le pouvais pas. J'avais perdu tout contrôle de mon être. Il m'envoûtait littéralement. Il posa le livre sur la petite table, près du canapé et s'approcha encore davantage de moi.

— Amy… murmura-t-il en me caressant la joue. Tout va bien ? On dirait que tu as vu un fantôme…

Il semblait content de lui, puisqu'un sourire malicieux accompagna sa remarque. Quant à moi, lorsque ses doigts se mirent à effleurer ma peau, j'eus l'impression de revenir à la vie. Le contact de sa peau contre la mienne me réveilla. Je sentis d'abord l'air envahir de nouveau mes poumons, mes jambes se mettre à flancher sous mon poids, des picotements se mirent à me chatouiller le ventre et un frisson me parcourut tout le corps. Je fermai les yeux pour profiter davantage de ses caresses. Je croyais à un mirage, pourtant il était bien réel. Je n'étais peut-être pas en train de rêver, finalement. Lentement, je posai ma main sur celle qui, par des gestes doux et délicats, m'effleurait doucement la joue avant que ses doigts viennent redessiner mes lèvres. Mes dernières barrières s'effondrèrent et dans une explosion de joie, je lui sautai au cou en le serrant si fort qu'il se mit à en rire à son tour.

— Je n'arrive pas à le croire ! Tu es bien réel, pas vrai ? m'exclamai-je, heureuse.

Je me détachai de lui pour pouvoir l'observer avec attention en laissant mes doigts parcourir son visage. J'avais besoin de le toucher pour réaliser qu'il était là, devant moi.

— Dis-moi que je ne suis pas en train de rêver. Que ce ne sont pas des hallucinations. Le médecin m'a dit que ma maladie pouvait en provoquer. Je suis peut-être en train de tout imaginer. Ça serait…

Je n'eus pas le temps de terminer ma phrase car il me fit taire en m'embrassant. Un baiser tendre et délicieux qui reflétait à la perfection nos sentiments mutuels. C'était comme si nos deux âmes fusionnaient pour ne faire plus qu'une, comme sceller un pacte garantissant qu'à compter de ce jour, plus rien ne serait comme avant.

— C'était assez réel pour toi ? me demanda-t-il en détachant ses lèvres des miennes.

J'avais le souffle coupé. Je me contentai de hocher la tête avant de reprendre là où nous nous étions arrêtés. Cette fois, je pris l'initiative et enroulai mes bras autour de son cou avant de poursuivre nos baisers avec plus de passion. Cela ne sembla pas plaire à Lucky qui se mit à aboyer en nous regardant, comme s'il nous réprimandait. Cela nous fit rire tous les deux. Will posa son front contre le mien et je lui dis en murmurant :

— Tu m'as manqué.

— Toi aussi, tu m'as manqué, me répondit-il en me relevant le visage pour je le regarde dans les yeux. Mais à partir de maintenant, je ne te quitterai plus, je te le promets…

Ces paroles rassurantes me touchèrent en plein cœur. Avec la conviction d'être au bon endroit, avec la bonne personne, au bon moment, je posai la tête contre son torse en enroulant mes bras autour de sa taille. Nous restâmes un moment, ainsi enlacés, sous le regard curieux du chien.

— Je crois que Grand-mère attend toujours son livre de cuisine, dis-je en me rappelant subitement ce que m'avait demandé mon aïeule. Will s'esclaffa avant de répondre :

— Je ne suis pas certain qu'elle en ait vraiment besoin…

— Je vois… encore une de ses ruses !

— Exactement ! confirma-t-il en riant. Cette femme est pleine de ressources !

— J'ai cru le comprendre... répondis-je avec un regard lourd de sens et rempli de sous-entendus.

J'étais sûre qu'il savait que c'était elle qui avait tout manigancé dès le départ...

— Nous devrions y aller, dit-il en me prenant la main. On nous attend pour le petit déjeuner...

Sans poser de question, je le laissai m'entraîner sur la plage où les grains de sable chauffés par le soleil me brûlaient les pieds. Main dans la main, nous nous dirigeâmes vers le petit groupe de personnes installées sur une couverture posée à même le sable. Will me regardait avec un sourire taquin. Quelle surprise me réservait-il encore ?

Lorsque nous fûmes suffisamment près, je reconnus ma grand-mère à qui je fis un grand sourire puis mon regard se posa sur la personne installée à sa gauche et là encore, je restai sans voix.

— Iann ? demandai-je, ébahie.

Je courus vers lui pour le serrer dans mes bras. J'étais vraiment heureuse de le revoir. En ouvrant les yeux quelques minutes plus tôt, dans ce monde qui était pour moi à la fois nouveau et bien connu, j'avais l'impression d'être au milieu d'un rêve. Pourtant, au fil du temps, j'avais commencé doucement à prendre conscience de l'endroit où je me trouvais. Voir Iann ici ne faisait que confirmer mon hypothèse. Toutes les personnes qui m'entouraient étaient des proches qui nous avaient quittés. Je compris alors que j'étais partie moi aussi.

— On ne t'attendait pas si tôt, dit mon ami en m'enlaçant, mais je suis vraiment content de te voir.

— Moi aussi, lui répondis-je avec sincérité.

— Oui et puis, au moins, il y en a un qui cessera ses jérémiades. Je peux te dire qu'il t'attendait de pied ferme celui-là, poursuivit-il en désignant Will d'un signe de tête.

— Je ne vois vraiment pas de quoi tu parles ! répondit mon ami avec ironie.

Je ris en les entendant se chamailler et mes yeux se posèrent sur la dernière personne de notre petite assemblée. Un homme d'un certain âge dont le visage m'était familier et que je mis très peu de temps à reconnaître.

— Amy… dit-il en me serrant à son tour dans ses bras.

— Grand-père… Ça me fait plaisir de te revoir. Nous avons tellement de choses à nous raconter !

— Eh bien, nous avons l'éternité pour cela ! En attendant, je meurs de faim. Si nous passions à table ?

— Bonne idée, acquiesça Iann en s'asseyant sur la couverture où était disposé un petit déjeuner complet et varié : croissants, pains au chocolat, brioches, thé, café, jus de fruit de toutes sortes, confitures, céréales et crêpes, tout y était.

Je m'installai à mon tour à côté de ma grand-mère, le dos appuyé contre le torse de Will qui posa son menton sur mon épaule. La bonne humeur régnait pendant ce petit déjeuner qui semblait tout droit sorti d'un rêve. Pourtant, je savais que ça n'en était pas un. Serrée contre mon ami, je le regardais avec tendresse. J'avais tant rêvé de ce moment où j'aurais de nouveau la sensation de me sentir en sécurité dans ses bras que j'avais du mal à réaliser qu'il était enfin arrivé. Je m'étais fait une idée de ce que serait l'autre monde, ma seconde vie. J'avais espéré de tout cœur y retrouver les personnes qui m'avaient manqué, mais à aucun moment je ne me serais doutée de cette sensation nouvelle qui nous habitait : ce sentiment de bien-être et de sécurité mais, par-dessus tout, ce sentiment de liberté. C'était comme si je n'avais plus à me préoccuper de rien et ça, c'était nouveau et enivrant. J'observai tour à tour ceux qui m'entouraient. Ma grand-mère nous tendait les assiettes remplies de viennoiseries pour que chacun se serve, tout en riant des plaisanteries d'Iann et de mon grand-père. Lucky, lui, courait comme un jeune chiot sur la plage avec, dans sa gueule, un morceau de bois échoué sur le rivage. Quant à Will, il ne me quittait pas des yeux. Il surveillait la moindre réaction émanant de mon visage et de mes yeux. Il voulait s'assurer que je me sentais bien et parfaitement épanouie. C'était ironique quand on y pense d'être là, tous ensemble, à rire en évoquant des souvenirs de vies qui s'étaient terminées trop tôt, alors qu'ailleurs, ceux qui restaient pleuraient notre départ.

— À quoi est-ce que tu penses, mon ange ? murmura-t-il à mon oreille.

— À rien, lui répondis-je avec un sourire. Je me disais simplement que la vie pouvait parfois être surprenante…

Il semblait troublé. Il n'avait pas l'air certain que mes paroles soient une bonne chose. Je posai la main sur son beau visage en laissant courir mes doigts le long de sa joue, puis de ses lèvres avant de l'embrasser.

— Je suis heureuse, poursuivis-je avec sincérité.

Il sembla soulagé et me serra fort dans ses bras, comme s'il craignait qu'on nous sépare à nouveau. Je posai ma tête contre lui en me laissant bercer par le mouvement régulier de sa respiration. Mon regard croisa celui de ma grand-mère. Elle affichait un sourire rempli à la fois d'admiration, de fierté, de satisfaction et de joie. Je savais ce qu'elle pensait. C'est elle qui m'avait envoyée dans cette maison car elle me connaissait suffisamment pour savoir que j'étais la seule passeuse d'âmes qui réussirait à toucher le cœur de Will et à lui rendre sa liberté. À présent, elle nous observait comme si elle était parvenue à atteindre son ultime objectif. Je n'avais pas besoin de dire quoi que ce soit pour qu'elle me comprenne, elle pouvait lire toute ma reconnaissance dans mes yeux. Notre connivence fut interrompue par mon grand-père qui lui parlait. Je les observai à mon tour, tous les deux. Malgré les années qui avait passé et le temps durant lequel ils avaient été séparés, leurs sentiments et leur complicité étaient restés intacts. Je pouvais voir toute l'affection qu'ils se portaient dans leurs yeux, mais également à travers leurs gestes. C'était un amour sincère et fait pour durer. Le rituel du mariage préconise de rester unis « jusqu'à ce que la mort nous sépare » mais, en définitive, il n'en est rien. Car l'attachement de deux âmes liées par un tel sentiment ne se rompt pas dans la mort, il se poursuit après elle.

Ce petit déjeuner sur la plage dura encore un bon moment au cours duquel nous parlâmes essentiellement de mes derniers mois. Nous nous mîmes à rire de bon cœur en évoquant les débuts difficiles que nous avions connus Will et moi, notamment cette fois mémorable où il avait fait irruption dans la salle de bains, me rendant folle de rage. Nous discutâmes également de sujets plus sérieux, comme les révélations que m'avaient faites Victor et les conséquences qu'elles auraient sur ma famille. Je pensais beaucoup à eux et au chagrin qu'ils devaient éprouver à présent, mais mes compagnons me rassurèrent en me disant avec bienveillance que tout se passerait bien pour eux… Sans savoir réellement pourquoi, je les crus.

Une fois le repas terminé, je me tournai vers Will. Nous avions passé les dernières heures à parler essentiellement de moi et de mes proches mais j'étais soucieuse de savoir comment il allait et surtout, comment il se sentait.

— Tu es heureux ? lui demandai-je avec intérêt.

Il m'offrit pour seule réponse un baiser et un large sourire qui suffirent à me convaincre. Puis, il se leva avant de me tendre la main.

— Viens avec moi, dit-il, j'ai quelque chose à te montrer.

Je me levai à mon tour, curieuse, et le laissai m'entraîner sur la plage. Nous marchâmes un long moment sur le rivage, main dans la main, jusqu'à ce que nous arrivions à une crique où une femme jouait avec un enfant. Elle était accompagnée d'un homme d'une trentaine d'années. À première vue, il s'agissait d'une famille, mais Will me demanda de regarder de plus près. Je cherchais dans mes souvenirs si j'avais connaissance d'une femme et son enfant ayant quitté les vivants. Alors, tout à coup, je compris. J'observai davantage les trois personnes jusqu'à ne plus douter. Cette femme, c'était Christine, et l'enfant, celui qu'elle portait pendant l'accident. J'en déduisis que l'homme qui les accompagnait était le fils aîné de Christine, le père de Zac.

Je regardai Will, subjuguée. J'étais heureuse de voir qu'ici, elle avait elle aussi trouvé la paix avec ses deux enfants. La femme finit par remarquer notre présence et cessa tout mouvement. Puis, elle fixa Will avec un sourire reconnaissant avant de se remettre à courir après le garçon. Je regardais mon compagnon. Oui, il était heureux. Il n'avait pas besoin de me le dire pour que je le comprenne. J'enroulai mes bras autour de sa nuque pour me pendre à son cou et me mis à l'embrasser. Un baiser d'abord tendre qui devint plus passionné, jusqu'à ce que de nouveaux aboiements y mettent fin. Lucky était assis sur le sable et nous regardait en jappant.

— Je crois qu'il est jaloux, me dit Will sans pour autant détacher ses bras qui enlaçaient ma taille.

— Eh bien, il va falloir qu'il s'y fasse, répondis-je en reprenant nos échanges.

Mais tout à coup, je sentis un étrange sentiment m'envahir. Une chose que je n'avais jamais ressentie auparavant. Cela me serra le cœur et me coupa le souffle, mais ce n'était pas douloureux. Je m'écartai de Will qui me regarda les sourcils froncés, l'air soucieux.

— Amy, que se passe-t-il ?

— Je crois que ma famille a besoin de moi.

J'ignore comment je le savais mais je le savais, c'est tout. C'était comme un profond pressentiment qui ne laissait aucun doute sur son origine. Rassuré, Will me sourit avant de me répondre :

— S'ils ont besoin de toi, alors allons-y…

Je saisis de nouveau sa main et, ensemble, nous nous éloignâmes sur la plage, Lucky sur nos talons.

## 51

## Amy

*La lettre*

Mes parents étaient anéantis lorsqu'ils revinrent de mes funérailles. À peine rentrée, ma mère fila sous la pergola pour s'isoler et déverser un flot de larmes qui ne semblait pas vouloir s'arrêter. Ses sanglots étaient incontrôlables et bientôt, elle se mit presque à suffoquer, manquant d'air. Mon père vint s'asseoir près d'elle sur le banc en la serrant dans ses bras. Lui restait calme, imperturbable, même s'il était évident qu'il souffrait tout autant. Elle se laissa aller tout contre lui mais cela n'apaisa en rien sa peine. Son chagrin était trop profond.

— Je sais que c'est difficile, lui dit-il en caressant doucement ses cheveux. Tout cela est tellement soudain... mais bien qu'on ait du mal à le croire, ou même seulement à l'imaginer, la vie continue pour ceux qui restent...

— Alors, pourquoi est-ce que je me sens si vide ? Comme morte à l'intérieur... répondit-elle entre deux sanglots.

— Parce que nous venons de dire adieu à notre fille. C'est une épreuve à laquelle nous ne sommes pas préparés, tout simplement parce qu'elle n'est pas censée se produire. Ce n'est pas l'ordre des choses…

— Comment peut-on croire qu'il existe un dieu après ça ?

— Je crois que Dieu n'a rien à voir là-dedans. Il nous donne la vie et l'opportunité de faire nos preuves, puis il nous attend pour «l'après», mais selon moi, ce qui se passe entre ces deux moments lui échappe totalement. Les hommes seuls sont responsables de leur destin. Parfois, la vie y sème des embûches, elle peut parfois être difficile, c'est ce qui la caractérise… Mais nous ne pouvons rien contre elle.

Elle le regarda longuement en tentant de sonder le fond de ses pensées.

— Comment fais-tu pour être aussi calme par un jour aussi… funeste ?

— Je pense à Amy… et à ce qu'elle voudrait. Et je crois qu'elle n'aimerait pas nous voir si malheureux…

Plus loin, Anna observait la scène, la gorge serrée et impuissante. Elle aussi était malheureuse mais elle tentait de rester forte. Pour Logan mais aussi pour ses parents. Il fallait que quelqu'un garde le contrôle et soit un pilier pour les autres, celui qui les maintiendrait hors de l'eau.

Logan arriva près de sa mère et observa à son tour ses grands-parents enlacés avec leur air accablé.

— Je sais que c'est difficile qu'Amy soit partie mais papi et mamie ne devraient pas être si tristes…

Anna fut surprise par la remarque de son fils. Elle s'accroupit près de lui en tentant de lui expliquer avec bienveillance :

— Logan, Amy ne reviendra pas, tu sais ? C'est pour ça qu'ils sont malheureux...

— Mais Amy n'est jamais vraiment partie, maman...

La jeune femme soupira en fermant les yeux. Elle pensa que le garçon était en plein déni, qu'il refusait d'admettre qu'il ne reverrait plus jamais sa tante. Elle voulut ajouter quelque chose mais il lui coupa soudainement la parole en disant :

— Il y a quelque chose qu'il faut que je vous montre, dit l'enfant avec autorité. Dis-leur de venir au salon, c'est important. Moi, je reviens...

Puis il s'éclipsa dans la maison, laissant sa mère confuse. Il ne lui avait cependant pas laissé le choix et, à sa demande, elle alla chercher nos parents pour qu'ils rejoignent le salon.

Ces derniers prirent place dans le canapé. Mon père tendit un mouchoir à ma mère qui s'essuya les yeux avec délicatesse, espérant gommer le maquillage qui avait coulé le long de ses joues. Elle ne voulait pas se montrer dans cet état devant Logan. Anna s'assit dans le fauteuil face à eux. Tous se demandaient pour quelle raison le garçon voulait les réunir. Il était toujours plein de surprises, mais le moment était peut-être mal choisi. Il revint de sa chambre avec une enveloppe à la main qu'il posa sur la table basse. Puis il s'assit à son tour sur le divan face au canapé. Il regarda alors tour à tour sa mère et ses grands-parents qui fixaient la lettre avec curiosité.

— Qu'est-ce que c'est ? demanda Anna.

— C'est une lettre...

— De qui provient-elle ? l'interrogea ma mère.

— D'Amy… elle voulait que je vous la donne après son départ.

Tous les trois se regardèrent, ahuris. Ils se demandaient ce que pouvait contenir cette missive sinon des adieux, et ils ne se sentaient pas prêts à se confronter à cela. Mes parents observèrent l'enveloppe posée sur la table sans oser la toucher. Alors, Anna prit finalement le pli. L'enveloppe était lourde et lorsqu'elle l'ouvrit, ma sœur y découvrit une longue lettre d'une dizaine de pages, ainsi qu'une coupure de journal, un papier où étaient griffonnés des adresses et des numéros de téléphone et un petit bijou en argent en forme d'oiseau. Elle ne s'attarda pas sur les documents qui accompagnaient le courrier et d'une voix qu'elle tentait de maîtriser du mieux qu'elle pouvait, elle commença à lire la lettre, sous les yeux déjà chargés de larmes de mes parents :

*Ma très chère famille,*

*Lorsque vous lirez cette lettre, je sais que vous vous sentirez tristes, abandonnés et impuissants. Vous penserez sans doute que je suis partie trop tôt, sans avoir eu le temps de vivre tout ce que j'avais à vivre. Pourtant, je veux que vous sachiez que je n'ai aucun regret. Je pars l'esprit libre, satisfaite de la vie que j'ai menée grâce à tout l'amour que vous m'avez apporté. Je n'ai pas peur de ce qui va m'arriver car je sais avec certitude que la vraie vie commence, là où on pense qu'elle s'arrête. Je sais aussi que je vais retrouver les personnes qui nous ont tant manqué et, en particulier, celle qui a changé ma vie ces deux derniers mois. Car je ne vous ai pas tout dit... Ces dernières semaines, vous vous êtes inquiétés de la tristesse qui ne me quittait pas, mais mon histoire peut paraître tellement irréaliste que je n'ai pas pu me résoudre à vous en parler. Je craignais que vous ne me croyiez pas et que vous mettiez mon récit sur le compte de la maladie ou des hallucinations qu'elle peut provoquer. Pourtant, ce que j'ai vécu est bien réel et je tiens à vous le faire partager... Car mon histoire risque de changer la vôtre...*

*Tout a commencé lorsque je suis arrivée à la maison de la plage à la fin du mois d'octobre. Le comportement anxieux du propriétaire cachait quelque chose et j'en ai très vite compris la raison. Les rumeurs au sujet de l'habitation concernant la présence d'un fantôme étaient toutes vraies. Je m'en suis aperçue rapidement pour la simple raison que je voyais l'entité aussi clairement que je pouvais vous voir, mais j'étais la seule...*

*Will était un esprit particulièrement exécrable, égocentrique, borné et buté. Nous n'avons pas eu des débuts faciles. Il faisait de son mieux pour me chasser mais j'étais plus têtue que lui et ses chances de parvenir à ses fins étaient bien minces dès le départ. Vous savez à quel point je peux me montrer déterminée, parfois! Pourtant, au fil des jours, nous avons appris à nous connaître et, peu à peu, nos sentiments ont évolué. J'ai découvert un homme bon, drôle, sincère et généreux. Un homme hanté par les remords et la culpabilité que ses sarcasmes et son air taciturne tentaient de dissimuler sans succès... Il est devenu mon âme sœur, la seule personne capable de lire en moi comme dans un livre ouvert, de me faire rire tout en me sortant de mes gonds, mais par-dessus tout, la seule personne qui soit parvenue à combler le vide que j'avais toujours ressenti au fond de moi. Un jour, je suis tombée sur une coupure de journal, celle que vous tenez entre les mains aujourd'hui. Cet accident, survenu il y a cinquante ans, a eu des conséquences sur de nombreuses vies, y compris la mienne. Il en aura également sur les vôtres. J'ai passé des semaines à essayer de comprendre ce qui s'était passé. J'étais persuadée que l'histoire de Will était liée à ce drame mais il refusait de m'en parler. J'ai rencontré le journaliste ayant rédigé l'article, Victor Castelli. À l'époque, il écrivait sous le pseudonyme de Medusa. J'ai alors compris : Will était au volant de la voiture qui a heurté cette femme cette nuit-là. Il n'était pas responsable. La pluie et l'obscurité ont gêné sa visibilité et lui ont fait perdre le contrôle du véhicule. Il a tenu la main de la victime jusqu'à l'arrivée des secours mais elle et son bébé n'ont pas survécu à leurs blessures. Will se sentait coupable et, sous le poids de la culpabilité, il a mis fin à ses jours. Ses remords étaient pourtant trop forts et l'ont retenu prisonnier de sa maison pendant plusieurs décennies. J'ai fait de mon mieux pour qu'il trouve le pardon. J'ai alors eu la chance de rencontrer des personnes qui étaient elles aussi hantées par cet accident, et qui méritaient de trouver la paix. Martha, la sœur de Will, est toujours en vie. Elle est devenue une véritable amie, un membre à part entière de la famille. Quant à Victor, l'auteur de l'article, j'ai appris plus tard qu'il était aussi le mari de la victime. Grâce à eux, Will a pu trouver la force de se pardonner et a retrouvé sa liberté. Nous ne voulions pas nous quitter, et mon cœur s'est brisé lors de cette cérémonie organisée en son honneur pour lui dire adieu. Depuis, je n'ai cessé de penser au moment où je le retrouverais. Ce que nous avons vécu était réel et sincère. Je n'avais jamais ressenti cela pour personne auparavant...*

*Vous savez que je n'ai jamais cru au hasard, et moins que jamais en me retrouvant dans cette maison. J'ai cherché pendant longtemps ce qui m'avait conduit ici. Je ne l'ai appris que récemment après avoir enterré les restes de l'homme que j'aimais. Victor Castelli est alors venu à moi pour apporter des réponses à toutes mes questions et chambouler toutes mes convictions. Comme moi, il est capable de communiquer avec les défunts. Et nous ne sommes pas les seuls... Logan le peut aussi. Ses amis imaginaires n'ont rien d'imaginaire. Ce sont des esprits errants qui s'adressent à lui dans le but d'obtenir son aide. Ils sont bien réels. Il vous suffira de l'écouter pour en avoir le cœur net. Il connaissait Will. Il a passé sa journée avec lui lors de votre visite à Noël. Il ne vous dira rien car c'est un garçon intelligent, il sait que vous ne le croirez pas, sauf si on vous pousse à y croire.*

*Ne mettez jamais sa parole en doute, il vous dira la vérité. Je ne veux pas que cette nouvelle vous effraie. Il ne s'agit en aucun cas d'un fardeau mais d'une chance qui nous est donnée de pouvoir continuer à veiller les uns sur les autres. Logan est un messager, un passeur d'âmes comme les appelle Victor. Je suis sûre qu'avec un peu d'aide pour le guider, il apprendra à vivre avec ce don. Victor sera le mieux placé pour lui venir en aide. Il pourra être son conseiller, son mentor. C'est une personne riche de son savoir mais pas seulement... Il prendra bientôt plus d'importance dans votre vie à tous. Car le fait que nous possédions tous les trois le même don n'est pas anodin. Il est ancré dans les gènes, même s'il lui arrive de sauter certaines générations. Cet homme est entré dans ma vie pour une raison. Et cette raison, c'est toi, papa. Oui. Car Victor est ton père. J'aurais préféré te l'apprendre autrement, de vive voix, mais ces derniers temps, ma maladie avait pris une place trop importante et je vous ai vus si malheureux... je n'ai pas souhaité ajouter de pierres à votre fardeau...*

*Vous vous demandez sans doute comment cela est possible ? Comment un homme dont tu n'as jamais entendu parler peut être ton père ? Je vais vous l'expliquer...*

*Lorsqu'elle était jeune, Jocelyne passait tous ses étés à Bénodet et y fréquentait un groupe d'amis dont Victor faisait partie. Ils sont tombés amoureux et ont eu une relation pendant l'été 1958. À la fin des vacances, elle est retournée en Bourgogne et Victor a été envoyé en Algérie pour y être reporter de guerre. La distance les a éloignés et ils ont fini par rompre. En septembre, grand-mère a rencontré grand-père. Elle n'a appris que quelques semaines plus tard qu'elle était enceinte. Ils ont décidé de garder l'enfant et se sont mariés précipitamment. Grand-père t'a toujours élevé comme son propre fils et t'a aimé sans condition.*

*Papa, je sais que cette nouvelle doit te faire un choc et j'aimerais être près de toi pour te prendre dans mes bras et te dire que tout ira bien, mais je sais d'avance que tout ira bien. Victor n'a jamais su qu'il avait eu un fils avec Jocelyne. En revenant d'Algérie, il a rencontré Christine et l'a épousée. Lui et grand-mère ne se sont plus jamais revus. Du moins jusqu'à sa mort. Il y a plusieurs mois, elle est venue s'adresser à lui. Son esprit était retenu ici à cause des remords de ses non-dits. Elle n'a pu trouver la paix qu'après lui avoir révélé la vérité. Mais ce n'était pas la seule raison pour laquelle Jocelyne était venue chercher son aide. Victor était préoccupé car il ne parvenait pas à trouver de solution pour aider Will à vaincre ses démons. Il voulait lui pardonner l'accident, lui montrer qu'il ne le tenait pas pour responsable, et l'aider à trouver la paix. Mais ce dernier ne s'en sentait pas digne à l'époque. Seul un passeur d'âmes pouvait lui venir en aide mais lui n'y parvenait pas. Jocelyne était persuadée que j'étais la seule à pouvoir y arriver. Elle pensait que mon caractère semblable au sien rendrait Will plus sociable et ouvert à la perspective d'accepter le pardon. Mais en réalité, ses espoirs allaient bien au-delà. Grand-mère me connaissait par cœur. Nous avions passé des heures à discuter des garçons et à parler d'amour. Elle savait que Will était celui que je recherchais. Celui qui saurait briser mes défenses. Elle et Victor imaginaient que notre rencontre les aiderait à accomplir ce qu'ils souhaitaient pour nous deux. C'était une sorte d'arrangement dont chacun sortait gagnant. J'ignore s'ils avaient prévu que les choses aillent si loin, que nous tomberions amoureux, mais je suppose que Grand-mère avait pensé à tout. Elle savait que j'étais malade. Les esprits savent ce genre de choses, comme si plus rien n'avait de secret pour eux. Elle prévoyait donc que ma séparation d'avec Will ne serait que temporaire et que je finirais par le rejoindre rapidement. Tous les deux croyaient fermement que notre rencontre nous guérirait mutuellement : Will de ses remords et moi, de ma faculté à repousser incontestablement tout attachement et à ériger des murs infranchissables contre ceux qui souhaitaient atteindre mon cœur. Mais au fond, je crois que leur but ultime était de faire en sorte que des familles brisées par un drame ancestral finissent par se rassembler.*

*Je sais ce que vous pensez. Vous vous demandez pourquoi cet accident a eu autant d'impact dans ma vie alors que je ne suis pas directement concernée. C'est assez difficile à expliquer mais je pense que nous pourrions appeler ça le destin. J'ai appris à connaître la famille de Will, j'ai aussi appris à connaître celle de Victor et je me suis attachée à eux. Ils sont devenus à leur tour une famille pour moi, avant même que je réalise les liens réels qui m'unissaient au journaliste. J'ai cherché pendant deux mois le but de ma venue ici mais j'ai enfin compris. Avant de partir, je devais accomplir quelque chose de bien, moi aussi. Quelque chose qui me permettrait de partir l'esprit serein et léger. Vous portez tous le même fardeau : la perte d'un proche. Je sais que mon départ vous rendra malheureux, tout comme celui de Christine a rendu Victor malheureux ou comme celui de Will a chagriné Martha... mais le chagrin ne doit pas nous isoler de ceux qui restent. Au contraire, il doit vous rassembler. C'est en vous retrouvant que nous vivrons encore à travers les souvenirs que vous partagerez, et les nouveaux que vous construirez.*

*C'est fou comme la vie nous réserve parfois des surprises. On ignore tout de ce qui nous attend à chaque nouvelle journée. On se lève le matin en mettant un pied devant l'autre sans savoir où cela va nous mener. Je n'aurais jamais soupçonné qu'une simple annonce envoyée par e-mail puisse à ce point chambouler mon existence. Victor répète souvent que les morts ne nous quittent jamais vraiment, qu'ils sont près de nous chaque fois que nous en avons besoin. Il dit que ce n'est pas parce que nous ne les voyons pas qu'ils ne sont pas là et qu'ils ont toujours un impact sur nos vies. Il dit aussi que le hasard n'existe pas, qu'il n'y a que des petits coups de pouce venant des disparus qui veillent encore sur nous.*

*J'aime cette idée selon laquelle nous devenons vos anges gardiens, conservant toujours un œil bienveillant sur vos vies, et j'y crois de tout mon cœur. J'espère que vous y croirez vous aussi, car je veux que vous sachiez que je serai toujours présente près de vous à vous tenir la main dans les moments difficiles. C'est peut-être le cas en ce moment. Même si je pars l'esprit serein, et heureuse de retrouver l'homme que j'aime, ne doutez jamais de mon dévouement envers vous, et de ma détermination à sécher vos larmes. Et si parfois, vous doutez malgré tout, tournez-vous vers Logan. Lui saura vous convaincre que je suis là. Il est le seul lien qui me reste avec le monde des vivants. Il sera ma voix lorsque je tenterai de vous apporter un peu de soutien et de réconfort. Mais ne perdez pas de vue qu'il aura besoin de soutien lui aussi. Une telle responsabilité ne peut pas reposer seule sur les épaules d'un enfant de 6 ans. C'est la raison pour laquelle il aura besoin de Victor.*

*Je sais que mon histoire peut vous surprendre, que vous serez étonnés de tous ces secrets mais je n'ai pas gardé le silence dans le but de vous blesser. Je tenais avant tout à préserver Will et à me protéger moi aussi. Je voulais créer une sorte de jardin secret où notre histoire serait MON histoire.*

*Je craignais que partager son souvenir ne change la vision que j'avais de notre relation telle que je la connaissais : juste lui et moi. Aujourd'hui, ça n'a plus aucune importance. Et je ne pouvais pas partir sans vous faire connaître toute la vérité. C'était la chose ultime que je devais accomplir. Je n'oublierai jamais tout ce que je dois à Jocelyne et à Victor. Ce sont eux qui ont mis Will sur ma route et qui m'ont fait prendre conscience de mon destin. Si leur objectif était de tous vous rassembler, je me dois de leur venir en aide à mon tour, en signe de reconnaissance : des coordonnées accompagnent cette lettre. Vous y trouverez le numéro de téléphone de Victor et son adresse. Papa, je crois que tu devrais le rencontrer. Il ne connaissait pas ton existence il y a encore quelques mois, il sera sans doute aussi nerveux que toi à l'idée de faire ta connaissance. Mais je suis certaine que vous apprendrez très vite à vous connaître. Et si toutefois tu crains de salir la mémoire de l'homme qui t'a élevé, sache que s'il est réellement comme tu me l'as décrit, où qu'il se trouve, il sera heureux que tu connaisses enfin la vérité. Et puis, rencontrer ton père biologique ne remettra jamais en cause le rôle que Jacob a joué dans ta vie. Il était ton père et le restera toujours.*

*Tu seras également surpris d'apprendre que tu as un neveu, Zac. Il était mon voisin lors de mon séjour là-bas. Nous sommes devenus amis avant que j'apprenne qu'il était finalement mon cousin.*

*Quant à Martha, la sœur de Will, c'est une femme incroyable qui, malgré les épreuves, a su bâtir une famille nombreuse et soudée. Elle sera la seule capable de vous parler de Will et de vous décrire l'homme extraordinaire qu'il était. J'aurais tellement aimé que vous puissiez le rencontrer, vous l'auriez adoré. À Bénodet, j'ai trouvé beaucoup de réconfort auprès d'elle. Will a fait partie de notre famille dès l'instant où il est entré dans ma vie. Par conséquent, Martha aussi. C'est important pour moi que vous alliez à sa rencontre. Vous trouverez également dans cette enveloppe un petit colibri en argent serti d'ambre. C'était un cadeau de Will. J'aimerais que vous le rendiez à sa sœur. C'est un bijou familial, elle sera heureuse de le retrouver.*

*Je crois qu'il est temps pour moi de conclure cette lettre. J'avais tellement de choses à vous dire... mais je ne savais pas comment les exprimer, ni par où commencer. Le principal pour moi, c'est que vous ne pleuriez pas sur mon sort car, à l'heure où vous lirez ces mots, je serai libérée de la douleur, de la maladie et du chagrin. Je serai une personne libre et heureuse. J'aurai trouvé la paix...*

*Mon histoire n'aura pas été vaine finalement. Certains partent, d'autres arrivent. C'est un éternel recommencement. Je vous quitte mais la famille s'agrandit, et où que je sois, je serai la plus heureuse des femmes à vous voir enfin tous réunis.*

*Anna, mon seul regret sera de ne pas connaître la petite merveille que tu mettras au monde d'ici quelques mois. Parlez-lui de sa tante Amy, car même si je ne suis plus là, à proprement parler, j'aimerais savoir que quelque part, elle me réserve une petite place dans son cœur...*

*Il reste cependant une dernière chose dont j'aimerais vous faire part : maman, papa, vous avez toujours dit que vous aimeriez mener une retraite paisible dans un endroit où il fait bon vivre... Je crois que le moment est bien choisi. D'autant plus que je connais un endroit parfait pour vous, dans une petite ville en bord de mer. Une maison y a été rénovée très récemment et sa situation sur la plage offre une vue à couper le souffle. S'y réveiller chaque matin est un vrai bonheur. De plus, il me semble que la nouvelle décoration sera à votre goût. Cette maison ne demande qu'à être habitée. Elle est faite pour vous, je le sais.*

*Un troisième numéro se trouve sur la liste des contacts que je vous ai laissés. Il s'agit de M. Maréchal, le propriétaire. Appelez-le. Il est temps de prendre le large, de dire adieu au passé et de se tourner vers l'avenir. Cette maison est un bon début et vous rapprochera des gens qui rentreront bientôt dans vos vies pour y prendre une place importante. À vous tous, vous formerez une famille.*

*Ne cessez jamais de rire, de pleurer, d'aimer, de tomber et de vous relever, c'est ce qui nous rend vivants. N'arrêtez jamais d'espérer non plus, car il n'y a pas d'adieu. Juste des au revoir et, quel que soit l'endroit... quel que soit le moment... tôt ou tard, nous finirons tous par nous retrouver...*

*Avec tout mon amour.*

*Amy*

C'est avec les yeux remplis de larmes qu'Anna termina de lire la lettre. Elle releva lentement la tête vers nos parents qui, eux aussi, restaient sans voix. Ils n'arrivaient pas à croire ce qu'ils venaient d'entendre… il y avait tellement de choses et de révélations à assimiler qu'à ce moment, ils devaient se sentir confus et complètement perdus. Mon père avait les yeux dans le vague et restait silencieux. C'est pour lui que les choses devaient être le plus difficile. Il venait d'apprendre que son père n'était pas son père biologique. Il devait penser que sa vie entière était un mensonge. J'espérais qu'il comprendrait vite que ce n'était pas le cas. Ma mère glissa sa main dans la sienne pour lui apporter du réconfort. Alors seulement, il parut retrouver ses esprits. Elle le regarda avec compassion. Il la rassura en lui affirmant sans conviction que tout allait bien. Il lui faudrait du temps pour encaisser la nouvelle et prendre du recul.

Anna, de son côté, regardait son fils avec admiration, curiosité et une pointe d'incompréhension.

— Logan… commença-t-elle, l'air complètement abattue. Pourquoi, tu ne m'en as pas parlé ?

Je connaissais Anna. À ce moment précis, elle devait culpabiliser à l'idée de ne pas avoir remarqué une chose si importante chez son fils.

— Je l'ai fait, mais chaque fois que je te disais que des gens me parlaient, tu répondais que c'était mon imagination…

Prise de remords, ma sœur se leva pour prendre son fils dans ses bras.

— Je suis désolée, dit-elle en pleurant. J'aurais dû t'écouter, te prendre plus au sérieux. Jamais je n'aurais pu imaginer que tout cela soit réel. Je suis tellement désolée mon petit cœur…

Puis elle le couvrit de baisers, ce que le garçon ne sembla pas vraiment apprécier.

— Maman ! râla-t-il en la repoussant gentiment. Arrête, tu veux bien ? Je n'ai plus 3 ans !

— Non, mais tu n'en as que 6, ne l'oublie pas ! répondit-elle, vexée.

Soudain, ma mère prit enfin la parole :

— Logan… est-ce vrai tout ce que dit Amy dans sa lettre ? Tu peux vraiment voir les personnes qui nous ont quittés ? Tu as vu ce Will dont elle parle ?

Le jeune garçon hocha vivement la tête.

— Oui, je l'ai vu !

— De quoi il a l'air ?

— Il est cool ! répondit le garçon avec entrain. Sauf quand il me bat aux jeux vidéo… et quand il m'appelle « moucheron » aussi. Il sait que j'ai horreur de ça mais il le fait exprès ! Sinon, il est marrant… quand il veut !

Ma mère rit nerveusement. Elle aussi aurait besoin de temps pour digérer tout ce qu'elle venait d'entendre. Pour Logan, comme pour moi, les esprits n'étaient plus quelque chose de surprenant mais pour ceux qui n'y avaient jamais été confrontés, c'était différent…

— Vous savez, continua Logan, vous ne devez pas être tristes. Amy ne veut pas que vous soyez tristes…

— Comment peux-tu savoir ce qu'Amy veut vraiment ? lui demanda Anna avec intérêt.

— Parce qu'elle est ici…

Tous s'immobilisèrent presque instantanément.

— Quoi ? répéta ma mère, n'étant pas certaine d'avoir bien entendu. Qu'est-ce que tu as dit ?

— J'ai dit qu'Amy était ici… Ils sont tous là…

Les yeux de mes parents et de ma sœur devinrent ronds de surprise mais aussi d'appréhension. Mon père et ma mère échangèrent un regard rempli de confusion et d'une certaine mélancolie. Quant à Anna, elle parcourut la pièce du regard, espérant voir quelque chose.

— Comment ça «ils sont tous là»? demanda-t-elle au garçon. Qui est avec elle?

— Il y a Will, Jocelyne, Iann et… Jacob! Je le reconnais grâce aux photos de famille! dit-il avec fierté.

Je vis mon père se crisper en entendant Logan mentionner son paternel. L'homme qu'il avait idolâtré toute son enfance pour finalement apprendre qu'il ne partageait pas son sang. J'espérais qu'il comprenne très vite que le sang ne crée pas les liens. Ce sont les moments partagés, la complicité et la confiance qui unissent deux personnes.

Bien qu'il s'agisse des membres de leur propre famille, Anna et mes parents se retrouvaient comme paralysés par les paroles de Logan. Savoir qu'ils étaient cernés par des fantômes ne semblait pas les rassurer. Ils échangeaient des regards confus, se demandant ce qu'ils étaient censés faire…

\*

J'étais à la fois soulagée et meurtrie qu'ils aient lu ma lettre. Soulagée de leur avoir enfin livré mes derniers secrets mais meurtrie en observant mon père qui avait gardé le silence depuis qu'il avait appris la vérité. J'espérais ne pas avoir brisé quelque chose en lui. Ce que je souhaitais par-dessus tout, c'était leur apporter du réconfort, le sentiment qu'ils ne seraient jamais seuls, pas briser leurs croyances ou leurs convictions. En voyant la confusion et la crainte dans leurs regards, je me sentais impuissante. Logan venait de leur dire que nous étions là, tout près d'eux. Pourtant, ils semblaient complètement paniqués et déroutés. Ils avaient besoin de savoir que nous étions là dans le seul but de les rassurer. Mais comment leur faire comprendre ?

Debout derrière le canapé où étaient assis mes parents, je regardai tour à tour mes compagnons, à le recherche de réponses. Tous me regardaient avec le regard rempli de tendresse et des sourires qui me firent entrevoir une solution. Je savais ce que je devais faire, je n'avais qu'à le lire dans leurs yeux. Était-ce une autre faculté propre aux esprits ? La parole n'était plus nécessaire, il suffisait de nous regarder pour se comprendre et connaître le fond de nos pensées.

Je sentis la main de Will prendre la mienne : il avait perçu ma confusion. Je regardai mon ami et je lus dans son regard ce qu'il fallait que je fasse. D'un signe de tête, il désigna mes parents. Alors, je m'approchai davantage du divan où ces derniers étaient installés et pris une profonde inspiration avant de poser mes mains sur leurs épaules. Je craignais que rien ne se passe, mais je sentis la chaleur de leur peau se répandre dans mes mains. Ils le sentirent aussi car sous ce contact, je les vis d'abord se crisper avant de porter la main à leurs épaules par réflexe, afin de comprendre ce qui leur arrivait. Ils échangèrent un regard médusé.

— Tu as senti ça, toi aussi ? demanda ma mère à mon père.

Ce dernier acquiesça, muet de surprise.

— Qu'est-ce qui se passe ? demanda Anna ne comprenant pas de quoi ils étaient en train de parler. Qu'est-ce qui vous arrive ? Pourquoi faites-vous cette tête ?

Je regardai Grand-mère avec un petit sourire. Puis cette dernière s'approcha à son tour d'Anna et reproduisit mon geste. Ma sœur s'immobilisa à son tour sous l'effet de la surprise.

— C'est comme si… commença-t-elle sans parvenir à trouver les mots.

— … Comme s'ils essayaient de nous dire que tout se passera bien, intervint mon père en retrouvant finalement l'usage de la parole.

Je fus sincèrement soulagée de l'entendre à nouveau. Son visage paraissait plus détendu, presque soulagé. Un sourire se dessina sur ses lèvres. Il savait que j'étais là. Et c'est tout ce qui comptait. Ma mère parut aussi plus sereine. Ma présence semblait adoucir sa peine et son chagrin.

Ma sœur et mes parents échangèrent des regards, les yeux brillants d'émerveillement. Ils avaient découvert aujourd'hui l'existence de possibilités qu'ils n'auraient jamais imaginées. Ils savaient à présent que nous serions toujours près d'eux. Ma sœur reprit la lettre qu'elle avait posée sur la table quelques minutes plus tôt et avec un sourire rempli de sous-entendus, elle demanda à nos parents :

— C'est une belle lettre et une jolie histoire... Qu'allez-vous faire maintenant ?

Les deux intéressés se consultèrent du regard un long moment avant que mon père réponde pour eux deux :

— Je crois qu'un voyage en Bretagne s'impose. Nous avons du monde à aller visiter...

## 52

*Nouveaux départs*

**Amy**

Quelques semaines plus tard, mes parents quittèrent la Bourgogne. Ils chargèrent la voiture des affaires essentielles qu'ils souhaitaient emporter, en laissant tous les meubles dans la maison qu'ils avaient occupée pendant plus de trente ans. Lorsqu'ils quittèrent cette dernière, ils avaient le cœur lourd. Il y avait tellement de bons souvenirs dans cet endroit. Mais les souvenirs ne disparaissent pas avec les lieux que nous quittons. Ils demeurent en nous où que nous soyons et ils le savaient très bien. La peine causée par mon départ était toujours là, elle ne disparaîtrait sans doute jamais, mais ils apprenaient doucement à vivre avec et, maintenant qu'ils savaient que j'étais encore là, près d'eux, ils semblaient plus sereins et apaisés. Ils tentaient avant tout de suivre mes dernières volontés en continuant à vivre leur vie et en essayant d'en profiter un maximum.

Ce qui les attendait les terrifiait mais leur donnait également l'impression de partir à la découverte de nouvelles aventures avec la sensation que quelque chose de bien en ressortirait. C'était une nouvelle vie qui s'annonçait, un nouveau départ.

Ils bouclèrent l'habitation avant de rejoindre la voiture chargée de leurs effets personnels et ils se mirent en route. Mon père regarda la maison s'éloigner dans le rétroviseur avant de s'adresser à ma mère :

— Il n'y a plus de retour en arrière possible à présent... aucun regret ?

Le sourire qui se dessina sur le visage de sa femme suffit à le convaincre. Elle prit sa main et l'embrassa avant de répondre :

— Aucun regret.

Puis elle se retourna pour regarder à son tour la maison qui avait abrité l'histoire de toute leur famille s'éloigner avant de disparaître totalement.

La route fut longue jusqu'à Bénodet et à mesure que la destination se rapprochait, mon père devenait plus nerveux. Ma mère le comprenait et faisait de son mieux pour le rassurer mais elle savait qu'il n'irait mieux que lorsqu'il aurait rencontré Victor Castelli. Le GPS les amena jusqu'à la porte du journaliste. Fatigué par le voyage, mon père s'étira avant de descendre du véhicule, puis frotta ses vêtements pour les défroisser. Son visage était crispé et ses yeux trahissaient sa nervosité. Cela fit sourire ma mère qui fit le tour de la voiture pour lui prendre la main. Puis ils avancèrent en direction de la maison. Dehors, le vieil homme jardinait. Il se redressa lorsqu'il entendit mes parents le saluer. Il les observa un court instant sans rien dire en tentant d'identifier ces deux étrangers qui possédaient pourtant un visage familier. En s'approchant d'eux, il comprit de qui il s'agissait. Ses yeux s'agrandirent de surprise et il se sentit à son tour mal à l'aise. Mon père lui tendit alors la main :

— Je m'appelle Daniel Barthélémy et voici ma femme, Isabelle… nous sommes les parents d'Amy… je crois que nous avons des choses à nous dire.

Le vieil homme tendit la main à son tour :

— En effet, répondit-il. Si seulement je savais par où commencer…

Mon père eut un sourire rassurant, ce qui sembla détendre son interlocuteur.

— Eh bien, commençons par le début, poursuivit-il.

L'homme acquiesça d'un signe de la tête avant de continuer :

— Je m'appelle Victor Castelli… et il semblerait que je sois ton père…

Le dire à voix haute sembla briser la glace. Les deux hommes s'observèrent un moment sans dire un mot puis, après une hésitation, le journaliste prit mon père dans ses bras. C'était étrange de voir comme deux inconnus peuvent se montrer si proches… comme deux chemins faisant route séparément et qui parviennent à se retrouver pour continuer leur parcours ensemble. La scène émut ma mère qui faisait de son mieux pour retenir ses larmes. Quant à moi, j'étais heureuse de pouvoir assister à un moment aussi important. Car j'étais là, me tenant à distance et restant invisible à leurs yeux mais présente. Et à cet instant, en voyant les sourires sur leurs visages et la lueur dans leurs yeux, je sus que tout se passerait bien et que des jours meilleurs se profilaient à l'horizon. Un sourire étira mes lèvres, j'étais sincèrement heureuse.

Et lorsque je vis Victor les entraîner vers la maison tout en discutant, je jugeai que la suite de la conversation n'appartenait qu'à eux. Je m'éclipsai, optimiste quant à la réalisation de mes dernières volontés.

*

## Will

Appuyé contre l'un des réverbères du ponton d'amarrage, les bras croisés sur la poitrine, je regardai Martha et tout le reste de ma famille monter à bord du *Colibri* pour une sortie en mer à destination de l'archipel des Glénan. Mes petits neveux se couraient après en riant pendant que leurs parents les reprenaient en leur disant de faire attention. La bonne humeur était au rendez-vous et c'était avec plaisir que je regardais tout ce petit monde s'affairer pour une escapade maritime.

Soudain, je sentis la chaleur de deux bras m'entourer la taille. Amy m'avait cruellement manqué pendant la courte période où nous avions été séparés. Lui dire au revoir avait été la chose la plus difficile que j'aie eu à faire de mon plein gré. Lorsque j'avais appris qu'elle était malade, j'étais à la fois malheureux qu'elle soit privée, comme moi, de la chance de vivre sa vie, et impatient de la revoir.

Depuis mon arrivée ici, tout me semblait plus simple, plus beau et paradoxalement plus vivant. Mais son absence avait été une ombre au tableau. Dorénavant, je pouvais prétendre être complètement heureux. Chaque moment passé avec elle était un cadeau et la perspective qu'il n'y ait pas de fin, un vrai bonheur.

Elle posa sa tête contre mon dos en resserrant son étreinte. Je détachai ses bras de ma taille pour lui faire face et la serrai contre moi en lui demandant comment s'était passée la rencontre entre son père et Victor.

— Tout va pour le mieux, me répondit-elle avec un sourire ravi, avant de m'embrasser.

Puis, ensemble, nous nous mîmes à regarder en riant les enfants qui se chamaillaient pour savoir qui aurait le droit de tenir en premier la barre du voilier. Martha tentait vainement de résoudre le conflit lorsqu'un petit groupe composé de trois hommes et une femme s'approcha d'eux. Je les reconnus aussitôt : Victor Castelli, Zac et les parents d'Amy. Nous les regardâmes passer devant nous avant d'échanger un regard entendu. Martha se rapprocha d'eux, les sourcils froncés par la curiosité. Elle connaissait Victor et son petit-fils mais ignorait qui étaient les deux personnes qui les accompagnaient. Le vieil homme fit les présentations :

— Martha, voici Daniel et Isabelle Barthélémy, les parents d'Amy…

Un sourire s'afficha d'abord sur le visage de ma sœur puis, rapidement, elle comprit que s'ils étaient là sans Amy, c'était pour une raison évidente. Elle se mit à blêmir lorsque la mère de mon amie sortit de sa poche un sachet en tissu. À l'intérieur se trouvait un petit colibri en argent et en ambre qu'elle tendit à ma cadette. Cette dernière regarda son interlocutrice avec les yeux remplis de tristesse. Elle comprit qu'Amy était morte et en fut sincèrement affectée. De chagrin, elle serra Isabelle dans ses bras. Elle voulait lui montrer toute sa compassion et à quel point elle partageait leur peine. Près de moi, je sentais l'émotion gagner doucement mon ange. Je la serrai un peu plus contre moi pour lui montrer qu'elle n'était pas seule. Puis, nous vîmes les deux femmes se mettre à discuter pendant que Victor, Zac et Daniel entamaient une conversation avec Vincent et le reste de la famille. Naturellement, de nouveaux liens se créaient et de nouvelles affinités voyaient le jour. Très vite, Martha leur proposa de se joindre à eux pour leur croisière et ils acceptèrent avec grand plaisir. Quelques minutes plus tard, ma sœur largua les amarres et le navire s'éloigna du ponton pour descendre doucement la rivière et rejoindre peu à peu l'océan. Je voyais mon bateau prendre le large avec fierté. Amy et moi nous regardâmes avec satisfaction. Nos deux familles étaient à présent réunies et tout semblait se passer comme nous l'espérions. Rassurés et sereins, nous quittâmes le ponton main dans la main pour aller retrouver les autres.

\*

## Amy

Quelques semaines plus tard, mes parents emménagèrent dans la maison de la plage. Toute la famille s'était déplacée pour leur venir en aide. Zac et les enfants de Martha déchargeaient le camion, pendant que Victor et Vincent aidaient les nouveaux propriétaires à déballer les cartons. Même Anna et sa petite famille avaient fait le déplacement. Logan s'était montré particulièrement impatient à l'idée de rencontrer son arrière-grand-père. Il voulait parler avec lui du don qu'ils possédaient et en savoir davantage sur le sujet. Il était déterminé à aider les esprits qui venaient s'adresser à lui, car il savait qu'ils étaient bienveillants. Mais pour cela, l'aide de Victor serait précieuse. La maturité et l'assurance du garçon amusaient beaucoup le vieil homme et, rapidement, ils étaient devenus inséparables. À présent, Logan jouait avec les autres enfants pendant que les adultes s'activaient à la tâche. C'était un plaisir de voir cette maison si pleine de vie, d'entendre y résonner des rires et d'y voir se consolider de nouveaux liens. J'observais avec amusement le rapprochement de Zac avec l'une des petites-filles de Martha. Mon cousin semblait sous le charme de la jeune femme et, de toute évidence, son affection était réciproque. Nous étions satisfaits de constater que tous paraissaient heureux et épanouis. La joie de faire de nouvelles connaissances et d'agrandir leur famille leur faisait oublier chagrin et douleurs. À présent, je n'étais plus inquiète pour l'avenir de mes proches car je savais qu'ils étaient bien entourés et que, dans les moments difficiles, ils pourraient compter les uns sur les autres.

Ce jour-là, lorsque tout le monde eut quitté la maison, ma mère se fit chauffer une tasse de thé qu'elle vint boire sous la galerie en observant l'océan avec admiration.

Logan, lui, assis dans le sable près de l'escalier, s'amusait à construire un château.

— Je crois que nous allons être bien ici, dit mon père en rejoignant sa femme avant de la serrer contre lui.

— Oui, répondit-elle, pensive. C'est ce qu'Amy voulait. Elle savait ce qui était le mieux pour nous... et je sais qu'elle est là quelque part, heureuse que nous ayons fait ce qu'elle souhaitait...

Elle avait raison. J'étais là, près d'eux, appuyée contre la baie vitrée, je souriais, soulagée de constater qu'ils allaient mieux et que le temps pansait leurs blessures. Je savais qu'il était à présent temps pour moi de prendre plus de distance, de les laisser vivre leur vie et d'entamer la mienne. Je tenais à les accompagner dans leur changement de vie après mon départ mais, à présent qu'ils étaient bien entourés, ma présence n'était plus indispensable.

— Je ne serai jamais très loin, dis-je à leur intention, en sachant pertinemment qu'ils n'entendaient pas mes paroles.

Mais Logan, lui, les entendit. Le garçon releva la tête de son château de sable et m'observa avec un sourire que je lui rendis accompagné d'un clin d'œil complice. Lui savait qu'ils pourraient toujours compter sur moi. Derrière lui, un peu plus loin sur la plage, Will m'attendait. Je descendis l'escalier en passant près de mon neveu.

— Garde un œil sur eux, lui murmurai-je à l'oreille en m'accroupissant près de lui.

Il hocha la tête en souriant avant de répondre en chuchotant :

— Je m'en charge, ne t'inquiète pas.

Puis je lui embrassai la joue avant de partir rejoindre Will. En m'éloignant, j'entendis mes parents demander au garçon à qui il parlait. Je ne sais pas ce que répondit Logan car j'étais déjà en train de courir pour me jeter en riant dans les bras de mon amour. Nous nous esclaffâmes un moment avant de reprendre notre route main dans la main le long du rivage.

— Et maintenant ? lui demandai-je, curieuse de ce qui allait se passer.

Il s'arrêta, me fit face et m'observa avec ce regard qui me faisait défaillir.

— Maintenant ? répéta-t-il. C'est le début d'un nouveau voyage…

Et il m'embrassa. Un baiser rempli de passion et de tendresse qui fit disparaître mes dernières craintes…

Il est étrange de se dire qu'on passe sa vie à craindre la mort, à tout faire pour l'éviter puis finalement l'affronter, en perdant de vue le but principal de la vie : vivre, tout simplement.

Je réalise maintenant avec joie que j'avais raison : la vie n'a pas réellement de fin, c'est un commencement à quelque chose de plus grand, une suite d'épreuves qui nous aide à déterminer qui nous sommes. Cela n'enlève rien à sa valeur essentielle car c'est elle qui nous fait naître, grandir, évoluer et qui met sur notre route les personnes qui deviendront nos piliers, nos fondations et nos repères…

Rien ne se produit par hasard. Tout a une finalité. Je crois que c'est ce qu'on appelle plus communément le destin.

On dit souvent que nos vies sont déjà écrites quelque part, comme gravées dans le marbre. Je suis presque certaine qu'il y a une part de vrai là-dedans. Mais je sais aussi que nous, les âmes libres, nous vous tendons parfois la main, vous confrontons à des imprévus, et qu'il suffit parfois de saisir les opportunités pour donner à votre destin le choix de plusieurs destinations...

Pleurez notre départ, mais ne passez pas votre vie à nous regretter car nous ne passons plus la nôtre à nous lamenter. Nous sommes simplement libres. Le monde n'a pas de limite, pas de frontière et aucune barrière. Le quotidien devient un voyage, une mine d'or à explorer.

N'oubliez jamais où que vous soyez, que vous ne serez jamais complètement seuls. Que quelque part, quelqu'un pense à vous et veille sur vous. Vivez tout ce qu'il vous est permis de vivre, pleurez tout ce qu'il vous est permis de pleurer mais surtout, n'oubliez jamais de rire, de partager et d'aimer. Vous rencontrerez des obstacles au cours de votre vie. Surmontez-les du mieux que vous pouvez sans jamais baisser les bras, et lorsque vous arriverez au bout du chemin, que vous aurez vécu une vie pleine de joies, de peines, de doutes et de satisfactions, ne soyez pas inquiets car le plus grand secret que la vie ait gardé, c'est que lorsqu'elle se termine, nous finissons toujours par nous retrouver...

# Épilogue

*8 août 2017, journal* Ouest France

**UNE RECONVERSION SURNATURELLE !**

Victor Castelli, plus connu par nos lecteurs sous le pseudonyme de Victor Medusa, reporter de nos bureaux dans les années 1970, publie son premier livre. Ce roman autobiographique raconte la façon dont il sut faire face à la mort de sa femme, tuée dans un tragique accident de la route il y a cinquante ans. Il y explique comment il s'est retrouvé à communiquer avec les esprits errants et à tout mettre en œuvre pour les aider à gagner un monde meilleur. Ce témoignage, qui parle à la fois de tragédies, de rédemption et de pardon, est entièrement tiré de ses expériences personnelles, de son vécu, et vous donnera l'envie de croire que la vie ne s'arrête pas à la mort. Il relate avec émotion les conséquences que peut avoir un accident sur le long terme et sur plusieurs générations de différentes familles. Cependant, malgré le thème relativement sombre de l'ouvrage, l'auteur s'adresse à ses lecteurs avec optimisme et un certain sens de l'humour. «D'une vie à l'autre» sera disponible dès le mois de septembre en librairie. L'auteur le dédicacera ensuite dans toute la région, toujours accompagné de son arrière-petit-fils et acolyte, Logan. Le jeune garçon suit son aïeul comme son ombre avec l'ambition de pouvoir un jour marcher sur ses traces. Nous leur souhaitons à tous les deux beaucoup de réussite.

# Remerciements

Il existe des sujets difficiles à aborder, simplement parce qu'ils réveillent en nous de mauvais souvenirs ou de douloureux moments. Les mots pour réconforter ne sont pas évidents lorsqu'il faut les prononcer de vive voix. L'écriture offre cette opportunité d'exprimer ce qu'on ressent et de le faire partager à travers des personnages que l'on a créés de toutes pièces mais qui, rapidement, finissent par devenir une part importante de nous-même. J'ai vécu cette aventure tout comme eux, j'ai ressenti leurs émotions, leurs joies, leurs doutes et leurs peines, j'ai ri et pleuré avec eux. Ce livre me vient tout droit du cœur et bien après le processus d'écriture, Amy, Will et les autres étaient encore omniprésents dans ma tête. Ils ne m'ont jamais vraiment quittée. C'est une joie immense de pouvoir partager cela avec d'autres personnes.

Je remercie tout d'abord les lecteurs de Nouvelles Plumes et Jean-Laurent Poitevin de m'avoir donné la chance de publier ce roman. Je suis vraiment impatiente de le partager avec mes lecteurs et de pouvoir en parler avec eux. Merci également à Karine Obringer et à toutes les personnes ayant participé à la fabrication de ce livre.

Je tiens également à remercier tous ceux qui ouvriront ce roman à la recherche d'une histoire qui les touche. J'espère sincèrement qu'elle saura vous atteindre et vous émouvoir.

Merci à mon oncle Maxime pour ses corrections, ses conseils et son soutien sans faille. Son avis compte beaucoup et sa confiance en moi me surprend toujours. C'est bon de se sentir soutenu à ce point.

Merci à mes parents, ma sœur Stéphanie (Anna, c'est elle ! Elle fera une mère extraordinaire), ma grand-mère Claudette (l'une de mes premières lectrices), mes oncles et tantes Claudine, Lydie, Jean-Pierre, Nathalie, mes amies Agathe et Sandrine pour avoir toujours cru en moi, et plus que tout en cette histoire et le thème difficile qu'elle aborde. J'ai de la chance d'être si bien entourée.

Merci à tous les amis tannaysiens pour leurs messages remplis de fierté et de gentillesse à l'annonce de cette publication, ça me va droit au cœur.

Faire partager mes histoires est l'un de mes plus grands rêves. Aujourd'hui, il devient réalité et c'est grâce à vous tous. Merci.

*Cet ouvrage a été imprimé par
CPI Bussière à Saint-Amand-Montrond
en novembre 2020*

Composition:
Soft Office

*Le papier entrant dans la composition de ce produit
provient de forêts certifiées FSC®
FSC® se consacre à la promotion d'une gestion
forestière responsable.*

Numéro d'éditeur : 2062174
Numéro d'imprimeur : 2054091
Dépôt légal : décembre 2020

*Imprimé en France*